I0771378

# GEFANGENE DER WÖLFE

GEBUNDEN AN DIE FAE
BUCH EINS

EVA CHASE

Gefangene der Wölfe

Gebunden an die Fae Buch 1

Alle Rechte vorbehalten. Dieses Buch oder Teile davon dürfen ohne die ausdrückliche schriftliche Genehmigung der Autorin nicht vervielfältigt oder in irgendeiner Weise verwendet werden, mit Ausnahme von kurzen Zitaten im Rahmen einer Buchbesprechung.

Diese Geschichte ist rein fiktiv. Jede Ähnlichkeit mit lebenden oder toten Personen oder tatsächlichen Ereignissen ist rein zufällig.

Erste Digitale Ausgabe, 2020

Copyright © 2023 Eva Chase

Übersetzung: Stephanie Kotz

Lektorat: Nadja Uebach

Umschlaggestaltung: Covers by Christian

Ebook ISBN: 978-1-998752-20-1

Paperback ISBN: 978-1-998582-62-4

 Formatiert mit Vellum

1

*Talia*

Ich weiß immer, wenn sie kommen, um mein Blut zu stehlen. Nur dann marschieren die drei bulligen Männer, die eigentlich keine Männer sind und mich gefangen halten, gemeinsam in den Raum, in dem sich mein Käfig befindet.

Wenn sie allein reinkommen, um Essen und Wasser durch die Käfigstäbe zu schieben oder um meinen Toiletteneimer zu wechseln, treten sie barsch und geschäftig auf, als würde es sie langweilen, mir Aufmerksamkeit zu schenken. Die Arbeit als Gruppe begeistert sie hingegen. Sie kommen stets glucksend herein, klopfen sich herzlich auf die Schultern und gratulieren sich zu einer gut ausgeführten Aufgabe, bevor sie sie überhaupt in Angriff genommen haben.

Womöglich liegt das daran, dass sie bereits größtenteils erledigt wurde. Ich habe keine Ahnung, wofür sie mein Blut wollen oder ob es überhaupt mit diesen Aufgaben zusammenhängt.

Ich weiß nur, dass diese Tage die schlimmsten sind, obwohl meine gesamte Existenz hier schrecklich ist.

In dem Moment, in dem ich ihre fröhlichen Stimmen auf der anderen Seite der Tür höre, verkrampfen sich meine Finger in dem kratzigen Stoff meiner Wolldecke. Jeder Nerv in meinem Körper brüllt mich an, vor der Bedrohung zu fliehen. Weiter als in die Ecken meines Käfigs kann ich jedoch nicht zurückweichen, was alles andere als weit ist.

Es wird schneller vorbei sein, wenn ich kooperiere. Und wenn ich je eine Chance haben möchte, diesem schrecklichen Ort zu *entfliehen*, muss ich mein Grauen so weit unterdrücken, dass ich dem Zuhören all meine Aufmerksamkeit widmen kann.

Als meine Entführer hereinkommen, krallen sich meine Finger in die Decke. Sie ist der einzige Schutz, den ich vor ihren harten Blicken und ihrem höhnischen Grinsen habe. Sie machen sich nicht die Mühe, mich einzukleiden, wollen allerdings auch nicht, dass ich mich verkühle. Ich bin so wertvoll für sie, dass sie mich am Leben halten, jedoch nicht wertvoll genug, dass sie meine Existenz auch nur annähernd angenehm gestalten würden.

Der Mann an der Spitze der Gruppe blickt auf mich herab, während ich auf dem harten Metallboden des Käfigs kauere. Seine Nase rümpft sich vor unverhohlener Abscheu. Es muss hier drin stinken – *ich* muss stinken. Immerhin kann ich mich nicht erinnern, wann sie mich das letzte Mal mit dem Schlauch abgespritzt haben. Ich habe so viele Jahre im Dreck gelebt, dass ich es nicht einmal mehr merke.

Soweit ich das bisher erkennen konnte, ist dieser Mann – der mit den sonnenblumengelben Haaren und Ohren, die sich zu unmenschlichen Spitzen erheben – der Anführer. Gelb tut nicht viel mehr, als zuzuschauen und die anderen herumzukommandieren. Allerdings ist er derjenige, der meinen Käfig aufschließt. Ich muss mich auf ihn konzentrieren.

Der zweite meiner Entführer, der mit dem runden Bauch und den schwerfälligen Füßen, geht zu dem schlichten Schrank, der das einzige Möbelstück im Raum ist. In Gedanken nenne ich ihn den Ritzer wegen seiner Rolle bei diesem Ritual. Er holt das kleine Messer mit dem elfenbeinfarbenen Griff und eine Glasphiole heraus. Meine Haut zuckt in nervöser Erwartung.

Der Dritte der Männer beugt sich neben dem Käfig nach unten, bis er fast auf Augenhöhe mit mir ist. Seine Lippen krümmen sich zu einem Grinsen, das aussieht, als wäre es in sein rotes Gesicht geschnitzt worden. Er ist nicht muskulös wie die anderen beiden, sondern besteht von den Ohrenspitzen bis zu den Spitzen seiner schmalen Stiefel und den Büscheln seiner bläulich weißen Haare, die wie Eiszapfen von seinem Schädel abstehen, aus scharfen Kanten.

Ich bin unangenehm vertraut mit Ice' Kanten. Gelegentlich langweilt ihn das, was sonst noch in seinem Leben geschieht, so sehr, dass er hierherkommt und mit mir ,spielt'. Er pikt und stößt mich, bis er mir ein gequältes Keuchen entlockt.

Sie haben eine Regel, wenn es darum geht, mich zu verletzen – ich habe sie darüber sprechen gehört. Alles, was mein Leben gefährden könnte, ist verboten. Ice hat es sich zum Hobby gemacht, sämtliche Möglichkeiten zu erforschen, wie er meinen Körper quälen kann, ohne konkreten Schaden zu verursachen.

Es ist nicht überraschend, dass er immer derjenige ist, der sich freiwillig meldet, um mich zu fixieren.

Ich könnte es ihnen noch leichter machen. Ich könnte mich auf den Bauch legen und mich so ausstrecken, wie sie mich ohnehin positionieren werden, damit er keinen Grund hat, mich nach unten zu drücken. Er wird mich jedoch sowieso herumschubsen und das kleine Bruchstück Stolz, an dem ich irgendwie festgehalten habe, sträubt sich bei dem Gedanken, dass ich mich freiwillig mit dem Gesicht nach unten vor sie lege.

Gelb beugt sich nach vorne. Schwarze, mir unbekannte Symbole sind auf ihre Körper tätowiert, er hat jedoch die meisten. Mehrere markieren seine Arme und Hals, eines lugt an seiner Schläfe unter dem Haaransatz hervor. Die gewundene Linie eines Tattoos erstreckt sich sein Kinn entlang bis zu seinen Lippen.

Er wird das Wort sagen – das Wort, das mit einem Echo aus seinem Mund kommt, das mir übers Rückgrat kribbelt. Das Wort, das die Tür öffnet.

Dieses Wort muss ich lernen.

Er legt seine Hand auf den Türgriff. Seine Lippen teilen sich und die Laute, erklingen schnell und zischend, wobei sich einer mit dem nächsten vermischt. *„Fee-doom-ace-own.“*

So hört es sich jedenfalls für meine gespitzten Ohren an. So hört es sich an, seit ich realisierte, dass irgendeine Magie meinen Käfig geschlossen hält und dass dieses Wort der Schlüssel ist. Ich brauchte allerdings mehrere Versuche, bis ich jede Silbe mit Gewissheit kannte. Ich gehe alles, was meine Entführer gesagt haben, immer wieder in Gedanken durch, und suche nach Bedeutungen, die in dem Offensichtlichen versteckt sind und mir einen hilfreichen Hinweis bieten könnten, um meine Folter zu beenden. Über dieses Wort habe ich jedoch am meisten nachgedacht.

Ich bin mir bezüglich der Silben noch immer nicht *ganz* sicher und weiß auch nicht, ob ich das Wort richtig aussprechen könnte. Wie sehr hebt sich seine Stimme bei dem ‚ace‘-Teil? Wie lange dehnt er das ‚O‘ in ‚own‘?

Was fehlt mir?

Womöglich fehlt mir die Fähigkeit, irgendein magisches

Wort zu nutzen, ganz gleich, wie gut ich es ausspreche. Wenn ich ehrlich mit mir bin, weiß ich, dass Konzentrationsmangel nicht das Problem ist. Denn dies sind *keine* richtigen Männer und sie haben Kräfte, die alles übersteigen, was ich kannte, bevor sie mich in diesen Käfig warfen. Er sagt das Wort leise und schnell, aber ich glaube, er macht sich keine Sorgen darum, dass ich ihn hören könnte.

*Er* denkt nicht, dass ich es benutzen könnte. Doch es ist das Einzige, was ich habe.

Er drückt den Griff nach unten. Die Angeln quietschen, als die Tür aufschwingt.

Der Käfig ist kaum groß genug für mich. Wenn ich sitze, kann ich die Stangen über meinem Kopf berühren, ohne meinen Arm ganz ausstrecken zu müssen. Aufstehen ist unmöglich. Die Tür ist jedoch so groß, dass sich Ice hindurchquetschen kann. Es ist gerade genug Platz, dass er mich im Genick packen und mein Gesicht auf den Boden knallen kann.

Schmerz strahlt durch meinen Schädel hindurch. Ice klettert auf mich, seine spitzen Knie bohren sich in meine Waden und seine Ellenbogen stechen in meine Rippen. Sein Gewicht drückt meinen Rücken nach unten und presst den Großteil der Luft aus meiner Lunge, bis ich beinahe ersticke. Er bohrt einen seiner Ellenbogen in die empfindliche Stelle unterhalb meines Schulterblatts und ich beiße mir auf die Unterlippe.

Ich hasse das Wimmern, das mir trotzdem entfährt. Ich hasse seine Finger, die sich zwischen meinem Wangen- und Kieferknochen in mein Gesicht graben, um dieses noch fester auf das schmutzige Metall zu pressen. Ich hasse es, dass er genau weiß, wie er innerhalb eines Atemzugs Unbehagen zu Qualen steigern kann.

Ich hasse das harsche Gackern, das mir verrät, wie sehr

ihm das hier gefällt. Es gibt einfachere Methoden, mich zu positionieren, doch diese macht ihnen mehr Spaß.

Adrenalin schießt durch meine Adern und Panik steig in mir auf. Ich muss mich stark zusammenreißen, um den Drang zu unterdrücken, in Ice' Griff zu zappeln. Man kann ihm nicht entkommen. Ich weiß das. Und das eine Mal, als ich noch nicht viel wusste und es versuchte, vergalt mir der Mann, der jetzt auf mir sitzt, den Tritt in seinen Magen in rauen Mengen. Er packte meinen Fuß und drehte seine Hände, woraufhin die Knochen in einer Explosion aus Schmerz brachen.

Der Schmerz ist nie ganz verflogen. Sie ließen die Brüche nicht verheilen – eine kleine zusätzliche Sicherheit, dass ich ihnen nicht davonlaufen kann. In diesem Käfig kann ich nicht laufen, doch jedes Mal, wenn ich den Fuß belaste, breitet sich ein dumpfer Schmerz darin aus. Er ist eine zusätzliche Sicherheit für sie und eine ständige Erinnerung für mich, welche Konsequenzen es hat, wenn ich mich wehre.

Mir stehen andere Möglichkeiten zur Verfügung, ihnen zu trotzen, die sie nicht sehen können. Ich ziehe mich ganz in meinen Verstand zurück, in die Tiefen meines Kopfes, wo der Schmerz nur ein fernes Summen ist. Ich flüchte mich gedanklich an einen Ort in der Welt, aus der sie mich rissen. Es ist kein Ort, den ich jemals im echten Leben besucht habe, sondern einer, zu dem ich eines Tages zu reisen hoffte damals, als ich noch so große Träume hegen konnte.

Vor mir liegt ein breiter Teich aus türkisem Wasser, der von Felsen umgeben wird, die von Wind und Wetter geformt wurden. Helles Sonnenlicht scheint herab und reflektiert von den kleinen Wellen. Ich würde in diesem Teich treiben, umhüllt von sanfter Wärme, während ich in den klaren blauen Himmel blicke …

Ritzer stößt einen kratzigen Laut der Belustigung aus. „Können wir endlich ihren Arm haben?"

Ice verlagert sein Gewicht auf seinen linken Ellenbogen, sodass meine Schulter beinahe ausgekugelt wird. Der Schmerzensstich zerreißt das Bild, das ich in meinem Kopf gemalt habe. Als er meinen anderen Arm zur geöffneten Tür zerrt, knirsche ich mit den Zähnen, doch mir entwischt dennoch ein leiser Schrei. Er lacht erneut. Ich kneife die Augen zu und trotz meiner besten Bemühungen rinnen Tränen über meine Wangen.

Ritzer genießt den Vorgang nicht, scheint jedoch kein Problem mit den Mätzchen seines Kollegen zu haben. Ohne ein weiteres Wort zieht er die Klinge über mein Handgelenk.

Es ist ein oberflächliches Brennen, das größtenteils von der Kakophonie aus Schmerzen übertönt wird, die bereits durch meinen Körper hindurchströmen. Nach den Blicken zu urteilen, die ich auf die Phiole erhascht habe, nehmen sie mir nur wenige Teelöffel Blut ab. Er zwickt in die Haut, wickelt anschließend einen dünnen Verband über die Wunde und zupft flüchtig daran, um ihn an Ort und Stelle zu ziehen.

Ritzer richtet sich auf. Ice stößt sich von mir ab und knallt meinen Kopf als Zugabe noch einmal auf den Metallboden. Nachdem er aus dem Käfig geklettert ist, schließt Gelb die Tür und wirkt seine Magie, um sie zu verschließen.

Normalerweise ist das der Moment, in dem sie gehen. Stattdessen blickt Ice auf mich herab und verschränkt die Arme vor der Brust. Das Licht, das von den blassen, spitzen Büscheln auf seinem Kopf reflektiert, lässt sie noch frostiger wirken.

„Sie reagiert kaum noch", stellt er fest. „Das macht das Ganze ziemlich langweilig."

Ritzer schüttelt den Kopf. „Nur du würdest dir einen Kampf wünschen."

„Ich sage nur, dass wir sie zwischen den lebensnotwendigen Angelegenheiten genauso gut zur Unterhaltung benutzen könnten, solange wir sie haben."

„Was hattest du im Sinn?", fragt Gelb, als wäre ihm die Antwort egal. Er mustert die Phiole mit einem triumphierenden Funkeln in den Augen und nicht mich.

Ice massiert sich den Kiefer, wodurch er das Tattoo zeigt, das über seine Fingerknöchel verläuft. „Wir könnten ihr freien Zugang zur Burg geben. Dann wäre es mehr eine Jagd für uns."

Hoffnung erwacht trotz meiner pochenden Rippen in meiner Brust. Vielleicht muss ich die Magie gar nicht wirken können, um eine Möglichkeit zur Flucht zu erhalten. Wenn ich der Freiheit so viel näher kommen …

Seine spöttische Stimme durchbricht meine Gedanken. „Natürlich würde ich ihr auch den anderen Knöchel brechen, um sicherzustellen, dass sie ohne unsere Zustimmung nicht weit kommt. Sie kann wie das Ungeziefer, das sie ist, durch die Burg kriechen."

Mir gefriert das Blut in den Adern und eine Woge der Verzweiflung löscht augenblicklich den Funken der Hoffnung. *Nein*. Diesem Ort mit einem wackligen Bein zu entkommen, wäre schon schwer genug. Zu fliehen, ohne auch das andere benutzen zu können … Sie könnten mich genauso gut in meinem Körper einsperren und den Schlüssel schlucken.

„Lass mich darüber nachdenken", erwidert Gelb in dem gleichen abgelenkten Ton. „Es ist eine Verschwendung, sie so unregelmäßig zu nutzen. Vielleicht könnte sie die Böden polieren, während sie hier unten ist."

Er zieht es wirklich in Erwägung. Ich unterdrücke den Schrei, der in meiner Kehle aufzusteigen droht.

„Schlaf gut, Stinkling!", ruft mir Ice über seine Schulter zu und sie lachen alle, als sie nach draußen gehen.

Ein Schauder durchläuft meine Glieder. Innerhalb von Augenblicken zittere ich so heftig, dass ich die Beherrschung über meinen Körper verliere. Ich rolle mich auf die Seite, ziehe meine Knie an die Brust und ringe um Luft sowie Kontrolle.

Ich darf das nicht zulassen. Ich darf nicht. Ich darf nicht. Ich würde lieber sterben.

Allerdings werden sie mich auch nicht fliehen lassen.

Zuhören. Ich muss erneut auf dieses magische Wort hören. Zuhören und dann muss ich versuchen, oh bitte, oh bitte …

Ich schließe die Augen und kehre zu dem türkisfarbenen Teich zurück, den ich vor Jahren in mein Album der wunderschönen Orte klebte, als ich noch ein Kind war. Ich kann mir das Pfeifen der Brise auf dem Wasser oder dessen warme Liebkosung an meinem Gesicht nicht ganz vorstellen, doch allmählich verebbt mein Zittern.

Mit der Zeit habe ich in meinem Kopf eine umfangreiche Fantasiewelt erschaffen. Zusammen mit den exotischen Orten aus meinem Album beschwöre ich Szenen aus meinen Lieblingsfilmen herauf, was großartige Fantasy-Epen von heldenhaften Abenteuern waren, und Filmen, die mein Mom stets liebte: Komödien, in denen alle gewitzte Bemerkungen machen und oft mit britischen Akzenten sprechen. In den langen Zeitspannen, in denen ich allein gelassen werde, fantasiere ich davon, in diese Geschichten zu treten und mich den Gesprächen mit Kommentaren anzuschließen, die genauso kühn oder klug klingen. Das hindert mein Gehirn daran, aus Langeweile zu Brei zu werden.

Wäre diese ausgedachte Welt nicht, hätte mich diese Existenz mittlerweile zu einer Masse aus verworrenen Gedanken, Zittern und Schmerz reduziert. Mit den Fingern fahre ich meine Seite entlang zu meinem rechten Hüftknochen und den winzigen Narben dort. Eine für jedes Jahr, das ich markieren konnte, indem ich meinen abgebrochenen Fingernagel in meine Haut bohrte, bis sie blutete. Insgesamt sind es acht.

Wie viele weitere Jahre liegen vor mir, wenn sie mich an einen zerstörten Körper fesseln und für sie arbeiten lassen? Werde ich zwischen den schlimmsten Zeiten überhaupt in der Lage sein, mich in meine Gedanken zu flüchten, oder werde ich sogar diese Fluchtmöglichkeit verlieren?

Ein weiterer Schauder bebt durch mich hindurch. Ich zwinge mich, langsam und gleichmäßig zu atmen. Die Gelegenheit ist noch nicht verstrichen. Darauf muss ich mich konzentrieren, nicht auf die Schrecken, die vor mir liegen könnten.

Als ich meinen Körper strecke, greife ich zur Käfigdecke. Auch wenn ich hier drin nicht laufen kann, habe ich mich auf jede mir mögliche Weise fit gehalten. Indem ich die Stangen packe, hebe ich mich immer wieder hoch und runter, bis eine andere Art von Schmerz in meinen Muskeln brennt.

Es ist nicht angenehm, aber es ist befriedigend, zu wissen, dass ich noch etwas Mitspracherecht habe, was meinem Körper angetan wird. Es hilft, dass mir die Anstrengung erschwert, an meine Zukunft zu denken, die jetzt noch gefährlicher wirkt als zuvor.

Ich fahre mit den Beinen Fahrrad in dem Versuch, auch diese Muskeln zu trainieren, als das Geräusch, auf das ich gewartet habe, an meine Ohren dringt. Der gedämpfte, jedoch hörbare Knall von etwas, was ich für die Eingangstür des Gebäudes halte, schallt bis zu diesem Raum.

Ich drehe mich in eine kauernde Position, wobei ich hauptsächlich meinen unversehrten Fuß belaste. Meine Entführer sagen in meiner Gegenwart nur wenig, doch anhand der Satzfetzen, die ich im Lauf der Jahre aufgeschnappt habe, bin ich zu der Erkenntnis gelangt, dass sie diesen Ort verlassen müssen, um ihre Pläne zu vollenden. Ich weiß nicht, wer abgesehen von den dreien in dem Gebäude lebt, doch meines Wissens nach hat mich hier niemand sonst gesehen. Selbst wenn ich einem anderen Bewohner über den Weg laufe, wird diesem womöglich nicht bewusst sein, dass ich eigentlich eine Gefangene sein sollte.

Wenn ich meine Freiheit wiedererlangen will, ist dies meine beste Gelegenheit. Möglicherweise ist es die letzte Gelegenheit, die ich jemals erhalten werde.

Ich muss einfach dieses merkwürdige Wort richtig aussprechen.

Ich tapse so nah zur Käfigtür, dass meine Stirn die Gitterstäbe berührt. Den Blick auf den Türgriff gerichtet konzentriere ich mich auf meine Erinnerung an die trällernde Aussprache meines Entführers. Meine Stimme erklingt als Flüstern. „Fee-doom-ace-own."

Als ich durch die Stangen greife, um an dem Griff zu rütteln, gibt er nicht nach. Ich bin mir *sicher*, dass ich das Wort genauso wie Gelb ausgesprochen habe. Andererseits hatte ich schon Dutzende Male vorher dieses Gefühl.

„Fee-doom-ace-own", sage ich zu dem Griff, spreche lauter und verändere meine Betonung. „Fee-doom-ace-own. Fee-*doom*-ace-own. Fee-doom-ace-*own*! Komm schon!"

Mein Herz hämmert wie wild. Ich packe die Stangen und sammle mich. Ich habe nicht nur davor Angst, hier festzusitzen. Ich habe auch Angst davor, was passieren wird, wenn ich *entkomme*. Vor dem, was mich womöglich außerhalb dieses Raumes erwartet. Vor dem, was meine Entführer mit mir anstellen, falls sie mich erwischen. Jedes Mal, wenn ich das hier versucht habe, lauerten diese Schrecken gleich hinter meiner Entschlossenheit.

Ich darf mich von dieser Furcht nicht aufhalten lassen.

Ich *darf nicht*. Nichts könnte schlimmer sein als das, womit ich es zu tun bekommen werde, wenn der scharfkantige Mann seinen Willen bekommt.

Meine Seele schreckt zurück, als ich mir vorstelle, wie ich mich durch dieses Gebäude mit seinen knochenweißen Böden und Wänden ziehe, diese sauber schrubbe und den ganzen Tag lang Schläge und Tritte ertrage. Dieser tropische Teich, von dem ich träume, ist irgendwo dort draußen. Selbst wenn er sich momentan wie eine Fantasie anfühlt, ist er so echt wie dieser Ort. Wäre es nicht alles wert, dorthin zu gelangen?

Ich werde das Schloss anschreien, bis ich heiser bin, wenn es nötig ist. Ich kann das schaffen. Ich muss es schaffen.

Ich richte meinen Blick auf das Schloss und ziehe all meine Entschlossenheit in meine Lunge. „Fee-doom-ace-own. *Fee*-doom-ace-own. Fee-*doom*-ace-*own*. *Fee-doom-ace-own!*"

Die letzte Beschwörung knistert wie ein Elektroschock über meine Zunge. Die Härchen auf meinen Armen stellen sich auf, mein Mund wird schlagartig trocken – und der Griff bewegt sich unter meinen verzweifelten Fingern.

Ich bin so erschrocken, dass ich beinahe an dem bisschen Spucke ersticke, das mir noch geblieben ist. Mit angehaltenem Atem übe ich mehr Druck aus und der Griff senkt sich. Die Tür öffnet sich quietschend, als ich sie aufstoße. Der Weg ist frei.

Ich bin *frei*. Zumindest bin ich nicht mehr im Käfig. Oh mein Gott.

In diesem ersten Moment erstarrt mein Körper. Ich presse den Kiefer zusammen und ziehe den kratzigen Stoff meiner Decke wie einen behelfsmäßigen Mantel um mich herum. Ich schiebe mich aus der Öffnung, zuerst meinen Kopf und die Schultern, dann ein schlurfender Schritt …

Ein Knall und ein Scheppern hallen durch die Decke des Raumes und ich zucke zusammen. Panik ergreift mich.

Sie sind zurückgekommen. Sie sind früh zurückgekommen und sie sind wütend.

Der Gedanke ist mir kaum durch den Kopf gegangen, als auch schon Stimmen durch die Tür dringen. Entsetzen lähmt meinen Verstand. Instinktiv reiße ich die Käfigtür zu, presse mich an die hinteren Gitterstäbe und verkrieche mich unter der Decke für den Fall, dass mein Gesichtsausdruck oder meine Pose verraten, was ich erreicht habe.

Draußen erklingt ein polterndes Geräusch, was nicht das ist, was ich erwartet habe. Dann trampeln Schritte begleitet von Stimmen herbei – doch jetzt, da ich sie deutlicher hören kann, erkenne ich die Sprecher nicht.

„Puh. Was auch immer sie in diesem Käfig gehalten haben, sie hielten es anscheinend nicht für nötig, ihn zu waschen." Diese Stimme ist lebensfroher und herzlicher, als ich es jemals von einem meiner Entführer gehört habe. Er muss mich für einen Deckenberg halten und nichts Lebendes darunter vermuten. Ich zwinge meinen Körper, vollkommen reglos zu verharren.

Es klingt nicht, als würde es ihn *stören*, dass meine Entführer etwas in diesem Käfig gefangen gehalten haben. Auch wenn er freundlicher als sie wirkt, bedeutet das nicht, dass er netter ist. Wer sind diese Leute? Was machen sie hier?

„Das hier sieht nicht wie ein Zimmer aus, in dem sie ihre Notizen aufbewahren", fährt er fort. „Oder ... wie hat Sylas es ausgedrückt? Den ‚Apparat'?"

Die Stimme, die ihm antwortet, ist trocken, melancholisch, jedoch genauso männlich. „Wenn doch Aerik und sein Kader nur so nett gewesen wären, detaillierte Anweisungen in ihrer Eingangshalle zu hinterlassen. Anscheinend sind sie in dieser Hinsicht genauso nervig wie bei allem anderen."

„Ich schätze, es *ist* ihr großes Geheimnis."

„Lass uns jetzt kein Mitgefühl für die Teufel entwickeln. Komm, wir können uns diesen Schrank genauso gut anschauen, wenn wir schon einmal hier sind."

Ich kauere noch immer angespannt und reglos unter der Decke, doch der Stoff ist so verrutscht, dass ich durch einen kleinen Spalt in den Raum blicken kann. Ein Mann tritt in mein Sichtfeld. Er ist groß, viele Muskeln füllen sein schlichtes T-Shirt und dunkle, rotbraune Haare wuchern über seinem breiten, jungenhaften Gesicht. Als er den Schrank inspiziert, leuchten seine Augen so eifrig, dass ich davon ausgehe, dass die erste Stimme ihm gehört.

Trotz der gewaltigen Muskelmasse sieht er nicht bösartig aus und seine Ohrenspitzen sind gerundet. Mein Blick bleibt an den schwarzen Symbolen hängen, die auf seine Haut tätowiert sind. Eines folgt der Wölbung seines Bizepses. Ein anderes umschließt teilweise sein Handgelenk. Es sind Symbole wie die Tattoos, die meine drei Entführer zur Schau stellen.

Mein Körper wird noch steifer, als er es bereits war. Wer auch immer das ist, er muss einer von ihnen sein. Ein Mann-der-kein-Mann-ist. Ein Monster in menschenähnlicher Haut.

Der andere Mann schlendert neben ihn. Er ist noch größer und genauso muskulös, trägt ein Hemd mit hohem Kragen und seine gelbbraunen Haare sind kunstvoll zerzaust. Wohingegen der erste Mann eine eifrige, jugendliche Energie ausstrahlt, verströmt dieser gelassene, muskulöse Selbstsicherheit. Wegen dem Winkel, in dem er sein Gesicht hält, kann ich nur eine Seite seines Lächelns sehen – und ein Ohr mit einer flachen, jedoch offensichtlichen Spitze.

„Nun, jetzt wissen wir, wo sie ihr leeres Glasgeschirr und Wäsche aufbewahren. Dort drin sind keine Papiere?"

Der Jungenhafte beugt sich in den Schrank, um dessen

Inhalt zu durchsuchen. „Sieht nicht so aus." Er seufzt und macht auf der Hacke kehrt, was seiner fröhlichen Energie keinen Abbruch tut. „So viel dazu. Schauen wir mal, was sie hier unten im Keller sonst noch aufbewahren."

Der Selbstsichere hält seine Hand hoch. Das Ende eines Tattoos wirbelt über seinen Handballen zu seiner Handfläche. „Wartet mal. Da ist etwas…" Er atmet hörbar ein und dreht sich… zu mir.

Ich halte die Luft an. Ich bin ein Fels. Ein Haufen Lumpen. Ein Klumpen aus Nichts, für den sich niemand interessieren sollte.

Mein stummes Flehen wird nicht erhört. Die Nasenflügel des Mannes blähen sich und er marschiert mit einer Zielstrebigkeit zu meinem Käfig, die meinen Magen in Wasser verwandelt.

2

*Talia*

Da der Eindringling direkt vor meinem Käfig steht, kann ich durch die kleine Lücke in den Falten meiner Decke nur ein Bein in einer adretten, mitternachtsblauen Hose sehen. Mein Körper brüllt mich an, dass ich in den harten Metallboden sinken und vor ihm wegrennen soll – als hätte ich das nicht schon vor Jahren getan, wenn ich es gekonnt hätte.

Bitte, nicht. Ich war so nah dran. Geh einfach, lass mich in Ruhe, lass mich fliehen.

Mein Herz hämmert so heftig, dass es beinahe seine trockene Stimme übertönt.

„Wegen all der widerlichen Gerüche hier drin, wäre es mir fast entgangen. Hol mal tief Luft, kleiner Bruder, und sag mir, was dir deine Nase verrät."

Der andere atmet tief ein. Mein eigener Atem bebt so flach, wie es mir möglich ist, über meine Lippen.

„Da ist ein Hauch ... wie das Elixier." Die Stimme des Jungenhaften vibriert vor Aufregung. „Und ... etwas Menschliches." Noch ein Atemzug. „Weiblich?"

Oh, nein. Was mache ich jetzt? Die Käfigtür – sie ist nicht einmal abgesperrt. Ich habe die Magie am Türgriff entfernt. Entsetzen kriecht durch mich hindurch und mein Arm zuckt verräterisch.

„Mensch, weiblich und wach, in was für einem Zustand sie abgesehen davon ist, kann ich allerdings nicht sagen. Anscheinend wird dieser Käfig doch noch benutzt." Stoff raschelt als der selbstsichere Mann in die Hocke geht. „Hol unseren glorreichen Anführer. Er sollte sich das ansehen."

Schritte donnern über den Boden, als der andere davonrennt. Ein Schmerz hat in meiner Kehle eingesetzt. Es kostet mich alle Kraft, meinen Körper nicht zu bewegen, während panische Anspannung jeden Muskel packt.

Nach dem Gespräch dieser Männer zu urteilen, bezweifle ich, dass sie meine Entführer sonderlich mögen. Was bedeutet das für mich? Was werden sie mit mir tun?

Sie könnten besser als die Monster sein, die mich entführten ... oder sie könnten schlimmer sein. Und selbst *besser* würde nicht zwangsläufig *gut* bedeuten. Momentan weiß ich nur, dass sie mir meine letzte Möglichkeit zur Flucht vermasseln.

Der Mann spricht in einem leiseren, ruhigeren Tonfall. „Hallo da drin. Warum kommst du nicht raus und lässt uns einen Blick auf dich werfen? Kannst du mich überhaupt verstehen?"

Solange er denkt, dass ich es nicht kann, habe ich eine Ausrede, nicht zu reagieren. Ich bleibe, wo ich bin.

Weitere Schritte poltern in den Raum – mindestens zwei Paar. Wie viele dieser Eindringlinge gibt es?

Ein kräftiger Bariton hallt mit einer Note absoluter Autorität durch den Raum. „Was soll dieser Rummel, Whitt?

Wir können uns nicht von Aeriks vulgären Hobbys ablenken lassen."

„Ich glaube nicht, dass dies eine Ablenkung ist … Ich glaube, das ist *die* Spur, die uns geradewegs zu unserem Ziel führen wird. Vielleicht lassen sie sich von dieser Bediensteten bei der Herstellung des Elixiers helfen. Hier drin ist ein Hauch davon wahrnehmbar."

„Die einzigen Gerüche, die ich hier wahrnehme, sind ekelhaft", ertönt eine vierte Stimme. Diese ist scharf und grell. Sie erinnert mich so stark an den Mann, der mich vor weniger als einer Stunde im Käfig fixiert hat, dass ich zusammenzucke.

Es entsteht eine Pause und dann spüre ich einen anderen, der neben dem Käfig in die Hocke geht. „Nein, Whitt hat recht. Kann sie sprechen?"

„Ich weiß es nicht", antwortet der Selbstsichere, der anscheinend Whitt heißt. „Bisher haben wir nur das von ihr erhalten: eine sehr geschickte Nachahmung einer zerknüllten Decke."

„Nun, wir haben keine Zeit, darauf zu warten, dass sie mit uns warm wird. Schauen wir mal, was wir hier drin haben."

Der Türriegel klickt, die Angeln quietschen. Mein Körper verkrampft sich und meine Finger graben sich in den rauen Stoff, doch natürlich hält ihn das nicht auf. Ein kräftiger Ruck an der Decke zieht sie halb von mir und entblößt meinen nackten Rücken und meine Beine der kühlen Zimmerluft.

Es ist zu viel. Panik durchfährt mich und ohne mich bewusst dafür entschieden zu haben, reiße ich an der Decke, ziehe sie zu mir und trete mit den Beinen aus. Mein unversehrter Fuß trifft auf einen harten Arm. Ich zucke mit hämmerndem Puls gegen die Käfigstäbe zurück – oh Gott, wird mir mein Knöchel jetzt von *diesen* Monstern gebrochen werden?

Der Mann mit der volltönenden Stimme … lacht nur. Es ist nicht das höhnische Gackern meiner Entführer, sondern ein tiefes Lachen, als wäre er ein wenig beeindruckt und belustigt. „Wir haben hier eine Kämpferin", stellt er fest. „Erbärmliches Ding. Komm jetzt her, wir müssen reden."

Und das soll ich glauben? Ich lasse den Stoff von meinem Gesicht fallen, damit ich sehen kann, gegen wen ich kämpfen muss. Daraufhin starre ich in ein Paar nicht zueinander passender Augen, die von brauner Haut umgeben sind.

Der Mann, der sich durch die Käfigtür beugt, ragt sogar noch größer und muskulöser als die ersten zwei auf, wie ein Grizzly unter geringeren Bären. Er trägt die Narben aus mindestens einer grausamen Schlacht. Sein rechtes Auge ist auf mich gerichtet und in einem Braun gefärbt, das so kräftig ist wie seine Stimme. Das andere schimmert milchig weiß und wird von einer blassen, gezackten Narbe geteilt, die von seinem Haaransatz über sein Augenlid bis zur Hälfte seiner Wange verläuft.

Dichte Wogen kaffeebrauner Haare fallen zu seinen massiven Schultern, verdecken seine spitzzulaufenden Ohren allerdings nicht ganz. Gewundene schwarze Tattoos kriechen unter seinem Hemdkragen hinauf und über seinen Hals. Weitere verdunkeln seine Stirn und die Kanten seines Kiefers. Jeder Zentimeter seines Wesens strahlt Macht aus.

Mich überkommt das Gefühl, dass er jeden meiner Entführer in Stücke reißen könnte, ohne selbst mehr als ein paar Kratzer zu kassieren, wenn er es wollte. Möglicherweise könnte er es mit allen dreien gleichzeitig aufnehmen.

Ich habe keine Chance.

„Da bist du ja", sagt er ruhig. „Beantworte uns ein paar Fragen über deine Meister und wir lassen dich in Ruhe. Wir sind nicht hier, um dir wehzutun."

Jemand hinter ihm macht ein raues Geräusch. Der

jungenhafte Mann-der-kein-Mann-ist späht über die Schulter des Grizzlys. „Irgendwie bezweifle ich, dass Aerik und die anderen ähnliche Skrupel hegen."

„Das geht uns nichts an", erwidert der Mann mit der scharfen Stimme, der sich irgendwo außerhalb meines Sichtfeldes aufhält. „Lassen wir den Stinkling in seinem Gestank liegen. Wir müssen mehr über das Elixier erfahren."

„Ruhe", sagt Grizzly ruhig, jedoch bestimmt, ohne nach hinten zu schauen. Seine Aufmerksamkeit liegt weiterhin auf mir. „Was musst du für sie tun, Kleines? So was wie kochen? Kannst du uns davon erzählen?"

Meine Stimme ist in meinem Rachen eingesperrt. Ich will ihnen nichts erzählen, weiß allerdings auch nicht, ob ich es tun könnte, selbst wenn ich es wollte. In meiner Kehle steckt ein Kloß, der so groß und hart wie eine Faust ist.

„Sie ist anscheinend in mehr als einer Hinsicht dumm", bemerkt die scharfe Stimme. „Zieht sie raus und zwingt sie, es uns zu zeigen."

Ich kann gerade genug von dem Selbstsicheren – Whitt – sehen, um zu beobachten, wie er seine hellen Augen verdreht. „Richtig. Fantastischer Plan. Nimm das Wesen, das bereits vor Angst verstummt ist, und verängstige sie noch mehr. Das wird sie definitiv dazu bringen, sich uns zu öffnen."

„Es gibt andere Arten, wie ich sie dazu bringen könnte", blafft der andere.

Der Grizzly durchschneidet die Luft mit seiner breiten Hand, deren Rücken von einem weiteren Tattoo gezeichnet ist. „Es reicht." Als die anderen verstummen, wandert sein Blick über mich. Trotz der Decke und obwohl er nur ein Auge hat, um mich zu betrachten, fühle ich mich vollkommen entblößt.

„Ignoriere sie", sagt er zu mir. „Das hier ist nur zwischen dir und mir. Deine Meister lassen dich manchmal raus, oder? Sie bringen dich in ein anderes Zimmer – einen Ort, wo sie Dinge mischen oder in Flaschen abfüllen? Ich muss nur wissen, wo der ist, und dann verschwinden wir. Wir werden sogar zusehen, dass du vergisst, dass wir jemals hier waren."

Ich will, dass sie gehen. Sie sollen gehen, damit ich von hier verschwinden kann, bevor diese ‚Meister' zurückkehren. Doch ich habe keine Ahnung, wovon er spricht. Meine Entführer lassen mich nie raus und ich habe sie noch nie darüber sprechen gehört, dass sie etwas kochen.

Meine Kehle ist nach wie vor zugeschnürt, es gelingt mir jedoch, den Kopf zu schütteln und ihn mittels meiner Gedanken dazu zu bringen, mich zu verstehen und nicht wütend zu werden. Ich habe nicht, was sie wollen. Ich kann ihnen nicht bei dem helfen, wonach sie suchen.

„Nein?" Er runzelt die Stirn, was sein bereits einschüchterndes Gesicht grimmig werden lässt. Mein Puls macht einen Satz. „Bringen sie etwas hierher, womit du ihnen hilfst?"

Ich schüttle erneut den Kopf, wobei ich ein Zittern nicht ganz unterdrücken kann, woraufhin die Decke über meinen Arm rutscht. Der Grizzly blickt hinab auf mein Handgelenk und obwohl er zuvor reglos in der Hocke saß, erstarrt er irgendwie noch mehr.

Bevor ich reagieren kann, schnellen seine Hände nach vorne, um meinen Arm unterhalb des Verbands zu packen. Er reißt ihn zu sich. Ein Schrei entwischt mir.

Ich versuche, rückwärts zu krabbeln, doch ich kann nirgendwohin und seine Finger packen mich fest. Er zieht mein Handgelenk zu seiner Nase. Seine Augen weiten sich.

„Bitte", flehe ich. Meine Stimme wird auf dem Weg durch meine zugeschnürte Kehle so sehr beansprucht, dass sie kaum mehr als ein Flüstern ist.

Er scheint es nicht zu hören. Mit meinem Arm in der Hand dreht er sich zu seinen Begleitern um.

„Sie riecht nicht nach dem Elixier, weil sie ihnen dabei hilft, es herzustellen. Sie riecht danach, weil sie es *ist*."

Derjenige, der Whitt heißt, lacht schallend. „Sie *ist* das Elixier? Sie sieht nicht so aus, als würde sie in eine Flasche passen."

Der Grizzly funkelt ihn finster an und zieht meinen Arm höher. „Sie haben sie heute bluten lassen. Der Geruch ist eindeutig. *Das hier* ist ihre erbärmliche Geheimzutat."

Trotz der Panik und meiner wirren Gedanken fügen sich die Puzzleteile zusammen. Das, wonach sie suchen, ist das Gleiche, wozu die anderen Monster mein Blut nehmen. Sie werden mich nicht in Ruhe lassen. Sie sind wegen *mir* hier.

In welche neue Hölle werden sie mich verschleppen?

In dem Moment, in dem mir diese Frage durch den Kopf geht, reagiert mein Körper bereits. Ich dresche um mich, zapple und schlage mit jedem Glied aus, während sich mir ein gellender Schrei entreißt. *Nein, nein, nein. Nicht mehr. Nicht, wenn ich so nah dran war.*

„Bring sie zum Schweigen!", sagt einer von ihnen.

Der Grizzly zerrt mich bereits samt der Decke zu sich. Seine kräftigen Arme drücken mich an ihn und halten meine gefangen. Er zuckt nicht einmal mit der Wimper, als meine Knie gegen seine Schenkel treten. Seine Hand legt sich auf meinen Mund und mit dem nächsten hektischen Atemzug füllt ein Geruch wie Erde und Holzrauch meine Nase.

Während ich mich winde und um mich trete, erklingen Stimmen um uns herum.

„Darauf haben wir uns nicht vorbereitet. Wir sollten keine Gefangenen nehmen."

„Wenn sie das ist, was wir brauchen, ist sie unser neuer Ehrengast. Bringen wir sie hier schnell weg, bevor sie einen solchen Radau veranstaltet, dass es die Nachbarn mitkriegen."

„Brich ihr das Genick … das erfüllt den Zweck."

Panik durchfährt mich mit heftiger Schärfe. Ich wehre mich doppelt so stark, obwohl es sich hoffnungslos anfühlt. Der Grizzly hebt mich in seine Arme, als sei ich schwerelos. Ein Arm senkt sich, um meine Beine zu packen, und dann werde ich fest an ihn gedrückt und kann mich kaum noch bewegen. Ich schwinge meinen Kopf zurück, einer meiner wenigen Körperteile, der nicht fixiert ist, und knalle meinen Schädel gegen den Kiefer meines Kidnappers.

Er grunzt leise, sein Griff lockert sich allerdings nicht im Geringsten. „Wenn wir sie töten, gibt es keinen Nachschub mehr. Wir nehmen sie mit – jetzt. Aber sie muss gefügig sein, damit wir sie unbemerkt hier rausschaffen können. August, der Verdunkelungsgriff.“

„Aber …“

Das nächste Wort ist ein Knurren: „*Jetzt.*“

Ich zapple in seinem Griff wie ein Fisch, der in einem Netz gefangen ist. Mein Kopf peitscht vor und zurück, doch es reicht nicht. Der Mann mit dem freundlichen, jungenhaften Gesicht tritt neben den Grizzly und drückt seine Hand an meine Halsbeuge. Als er ein leises, jedoch eindringliches Wort spricht, zwicken und drücken sein Daumen und Zeigefinger zu – und mein Bewusstsein wird wie eine Kerze ausgeblasen und in Dunkelheit gehüllt.

3

*Sylas*

Der Mond ist im Begriff aufzugehen. Obwohl er hinter den Eichen und Kiefern um uns herum aufsteigt, bin ich mir jedes Bruchteils seiner Reise zum Horizont bewusst. Die kribbelnde Energie des Vollmondes wird in der warmen Abendbrise zusammen mit den grünen und moschusartigen Düften des Waldes und der Wesen, die darin hausen, zu mir getragen. Die geisterhaften Eindrücke, die man mit bloßem Auge nicht sehen kann und die manchmal durch mein totes Auge sickern, zeigen mir kurz den Mond. Er wirkt wie ein durchsichtiges Nachbild, das von Schatten überlagert wird.

Allzu bald wird dieser runde, weiße Kreis vollkommen vor dem dunkelwerdenden Himmel entblößt sein. Mit jeder vergehenden Minute windet sich seine Energie tiefer in meine Knochen.

Das gefällt mir nicht. Mir gefällt nicht, welche Wende

unsere Mission genommen hat und wie viel Zeit wir darauf verwenden mussten, Aeriks Festung mit unserer unerwarteten Fracht zu verlassen. Ich dachte, wir würden mit einem Stapel Papiere oder einem oder zwei Notizbüchern davoneilen, idealerweise nachdem wir eine Phiole des Elixiers getrunken haben. Wir hätten uns in unserer wölfischen Gestalt schneller bewegen können und den Vorteil der Heimlichkeit auf unserer Seite gehabt. Wir hätten uns keine Sorgen wegen des Mondes machen müssen.

In der Festung waren jedoch keine Phiolen mehr. Aerik und seine Gruppe müssen den gesamten Monatsvorrat mitgenommen haben, um ihn zu verteilen. Und auch wenn unsere Fracht nicht viel mehr als ein winziges Wesen ist, ist sie um einiges unhandlicher als ein Buch.

Aerik und sein Kader werden wissen, dass jemand eingebrochen ist. Die Töpferwaren, die Kellan zerbrochen hat – aus Versehen, wie er behauptet hat, doch der Mistkerl kann wahnsinnig vorsichtig sein, wenn es *ihm* in den Kram passt – hätte bereits unseren Einbruch verraten, selbst wenn wir nicht mit einem Menschenmädchen verschwunden wären, das sie gefangen hielten. Das Letzte, was ich will, ist, dass wir mit dieser Geschichte in Verbindung gebracht werden. Niemand darf wissen, dass es Sylas und sein Kader waren, die das Geheimnis des Elixiers gestohlen haben, nicht bis wir beschlossen haben, wie wir dieses Geheimnis zu unserem Vorteil nutzen können.

Also mussten wir uns mit einer Schubkarre eines Mitglieds des verblassten Rudels behelfen und einige hastige Tarnzauber benutzen. Jetzt trampeln wir immer noch durch den Wald, obwohl wir eigentlich bereits vor einer Stunde zu unserem Gefährt hätten zurückkehren sollen. Was bedeutet, dass wir eine Stunde näher an dem Moment sind, an dem uns die Energie des Vollmonds vollständig überwältigen wird.

Es lässt sich nicht sagen, was wir dann tun werden. Ob wir das Mädchen verschonen, ob wir sie zerfleischen oder ob wir sie im Wald verlieren werden. Ob wir tiefer in den Wald rennen oder zurück auf die offenen Felder gehen werden, wo uns Aeriks Rudel bei seiner Rückkehr entdecken könnte. Wenn wir nicht rechtzeitig von diesem Streifzug zurückkehren, wird unser Ansehen noch mehr sinken als ohnehin schon und diese Katastrophe wird ebenfalls auf meinen Schultern lasten.

August trägt momentan das Mädchen. Er hat sie sich über die Schulter geworfen, da sie noch schlaff von seiner magischen Berührung ist. Mit der schäbigen Decke, die um ihre dünne Gestalt gewickelt ist, ähnelt sie unangenehm einem Sack Knochen – und noch dazu einem halb leeren. Die rosa Erhebungen der Narben, die eine ihrer knotigen Schultern überziehen, sind der Beweis für brutalere Angriffe als der Schnitt an ihrem Handgelenk – ein Angriff, der mit gebleckten Wolfreißzähnen einhergegangen zu sein schien.

*Das* ist der Schlüssel zu Aeriks plötzlich ansteigendem Ansehen, zu all den Gefallen, die er in den vergangenen Jahren erhalten hat. Dennoch hat er sie mit weniger Würde behandelt, als ich es meinem schlimmsten Feind antun würde. Am Verhungern, gebeugt, stumm vor Furcht bei unserem Anblick …

Ich kann das Bild nicht abschütteln, als ich ihre vor Entsetzen gerundeten Augen zum ersten Mal sah. Das helle Grün frisch gesprossener Blätter, das mich aus ihrem fahlen, eingefallenen Gesicht anfunkelte.

Eine Ratte hätte eine bessere Behandlung verdient und Menschen sind um einige Klassen näher an den Fae als irgendein Nagetier. Ich hatte bereits eine Menge Abscheu für Aeriks Methoden angesammelt und ich glaube, die heutige Nacht hat diese noch verdoppelt.

Doch nicht alle meine Begleiter würden mir hinsichtlich

des Vergleichs zwischen Menschen und Nagetieren zustimmen. Kellan stapft hinter August her, sein silbriger Blick ruht auf dem schlaffen Mädchen und seine Miene ähnelt der einer Katze, die sich auf eine Maus stürzen möchte. Ich habe keine menschlichen Diener in unserem Haus erlaubt, um sie vor seinen Neigungen zu schützen. Allerdings hat ihm das eindeutig nur mehr Zeit verschafft, seine Feindseligkeit gegenüber denjenigen zu nähren, die so schnell zu Staub zerfallen.

Er bemerkt meinen Blick und schenkt mir das bitterste wölfische Grinsen. „So viel hängt von einem Stück Dreck ab. Kein Wunder, dass Aerik das Geheimnis so gut unter Verschluss gehalten hat."

„Ich denke eher, dass es etwas mit der Tatsache zu tun, dass es der aufgeblasene Scheißkerl genossen hat, sich dank seines mysteriösen Heilmittels als Herr über uns andere aufzuspielen", bemerkt Whitt auf seine lässige Art. Er marschiert scheinbar vollkommen gelassen neben uns her, ich kann jedoch einen Hauch von Stress an ihm riechen.

Ich bezweifle allerdings, dass ihm der Mond Sorgen bereitet, auch wenn mein gesamter Kader ihn genauso gut spüren kann wie ich. Er hat sich nie übermäßig viele Gedanken wegen der Verwandlung unserer Wesen gemacht — was vermutlich Sinn ergibt angesichts dessen, dass er sich den Spitznamen ,Wild Whitt' verdient hatte, bevor wir dieser Wildheit nicht mehr entfliehen konnten. Ihm mangelt es jedoch nicht an Stolz. Ihm wird die Vorstellung, dass unser Streifzug entdeckt wird, und der Gedanke an die Schande, die das über uns bringen würde, genauso wenig gefallen wie mir.

Sogar Kellans Glucksen klingt bitter. „Trotzdem, stell dir mal vor, dass du jahrelang dieses stinkende Wesen halten und dich vor jedem Vollmond damit befassen müsstest. Du müsstest ständig *vorsichtig* mit ihm umgehen, damit du die verrottende Quelle deines ganzen Ruhms nicht verlierst." Seine Lippe verzieht sich angewidert, wobei er in eine andere Richtung als meine blickt. „Der einzige vernünftige Nutzen für einen Stinkling …"

„Der einzige vernünftige Nutzen für deinen *Mund* wäre momentan, so viel Luft zu holen, dass du deine Schritte beschleunigen kannst", unterbreche ich ihn, wobei ich mit fester anstatt bissiger Stimme spreche. Er *ist* ein Mitglied meines Kaders und ich bin sein Lord, weshalb ich ihm keinen Schlag auf den Kopf verpassen werde, als wäre er ein schmollender Welpe, auch wenn ich manchmal versucht bin, genau das zu tun.

Ich schulde ihm mehr und hoffentlich vergesse ich es nicht. Er wird es bestimmt nie tun.

Allerdings werde ich ihn eindeutig im Auge behalten müssen, wenn es um unser neuestes – wenn auch nur vorübergehendes – Mitglied unseres Haushalts geht. Bisher hat Kellan keinen direkten Befehl offen missachtet. Er weiß, dass diesbezüglich kein Platz für Nachsicht wäre. Doch er scheint in den vergangenen Jahren mit großer Freude zunehmend Möglichkeiten gefunden zu haben, meine offenkundigen Absichten zu umgehen.

In Anbetracht seiner Umstände und unserer gemeinsamen Vergangenheit habe ich ihm jegliche Geduld geschenkt, die ich aufbringen kann, diese hat jedoch Grenzen. Es wird vielleicht ein Punkt kommen, an dem er es bereuen wird, mich auf die Probe gestellt zu haben.

Die aufgeblähte Kugel des Monds wird gleich ihre breite Mitte über den Horizont schieben. Uns bleiben noch ungefähr fünfzehn Minuten, bis die Verwandlung einsetzt. Solange wir in unserem verzauberten Gefährt sitzen und fort sind, spielt es keine Rolle. Der gesicherte Laderaum, den ich in dem Teil heraufbeschworen habe, um dafür zu sorgen, dass unsere Beute nicht beschädigt wird, ist groß genug für das Mädchen.

Wir müssen schon in der Nähe des Gefährts sein. Mir gehen allmählich die Orientierungshilfen aus, die ich mir auf unserem Weg eingeprägt habe …

Whitt ist uns voraus gerannt. Er bleibt stehen und sein Kopf dreht sich, um eine kleine Lichtung zu betrachten – eine Lichtung, die uns vertraut und unangenehm leer ist. Verärgert zischt Luft durch seine Zähne.

„Unser Gefährt scheint sich ohne uns aus dem Staub gemacht zu haben."

Ich fluche leise. Ich kenne die wahren Namen jeder Baumfamilie in diesem und jedem anderen Wald. Ich kann einen Samen dazu überreden, zu einem jungen Baum heranzuwachsen, doch da ich so weit entfernt vom Herzen der Nebelwelt gelebt habe, hat sich meine Magie verringert. Es bräuchte nur einen anderen Fae in der Nähe, der größere Reserven hat als ich und nach einem Fahrzeug ruft, um meine Macht über das heraufbeschworene Gefährt zu brechen.

August wirbelt herum und ein Schatten huscht über sein normalerweise fröhliches Gesicht. „Wie kommen wir dann zurück? Wir sind noch zu nahe und der Mond …"

„Ich weiß." Ich drehe mich im Kreis und betrachte den Wald. „Ich kann noch ein Gefährt fertigen." Dafür wäre womöglich ein kleines Opfer nötig nach all der Magie, die ich an diesem Abend bereits verbraucht habe, aber ein wenig Haut ist nichts im Vergleich zu der Rache, die Aerik wahrscheinlich an uns nehmen will. „Ich muss nur einen Wacholder finden."

Keine einzige Wolke des unverkennbaren herben Geruchs dringt an meine Nase. Es gibt nichts in der Nähe, was ich benutzen könnte. Eine frische Woge der kribbelnden Energie des Vollmonds schwappt durch meinen Körper hindurch und bringt meine Gedanken zum Zucken. Bald werde ich meine Fähigkeit, sie – und meinen gesamten Körper – zu kontrollieren, verlieren. Mein Kiefer verkrampft sich.

„Bewegung!", blaffe ich, renne mit größerer Geschwindigkeit durch den Wald und ziehe die Luft durch den Mund tief in meine Lunge. Wenn ich auch nur den geringsten Hauch von Wacholder wahrnehmen könnte, der mir den Weg weist … Ich richte mein totes Auge so eindringlich wie mein gesundes auf den Weg vor mir in der Hoffnung, dass es mir ein flüchtiges Bild zeigt, das helfen könnte. Doch das Einzige, woran es hängen bleibt, ist ein schimmerndes Echo des Gefährts, das durch den Wald davonrast, wie es vor nicht allzu langer Zeit geschehen sein muss.

Ein Schauder bebt durch meinen Körper hindurch und bringt mich beinahe zum Stolpern. Meine Muskeln kribbeln jetzt nicht nur, sondern spannen sich in Erwartung der Verwandlung an. Meine Haut strafft sich und ein Schmerz durchfährt mein Zahnfleisch dort, wo meine Fangzähne kurz davorstehen, hervorzubrechen.

Die Verwandlung bricht schneller und stärker denn je über mich herein. Das ist die Geschichte unseres jämmerlichen Lebens, oder? Selbst wenn ich in diesem Augenblick gegen einen Wacholder laufen würde, könnte ich vermutlich nicht lange genug an meinem Bewusstsein festhalten, um den notwendigen Zauber zu wirken.

Ein Knurren baut sich in meiner Kehle auf und es juckt mich in den Schultern, sie zu beugen. Innerhalb weniger Momente werde ich nichts als eine hirnlose Bestie sein.

Die Ungerechtigkeit unseres Leidens fährt durch mich hindurch. Ich bin Sylas von Hearthshire, Lord meiner Ländereien, auch wenn diese Ländereien heutzutage nicht viel besser als ein Misthaufen sind, und ich unterwerfe mich niemandem.

Niemandem außer meiner tobenden Bestie, die aus mir hervorbricht, um den Mond zu begrüßen.

Ich wirble zu den anderen herum. August ist mit einem harschen Grunzen gestolpert. Er beugt sich vornüber, sein Rücken erschaudert und das Mädchen entgleitet seinem Griff. Ihr verbundenes Handgelenk fällt zu Boden und ein Gedanke verankert mich plötzlich mitten in dem Sturm, der in meinem Inneren an Fahrt gewinnt.

Ich wollte es nicht auf diese Weise tun. Wir wissen nicht einmal, was sie ist, oder wie sie es ist. Doch nichts davon wird eine Rolle spielen, wenn wir heute Nacht die Kontrolle an unsere Bestien verlieren.

Mit dem letzten bisschen Bewusstsein, das noch in mir steckt, stürze ich an Augusts Seite, hebe die Hand des Mädchens an meine Lippen und pike ihren Zeigefinger mit meinem spitzen Zahn.

Der kleinste Blutstropfen sickert scharf und metallisch mit diesem eigenartigen Schimmern von harziger Helligkeit in meinen Mund, das ich von Aeriks Elixieren kenne. In dem Moment, in dem der Tropfen meine Zunge berührt, lösen sich die wütenden Wolken auf, die durch meinen Verstand fegen. Das Krampfen in meinen Muskeln lässt nach. Meine Fangzähne ziehen sich zurück.

Ich bin wieder ich selbst — vollständig ich selbst, als würde ich aus der sengenden Hitze in die kühle Gischt eines Wasserfalls treten. Ich könnte vor Freude brüllen.

Das tue ich jedoch nicht, denn ich muss an meinen Kader denken. Ich packe Augusts Schulter und drücke die aufgeritzte Fingerspitze des Mädchens in seinen Mund. Sein Atem stockt auf halbem Weg zu einem Knurren. Er blickt zu mir auf und erschrockenes, ehrfurchtvolles Verstehen dämmert auf seinem Gesicht.

Whitt stürzt sich mit zitterndem Körper nach vorne. Er springt gegen einen Baumstamm. Ich hebe das entsetzlich geringe Gewicht des Mädchens in meine Arme und marschiere zu ihm. Er wirft seinen Kopf von einer Seite zur anderen, während sich sein Schädel in die Länge zieht, weshalb ich einige Sekunden brauche, um seinen Kiefer so fest zu packen, dass ich sicherstellen kann, dass er ihr nicht die ganze Hand abbeißt. Ich schiebe den blutenden Finger zwischen seine Lippen.

Aufgrund des Blutes sackt er auf dem Boden zusammen und seine Gesichtszüge nehmen ihre übliche Form an. Er atmet die Nachtluft tief ein und lacht hemmungslos.

Kellan ist auf dem Boden zusammengebrochen, seine Glieder nehmen ihre tierischen Konturen an und sein Gesicht ist jetzt vollständig wölfisch. Als ich mich nähere, schnappt er nach mir und stemmt sich auf vier Beine. Sein Körper hat sich allerdings noch nicht vollständig verwandelt, weshalb er aus dem Gleichgewicht gerät. Ich verschmiere das Blut des Mädchens auf meinem Finger, packe seine Schnauze mitten in der Bewegung und tupfe die übernatürliche Substanz auf seine Zunge.

Er beendet seine Verwandlung, doch in seinen dunkler werdenden Augen leuchtet ein wacher Geist. Sein Wolf dehnt sich, schüttelt seinen Körper aus und geht auf die Hinterbeine, um sich wieder in einen Mann zu verwandeln. Er steht da und starrt das Mädchen in meinen Armen mit einem Gesichtsausdruck an, der gleichermaßen abgestoßen und begeistert wirkt.

Ja, ich werde ihn in der Nähe des Menschen definitiv an der kurzen Leine halten müssen.

Whitt ist aufgestanden und klopft sich den Schmutz von den Kleidern. Er mustert das Mädchen ebenfalls, in seinem Fall allerdings nur mit unverhohlenem Staunen.

„Bei allem, was Staub ist. Dass die Verwandlung einfach

so mittendrin gestoppt wurde … es hat kaum eine Sekunde gebraucht …" Er schüttelt den Kopf und lacht erneut. Dann zerbricht abermals etwas auf seinem Gesicht. „Was *ist* sie? Wie in allen Ländern hat Aerik diesen Schatz gefunden?"

„Ich rechne damit, dass wir in unserer Unterkunft mehr Antworten von ihr erhalten werden", erwidere ich. „Wir müssen die ganze Situation verstehen, bevor wir entscheiden, wie wir weiter vorgehen sollen."

Kellans Lippen krümmen sich zu einem Grinsen, das nur als bösartig beschrieben werden kann. „Mir ist scheißegal, was sie ist. Die Erzlords können auf keinen Fall ein derartiges Geschenk ablehnen."

Augusts Kopf dreht sich. „Wer sagt, dass wir sie einfach so den Erzlords anbieten?"

Ich ziehe mir den schlaffen Körper des Mädchens über die Schulter, so wie er es zuvor getan hat, und hebe meine andere Hand. „Wir werden keine Angebote oder Geschenke oder irgendetwas anderes machen, bis wir verstehen, womit wir es zu tun haben. Und dafür müssen wir nach Hause gehen. Wer zuerst einen Wacholder findet, bekommt die Reste des gestrigen Bratens."

Das bringt beide zum Verstummen und sie marschieren in unterschiedliche Richtungen davon. Ich verlagere das Mädchen in meinen Armen und ihr harzähnlicher Geruch neckt erneut meine Nase.

Sie ist ein Schatz, das stimmt – ein Preis sondergleichen und eine Komplikation, die alles übersteigt, worauf ich mich vorbereitet habe.

4

*Talia*

Das Erste, dessen ich mir bewusst werde, ist eine flauschige Decke auf meinen Schultern. Mein Kopf ruht auf einem weichen Kissen. Frische sommersüße Luft streift meine Wange.

Die Empfindungen sind mir so vertraut und zugleich unbekannt, dass mein Verstand an einem Gedanken hängenbleibt: Es war alles nur ein Traum. Nein, ein Albtraum. Ein entsetzlicher, scheinbar endloser Albtraum, aus dem ich endlich in meinem echten Bett in meinem echten Schlafzimmer aufgewacht bin. Mom wird jetzt jeden Moment an den Türrahmen klopfen und mich fragen, ob ich zum Samstagsfrühstück Waffeln oder French Toast will. Jamie wird aufs Bett springen und darauf bestehen, dass ich ihm bei irgendeinem schwierigen Level seines neuesten Videospiels helfe, und alles wird absolut, wunderbar *normal* sein.

Dann öffne ich die Augen.

Ich stelle fest, dass ich auf eine Decke blicke, die der zu Hause kein bisschen ähnelt. Sie sieht aus, als bestünde sie aus der Sorte kräftigem, poliertem Holz, das man am Boden irgendeiner alten, jedoch noblen Villa erwarten würde. Ringe und Wirbel sind schwach in der kastanienbraunen Maserung zu erkennen.

Und es ist nicht nur die Decke. Ich drehe den Kopf auf die Seite und betrachte den Rest des Zimmers. Die Wände und sogar der Boden sind mit dem gleichen glänzenden Holz bedeckt abgesehen von einem fein gewebten Teppich, der sich neben dem Bett befindet.

Ich *liege* in einem Bett. In einem Bett mit Pfosten aus dunklerem Holz, in das zarte Farnblätter geschnitzt wurden. Ein fichtengrünes Tuch verdeckt mich bis zu meinen Schultern und eine gewebte Decke im gleichen Farbton, die mit Silberstickereien verziert ist, liegt gefaltet am Fußende. Passende Vorhänge aus schwerem Stoff hängen zu beiden Seiten eines Fensters. Sonnenlicht fällt durch die Scheibe auf den Teppich und eine Ecke des Bettes.

Ich blinzle und blinzle noch mal. Mir ist schwindlig, obwohl ich mich kaum bewegt habe. Ich bin nicht zu Hause, aber ich bin auch nicht in meinem Käfig. Ist *das hier* ein Traum? Ein verblüffend realistischer, aus dem mich meine Entführer jeden Moment mit dem Klirren eines Glases lauwarmen Wassers reißen werden oder einem Teller mit zusammengewürfelten Essensresten, der auf dem Boden landet? Wie …? Wo …?

Die Erinnerungen an meine letzten wachen Momente rauschen wie eine Flutwelle durch meinen Kopf hindurch. Ich öffnete den Käfig … die unerwarteten Geräusche. Die vier unbekannten Männer-die-keine-Männer-sind, die sich um meinen Käfig herum versammelten, mich befragten … mich bedrohten. Mich rausschleiften.

Haben *sie* mich hierhergebracht? Warum haben sie mich in einem solchen Zimmer untergebracht? Warum wollten sie mich überhaupt? Sie haben nach etwas gesucht … nach irgendeinem ‚Elixier'. In das müssen meine Entführer mein Blut gekippt haben. Warum irgendjemand dieses Elixier will, vor allem so sehr, dass er mich deswegen entführt, ist mir nach wie vor schleierhaft.

Die Monster, die mich all diese Zeit gefangen gehalten haben, werden nicht glücklich über mein Verschwinden sein. Ich erinnere mich daran, wie laut der Anführer den Scharfkantigen angebrüllt hat, als er am Anfang einmal nicht so vorsichtig bei seiner Folter war, und ich einen Tag lang meinen gesamten Mageninhalt hervorwürgte. *Sie ist nicht hier, um dein Spielzeug zu sein. Wir brauchen sie lebend. Such dir etwas anderes zum Spielen, bevor du alles zerstörst, was wir gewonnen haben.*

Ich erholte mich von diesen Verletzungen und der scharfkantige Mann nahm seine Spiele nach einer kurzen Zeit der Buße wieder auf, aber es war immer klar: Es war wichtig, dass ich am Leben blieb. Mich zu *haben*, war wichtig. Und jetzt haben sie mich nicht mehr.

Was werden sie tun, um mich zurückzuholen?

Andere Bilder blitzen in meinen Gedanken auf. Schauder aus Farben und Lauten blenden das Zimmer um mich herum aus. Scharlachrot auf Dunkelgrün, ein Schrei, ein fleischartiges reißendes Geräusch, die Sterne, die über meinem Kopf schwanken …

Als ich mir meines Körpers wieder bewusst bin, zittere ich und atme keuchend. Mein Herz rast, als wäre ich gerade zwei Kilometer mit voller Geschwindigkeit gerannt. Ich habe das Gefühl, als müsste ich mich übergeben.

Ich rolle mich herum und presse mein Gesicht ins Kissen. Es ist echt. Ein zarter Lavendelduft kitzelt meine Nase. Ich sende meinen Verstand zu einem anderen der

Fotos, die ich von einer Landschaft ausgedruckt hatte, die ich eines Tages besuchen wollte – eine Landschaft in einem kräftigen Grün mit kleinen Hügeln, die sich wie Miniaturburgen in Wirbeln erhoben – bis sich meine Atmung und mein Puls beruhigen. Daraufhin wage ich es, erneut meine Augen zu öffnen.

Wie kann ich an die Zukunft denken, wenn ich meine Gegenwart nicht verstehe? Der einfache Akt des Atmens verwirrt mich. Wann war das letzte Mal, dass ich Frischluft anstatt des abgestandenen, leblosen Zeugs in dem Raum gerochen habe, in dem mein Käfig stand?

Mindestens acht Jahre nach den Narben auf meiner Hüfte zu urteilen. Es ist acht Jahre her, seit ich Frischluft geatmet habe. Acht Jahre, seit ich das Sonnenlicht gespürt habe. Acht Jahre, seit ich irgendetwas draußen gesehen habe.

Eines dieser Dinge habe ich bereits erreicht, denn ich atme frische Luft. Ein verzweifelter Drang packt mich, auch die anderen zwei zu erreichen, bevor jemand kommen und sie mir erneut wegnehmen kann.

Ich schiebe mich an die Bettkante und entdecke dabei noch etwas, was anders ist: Ich trage zum ersten Mal seit einer gefühlten Ewigkeit Klamotten. Ein lockeres, ärmelloses Nachthemd hängt an meinem ausgemergelten Körper. Der Stoff ist dünn, aber glatt. Als ich meine Beine über die Bettkante schwinge, legt sich das schmale Spitzenband am Saum um meine Knie.

Jemand hat mir das angezogen, vielleicht einer der Fremden, die mich aus meinem Käfig gezerrt haben. Es fällt mir schwer, deswegen Scham zu empfinden, wenn die Alternative darin bestanden hätte, nackt hier zu liegen. Irgendeiner Person hier war es wichtig, ein bisschen meiner Würde wiederherzustellen.

Urplötzlich brennen Tränen in meinen Augenwinkeln.

Ich blinzle heftig, atme tief ein und meine Finger krümmen sich um die Kante der Matratze.

Der Verband um mein Handgelenk ist ebenfalls fort. Ich mustere meinen Arm einen Augenblick lang, ohne ganz zu verarbeiten, was ich sehe, bevor mich meine Gedanken einholen.

Der Schnitt, an dem mir meine Entführer das Blut abgezapft haben – er ist verschwunden. Die Haut ist zugewachsen und dort, wo die Wunde war, ist nur eine schwache rosa Linie zu sehen. Wie …?

Es gibt zu viele Fragen, die ich nicht beantworten kann. Ich hebe den Blick erneut zum Fenster. Dieses eine Ziel kann ich selbst erreichen.

Meine dünnen Waden und Füße ragen unter dem Saum des Nachthemdes hervor. Der rechte Fuß ist in der Mitte unnatürlich gekrümmt. Ich bin auch seit acht Jahren nicht aufgestanden. Der Gedanke, es jetzt zu versuchen, bringt meinen Puls zum Stocken. Zum Glück ist das Fenster so nahe, dass ich den Vorhang in meiner Nähe erreichen kann, ohne das Bett zu verlassen.

Ich ziehe den schweren Stoff weiter von dem Rahmen weg. Es gibt zwei Glasscheiben, eine ist fast genauso weit geöffnet wie die andere, wodurch die Brise hereinflüstert. Ich beuge mich nach vorne, um eine bessere Sicht zu erhalten.

Die ersten Sekunden ist das Sonnenlicht so strahlend, dass mein ganzes Sichtfeld weiß wird. Es fällt auf mein Gesicht und bemalt meine Haut mit Wärme. Als sich meine Augen an das Licht gewöhnen, zwickt es in meinen Wangen wegen einer unerwarteten Bewegung meines Mundes.

Ich lächle. Wie lange ist es her, seit ich *das* zuletzt tat?

Nach der Aussicht zu urteilen, muss ich mich mindestens im zweiten Stock dieses eigenartigen Holzgebäudes befinden. Hinter dem Fenster erstrecken sich Felder, die mit Grün und einem kränklichen Gelb getupft sind, zu einer dunklen

Ansammlung an Bäumen. Zu meiner Rechten sprenkeln ungefähr ein Dutzend kleiner Gebäude das Feld. Ich weiß nicht, ob ich sie Häuser nennen soll, auch wenn ich Türen und Fenster erkennen kann. Die Fassaden der Gebäude sehen wie massive Baumstämme aus, deren Rinde glatt gehobelt wurde, und sie erheben sich zu einer gebogenen Spitze, als wäre ein Riese vorbeigekommen und hätte den Rest des Baumes abgedreht.

Die Sonne, die ich so hell fand, geht gerade erst auf. Ihre Strahlen berühren die Baumwipfel des Waldes.

Osten. In diese Richtung muss Osten liegen.

Es wäre viel nützlicher, das zu wissen, wenn ich wüsste, in welcher Richtung mein echtes Zuhause liegt.

Der Klang von Schritten dringt durch die gegenüberliegende Wand des Schlafzimmers. Mein Herz hämmert gegen meine Rippen und ich schiebe mich, ohne nachzudenken, auf dem Bett ganz nach hinten, angetrieben von einem Stoß panischen Adrenalins.

Meine Hände huschen über die Decke, doch ich kann nichts in der Nähe sehen, was ich nutzen könnte, um mich zu verteidigen, sollte es nötig werden. Abgesehen von dem Bett mit seinen Bezügen und dem Fenster gibt es nur einen kleinen Tisch auf der anderen Seite des Bettes, auf dem eine leere elfenbeinfarbene Schale steht, und einen hohen Kleiderschrank, der so weit weg ist, dass ich ihn nicht rechtzeitig erreichen würde.

Ein Mann öffnet die Tür, tritt hindurch und bleibt stehen. Es ist derjenige mit der Narbe durch das linke Auge, den ich in Gedanken als Grizzly bezeichnete. Er sieht irgendwie noch größer aus als zuvor, denn seine gewaltige Statur ist beinahe so hoch und breit wie der Türrahmen, durch den er gerade getreten ist.

Er trägt ähnliche Klamotten wie die, die ich an meinen Entführern gesehen habe. Sein grasgrünes Hemd zeigt einen kleinen Teil seiner Brust sowie die geschlängelte Linie eines Tattoos hinter der Schnürung seines V-Kragens. Die Ärmel hängen locker von den Schultern bis zur Mitte seiner Unterarme, wo sie schmaler werden und seine Handgelenke eng umschließen. Seine schwarze Hose schmiegt sich an seine muskulösen Schenkel und Waden.

Eine Lederscheide hängt von seinem Gürtel und der funkelnde Griff eines Dolchs ragt daraus hervor. Meine Finger krallen sich instinktiv in die Decke, als würde die Waffe einen Unterschied machen, obwohl er mir mit seinen Fäusten und Füßen mehr als genug Schaden zufügen könnte.

Mit einem Schubs seiner Ferse schließt er die Tür hinter sich und seine ungleichen Augen richten sich auf mich. Obwohl sein linkes Auge milchig ist, erhalte ich den Eindruck, dass er mich damit genauso beobachtet wie mit dem Unversehrten. Meine Schultern krümmen sich nach vorne und ich ziehe die Beine näher an meinen Körper, als könnte ich so seinem eindringlichen Blick ausweichen.

„Wir können genauso gut am Anfang beginnen", sagt er mit der leisen, volltönenden Stimme, an die ich mich erinnere. „Wie heißt du?"

Ich starre ihn an. In über acht Jahren haben sich meine Entführer nie die Mühe gemacht, diese Frage zu stellen. Es hat für sie nie eine Rolle gespielt. Vorher, in meinem alten Leben, muss ich den Leuten meinen Namen dutzende Male genannt haben, doch jetzt bin ich aus der Übung und ihn preiszugeben, fühlt sich irgendwie gefährlich an. Warum will er ihn wissen?

Der Mann macht ein finsteres Gesicht. Er läuft zum Fußende des Bettes und legt seine Hand auf einen der Pfosten. Die schwarzen Linien der Tattoos, die unter seinem Ärmel hervor und seinen Hals hinauf über seinen Kiefer kriechen, erinnern mich daran, dass er kein richtiger Mann ist, genauso wenig wie die, die mich in ihren Käfig gesperrt haben.

„Verstehst du mich?", fragt er und spricht die Worte langsamer aus.

Ich nicke automatisch, nur ein kurzes Senken meines Kopfs, bevor ich mich mit einem weiteren Anflug von Panik daran hindern kann. Hätte ich nicht darauf reagieren sollen? Wäre ich besser dran, wenn er denkt, ich könnte ihn nicht verstehen?

Er macht noch einen Schritt und mein Körper zuckt gegen das Kopfbrett zurück. Der Mann erfasst die Bewegung mit seinem nachdenklichen Blick und bleibt dort stehen, wo er ist. Er setzt sich auf die Bettkante am Fußende, dreht sich zu mir und lässt einen halben Meter Platz zwischen uns.

Er ist nur etwas weniger einschüchternd, wenn er auf Augenhöhe mit mir ist.

„Du hast Angst", sagt er – es ist eine Feststellung, keine Frage.

Ein hysterisches Kichern kratzt an meiner Kehle. *Was du nicht sagst*, hatte Jamie stets mit seiner gesamten achtjährigen Unverschämtheit gesagt, wenn jemand eine lächerlich offensichtliche Bemerkung gemacht hatte.

„Dann fange ich am besten an, oder?" Der Mann lehnt sich ohne ein Anzeichen von Ungeduld an den Bettpfosten hinter sich. „Ich bin Sylas, ursprünglich von Hearthshire, und das hier ist mein Bergfried. Du wirst hier nicht in einen Käfig gesperrt werden. Ich habe nur ein paar Fragen an dich, damit ich ein besseres Gespür für deine Situation erhalte."

Er könnte lügen. Doch wenn es ihm wichtig genug wäre, könnte er vermutlich Methoden finden, mir die Antworten durch Zwang zu entlocken – viel unangenehmere Methoden als das hier. Sehnsucht kitzelt durch meine Brust hindurch – eine Sehnsucht, an diesem Moment relativen Friedens und der Normalität festzuhalten, wie kurz er auch sein mag.

Ich öffne den Mund. Meine Zunge verheddert sich. Wie lange ist es her, seit ich zuletzt sprach – während eines richtigen Gesprächs, nicht nur ein einzelnes Wort oder ein Schrei, der mir entrungen wurde?

Schließlich zwinge ich einen Bruchteil meiner Stimme durch meine Kehle. Sie erklingt als kratziges Flüstern. „Talia. Mein Name. Ich heiße Talia."

Als ich es sage, fühlt es sich nicht mehr so an, als würde ich etwas aufgeben, sondern als würde ich etwas zurückerobern, was mir meine Entführer nie ganz hatten entreißen können. Ich bin Talia McCarty. Ich bin ein menschliches Wesen, kein … kein Ungeziefer oder als was mich die Monster bezeichnet haben. Es fällt mir leichter, an dieser Gewissheit festzuhalten, während ich richtige Kleider trage, auf einem richtigen Bett sitze und Sonnenlicht auf mich fällt.

„Talia", wiederholt Sylas und lässt den Namen von seiner Zunge rollen, als würde er jede Silbe schmecken. In seinem volltönenden Bariton klingt er reizender, als ich ihn je zuvor fand. Wichtig. Als wäre ich nicht nur ein menschliches Wesen, sondern eine anerkennenswerte Person. „Kannst du mir verraten, wie du in diesem Käfig in Aeriks Festung gelandet bist, Talia?"

*Festung.* Genauso wie *Bergfried* hört es sich nach einem Wort aus einem Fantasy-Film an, nicht nach der Realität meiner Kindheit. Andererseits kamen in der Realität meiner Kindheit auch keine Männer vor, die sich in Bestien verwandeln oder Schlösser magisch versiegeln konnten.

Wie bin ich in diesem Käfig gelandet? Die eisigen Spritzer von Erinnerungen zucken in meinem Gedächtnis auf, doch es gelingt mir, mich auf das zu konzentrieren, was sich vor mir befindet. Ich muss nicht dorthin zurückkehren, um ihm zu antworten.

Meine Stimme weigert sich nach wie vor, sich über ein

Flüstern zu erheben, und ich zwinge sie nicht dazu. „Sie haben mich angegriffen. Mir in die Schulter gebissen." Wie von selbst hebt sich meine Hand zu den Erhebungen des Narbengewebes dort. „Ich war im Wald spazieren, nachdem meine Familie zum Abendessen gegangen war. Sie sahen … sie sahen wie riesige Wölfe aus und dann nicht mehr. Sie nahmen mich mit … wie du es getan hast … und als ich aufwachte, war ich in dem Käfig."

„Ich entschuldige mich, falls dich unsere Taten an diese Zeit erinnert haben. Wir mussten schnell handeln, um sicherzustellen, dass wir nicht erwischt und gezwungen wurden, dich dort zurückzulassen."

Ich wüsste die Entschuldigung mehr zu schätzen, wenn ich wüsste, was er und die anderen Männer mit mir vorhaben. Sie sprachen zu sehr wie diejenigen, die mich in diesen Käfig steckten, über mich – als wäre ich etwas, was sie benutzen wollen.

Und jetzt kommt der Teil, an dem er diesen Zweck anspricht. Er neigt den Kopf, woraufhin das Sonnenlicht feine dunkelviolette Strähnen in den dichten, kaffeebraunen Wellen seiner Haare beleuchtet, und deutet zu meinem mittlerweile verheilten Handgelenk. „Wir haben deine offensichtlichsten Verletzungen so gut geheilt, wie wir konnten. Sie haben dein Blut genommen. Wie oft?"

„Ich weiß es nicht. Ich denke, es lagen Wochen dazwischen. Ich habe ziemlich schnell das Zeitgefühl verloren."

„Natürlich. Und der Rest deiner Tage dort? Es macht nicht den Anschein, als hätten sie dich sonderlich gut behandelt."

„Nein." Mein Rücken versteift sich. Die Worte purzeln aus meinem Mund, bevor ich sie zurückhalten kann. „Werden sie … werden sie wissen, dass ihr mich mitgenommen habt? Wenn sie hierherkommen …"

Sylas hält seine Hand hoch. „Sie sollten es nicht wissen, aber selbst, wenn sie es herausfinden, hege ich keinerlei Absicht, zuzulassen, dass sie dich zurück in diesen elenden Käfig werfen. Aerik schwingt gerne große Reden, handelt allerdings weniger gern. Falls er es wagt, mich herauszufordern, wird er es bereuen." Er grinst und entblößt wilde weiße Zähne.

Ich weiß nicht, ob ich ihm glauben soll, doch er scheint sich seiner selbst sicher zu sein. Ich sauge meine Unterlippe kurz zwischen meine Zähne und realisiere, dass ich seine Frage nicht beantwortet habe. „Die restliche Zeit ließen sie mich größtenteils in Ruhe. Sie kamen nur, um mir etwas Essen und Wasser zu bringen. Und um den Toiletteneimer zu wechseln."

„Haben sie dir jemals erzählt, wofür sie das Blut wollen?"

Ich schüttle den Kopf. „Sie haben nicht mit mir gesprochen."

„In Ordnung. Wie sah dein Leben davor aus? Warst du bereits hier, in der Nebelwelt, oder haben sie dich aus der Menschenwelt geholt?"

Mir verschlägt es einige Herzschläge lang die Sprache. „Die Nebelwelt? Was ist das?"

Ich schätze, meine Verwirrung ist Antwort genug. Sylas' Mund verzieht sich. „Das Land der Fae. Wo du jetzt bist. Ich nehme an, du hattest vor dem Angriff kein Wissen über uns."

„Nein." *Fae.* So was wie Feen? Mein Verstand produziert ein Bild von Tinkerbell, doch der Mann vor mir unterscheidet sich ungefähr so sehr von dieser kleinen Fee, wie ich mich von Batman unterscheide. Er hat auch mit Santas Elfen und den sieben Zwergen nicht viel gemeinsam.

„Dann hast du ein gewöhnliches Menschenleben geführt?", fragt er. „Eltern, Schule, spielen im Park, solche Dinge?"

Er musste allein durch einen Blick auf mich erkennen können, dass ich als Kind entführt worden war. Wenn ich die Jahre richtig gezählt habe, muss ich erst vor kurzem mein Teenageralter hinter mir gelassen haben. „Ja", murmle ich, da sich mit diesem einen bestätigenden Wort zu viel Kummer am Ansatz meiner Kehle sammelt.

„Hast du vor deiner Entführung Erfahrungen gemacht, die ungewöhnlich waren?"

„Mir … mir fallen keine ein."

Meine Finger, die sich nach wie vor in die Decke krallen, beginnen, zu schmerzen. Vielleicht bemerkt Sylas das. Er steht geschmeidig, jedoch so schnell auf, dass mein Herz einen Schlag aussetzt.

„Ich denke, für heute haben wir genug geredet. Wir sollten dir etwas zu essen und trinken geben, bevor du noch vor meinen Augen dahinsiechst."

Mein Magen zwickt, aber ich habe seit meiner Entführung genügend Erfahrungen gesammelt, dass ich nachfrage: „Nichts das … komische Dinge mit meinem Kopf oder Körper anstellt. Nur normales Essen?"

Sylas' betrachtet mich so einfühlsam, dass ich mich frage, ob dieser ungleiche Blick direkt in meinen Verstand dringen und die Arten sehen kann, auf die mich meine Entführer quälten, wenn ihnen danach war. „Nur gewöhnliches Essen. Und vielleicht möchtest du auch eine richtige Toilette benutzen."

Ja, das wäre hilfreich, wenn ich diese hübschen Laken nicht verschmutzen will – nun, nicht noch mehr, als es mein ungewaschener Körper bereits getan hat.

Er bedeutet mir, ihm zu folgen. Meine Glieder weigern sich, jedoch nur kurz. Ich weiß nicht, was hier los ist, und ich bin mir noch unsicherer, wo *hier* ist, als ich das vor unserem Gespräch war. Auch wenn Sylas in mancherlei Hinsicht wie meine Entführer ist, erweckt er doch den

Eindruck, sanfter zu sein. Und ich weiß, in welchem Zustand ich mich wiederfinden werde, wenn ich versuche, das Essen zu verweigern.

Ich schiebe mich langsam vom Bett und stelle meine Füße auf den Boden. Als ich sie belaste, breitet sich ein schwacher Schmerz in dem krummen aus. Indem ich hauptsächlich mein unversehrtes Bein belaste, gelingt es mir, einige wacklige Schritte zu machen.

Es ist zu lange her, seit ich richtig gelaufen bin. Trotz all meiner Versuche, meine Kraft zu bewahren, gibt es Muskeln, die ich nicht trainieren konnte – Muskeln, die ich brauche, damit sie mich aufrechthalten.

Sylas öffnet gerade die Tür, als meine Beine ein Beben durchläuft. Ich versuche, sie anzuspannen, aber es ist zu spät. Sie geben unter mir nach, sodass ich auf Händen und Knien lande. Mein Fuß verdreht sich bei dem Sturz und jagt einen schärferen Schmerzensstich durch meinen Knöchel hindurch.

Während ich mich schnell aufrichte, kommt Sylas an meine Seite und packt meinen Arm fest, jedoch vorsichtig, um mir aufzuhelfen. Diesen riesigen, kräftigen Körper so nahe an mir zu haben, ist beinahe überwältigend. Ich glaube nicht, dass meine Instabilität jetzt nur auf meine untrainierten Muskeln geschoben werden kann.

Sein Blick ist auf den Boden gefallen. „Dein Fuß. Ist das von zuvor oder haben ihn Aeriks Männer verletzt?"

„Das waren sie. Damit ich … damit es schwieriger für mich war, zu fliehen."

Er macht einen schroffen Laut, der zugleich furchterregend knurrig und beruhigend angewidert klingt. Indem er sich um mich herumschiebt, nimmt er meine Hand und legt sie auf seinen Ellenbogen. „Stütze so viel von deinem Gewicht auf mich, wie du musst."

Die Muskeln in seinem Arm sind noch fester, als ich es erwartet habe, und spannen sich an, als ich meinen Griff verlagere. Hitze flutet mein Gesicht. Aber was wird er tun, wenn ich mich weigere – mich in die Arme heben, wie er es beim Käfig tat, und mich zu meiner Mahlzeit tragen? Nein, ich komme damit klar.

Während ich neben ihm in den Flur humple, erklingt ein Kichern hinter uns. Sylas' Kopf dreht sich bei dem Laut um.

Ein anderer Mann, einer, den ich letzte Nacht nicht gesehen habe, betrachtet mich. Seine Augen funkeln silbern in seinem bleichen Gesicht. Als er spricht, erkenne ich diese scharfe Stimme als die, die vorschlug, mich zu töten, anstatt sich mit meinen Problemen zu befassen.

„Also ist der Stinkling auch noch ein Krüppel. Wunderbar."

„Geh weiter, Kellan", befiehlt Sylas.

Der andere Mann schiebt sich ohne einen weiteren Kommentar an uns vorbei, seine Worte hallen allerdings nach. Die eisige Furcht, die Sylas' ruhige Gegenwart zu schmelzen begann, wird in meinem Magen erneut hart.

Dieses Gebäude ist zwar hübscher und luxuriöser als mein Käfig, aber wer sagt, dass es auch sicherer ist?

5

*Talia*

Wie sich herausstellt, haben Fae Toiletten. Oder zumindest diese Fae haben welche.

Nachdem Sylas mir zu dem Zimmer geholfen hat, das er ein ‚Klosett‘ nennt, und mir vor Scham die Hitze von ungefähr eintausend Sonnen auf dem Gesicht gebrannt hat, gelingt es mir, ihn zu überreden, dass ich ohne Hilfe zu dem Porzellanthron gelangen kann. Und das tue ich, indem ich mich Halt suchend an das Waschbecken klammere und mich an daran entlanghangle.

Natürlich sind weder das Waschbecken noch die Toilette tatsächlich aus Porzellan. Sie bestehen eher aus einem muschelähnlichen Material, das auf der Innenseite einen perlenartigen Schimmer hat. Ich kann keine Rohre sehen. Gibt es eine Fae-Kanalisation oder wird mein Urin von Magie weggespült werden?

Es ist leichter, über alberne Dinge nachzudenken, als

über die Verachtung in der Stimme des silberäugigen Mannes zu grübeln, als er über mich sprach.

Diese Einrichtung ist besser als ein Eimer, auch wenn die Details eigenartig sind. Anstelle von Klopapier finde ich einen Weidenkorb voller Blätter. Ich versuche, eines im Waschbecken anzufeuchten und mich damit überall zu waschen, wo ich hinkomme, es fühlt sich jedoch nicht sonderlich effektiv an. Dann spritze ich mir Wasser ins Gesicht.

Das Zimmer hat keinen Spiegel, was womöglich ganz gut ist. Wenn ich sehen könnte, wie schmuddelig ich aussehe, würde ich mich vermutlich zehnmal mehr schämen, wieder dort rauszugehen.

Sylas führt mich eine Wendeltreppe hinab, die aus dem gleichen polierten Holz besteht, aus dem alles in diesem Bergfried gemacht zu sein scheint. Ich klammere mich so wenig wie möglich an seinen Ellenbogen, was immer noch ziemlich viel ist. Er macht keine Bemerkung zu meiner Unsicherheit – oder zu irgendetwas anderem, was das angeht – doch ich erwische ihn dabei, wie er meine Füße eindeutig nachdenklich mustert. Will ich überhaupt wissen, *woran* er dabei denkt?

Es gibt eine Frage, die ich mir nicht verkneifen kann, obgleich mich die Antwort nervös macht. Als wir den Fuß der Treppe am Ende eines breiten, Holz gesäumten Ganges erreichen, blicke ich zu ihm auf und nehme allen Mut zusammen.

„Warum hast du mich hierhergebracht? Ich meine, was … was wirst du mit mir tun?"

Sylas betrachtet jetzt mein Gesicht. Seine Miene ist so unleserlich, dass ich nicht erkennen kann, ob er von der Frage verärgert oder belustigt ist. „Ich hatte vor, dich mit Frühstück zu versorgen", antwortet er. „Wir sind fast beim Esszimmer."

Das ist nicht das, was ich meinte und er weiß das sicherlich. Bevor ich mir jedoch überlegen kann, wie ich eine vernünftige Antwort verlangen kann – und ob es das Risiko wert ist, dass er seine spitzen weißen Zähne in mich schlägt, anstatt mir eine zu geben – streckt ein anderer meiner Retter-Schrägstrich-Kidnapper den Kopf durch eine Tür in der Nähe.

Es ist der Mann mit dem breiten jungenhaften Gesicht, auf dem sich ein begeistertes Lächeln ausbreitet. Jetzt, da ich einen besseren Blick auf ihn habe, hauen mich seine Augen um. Die Iriden des scharf-stimmigen Mannes, den Sylas Kellan nannte, hatten einen silbrigen Schimmer. Die dieses Kerls haben allerdings die Farbe puren Goldes, sind so strahlend wie sein Lächeln, freundlich und absolut unmenschlich.

„Du bist wach!", stellt er mit der gleichen lebhaften Energie fest, die ich zuvor an ihm bemerkte. „Perfekt. Ich wollte gerade das Essen servieren."

Da bemerke ich den Pfannenwender, den er schwingt, und die Schürze, die er über seinen muskulösen Körper gehängt hat. Anscheinend ist er auch derjenige, der uns Frühstück macht. Aus dem Zimmer hinter ihm dringen Gerüche: cremig und fleischig, buttrig und teigig. Mein Magen knurrt so laut, dass es vermutlich der ganze Bergfried hören kann.

Das Grinsen des wahnsinnig umwerfenden Kerls wird breiter. „Und es klingt, als wärst du bereit dafür."

Meine Lippen teilen sich, ich weiß jedoch nicht, was ich sagen soll.

Sylas deutet auf mich. „Ihr Name ist Talia. Talia, das ist August aus meinem Kader. Normalerweise lasse ich keinen von ihnen in der Küche arbeiten, aber momentan herrscht hier Personalmangel."

„Und ich mache es gern." August dreht den

Pfannenwender zwischen den Fingern und winkt mir damit. „Wenn das nicht das beste Frühstück ist, das du jemals hattest, werde ich es versuchen, bis ich es hinbekomme."

Es wird garantiert das beste Frühstück sein, das ich seit über acht Jahren hatte, solange Sylas die Wahrheit darüber spricht, dass sie nichts Komisches mit dem Essen gemacht haben. Meine Kehle ist noch immer zugeschnürt, doch ich neige den Kopf, um seine Bemerkung zur Kenntnis zu nehmen, und irgendwie wird Augusts Lächeln noch breiter. Es erreicht allerdings nicht ganz seine Augen. Sie haben sich an den Winkeln leicht gekräuselt und wirken beinahe traurig …

Es ist vermutlich Mitleid. Mein Gesicht wird erneut rot, doch Mitleid ist wenigstens besser als Verachtung. „Dankeschön", bringe ich in demselben Flüsterton wie zuvor heraus, da ich Probleme habe, meine eingerostete Stimme davon zu befreien. Daher bin ich mir nicht sicher, ob mich der Versuch weniger erbärmlich oder noch erbärmlicher wirken lässt.

Vielleicht sollte ich diese Männer dazu ermutigen, mich als bemitleidenswert zu sehen, wenn das bedeutet, dass sie mir weiterhin bequeme Betten und extravagante Frühstücke anbieten. Sie wollen etwas von mir, genauso wie es meine ersten Entführer taten. Wer weiß, ob sie ihre Herangehensweise zu etwas Brutalerem ändern, wenn sie denken, dass ich stark genug bin, es zu ertragen?

Sylas führt mich durch den Flur. August, der sich gerade wieder zur Küche umdrehen wollte, bleibt stehen und betrachtet mein Humpeln. Sein Blick schnellt zu Sylas und in seinen Augen blitzt so plötzlich Wut auf, dass ich zusammenzucke.

„Ist sie noch verletzt?", will er wissen und die Muskeln in seinen Schultern spannen sich an.

„Ihr Fuß", erklärt Sylas. „Es ist eine alte Verletzung, die

ihr Aeriks Leute beigebracht haben und die schlecht verheilt ist. Außerdem vermute ich, dass sie einfach nicht mehr ans Laufen gewöhnt ist in Anbetracht der Größe des Käfigs, in dem sie gehalten wurde."

„Räudige Biester", schimpft August leicht knurrend.

Sylas klopft seinem Kameraden auf die Schulter. „Sie haben sie nicht mehr. Beruhig dich und lass uns frühstücken."

Nach wie vor leise fluchend, marschiert August in das Zimmer. Anscheinend hört jeder auf Sylas' Befehle. Er sagte, das hier wäre *sein* Bergfried. Und dass August Teil seines …

„Was ist ein Kader?", frage ich, als wir weiter durch den Gang laufen.

Sylas späht aus seiner großen Höhe auf mich herab, als verwirre es ihn, dass das jemand nicht weiß. „Alle Lords haben einen Kader – das ist unser innerer Kreis, unsere engsten Berater und Waffenbrüder. Fürs Erste werden die Leute aus meinem Kader deine einzige Gesellschaft sein. Es ist besser, das restliche Rudel noch nicht hinzuzuziehen, da die Angelegenheit ein wenig … diskret behandelt werden muss."

Denn je mehr Leute wissen, dass ich hier bin, desto größer ist die Wahrscheinlichkeit, dass ich zu diesem Aerik zurückgebracht werde – demjenigen mit den sonnenblumengelben Haaren, der meine anderen Entführer befehligte, nehme ich an? Ein anderer Teil seiner Antwort verblüfft mich jedoch noch mehr. *Rudel.*

Meine Beine erstarren. Meine Hände verkrampfen sich um den seidigen Stoff von Sylas' Ärmel. Sie wollen ihn fester packen, um das Gleichgewicht zu wahren, und mich zugleich von ihm stoßen. Ich wusste, dass sie keine richtigen Männer sind, aber ich wusste nicht mit Sicherheit, dass sie den anderen *so* sehr ähneln.

In meinem Flüstern liegt ein zusätzliches Beben. „Ihr seid auch Wölfe."

Sylas ist neben mir stehen geblieben. Zuvor bezeichnete ich ihn gedanklich als Grizzly, diese raubtierhafte, muskulöse Selbstsicherheit könnte jedoch genauso gut zu einem dieser gigantischen wolfartigen Monster passen. Wessen Krallen haben sein Auge durchschlitzt?

Sein anderes, dunkles Auge hält meinen Blick. „Wir sind Fae. Alle Seelie können sich nach Belieben von einem Mann in einen Wolf verwandeln." Er berührt seine Brust. „Das Tier gehört zu uns. Es verzehrt uns nicht. Wie sehr sich einer von uns in eine Bestie verwandelt, ist eine persönliche Entscheidung."

Ich vermute, dass er sich in dieser Hinsicht über meine Entführer stellen würde. Das bedeutet allerdings nicht, dass an ihm nichts Biestiges ist. Allein hier zu stehen, während seine Aufmerksamkeit auf mich gerichtet ist, sorgt dafür, dass sich meine Nackenhärchen aufrichten.

Falls er ein Raubtier ist, gibt es keine Welt, in der ich auf ihn nicht wie Beute wirken würde.

Eine ätzende Stimme, die mir zunehmend vertraut wird, dringt vom anderen Ende des Ganges an unsere Ohren. „Außer wenn es das nicht ist."

Kellan lehnt an einem Türrahmen und sein silberner Blick ist so kalt wie zuvor. Er ist nicht ganz so muskulös wie die anderen, doch sein schlanker Körper strahlt dennoch eine Menge Kraft aus – und Feindseligkeit. Es erscheint mir kein gutes Omen zu sein, dass er auch zu Sylas' ‚innerem Kreis' gehört.

Ich habe den Faden verloren und weiß daher nicht mehr, worauf er sich bezieht, Sylas' Miene verdüstert sich jedoch. „Bist du zum Essen oder zum Beschweren hier?", erkundigt er sich.

Der andere Mann zuckt mit den Achseln und streicht

mit einer Hand über seine glatten Haare, die einen so hellen Orangeton haben, dass man meinen könnte, die meiste Farbe wäre ihnen entzogen worden. Er stapft in das Zimmer, neben dem er stand, und, was für eine Freude, wir folgen ihm.

Das Esszimmer des Bergfrieds ist so lang, dass ein Tisch hineinpasst, an dem zwanzig Leute unter zwei Kerzenleuchtern Platz finden können, die aussehen, als würden gewundene Äste aus der Decke sprießen. Sie sind jetzt nicht angezündet und ihre mit Edelstein besetzten Blätter funkeln im Licht der breiten Fenster uns gegenüber. Jemand hat bereits ein Ende des Tisches mit Besteck, Tellern und Kelchen für fünf Personen gedeckt.

Sylas nimmt an der Spitze des Tisches Platz, sodass ich automatisch weiß, dass er immer dort sitzt. Als er mir bedeutet mich ihm schräggegenüber hinzusetzen, verziehen sich Kellans Lippen verächtlich.

„Wir sollen dem Stinkling während der ganzen Mahlzeit gegenübersitzen? Das ist nicht gerade das, was ich mir ansehen möchte, wenn ich den Appetit nicht verlieren soll. Es gibt noch genügend andere Plätze, die alle größer sind, als sie es erwarten sollte."

August platzt in den Raum, wobei er in jeder Hand eine Platte hält und zwei weitere auf seinen muskulösen, tätowierten Armen balanciert. „Wenn du dir solch große Sorgen wegen der Aussicht machst, solltest du dich vielleicht ans andere Ende setzen und es ihr ersparen, deine hässliche Visage betrachten zu müssen." Er stellt die Platten mit einigem Klirren ab.

Kellan bleckt die Zähne. „Ich denke, du vergisst hier *deine* Position, Welpe."

August nimmt eine drohende Haltung ein und in seinen Augen blitzt es, woraufhin Sylas beide Hände hochhält, eine für jeden von ihnen. „Das reicht. Ich ziehe es vor, wenn sie in meiner Nähe sitzt. Der Rest von euch kann Platz nehmen, wo er will, solange das berücksichtigt wird." Er wirft Kellan einen spitzen Blick zu. „Idealerweise ohne weitere Bemerkungen."

Kellan schaut seinen Lord finster an, lässt sich jedoch vor eines der Gedecke sinken – zum Glück das, welches am weitesten von mir entfernt ist.

August schnappt sich den Platz neben mir. „Wo ist Whitt? Das ist normalerweise der eine Morgen im Monat, an dem er zu einer normalen Stunde aufsteht."

„Letzte Nacht war wohl kaum eine typische Nacht", erwidert Sylas. „Und ich hege nicht die Absicht, auf seine Launen einzugehen. Haut rein."

Ich bestaune bereits die Gerichte, die August aufgetischt hat. Speichel sammelt sich in meinem Mund. Wenn ich nicht aufpasse, werde ich in einer Sekunde sabbern.

Auf einer Platte türmen sich flache, kreisrunde Fladen, die wie kleine Frikadellen aussehen, aber wie Würste riechen. Auf einer anderen liegen kleine hartgekochte Eier, die sogar ohne Schale so blau wie die Eier einer Wanderdrossel sind und einen zarten, appetitanregenden zitronigen Duft absondern. Die dritte Platte bietet einen Regenbogen aus aufgeschnittenen Früchten, die ich mit ihren Farben, die so strahlend sind wie Edelsteine, nicht zuordnen kann. Auf der vierten befinden sich verzierte Gebäckteilchen, die zu fünfzackigen Sternen gedreht wurden. Der knusprige Teig ist so luftig aufgebläht, dass ich halb damit rechne, dass sie unter meinem Blick zerkrümeln werden.

Ich weiß nicht, womit ich anfangen soll. Die Männer greifen nach den Serviergabeln und beladen ihre Teller. Als die Gabel mit den langen Zacken frei ist, nehme ich mir eine Wurst, dann einen Löffel voll Obst und ein Gebäckteilchen, in dessen Mitte sich geschmolzene Schokolade zu befinden scheint.

August deutet auf meinen Teller. „Es gibt für jeden genug. Nimm dir so viel, du willst."

Das, was ich mir genommen habe, sieht bereits wie ein Festmahl aus. Als ich es betrachte, verknotet sich mein Magen. Ich bin anständige Mahlzeiten nicht mehr gewohnt – und ich bin wegen dieser ganzen Situation nicht gerade entspannt.

„Ich weiß nicht, wie viel ich essen kann, da ich mich daran gewöhnt habe ... nicht so viel zu essen", murmle ich.

„Aeriks Truppe hat dich offensichtlich nicht richtig ernährt, aber wir werden das in Ordnung bringen. Immerhin bist du ein winziger Krümel."

„Wir könnten sogar sagen ein Staubkrümel", verkündet eine fröhliche, melodische Stimme hinter mir. Der vierte der Männer von gestern schlendert zum Tisch und lässt seine gut gebaute Figur auf den Stuhl gegenüber von mir fallen.

Im Tageslicht sehen Whitts hellbraune Haare von der Sonne geküsst aus und die zerzausten Strähnen stehen in unterschiedlichen Winkeln ab, als wollten sie den Himmel umarmen. Oder ihn reizen, wenn man seine Einstellung bedenkt.

Sein Blick huscht flüchtig über mich, ehe er die Würste aufspießt und sich mehrere mit einigen Handbewegungen auf den Teller wirft. Seine Anwesenheit bereitet mir nicht so viel Unbehagen wie Kellans, meine Muskeln spannen sich allerdings trotzdem an.

„Sie kann nichts dafür, wie sie ist", verkündet August und tätschelt mir den Arm. „Mach schon. Iss, auch wenn es nur ein bisschen ist."

Es wurde so sehr darauf eingegangen, wie viel Essen ich konsumiere, dass sich mein Magen doppelt so fest verkrampft hat wie zuvor. Aber ich muss essen, bevor mir noch schwindliger wird.

Ich schneide ein Stück von der Wurstfrikadelle ab und knabbere zaghaft daran. Ein herzhafter Geschmack, der von einer subtilen Kräutermischung untermalt wird, breitet sich auf meiner Zunge aus und mir läuft wieder das Wasser im Mund zusammen. Es ist köstlich. Ich habe seit Jahren nichts so Gutes mehr geschmeckt. Ich habe seit fast einem Jahrzehnt nichts mehr gegessen, was wie *Essen* geschmeckt hat.

Meine Sinne werden nicht getrübt und es kribbelt auch nichts in meinem Körper. Wie Sylas versprochen hat, haben die Kräuter keine magischen Eigenschaften. Ich stecke den Rest des Bissens in meinen Mund und ehe ich mich versehe, ist die ganze Frikadelle von meinem Teller verschwunden. Mein Magen schmerzt noch, was nun jedoch mehr an meiner Anspannung als am Hunger liegt.

August grinst mich an, da er es offensichtlich als Kompliment für seine Kochkünste auffasst, dass ich mein Essen so schnell verschlungen habe. Er blickt zu den anderen. „Also ich nehme an, dass wir kein …" Er unterbricht sich und zögert leicht verdrossen. Als er erneut spricht, merke ich, dass er das Thema wechselt. „Ich wollte vor dem Mittagessen jagen gehen. Hat der Rest von euch heute auf irgendein spezielles Fleisch Lust?"

War das Erste, was er sagen wollte, etwas, was er nicht vor mir ansprechen wollte?

Whitt wackelt mit der Gabel. „Da du Bestellungen entgegennimmst, lass uns Büffel essen. Oder Elefant. Ich habe mich immer gefragt, wie die schmecken."

Sylas kommentiert den Witz mit einem abschätzigen Laut – zumindest nehme ich an, dass es ein Witz ist. Wer weiß, welche Tiere an diesem Ort umherwandern, die Fae-Männer jagen können? „Ich hätte nichts gegen etwas Wildfleisch", sagt er.

August nickt und der Tisch verfällt in Schweigen, das sich nicht vollkommen angenehm anfühlt. Es könnte sein, dass sie beim Essen immer so unbehaglich schweigend dasitzen, aber es scheint wahrscheinlicher zu sein, dass meine Anwesenheit ihren üblichen Gesprächsfluss gestört hat. Was gibt es, über das sie sich gerne unterhalten würden und von dem ich nichts wissen darf?

Das ist eine Frage, die man nicht einmal unter den besten Umständen stellt.

Nach und nach schlucke ich kleine Bissen einer melonenartigen Frucht, die so ähnlich wie eine Honigmelone schmeckt. Das dritte Stück reicht, um den Schmerz in meinem Magen in ein Völlegefühl zu verwandeln. Ich habe bereits doppelt so viel gegessen, wie mir meine ersten Entführer mit einer Mahlzeit anboten. Ich nippe an meinem Kelch, der mit einer leicht sprudelnden, nach Himbeeren schmeckenden Flüssigkeit gefüllt ist, und verschränke die Hände unter dem Tisch in meinem Schoß.

Da Sylas meiner Frage geschickt ausgewichen ist, weiß ich noch immer nicht, was hier los ist. Es spielt keine Rolle, wie viel Angst ich vor der Antwort habe. Bin ich ein Gast oder eine Gefangene?

Einige Minuten lang beobachte ich, wie das Essen von den Tellern der Fae-Männer verschwindet, ehe ich meinen Mut zusammennehme. „Danke für die Mahlzeit und dass ihr mich von dem Ort mit dem Käfig und … allem weggeholt habt", sage ich schließlich und zwinge meine schwache Stimme, etwas lauter zu klingen. „Es ist Jahre her, seit sie mich entführt haben. Wenn ich nach Hause gehen wollte …"

Kellan unterbricht mich mit schallendem Gelächter. Seine Stimme ist schaurig. „Nach Hause gehen? Diese Idee kannst du dir für immer aus dem Kopf schlagen, Winzling."

„*Kellan*", mahnt Sylas, dessen Knurren die zwei Silben

bedrohlich klingen lässt. Er richtet seine unterschiedlichen Augen auf mich. „Wir werden dich wie einen Gast behandeln, aber fürs Erste wirst du hierbleiben. Es wird einige Zeit brauchen, zu entscheiden, wie wir am besten mit der Situation umgehen. Ich stehe zu meinem Wort, dass dich Aerik und sein Rudel nicht mehr in die Krallen kriegen werden."

In Ordnung. Es ist eigentlich keine Überraschung, dennoch hallen seine Worte mit einem eisigen Beben durch mich hindurch. Ganz gleich, wie großzügig diese Männer mir gegenüber sein werden, ich habe eine Gruppe Entführer gegen eine andere eingetauscht.

Aber ich *bin* besser dran, oder? Ich bin nicht mehr hinter unverrückbaren Gitterstäben in eine Ecke eines Raumes eingesperrt. Dieser Bergfried muss irgendwo eine Tür zur Außenwelt haben und die Außenwelt muss, auch wenn es eine Art Feenreich ist, Portale zu der Welt haben, aus der ich komme. Ich muss nur herausfinden, wie ich dorthin gelangen kann, damit ich nicht ziellos umherwandere und der Gnade der Monster ausgeliefert bin, denen ich als Nächstes über den Weg laufe. Dann kann ich fliehen, besser genährt und erholt, als ich meiner vorherigen Gefangenschaft entflohen wäre.

Wenn ich sie jetzt nach den notwendigen Informationen frage, werde ich ihnen verraten, was ich denke. Stattdessen neige ich den Kopf, als würde ich das akzeptieren, und trinke noch einen Schluck von meinem Getränk.

Kellans silbriger Blick verweilt auf mir. Ist das Misstrauen in seinen Augen? Ich verspüre den Drang, in meiner Haut zu schrumpfen.

Er rümpft die Nase. „Ihr Anblick ist schon schlimm, aber ihr Gestank ist nicht zum Aushalten. Sie sollte allein deswegen in die oberen Stockwerke verlegt werden."

„Zum Glück lässt sich dieses Problem leicht lösen." Sylas

deutet mit seinem Messer auf Whitt. „Du hast bereits mindestens das Doppelte deines Anteils am Frühstück verschlungen. Lass unserem Gast ein Bad ein.“

60

deutet mit seinem Messer auf Whitt. „Du hast bereits mindestens das Doppelte deines Anteils am Frühstück verschlungen. Lass unserem Gast ein Bad ein.“

*Whitt*

*Lass unserem Gast ein Bad ein.* Als ich den Wasserhahn aufdrehe, wiederhole ich den Befehl gedanklich in genau dem spöttischen Tonfall, in dem ich unseren glorreichen Anführer hatte nachäffen wollen. Es war keine Bitte, sondern ein Befehl, als wäre ich ein Diener und kein Mitglied des Kaders. Das ist vermutlich Augusts Schuld. Dass er sich in der Küche die Zeit vertreibt, hat Sylas auf den Gedanken gebracht, dass wir alle Personal spielen sollten.

Wasser zischt aus dem Hahn. Ich lasse ein Handtuch neben der glänzenden Wanne auf den Fliesenboden fallen, denn das Herz möge uns beistehen, wenn es der Krümel fertigbringt, das selbst zu finden. Wo sind die Klamotten, die Sylas für sie, wer weiß wo, aufgestöbert hat?

Ich will es lieber nicht wissen. Ich ziehe es vor, so wenig wie möglich an die Beziehungen zu denken, die unser Lord womöglich mit menschlichen oder anderen Wesen des weiblichen Geschlechts unterhält oder nicht unterhält.

Dieser Gedankensprung lenkt meine Gedanken in eine dunklere Richtung als meine ursprünglichen stummen Zwischenrufe. Ich finde das Bündel aus menschengemachtem Stoff, der selbst in seiner besten Machart rauer ist als das, was die Fae spinnen können. Ich vermute jedoch, dass er unserem ‚Gast' vertrauter ist, weshalb ich ihn neben dem Handtuch liegen lasse. Als ich zurücktrete, ziehe ich einen Flachmann aus einer der vielen Taschen meiner Weste.

Es ist wichtig, immer Schmiermittel an der Hand zu haben, sollte jemand seine Laune aufpolieren wollen.

Ich exe das Äquivalent eines Fae-Absinths. Er brennt auf die beste Weise durch meine Kehle. Noch bevor er meinen Magen erreicht, sind die Ränder meiner Verärgerung von einem kitzelnden Leuchten geglättet worden.

Es ist weniger der Alkohol, der das Schmiermittel bietet, und viel mehr die süßliche Frucht, aus der dieses Getränk hergestellt wurde. Wenn dieser winzige Mensch einen Bissen von den pfirsichähnlichen Kugeln nehmen würde, würde sie versuchen, auf den Händen zu laufen und Gras zum Abendessen zu verspeisen, ohne eine Ahnung zu haben, dass sie sich merkwürdig benimmt.

Dass mir die Aufgabe eines Dieners übertragen wurde, ist eigentlich hauptsächlich Kellans Schuld. Selbst als er bloß ein Besucher in Sylas' Reich war, konnte man stets anhand der verängstigten Blicke, die trotz der Verzauberungen in die Augen der menschlichen Diener traten, erkennen, wo er kürzlich vorbeigegangen war. Hinzu kam, dass ein oder zwei von ihnen für gewöhnlich verschwanden, wenn er lang genug zu Besuch war. Es ist ein Jammer, dass er nicht Aeriks Schwager ist. Sie haben eindeutig ein paar Neigungen gemeinsam.

Doch nein, er ist unser Problem. Es ist kein Wunder, dass

Sylas hier in unserer neuen Bleibe, wo dieser räudige Scheißkerl praktisch zum Inventar gehört, verkündet hat, dass es ‚zu viel Aufwand' ist, Bedienstete von der anderen Seite der Nebelwelt zu holen. Und da das Rudel so gebeutelt und angeschlagen ist, will ihnen unser wohlwollender Wohltäter abgesehen von einigen Aufgaben hier und da nicht noch mehr aufbürden.

Nichts davon stört mich sonderlich, außer wenn die Bürde stattdessen auf meinen Schultern abgeladen wird.

Die Wanne ist voll, weshalb ich den Wasserhahn zudrehe und die Aufgabe als erledigt betrachte. Als ich den Flur betrete, hilft August dem Mädchen gerade die Treppe hinauf. Ich wende mich von ihnen ab, atme tief ein und nehme die Gerüche auf, die noch in der Luft hängen.

Sylas ist auch vorbeigekommen – zweifelsohne auf dem Weg zu seinem Büro. Dorthin geht er für gewöhnlich, wenn er nicht gestört werden möchte. Leute zu stören, ist jedoch eines meiner Talente.

Ich schlendere zu seinem Büro und klopfe an – aus Höflichkeit und weil er mein Lord ist und ich an meinem Kopf hänge, vielen Dank auch.

„Herein", tönt die rumpelnde Stimme.

Sylas' Büro ist natürlich eines der größten Zimmer im Bergfried, weil es angemessen für einen Lord ist. Ich werde nie behaupten, dass er keinen guten Geschmack hat, wenn es um die Inneneinrichtung geht. Als ich in sein Büro schlendere, dämpfe ich jeden Neid, den ich ansonsten auf den großen Weißdornschreibtisch verspüren würde, der zweimal so groß ist wie der in meinem eigenen Büro, oder auf die Hausbar an der Wand mit ihrer Auswahl an seltenen Qualitätsweinen, die von unserem großen Auszug noch übrig sind.

Würde es einfacher oder schwieriger sein, meine unehrenhaften Emotionen zu zügeln, wenn ich nicht zugeben müsste, dass unser Lord die Rolle ziemlich kompetent übernommen hat? Das lässt sich unmöglich sagen. Wie wir alle hat er seine Schwachstellen, doch alles in allem hätten wir uns keinen fantastischeren Lord wünschen können.

Sylas, der hinter dem Schreibtisch sitzt und ein Buch voller Notizen vor sich liegen hat, blickt zu mir auf. „Was gibt's, Whitt?" Wir wissen beide, dass er nicht aufstehen und seine ganze Größe zeigen muss, um die Autorität zu demonstrieren, die er über mich – über das gesamte Gebäude – hat. Alles, von dem Befehl in seinem Ton bis hin zu seinem gebieterischen Blick, drückt diese Botschaft aus.

Ich lehne mich an das Bücherregal neben der Tür und richte ein Lächeln auf den ältesten meiner jüngeren Halbgeschwister: den einzigen Nachkommen, der für unseren Vater jemals zählte.

„Ich habe mich bloß gefragt, was das mit der Verzögerung soll. Es sieht dir nicht ähnlich, zu trödeln. Wir wissen, wie das Mädchen benutzt werden kann – wir haben die Macht ihres Blutes gestern Abend selbst erlebt. Du wartest seit Jahrzehnten auf eine Gelegenheit wie diese. Wir sind extra in Aeriks Reich eingedrungen, um diese Gelegenheit zu *erhalten*. Warum übergibst du sie nicht sofort den Erzlords und streichst unsere Belohnung ein?"

Sylas betrachtet mich nachdenklich, als wäre er der Meinung, ich sollte die Puzzlestücke selbst zusammensetzen können. Von all seinen Eigenschaften ärgert mich diese bedächtige und durchdringende Seite an ihm am meisten.

Das Gemüt meines Halbbruders kann genauso stürmisch sein wie das von jedem unseres Sommervolks, bei mir bewahrt er jedoch stets die Ruhe. Es fühlt sich wie ein Urteil an – als wäre er zu dem Schluss gekommen, dass ich so sprunghaft bin, dass er es sich nicht leisten kann, bei mir nicht ruhig zu sein. Als wäre ich nicht nur sprunghaft, sondern auch zerbrechlich, und dass ein falsches Wort oder eine ungünstige Geste mich dazu bringen könnte, die Beherrschung zu verlieren und etwas zu tun, was mir mehr schaden wird als ihm.

Es würde mich weniger ärgern, wenn in dieser Einschätzung nicht ein Körnchen Wahrheit stecken würde. Ich bin mir der wichtigen Grenzen jedoch gut genug bewusst, um diese nicht zu überschreiten ... zumindest meistens.

„Wir haben es erlebt", sagt er. „Die Erzlords nicht. Sie werden unsere Behauptung bis zum nächsten Vollmond nicht testen können. Und angesichts unserer Umstände vertraue ich nicht darauf, dass sie unserem Wort Glauben schenken werden."

Damit könnte er recht haben. Dennoch ... „Ich konnte trotz des Gestanks in diesem Raum die gleiche Essenz wie in dem Elixier in ihrer kleinen Wunde riechen. Wenn wir ihrem Arm noch einen kleinen Schnitt zufügen, kann ihnen das nicht entgehen."

„Das reicht womöglich nicht. Sie wissen ..."

Ein weiteres Klopfen an der Tür unterbricht ihn. Als Sylas ruft, stecken Kellan und August die Köpfe herein.

Kellan bemerkt meine Anwesenheit und verengt die Augen zu Schlitzen, als würde er denken, ich wäre zu einem unerwünschten Zweck hier. Ich wünschte, dass ich mit unserem Lord Pläne gegen den Trottel schmieden *könnte*. Eine Reihe heimlicher Besprechungen bezüglich der Frage, ob es angesichts der eindeutigen und zunehmenden Unzufriedenheit des Arschlochs großzügig oder beleidigend wäre, wenn Sylas ihn komplett freistellte, damit er sich einen Platz in einem anderen Rudel suchen könnte, sollte er das wollen, waren das Einzige, was ich in diese Richtung getan hatte – mehr würde Sylas niemals zulassen.

Das Problem ist, dass es höchstwahrscheinlich keine

Rudel mit dem Ansehen gibt, das Kellan akzeptieren würde, die wiederum *ihn* akzeptieren würden, auch wenn er es sich vermutlich wünscht. Aufgrund seiner Nähe zu dem ursprünglichen Vergehen hat er von uns allen den angeschlagensten Ruf, wie ihm zweifelsohne klar ist. Und vielleicht würde er es ohnehin nicht wollen, da ihm bewusst sein muss, dass es keinen Lord abgesehen des Verwandten-seiner-Gefährtin gibt, der seine Widerspenstigkeit auch nur in dem kleinen Ausmaß erlauben würde, wie es Sylas getan hat.

Am Ende machte ihm Sylas das Angebot und Kellan lehnte ab. Doch obwohl er behauptete, dass er weiterhin in diesem Kader dienen wolle, wurde sein Benehmen seitdem noch unverschämter. Anscheinend hat er es trotz der besten Anstrengungen unseres Lords als Beleidigung aufgefasst.

„Wir müssen über das Mädchen sprechen", verkündet er in seiner unausstehlich scharfen Stimme.

„Scheinbar müssen wir das." Sylas bedeutet den Neuankömmlingen, die Tür zu schließen. „Whitt hat sich gerade dafür ausgesprochen, dass wir sie geradewegs zu den Erzlords bringen."

Überraschung huscht über Kellans Gesicht, was mich kurz befriedigt, bevor er den Mund erneut öffnet. „Ich bin seiner Meinung. Sie ist das Druckmittel, das wir wollten … wir müssen sie zu unserem Vorteil nutzen und nicht unsere Zeit damit verschwenden, das Wesen zu verhätscheln."

Ich mag meinen Standpunkt jetzt weniger, da er sich mir angeschlossen hat. Wenn er es für eine gute Idee hält, ist es vielleicht doch keine.

August blickt mich finster an, als hätte ich ihn irgendwie verraten, und seine Schultern heben sich. Er hat bereits einen Narren an dem Krümel gefressen und mein jüngster Halbbruder kann *sein* Temperament ungefähr so gut zügeln wie ein Jockey, der von einem durchgebrannten Pferd geflogen ist.

„Sobald wir die Erzlords ansprechen, weiß Aerik, dass wir sie gestohlen haben", sagt er. „Sie werden vermutlich einen Weg finden, sich den Verdienst dafür anrechnen zu lassen – die Erzlords geben sie ihnen womöglich zurück, damit sie sie wieder in diesen Käfig werfen und weiterhin ihr Elixier brauen können. Dann sind wir für alle lediglich Diebe."

Oh, wir sind viel mehr als das. Ich glaube allerdings nicht, dass es der Situation helfen wird, unsere umfangreiche Liste an Verbrechen durchzugehen, die wir in den Augen der Erzlords begangen haben.

Kellan greift ihn verbal an. „Was schlägst du dann vor? Sollen wir sie in unserem Bergfried unterbringen, als wäre er ein schickes Hotel, und auf jede ihrer Launen eingehen?"

Ein wütendes Licht funkelt in Augusts Augen. „Ihr genügend Essen zu geben, damit sie nicht mehr kurz vor dem Hungertod steht, und sie ihr erstes Bad seit wer weiß wie vielen Jahren nehmen zu lassen, sind keine *Launen*", knurrt er. „Wenn du vorschlägst, dass wir sie in einen Käfig stecken, wie sie es getan haben, werde ich …"

Sylas steht auf und die Stuhlbeine kratzen über den Boden, woraufhin August den Mund hält. Sogar Kellan richtet sich auf. Das neueste Mitglied unseres Kaders zieht zwar gerne über uns alle her, aber es gibt Grenzen, die er ebenfalls nicht überschreitet, ganz egal, wie stark er sie touchiert.

„Es macht keinen Sinn, darüber zu diskutieren … aus jeder Perspektive", sagt Sylas in der Stimme, mit der er stets ein Machtwort spricht. „Es ergibt keinen Sinn, dass ein beliebiges Menschenmädchen diese Art von Macht hat. Wir verstehen nicht, wie sie so geworden ist oder wie sie sonst mit der Wildheit in Verbindung steht. Gibt es andere wie sie?

Gibt es eine Möglichkeit, die Wirkung, die sie auf uns hat, nachzumachen, ohne dass man sie braucht?"

Kellan reckt arrogant die Nase. „Ist das deine größte Sorge: Eine Möglichkeit zu finden, wie wir das schwache Ding zu ihrem ‚Zuhause' zurückbringen können?"

Sylas gelingt es, seinen finsteren Blick zu zügeln, doch er ist offensichtlich. „Bist du so von deinem Zorn auf die Menschen geblendet, dass du nicht sehen kannst, dass das Mädchen keine dauerhafte Lösung unserer Probleme ist, aus den gleichen Gründen, aus denen du zornig auf sie bist? Was sollen wir in Zukunft tun, wenn sie dem Alter erliegt und wir nach wie vor mit dem Mond und seiner unvermeidlichen Zunahme zu kämpfen haben?"

Der Absinth blubbert noch so berauschend durch meine Adern hindurch, dass ich mir das Lachen kaum verkneifen kann, weil Kellan so bestürzt aussieht. Sein Mund schließt sich zu einem säuerlichen Strich, weshalb ich die notwendige Frage stelle.

„Was schlägst du also vor, was wir in der Zwischenzeit mit ihr tun?"

Sylas spreizt die Hände. „Wir haben vier Wochen bis zum nächsten Vollmond, an dem wir den Erzlords ihren Nutzen demonstrieren können. Bis dahin behandeln wir sie so gut, dass sie uns vertraut. Wir erfahren von ihr, was wir können, wir beobachten sie und zur gleichen Zeit überlegen wir uns, wie wir mit den Konsequenzen von Aeriks möglicher Wut umgehen wollen – und wie wir sie komplett meiden können. Es sollte recht einfach sein. Aufgrund meiner Beobachtungen kann ich mir nicht vorstellen, dass das Mädchen viel verlangen wird."

„Mit dem richtigen Wein und etwas Charme könnten wir das Ganze beschleunigen", sagt Kellan. „Bring sie mit Magie dazu, die Wahrheit zu erzählen, oder mach sie wenigstens komplett gefügig."

„Nein. Ich denke nicht, dass sie absichtlich etwas vor uns geheim hält. Sie ist von dem Ganzen noch verwirrter als wir. Und sie stellt wohl kaum eine Bedrohung dar. Wir müssen einfach die richtigen Fragen finden, um die Antworten zu erhalten, die wir brauchen. Sie mit Magie zu kontrollieren, könnte dazu führen, dass sie *weniger* geneigt ist, sich uns zu öffnen, wenn es sie an Aeriks Behandlung erinnert. Sie ist bereits vor der Vorstellung zurückgeschreckt, berauschendes Essen zu erhalten." Unser Lord verschränkt die Arme vor der Brust. „Wir werden sie so wie jeden respektierten Gast behandeln."

Die Lippen des anderen Manns verziehen sich. „Du erwartest doch wohl nicht von mir, den Menschen zu verwöhnen …"

„Ich *erwarte*, dass du dich von ihr fernhältst, wenn du dich nicht so weit im Griff hast, dass du sie nicht terrorisierst, Verwandter-meiner-Gefährtin", sagt Sylas scharf. „Wir wollen, dass sie sich uns öffnet. Wir wollen sie nicht fertigmachen. Aber du kannst das dem Rest von uns überlassen."

Kellan sieht aus, als würde er sich eine Grimasse verkneifen, sagt jedoch nichts mehr, sondern senkt nur bestätigend den Kopf. Dann marschiert er mit einem hörbaren Schnauben davon.

August dreht sich zu unserem Lord. „Wie denkst du, hat Aerik sie überhaupt gefunden?"

Sylas massiert sich den Kiefer. „Nach dem zu urteilen, was sie mir über ihre Entführung erzählen konnte – und nach der Narbe auf ihrer Schulter zu schließen – klingt es, als wären Aerik und sein Kader durch die Menschenwelt gestreift und ihr über den Weg gelaufen, während sie in der Wildheit gefangen waren. Als sie sie angriffen, muss der Geschmack ihres Blutes sie aus ihrem Wahnsinn geweckt haben. Woraufhin sie genug Vernunft besaßen, sie mitzunehmen, damit sie sie benutzen konnten."

„Und sie zugleich foltern konnten." Augusts Augen blitzen erneut auf. „Wir dürfen *nicht* zulassen, dass sie wieder in ihre Hände fällt."

„Ich bin ganz deiner Meinung. Darüber musst du dir keine Sorgen machen."

„Sie werden nach ihr suchen", bemerke ich. „Es ist ein ziemlich großer Schatz, den sie verloren haben."

Sylas lächelt mich grimmig an. „Und wir werden uns mit dieser Eventualität auseinandersetzen, wenn es dazu kommt. Jetzt ..." Er klopft auf das Notizbuch, das auf seinem Schreibtisch liegt. „Ich würde mich gerne wieder meinem Lesematerial widmen, wenn ihr nichts dagegen habt."

Seine Argumente ergeben Sinn, aber ich weiß nicht, ob mir die Vehemenz gefällt, mit der er sie vorgetragen hat. Ich sah, wie vorsichtig er gestern Nacht mit dem Mädchen umging, wie schnell er sich heute Morgen um ihre Bedürfnisse gekümmert hat. Zu den Schwächen unseres glorreichen Anführers zählt definitiv ein übergroßes Ehrgefühl, vor allem wenn es um die Verletzlichen geht. Ansonsten würden wir uns nicht mit Kellans Respektlosigkeit rumschlagen.

Es wird keinem von uns etwas nützen, wenn er genauso vernarrt in das arme Ding ist wie August – oder noch mehr.

Sylas wird es allerdings nicht gut aufnehmen, wenn ich ihm das sage, weshalb ich auf August deute und in einem unschuldigen Tonfall spreche. „Komm, Auggie. Ich glaube, ich rieche etwas Verbranntes. Hast du den Herd angelassen?"

Mein kleiner Bruder reißt die Augen auf. Ich rieche nichts Derartiges, weshalb er keines von beidem getan haben kann. Allein das zu sagen, sorgt jedoch dafür, dass er aus dem Raum und durch den Gang eilt. Meine Lippen biegen sich milde belustigt nach oben. Er kann mir diesen Trick später bei einer Rauferei heimzahlen.

Als ich das Büro verlasse, schließe ich die Tür fest hinter mir. Auf dem Weg zur Treppe landet mein Blick auf der Badezimmertür, hinter der sich unser ‚Gast' noch immer wäscht. Meine Ohren spitzen sich.

Mich erreichen keine Laute von Wasser, das gegen einen Körper schwappt. Ist sie schon fertig? Ich hätte gedacht, dass sie mindestens eine Stunde brauchen würde, um den angesammelten Schmutz von ihrer Haut zu schrubben.

Oder plant sie etwas ganz anderes?

Ich schleiche durch den Gang und packe den Griff mit der mühelosen Heimlichkeit jahrhundertelanger Übung. Der Riegel und die Scharniere machen nicht das leiseste Geräusch, als ich die Tür einen Spaltbreit öffne.

Sie ist nicht in der Wanne, aber in deren Nähe. Sie sitzt auf einer umgedrehten Holzkiste – in die normalerweise benutzte Handtücher geworfen werden – und ihr Ellenbogen ist auf den Wannenrand gestützt. Da sie mir den Rücken zugekehrt hat, wird sie mich nicht sehen. Was *tut* sie?

Ihre Hand senkt sich mit einem schwachen Plätschern in die Wanne und hebt den Schwamm heraus, den ich für sie zurückgelassen habe. Sie hebt ihn an ihre Wade, um dort über die bleiche Haut zu schrubben, wobei sie das Bein zur Seite neigt. Beim Anblick ihres Fußes und der unnatürlichen Neigung der Knochen verstehe ich endlich.

Sie war zu schwach und zu lädiert, um allein in die Wanne zu krabbeln, oder zumindest hielt sie es für ein zu großes Risiko, es zu versuchen und möglicherweise auszurutschen, sich den Kopf anzuschlagen und zu ertrinken. Anscheinend hat sie sich auch zu sehr geschämt, um das August anzuvertrauen, als er sie zu dem Zimmer gebracht hat, oder um nach Hilfe zu rufen, als es ihr später bewusst wurde.

In dieser Hinsicht hat sich Kellan geirrt. Dieses Mädchen verlangt wohl kaum, dass wir sie verhätscheln.

Ohne das Nachthemd oder die Decke von gestern Nacht ist noch deutlicher zu sehen, wie abgemagert sie ist. Unter ihren dunklen, zerzausten Haaren stechen ihre Schulterblätter wie die federlosen Flügel eines frisch geschlüpften Vogels hervor. Die einzelnen Wirbel ihres Rückgrats bilden einen Lattenzaun entlang der Mitte ihres Rückens. Die Winkel ihrer Hüften sind beinahe so scharf wie ihre Kinnspitze.

Und dennoch haben ihre Bewegungen eine zarte Anmut an sich, die ich bewundere, als wäre sie eine dieser kompliziert geschaffenen Zweigpuppen, die eine der Handwerkerinnen am Hof für die Theaterstücke bastelte, die mich in meiner Kindheit unterhielten.

Sie ist auch nicht viel lebendiger als diese Figuren. Vielleicht ein herumtanzendes Kitz.

Als mir der Gedanke durch den Kopf geht, zucke ich von der Tür zurück und schließe sie so leise, wie ich sie geöffnet habe. Ich schüttle mir diese Bilder aus dem Kopf. August wird dort draußen auf Sylas' Bitte hin ein Reh für unser Mittagessen jagen. Wir *essen* Kitze.

Mich dabei zu ertappen, wie ich eines bewundere, ist das Letzte, was ich brauche.

Ich marschiere davon, bevor jemand bemerken kann, dass ich länger hier herumgestanden habe. Selbst nachdem ich einen weiteren Schluck Absinth getrunken habe, ballen sich meine Hände zu Fäusten.

Ich wünschte, wir hätten nichts anderes als ein Rezept in Aeriks Festung gefunden. Oder einen seltenen Pilz. Oder ein Fass mit Übelkeit erregenden Chemikalien.

Alles, nur kein Menschenmädchen mit grasgrünen Augen und einer Zerbrechlichkeit, die sie zu verbergen versucht.

7

*Talia*

Das Klopfen erklingt, als ich mich gerade in die Bluse winde, die man für mich auf dem Badezimmerboden liegen gelassen hat. Ich drehe mich um und meine Füße rutschen auf den feuchten Fliesen aus. Obwohl ich meine Hand auf dem Wannenrand abstütze, falle ich beinahe hin.

Der dünne Stoff der Bluse reicht bis zu meinen Schenkeln. Die Kleider sind mir etwas zu groß und der Bund der Jeans droht, über meine Hüften zu gleiten. Allerdings bin ich so dünn geworden, dass ich nicht weiß, welche Größe passen *würde*.

„Ja?", frage ich und schaffe es, meine Stimme über das mittlerweile standardmäßige Wispern zu heben.

Sylas' autoritärer Bariton dringt durch die Tür. „Wenn du mit deinem Bad fertig bist, würde ich gerne mit dir sprechen."

Oh. Ich schaue auf den Boden, der mit Dreckpfützen beschmutzt ist, die ich nicht mit dem flauschigen weißen Handtuch aufwischen wollte. Anschließend fahre ich mit den Fingern durch meine Haare, die feucht, jedoch voller Knoten sind, die ich nicht lösen konnte. Letzteres sollte allerdings keine Rolle spielen. Der Mann-der-kein-Mann-ist auf der anderen Seite dieser Tür hat mich in einem viel schlimmeren Zustand gesehen. Wenigstens bin ich jetzt einigermaßen sauber und ein leichter Blumenduft haftet von der Seife an meiner Haut.

Ich schnuppere unter meinem Arm und bin eigenartig begeistert von dem Beweis, dass ich kein Stinktier mehr bin. Dann wappne ich mich für den Fall, dass er wütend wegen der Pfützen ist. „Du kannst reinkommen." Als bräuchte er meine Erlaubnis.

Sylas marschiert in den Raum, bleibt einige Schritte entfernt von mir stehen und mustert den Boden mit einer verwirrten Miene.

„Es tut mir leid", sage ich rasch und kralle mich an den Wannenrand. „Ich habe versucht, keine Sauerei zu machen, aber …"

Sein Blick schnellt zu mir – zu meinem Gesicht und dann zu meinem Arm, der angespannt ist, da er mein Gleichgewicht trägt. Sein Mund spannt sich an.

„Du konntest nicht ins Wasser. Das hätte mir bewusst sein sollen. Ich entschuldige mich. Das nächste Mal … wir haben eine Art Sauna in den unteren Kammern mit einem kleinen Pool, der im Boden eingelassen ist und den du stattdessen benutzen könntest. Er hat Stufen."

Er rechnet damit, dass ich so lange hier sein werde, dass ich mehrere Male baden werde. Ich weiß nicht, was ich damit anfangen soll, denn ich habe keine Ahnung, wie oft Fae im Allgemeinen baden.

Ich schaue mich um. Während ich hier bin und er nett

zu mir ist, wäre es besser, wenn ich mich zu keinem noch größeren Ärgernis mache, als ich das bereits getan habe. „Falls es einen Wischmopp gibt, könnte ich die Sauerei aufwischen …"

Er schüttelt den Kopf, bevor ich den Satz beenden kann. „Ich werde zusehen, dass man sich darum kümmert. Ich habe etwas für dich, was es dir erleichtern sollte, so gut wie überall, *abgesehen* von der Badewanne, hinzugelangen."

Er tritt näher und streckt seine Hände aus. Erst da bemerke ich das Objekt, das er mitgebracht hat. Es sieht wie ein abgebrochener Ast aus. Er ist beinahe so dick wie mein Handgelenk, stumpf am schmaleren Ende und am dickeren Ende biegt er sich zu einer flachen Sichel. Die Sichel ist glattpoliert, der Rest der Oberfläche ist jedoch mit Rinde bedeckt.

Sylas dreht das Ast-Stab-Ding so, dass das stumpfe Ende den Boden berührt, hebt es neben mich und mustert es. Dann verstehe ich.

„Ist das eine Krücke?", frage ich.

Er nickt. „Sie ist nicht groß genug, glaube ich. Ich musste anhand meiner Erinnerung schätzen." Seine Finger schließen sich um die Spitze der Krücke und einige leise Silben entschlüpfen seinem Mund. Daraufhin *wächst* der Ast vor meinen Augen. Nur ein paar Zentimeter, sodass er die perfekte Höhe hat, um unter meine Achsel zu passen.

Noch mehr Magie. Wie viel kann er damit tun? Plötzlich erinnere ich mich an die Häuser, die ich vom Schlafzimmerfenster aus sah und die wie abgedrehte Baumstümpfe aussahen. Hatten die Fae diese Häuser nicht gebaut, sondern *wachsen* lassen?

Sylas wartet darauf, dass ich sein Geschenk ausprobiere. Ich bin ebenfalls ziemlich neugierig. Ich klemme es mir unter den Arm, verlagere einen Teil meines Gewichts auf den Stab und mache einige zaghafte Schritte von der Wanne weg.

Die Krücke steht stabil auf dem Boden und mein beschädigter Fuß schmerzt überhaupt nicht, wenn ich ihn nicht komplett belaste. Ich möchte mich nicht zu sehr an dieses Ding gewöhnen, denn wer weiß schon, wie lange ich es behalten darf. Doch fürs Erste wird es mir wenigstens ermöglichen, durch den Bergfried zu laufen, ohne dass ich mich an die Möbel oder meine Kidnapper klammern muss.

Damit bin ich meiner Flucht um einiges näher und ich habe dem Mann, der mich hierhergebracht hat, dafür zu danken.

Und das sollte ich tatsächlich tun. Ich schenke ihm ein zurückhaltendes Lächeln, weil ich nicht weiß, wie viel Dankbarkeit er braucht, um zufrieden zu sein. „Dankeschön. Ich weiß das wirklich zu schätzen."

Sylas schenkt mir ein verhaltenes Lächeln, weshalb ich vermute, dass meines gereicht hat. Ein Hauch von Humor funkelt in seinem dunklen Auge. „Es ist für alle von Vorteil, wenn keiner von uns als deine Krücke fungieren muss."

Ich befeuchte meine Lippen und zögere mit meiner nächsten Frage. „Dann ist es okay, wenn ich ein wenig in diesem Gebäude umherwandere?"

„Nichts innerhalb des Bergfrieds sollte eine Gefahr darstellen. Zimmer, die wir lieber für uns behalten, werden abgeschlossen sein. Ich bitte dich nur, dass du nicht nach draußen gehst. Aerik und sein Kader, vielleicht sein ganzes Rudel, werden auf der Jagd nach dir sein. Wir können es nicht riskieren, dass dich jemand sieht."

Dann würden er und *sein* Kader mich verlieren. Doch es fällt mir schwer, ihm das zu verübeln, da er mir gerade viel mehr Freiheit geschenkt hat, als ich seit Jahren hatte.

Ich atme tief durch und bringe den Mut auf, noch einen Vorstoß zu wagen. „Ihr braucht etwas von mir – so wie der andere Kader. Etwas, was mit meinem Blut zu tun hat?"

Ich kann sehen, dass sich Sylas hinter dieses tätowierte

Gesicht mit dem kantigen Kinn und der fies aussehenden Narbe zurückzieht. Der Hauch von Wärme, der noch vor einem Augenblick da war, verschwindet. Er nannte sich einen Lord und das zeigt sich sowohl in seinem strengen Blick, als auch in seiner geraden Haltung.

„Mach dir deswegen keine Gedanken", sagt er. „Du musst nur wissen, dass wir dich nicht wie sie behandeln werden. Möchtest du jetzt mit deinen Erkundungsgängen beginnen?"

Ein Teil von mir würde das gerne tun, doch ein größerer Teil erschlafft vor Erschöpfung bei dem Gedanken daran, weitere der gewundenen Gänge in Angriff zu nehmen. Ich muss herausfinden, wo die Eingangstür ist und was es sonst noch in diesem Gebäude gibt. Im Moment brauche ich jedoch Schlaf. Die Anstrengung, sich nach all der Zeit im Käfig so viel zu bewegen, setzt mir zu.

„Ich glaube … ich glaube, ich würde mich gerne ein Weilchen ausruhen", antworte ich.

„Selbstverständlich. Ich werde dir dein Zimmer zeigen."

Das Zimmer, in dem ich aufgewacht bin, liegt um die Ecke des Klosetts, wo sich der Gang teilt. Zwei Türen befinden sich in dem linken Gang. Das sind wichtige Details, die ich mir einprägen muss. Sylas lässt mich allein in das Zimmer laufen.

Auf der Türschwelle bleibe ich stehen, erfasse das hellere Sonnenlicht, das nun durch das Fenster fällt, und die Wärme, die es mit sich bringt. Ich rieche die süßen Gerüche von Wildblumen und Heu, die mit der Brise hereingetragen werden. Dann sehe ich, was auf dem Nachttisch neben dem Bett für mich ausgelegt wurde: ein Holzkamm, ein Handspiegel mit einem silbernen Rahmen, und ein Kelch, der voller Wasser ist, wie ich feststelle, als ich näher schlendere. Ein großer Krug steht neben dem Nachttisch auf dem Boden für den Fall, dass ich den Kelch oder die elfenbeinfarbene Schale füllen will, um mich schnell zu waschen.

Das hier ist mein Zimmer. Ich meine, das ist es nicht und es ist theoretisch gesehen eine Gefängniszelle, aber ich kann das besitzergreifende Kitzeln nicht unterdrücken, das meine Brust durchläuft und mich mit so viel Freude erfüllt wie der Seifengeruch meiner Haut. Ich lehne meine Krücke an die Wand, lasse mich aufs Bett fallen und meine Lippen biegen sich zu einem Lächeln, als ich mich der Gemütlichkeit der Bettdecke unterwerfe.

———

Es ist dunkel, so schrecklich dunkel. Hände packen mich. Ein Knie presst sich in meinen Rücken. Ein Gackern hallt durch meine Ohren. Der kalte Biss eines Messers, das in meine Haut schneidet …

Und ich wache auf. Keuchend und zitternd sitze ich schnurgerade in meinem neuen Bett.

Es ist überhaupt nicht dunkel. Das Sonnenlicht fällt nicht mehr durch das Fenster, aber ein indirektes Leuchten füllt den Raum. Nichts fixiert mich, nichts schneidet mich. Dennoch braucht es mehrere Atemzüge, bis mein Herz aufhört, in seinem panischen Tempo in meiner Brust zu pochen. Meine Bluse klebt schweißnass an meinem Rücken.

Ich erinnere mich kaum an den Traum, nur daran, dass ich wieder dort und im Käfig war. Die Gitterstäbe schienen immer näher zu kommen, als wollten sie mich komplett zerquetschen …

Dort bin ich nicht mehr. Ich weiß zwar nicht, was ich von diesem neuen Ort halten soll, oder womit ich es hier zu tun bekommen werde, doch wenigstens bin ich nicht *dort*.

Vor meinem Fenster schimmert zwischen den Wolken ein leichter Rosaton. Es muss Abend sein. Mein Magen knurrt und erinnert mich daran, dass ich nach meinem ersten richtigen Frühstück seit Jahren das Mittagessen verschlafen habe. Habe ich auch das Abendessen verpasst?

Ich greife nach der Krücke, die mir Sylas gemacht hat – ob mehr zu seinem Nutzen oder meinem, kann ich nicht sagen – und schwinge mich auf die Füße. Die Muskeln in meinen Beinen zittern nur ein wenig auf dem Weg zur Tür. Als ich den Knauf packe, durchfährt mich ein Beben der Panik. Wird sich die Tür überhaupt öffnen lassen?

Das tut sie und dreht sich mühelos in meinem Griff. Ich ziehe die Tür auf und der Geruch von gebratenem Fleisch weht von der Treppe herauf, um mich zu begrüßen. Oh ja, davon hätte ich gerne etwas.

Ich brauche doppelt so lange wie eine normale Person, um die Treppe hinab zu hinken, aber ich schaffe es allein, weshalb ich es als Sieg verbuche. Jemand – vermutlich August – summt eine fröhliche Melodie in der Küche und Kochutensilien klirren gegen Kochtöpfe. Das Esszimmer ist leer. Ich bin sogar ein wenig zu früh für die Mahlzeit.

Dann gibt es keinen besseren Augenblick als den aktuellen, um ein wenig auf Erkundungstour zu gehen. Die Anspannung, die sich bei jedem humpelnden Schritt um meinen Magen legt, ignorierend, bewege ich mich weiter durch den Gang. Sylas sagte, dass ich frei umherwandern dürfte. Ich breche keine seiner Regeln.

Ich finde nur heraus, wo ich sie brechen *werde*, sobald ich bereit dazu bin.

Mit dem schwächer werdenden natürlichen Licht, das durch Schlitze im Deckenrand zu sickern scheint, haben sich kugelförmige Lampen an den Wänden entzündet, die wie Flammen flackern. Das bernsteinfarbene Leuchten führt mich zu einer Gabelung, wie es schon oben der Fall war. Zu meiner Rechten finde ich einen großen Eingangsbereich, in dem noch mehr Kugeln entlang der Wände und an der

Gewölbedecke leuchten. Ein rot-goldener Teppich erstreckt sich auf dem Boden bis zu der breiten Holztür, die mit glänzendem braunem Metall verstärkt wurde.

*Bronze*, denke ich. Wie mein Käfig. Feen sollten eigentlich von Eisen abgestoßen werden, oder nicht? Ich schätze, das muss wahr sein und sie nutzen die anderen Metalle, die ihnen stattdessen zur Verfügung stehen.

Ich schlurfe über den Teppich und zucke innerlich bei jedem gedämpften Klonk meiner Krücke zusammen. Der Gang liegt ruhig da, weit und breit ist niemand zu sehen. Es ist niemand hier, der sehen kann, wie ich den Griff dieser Tür packe und daran ziehe.

Sie gibt nicht nach – nicht, als ich den Griff nach oben und unten drücke, nicht als ich ihn zu mir ziehe oder nach vorne drücke. Die Tür ist auf eine Weise verriegelt, deren Mechanismus ich nicht erkennen kann, was bedeutet, dass ich sie nicht *ent*riegeln kann.

Natürlich hat sich Sylas nicht einfach nur darauf verlassen, dass ich seine Befehle befolge. Er hat mir diese Befehle erteilt und sichergestellt, dass ich nicht gehen kann, ob ich es nun möchte oder nicht.

Ich drehe mich um und mache mich auf den Rückweg zum Esszimmer. Ich habe nur einen Schritt in diese Richtung gemacht, als eine schlanke Figur aus dem Gang schleicht und am Rand der Empfangshalle stehen bleibt.

Kellans silbrige Augen funkeln, als sie auf mir landen, und jeder Zentimeter meiner Haut kribbelt alarmiert. „Was hast du hier drüben zu suchen, kleine Maus?", fragt er.

„Sylas … Sylas hat gesagt, dass ich den Bergfried erkunden darf", stammle ich. „Ich habe mich nur umgesehen."

„Hast du das? Was für ein Zufall, dass du sofort an der Eingangstür nachgesehen hast."

Ich klammere mich an meine Krücke und ein Beben

durchfährt meine Beine, doch es gelingt mir, das Kinn zu recken. „Es *war* ein Zufall. Ich will nicht dort rausgehen und mich von den Monstern fangen lassen, die mich zuvor hatten.“

In dieser Aussage liegt so viel Wahrheit, dass sie selbstbewusster klingt, als ich gehofft hatte. Dennoch sieht Kellan nicht überzeugt aus. Er marschiert zu mir und bleckt seine Zähne bei einem Grinsen, das nicht annähernd freundlich ist.

„Wir sind nicht dumm, Winzling – ich am allerwenigsten von allen. Und lass mich dich gleich enttäuschen. Diese Tür und die hinten werden von Magie verschlossen, von mehr Macht, als ein Stinkling wie du jemals bewältigen könnte. Du sitzt bei uns fest.“

Er ragt über mir auf und grinst, woraufhin ich nicht verhindern kann, dass ich vor ihm zurückweiche und mich kleinmache. Sein Grinsen wird breiter. Seine Augen funkeln. Kurz denke ich, dass er etwas noch Schlimmeres sagen oder tun wird. Dann presst er den Mund zusammen und wirbelt herum, wobei seine fließende Weste hinter ihm her peitscht.

„August ist losgegangen, um dich zum Abendessen zu holen. Du kommst besser schnell mit. Wer weiß, wie viel Zeit dir noch bleibt, bevor wir aus *dir* das Abendessen machen.“

8

*Talia*

Das Frühstück am nächsten Morgen ist sogar eine noch ruhigere Angelegenheit als das erste, hauptsächlich weil Whitt gar nicht auftaucht. Da mich Kellan von der anderen Tischseite unheilvoll mustert, esse ich meine kleine Portion saftigen Speck und Hash Browns, die einen ungewöhnlichen Lakritzgeschmack haben, so schnell wie möglich und ziehe mich anschließend zurück.

Auf dem Weg zur Treppe erregt eine Bewegung neben mir meine Aufmerksamkeit. Ein kleiner Spiegel hängt in einem glänzenden Rahmen an der Wand. Das Holz ist so stark poliert, dass man es beinahe für Messing halten könnte. Mein Gesicht starrt mir entgegen. Meine Augen sind zu groß für mein bleiches, eingefallenes Gesicht, um das meine Haare einen dunklen Wirrwarr bilden. Ich sehe wie ein Gespenst aus einem dieser Horrorfilme aus, die ich mir ansah, als ich zehn Jahre alt war. Meine Freundin Marjorie begann damals, uns alle dazu zu beschwatzen, die Filme mit ihr zu schauen.

Mag Marjorie noch immer gruselige Thriller? Was macht sie jetzt wohl? Sie muss die Highschool abgeschlossen haben, vielleicht sogar das College. Sie könnte einen Job haben, ein eigenes Apartment. Sie könnte verheiratet sein, soweit ich weiß.

All diese Möglichkeiten fühlen sich so fern von meiner Realität an, als wären sie selbst Filme. Als wäre ich scheintot und der Rest der Welt würde sich ohne mich weiterdrehen, während ich unwissend durch Zeit und Raum treibe.

Vielleicht ist das gar nicht so falsch, aber ich hasse es, wie die entflohene Gefangene auszusehen, die ich theoretisch bin. Wenn ich jede Spur der letzten acht Jahre mit dem Gluckern des Badewassers wegwaschen könnte, das in den Abfluss rinnt, würde ich das tun. Indem ich mich auf meine Krücke stütze, ziehe ich mit meiner anderen Hand an einem besonders sturen Haarknoten.

August kommt aus dem Esszimmer und erwischt mich dabei. „Hast du Probleme mit denen?"

„Ich weiß nicht, ob ich sie jemals rauskämmen kann", gestehe ich. Der Kamm, den mir einer der Fae-Männer auf den Nachttisch gelegt hat, ist der erste, den ich seit Jahren gesehen habe, und er war der Aufgabe nicht gewachsen. Vielleicht muss ich mir den Kopf kahlrasieren und von vorne beginnen. Bei dem Gedanken daran, noch mehr wie ein Invalide auszusehen, zucke ich zusammen.

Es sollte keine Rolle spielen, doch das tut es. Ich bin schon verletzlich genug, ohne dass dieser Eindruck noch verstärkt wird. Und es wäre eine weitere Sache, die mir meine ersten Entführer geraubt haben, auch wenn es bei weitem nicht das Schlimmste wäre.

Das Bewusstsein der viel qualvolleren Verluste, die ich erlitten habe, rollt durch mich hindurch und erstickt mich wie in meinem Traum gestern. Einen Augenblick lang setzt mein Gehirn unter dem Gewicht der Erinnerungen aus. Als ich mich wieder im Griff habe, ist meine Haut klamm und meine Hand umklammert die Krücke so fest, dass meine Fingerknöchel wehtun.

August beobachtet mich mit einem vor Entsetzen wie gelähmten Gesichtsausdruck, der eigenartig auf seinem breiten Gesicht aussieht. Seine Muskeln sind angespannt und seine goldenen Augen leuchten, doch seine Haltung ist unsicher. „Möchtest du, dass ich versuche, dir mit deinen Haaren zu helfen?", fragt er nach einem Moment des Zögerns. „Wir beherrschen alle unterschiedliche Magiegebiete, zu denen wir den natürlichsten Zugang haben, und eines meiner Gebiete sind alle körperlichen Dinge. Ich könnte mir auch mal deinen Fuß anschauen."

*Alle körperlichen Dinge.* Deswegen hat Sylas ihn gerufen, um mich bewusstlos zu machen, als sie mich aus meinem Käfig gezerrt haben. Ich weiß noch immer nicht, wie dankbar ich dafür sein soll – wie sehr es eine Rettung war oder ob ich vom Regen in die Traufe geraten bin, deren ganzes Ausmaß ich noch nicht entdeckt habe.

Von meinen vier Kidnappern war er jedoch am freundlichsten zu mir und ich werde nie die Antworten erhalten, die ich brauche, wenn ich mich in meinem Zimmer verstecke, bis ich in dieser Traufe ertrinke. Ich atme tief ein, verdränge die Nervosität und nicke. „Okay. Dankeschön."

Sein üblicher freundlicher Enthusiasmus kehrt auf sein Gesicht und in seine Stimme zurück. „Dank mir, nachdem wir gesehen haben, wie viel ich tatsächlich für dich tun kann. Komm mit. Die Stube hat gutes Licht."

‚Die Stube' entpuppt sich als Nische, die von der Küche abzweigt und in der einige gut gepolsterte Sessel – die weniger verschnörkelt sind als die meisten Möbelstücke, die ich in dem Bergfried gesehen habe – in einem Halbkreis um einen passenden Schemel und einen Wohnzimmertisch aus hellem Holz stehen. Große Fenster überblicken einen Garten mit unbekannten Pflanzen, die in ordentlichen Reihen stehen, und eine Gruppe Bäume, die leuchtende Früchte tragen.

Hinter dem Obstgarten erstrecken sich Felder zu einem dichten Wald. In der Ferne ragen auf der linken Seite pfirsichfarbene Felsspitzen hoch über den Baumwipfeln in den Himmel. Sie sind mit Flecken limettengrüner Büsche gesprenkelt. Es sieht wie die Art ehrfurchtgebietender Landschaft aus, die ich für meinen Reiseplaner ausgedruckt hätte.

Der Gedanke an diese längst verlorenen Träume schnürt mir die Kehle zu. Ich reiße den Blick los.

Eine Tür führt in den Garten hinaus. Sie ist schlichter und weniger eindrucksvoll als die große am Haupteingang. Als ich sie sehe, kribbelt es in meinen Armen. Es scheint mir nicht wahrscheinlich zu sein, dass Sylas die Eingangstür so sorgfältig geschützt hat, die Hintertür jedoch vernachlässigt hat. Kellan hat sogar gesagt, dass es eine Hintertür gäbe, die magisch versiegelt sei. Doch wenigstens weiß ich jetzt, dass es mehr als einen Weg nach draußen gibt.

August bedeutet mir, mich auf den Hocker zu setzen, und nimmt selbst auf der Kante eines Sessels hinter mir Platz, sodass er meine Haare betrachten kann. Seine Fingerspitzen streifen meine Schultern warm und sanft.

„Dann wollen wir mal sehen … Ich sollte wenigstens ein paar dieser Knoten dazu überreden können, sich von allein zu lösen."

Er sagt ein Wort in diesem melodischen Ton, den alle Fae anzuschlagen scheinen, wenn sie ihre Magie wirken, und Energie kribbelt über meinen Kopf. Seine Finger wandern weiter durch meine Haarsträhnen und zupfen nur ganz leicht. Eine leichte Hitze von seinem Atem streift meinen

Hals. Als er mich schließlich bittet, mich zu drehen, damit er an den Haaren arbeiten kann, die mein Gesicht einrahmen, hat sich meine Haltung größtenteils entspannt. Ich kann nicht behaupten, dass ich mich *sicher* fühle, aber ich bin mir halbwegs sicher, dass ich nicht in unmittelbarer Gefahr schwebe, während er sich neben mir befindet.

Als August an beiden Seiten gearbeitet hat, lehnt er sich nach hinten und betrachtet sein Werk. „Die Knoten weiter oben waren gar nicht so schlimm, aber in der Nähe der Spitzen waren eine Menge Strähnen ziemlich fest verfilzt. Ich konnte sie nicht alle lösen, ohne einige Haare zu brechen. Ich könnte sie allerdings komplett entfernen?"

Mir kommt urplötzlich der lächerliche Gedanke, dass das untere Stück meiner Haare eines der wenigen Dinge ist, die mir von meiner Zeit in der echten Welt noch geblieben sind, bevor ich Fae und Käfige kennenlernte. Doch vielleicht würde ich mich besser fühlen, wenn sie wieder zu dem kinnlangen Bob geschnitten wären, den ich hatte, als ich zwölf Jahre alt war und keine Ahnung hatte, dass irgendetwas hiervon existierte?

„In Ordnung", stimme ich zu. „Solange mir am Ende nicht große Stücke fehlen oder so etwas." Bevor die Worte meinen Mund verlassen haben, läuft mein Gesicht rot an. Ich bin eigentlich in keiner Position, in der ich Forderungen stellen kann.

August gluckst nur. „Ich bin zwar kein ausgebildeter Friseur, aber ich kriege bestimmt etwas Besseres hin."

Er geht in die Küche und kommt mit etwas zurück, was ein großes Tranchiermesser zu sein scheint. Mein Rücken versteift sich automatisch. August bleibt einige Schritte entfernt stehen und hält das Messer mit der Spitze zum Boden. „Es ist eine verzauberte Klinge. Sie wird sofort an der Stelle schneiden, wo ich es brauche. Ich verspreche, dass ich vorsichtig sein werde."

Er sieht so hoffnungsvoll aus, dass ich ihn seine Arbeit zu Ende bringen lasse, und so erpicht darauf, mich zu beruhigen, dass ich ein Nicken zustande bringe. Hätte er mich niederstechen wollen, hätte er das in dem Moment tun können, in dem wir den Raum betreten haben. Es wäre kein komplizierter Vorwand nötig gewesen wie, dass er meine Haare in Ordnung bringen wird.

Und er sagt die Wahrheit. Er hebt die Haare von meinem Rücken, wobei seine Finger mich erneut streifen, und schneidet die Strähnen so schnell ab, dass ich nichts außer den frischen Spitzen spüre, die auf meine Schulterblätter fallen. Als ich nach hinten schaue, baumeln ungefähr zehn Zentimeter ausgefranste Haarknoten in seiner Hand. Zumindest in den wenigen Augenblicken, bevor er noch ein magisches Wort murmelt und sie in Flammen aufgehen. Ich zucke zusammen, doch das Feuer ist bereits verschwunden und meine Haare nur noch ein kleines Aschehäufchen, das August wegwirft.

„Es ist besser, wenn du deine Haare nicht herumliegen lässt. Sie können für Verzauberungen und derlei Dinge benutzt werden", erklärt er, als würde er mich an etwas erinnern, was ich bereits wissen sollte, und lächelt mich freundlich an. Bei ihm scheint die Geste keine Hintergedanken zu verbergen, wie es so viele der anderen Lächeln getan haben, mit denen ich bedacht wurde, seit ich hierherkam. „Dreh dich einmal um, dann werde ich deinen falsch verheilten Fuß in Angriff nehmen."

Wehe, er plant, das Tranchiermesser an *diesem* Teil meines Körpers zu benutzen.

Ich tue wie geheißen und er greift nach der Ferse meines gekrümmten Fußes, um ihn sich aufs Knie zu legen. Er ragt aus dem Bein meiner Jeans und ist nackt – die Fae-Männer haben sich nicht die Mühe gemacht, mir Socken oder Schuhe zu geben. Ein subtiler Hinweis, der mich von einem

Fluchtversuch abhalten soll, oder bloß ein Versäumnis, weil sie wussten, dass sie mich ohnehin nicht nach draußen gehen lassen würden?

August lässt seinen Daumen über den Klumpen des deformierten Knochens gleiten und einer seiner Mundwinkel verzieht sich nach unten. Seine leichte Berührung weckt nicht den üblichen Schmerz. Daraufhin hebt er den Blick. Seine goldenen Augen haben sich mit einer so greifbaren Reue verdunkelt, dass sie ein unerwartetes Flattern in meiner Brust auslösen.

„Die Verletzung ist vor einer ganzen Weile passiert?", erkundigt er sich.

„Vor ungefähr acht Jahren", antworte ich, wobei meine Stimme wieder in ihren vorherigen Flüsterton verfällt. „So gut ich die Zeit nachverfolgen konnte."

„Füße sind ohnehin schon schwierig — eine Menge kleiner Knochen, die genau richtig zusammenpassen müssen. Ich weiß nicht, ob ich über die Kenntnisse verfüge, mit denen ich den Fuß auch nur eine Woche nach dem Vorfall anständig hätte richten können. Jetzt, da die Stücke so viel Zeit hatten, miteinander zu verwachsen und zu ihrer neuen Form zu finden ... Es ist einfacher, etwas zu reparieren, als es zu brechen, wenn es erst einmal zu etwas Neuem kombiniert wurde — das wäre, als würde ich versuchen, einen Kuchen auf magische Weise wieder in Mehl und Eier zu trennen. Ich befürchte, dass ich dir mehr wehtun würde."

„Das ist okay." Mir wird bewusst, dass ich nicht geglaubt habe, dass er *das* reparieren kann. Würde Sylas das überhaupt wollen? Der Fae-Lord gab mir die Krücke, anstatt August zu beten, sich die Knochen anzuschauen. Vielleicht konnte er mit einem Blick erkennen, dass es eine zu komplizierte Aufgabe war, oder vielleicht will er nicht, dass ich mich *so* sehr erhole.

Allerdings glaube ich nicht, dass August mir diese

Möglichkeit angeboten hätte, wenn er nicht vorgehabt hätte, mir zu helfen, wenn er es gekonnt hätte. Soweit ich das erkennen kann, ist er enttäuschter als ich.

„Warum bist du so nett zu mir?", platzt es aus mir heraus und dann schließe ich den Mund, während meine Wangen heißer als zuvor brennen.

August blinzelt mich an. „Warum sollte ich das nicht sein?"

Ich suche nach den richtigen Worten. „Ich meine nur ... Niemand sonst hier hat angeboten, meine Haare oder meinen Fuß in Ordnung zu bringen ... oder irgendetwas." Sogar Sylas war bei der Krücke barsch und distanziert. Whitt hat sich kaum die Mühe gemacht, mir irgendeine Aufmerksamkeit zu schenken, und auf Kellans Aufmerksamkeit, hätte ich gut verzichten können.

August stellt meinen Fuß ab. „Ich wurde für nichts anderes gebraucht und du solltest nicht mit Schmerzen herumlaufen, wenn ich das ohne Weiteres ändern könnte. Es ist schon schlimm genug, was dir Aerik und sein Kader angetan haben."

Das erklärt nicht, warum er so viel freundlicher als die anderen war, aber ich vermute, dass es eine vernünftige Erklärung ist. Bevor ich entscheiden kann, ob ich weiter nachhaken will, streckt er die Hand aus und zupft spielerisch, jedoch sanft an einer meiner frisch geschnittenen Strähnen. Da er so zu mir geneigt ist, berühren seine Knie beinahe meine – sein beunruhigend gut aussehendes Gesicht ist weniger als eine Armeslänge entfernt.

Mein Puls flattert erneut, dieses Mal wegen eines Bebens aus Hitze, das nicht der Scham entspringt.

„Wir könnten etwas anderes mit deinen Haaren machen", bietet er an. „Wir könnten mehr abschneiden, die Farbe ändern ... was auch immer du magst. Das schafft vielleicht einen größeren Abstand zu allem, was du ertragen musstest."

Mir gefällt diese Idee irgendwie und es ist eine willkommene Ablenkung von den neuen Empfindungen, die sich in meinem Körper ausbreiten. Mom sagte immer, dass ich meine Haare färben könnte, wenn ich älter wäre. Nun, jetzt bin ich älter, oder nicht?

Ich verkneife mir das hysterische Kichern, das in meiner Kehle wegen dieser Begründung aufsteigt, und schaffe es, zu sagen: „Eine andere Farbe … ich glaube, das wäre gut."

Er deutet zum Fenster. „Was auch immer dir gefällt. Ich habe genug Material, um meine Magie zu stärken."

*Jede* Farbe, die ich will? Ich denke an die sonnenblumengelben Haare meines Entführers und den lila Stich in Sylas' Haaren und nehme an, dass sogar die natürlichen Haarfarben für Fae nicht so eingeschränkt sind wie bei Menschen.

Eine Erinnerung steigt so plötzlich in mir auf, dass es in meinem Herzen einen Ruck tut. Einige Monate, bevor ich entführt wurde, sah ich eine Sängerin, an deren Namen ich mich nicht mehr erinnern kann, in einem Musikvideo. Ihre Haare waren neonpink und damals hegte ich den verzweifelten Wunsch, diesen Look nachzuahmen. Es schien der Höhepunkt der Coolness zu sein.

Hier ist niemand, den ich mit meinem Stil beeindrucken kann, und es ist wahrscheinlich auch nicht die beste Idee aller Zeiten, mich an den Wünschen meines zwölfjährigen Ichs zu orientieren, aber es wäre ein Tribut an mein altes Leben. Das Leben, das ich eigentlich hätte führen sollen. Und damit würde ich definitiv nicht wie ein Gespenst aus einem Horrorfilm aussehen.

„Kannst du sie pink machen?", frage ich.

August grinst. „Absolut. Warte hier."

Er steht auf und hüpft in den Garten, jedoch nicht so

schnell, dass mir das unverständliche Flüstern entgehen könnte, als er die Tür öffnet. Ja, sie ist auch mit einem Verriegelungszauber belegt. Verdammt.

Als er den Garten durchquert und zu den Obstbäumen geht, komme ich nicht umhin, seine kraftvollen Schritte zu beobachten und die offenkundige Stärke in diesem muskulösen Körper zu betrachten sowie die eifrige Energie, mit der er ihn bewegt. Es ist eine Kombination, die reizvoller ist, als ich zugeben will.

Er ist nicht einfach nur ein Mann. Er entwirrt Haare mit einem Wort und beschwört Flammen aus seinen Händen herauf. Er kann sich in einen Wolf verwandeln – in einen dieser riesigen, bösartigen Wölfe wie die, die den Ring aus Narben an meiner Schulter hinterließen.

August ist gerade zwischen den Bäumen außer Sichtweite verschwunden, als Whitt in die Küche schlendert. Er ist in einen indigoblauen Hausmantel aus, wie es aussieht, Satin gekleidet, der entlang der Hemdsärmel und Säume mit Goldstickereien verziert ist. Falls er überrascht ist, mich hier zu sehen, lässt er es sich nicht anmerken.

„Hmm", sagt er. „Ich bin eigentlich hergekommen, um mir etwas zum Frühstück zu holen, aber es sieht so aus, als wäre August beschäftigt gewesen. Bist du das Mittagessen?"

Ich zucke zusammen. Seine Bemerkung ist jedoch zu flapsig, um sie ernst zu nehmen. Sie ist das komplette Gegenteil von Kellans Bemerkung gestern Abend, als er drohte, mich zum Abendessen zu verspeisen. Whitts Augen leuchten, als er meine Reaktion beobachtet, und mich packt der Drang, nur dieses eine Mal etwas anderes als die zitternde Gefangene zu spielen.

„Ich denke nicht, dass ich zum aktuellen Zeitpunkt genug Fleisch auf den Rippen habe, um eine annehmbare Mahlzeit abzugeben", erkläre ich.

Überraschung huscht über Whitts Gesicht. Mein Puls

stockt vor Furcht, dass ich einen Fehler begangen habe, doch dann bricht er in schallendes Gelächter aus.

„Dann werden wir eben sehen, wie du nach ein paar Wochen aussiehst, in denen du Augusts Kochkünste genießen durftest", sagt er in demselben lässigen Tonfall. Anschließend nimmt er sich ein paar Gebäckteilchen und einen Haufen Speck aus einem Korb am Ende der Arbeitsplatte und lässt sie auf einen Teller fallen. Ohne ein weiteres Wort schlendert er hinaus.

Die Anspannung von dieser kurzen Begegnung entlädt sich mit einem Beben in meinen Gliedern. Wenigstens ist er nicht mehr in der Nähe, um zu sehen, wie viel es mich gekostet hat, diese einzelne Retourkutsche zustande zu bringen.

August kommt mit ein paar schimmernden Früchten zurückgeeilt, die wie Rubine in der Form von Birnen aussehen, sowie einer Handvoll glockenähnlicher magentafarbener Blumen, die in seinen Händen wippen, als würden sie auf ihrer eigenen Brise treiben. „Ich brauche nur einen Moment", verspricht er mir.

Er lässt seine gesamte Ausbeute in eine Schüssel fallen und zermatscht alles mit dem energischen Hämmern eines Mörsers. Er fügt etwas Wasser hinzu, vermischt alles und bringt die klebrige Sauerei zu mir. „Bereit?"

Mein Herz beginnt, so heftig zu pochen, als wäre dies eine gefährliche Mission und kein Umstyling. Es kommt mir plötzlich absurd vor, dass dieser Muskelprotz mir die Haare färben wird, aber ich bin schon so weit gekommen. „Bereit", stimme ich zu und zwinge meine Stimme, nicht zu zittern.

Er muss sich noch näher zu mir setzen, um die klebrige Masse in meine Haare einzuarbeiten. Seine Finger massieren meine Kopfhaut und verteilen das Zeug auf den Strähnen, die noch immer ungefähr zwei Zentimeter über meine Schultern fallen. Als er eines dieser gedämpften, melodischen

Worte spricht, um die Wirkung der Farbe zu verstärken, weht sein Atem erneut über meinen Hals. Die flatternde Hitze kehrt in meine Brust zurück und reist tiefer in meinen Bauch auf eine Weise, von der ich nicht weiß, ob sie mir gefällt.

Es besteht keine Möglichkeit, dass er etwas Derartiges für *mich* empfindet. Ich bin eine erbärmliche Gefangene, der er hilft, damit er sich besser fühlt, weil er sie gefangen hält.

Ich will den zärtlichen Druck seiner Finger nicht genießen. Ich will ihn gar nicht mögen.

Egal, was seine Gründe sind, er *ist* nett zu mir — außergewöhnlich nett. Vielleicht gibt es eine Möglichkeit, wie ich das ausnutzen kann, damit ich sofort von hier und all diesen unerwünschten Gefühlen wegkomme.

Ich wollte nicht, dass mich Whitt ansah, als wäre ich erbärmlich, aber ich vermute, dass August eher kooperiert, wenn ich die Erbärmlichkeit bei ihm unterstreiche. Ich bin so nervös, dieses Thema anzuschneiden, dass meine Stimme zittrig klingt, ohne dass ich es vortäuschen muss.

„August ... darf ich dich etwas fragen?"

Er knetet noch mehr von der Farbe in die Haare hinten an meinem Schädel und verteilt sie in den restlichen Strähnen dort. „Natürlich. Was gibt's?"

Meine Hände ballen sich in meinem Schoß. „Ich weiß, dass es etwas mit meinem Blut zu tun hat, dass mich dieser Aerik-Typ festgehalten hat und ihr mich ebenfalls wollt. Was ist so ... was ist so besonders daran? Ich will nur verstehen, warum mir all das zugestoßen ist."

Meine Worte brechen zum Ende hin. Plötzlich bin ich sprachlos, ohne dass ich es vorspiele, allein von ehrlichen Emotionen.

Was könnte all das andere Blut wert gewesen sein, das vergossen wurde? All die Schreie, die in meinen Erinnerungen widerhallen, die Jahre, die ich in diesem dreckigen Käfig kauerte? Oder vielleicht muss es für die Fae gar keine so große Sache sein, um diese Art der Gewalt zu rechtfertigen?

Augusts Hände sind erstarrt. Er hält einen Augenblick inne und dann sagt er in einem ruhigeren Tonfall als üblich: „Wir verstehen es auch nicht. Wir wissen nur, was es tut."

„Und was ist *das*?"

Er atmet langsam ein. „Ich glaube, ich habe gehört, wie dir Sylas erzählt hat, dass wir uns in Wölfe verwandeln können?"

Ich nicke und unterdrücke den Schauder, der die Bilder begleitet, die in meinem Kopf aufsteigen. „Das hat er."

„Nun, früher, vor langer Zeit, als ich noch nicht einmal volljährig war, hatten wir die Verwandlung stets unter Kontrolle. Es fühlte sich richtig an, unsere Wölfe im Vollmond rauszulassen, doch wir *mussten* es nicht tun, und wir waren noch wir selbst, wenn wir es taten. Dann begann, sich das zu ändern. Wir verwandelten uns, selbst wenn wir das nicht wollten. Und wenn wir es taten, wurden unsere Wölfe in jenen Vollmondnächten wild."

„Wild?"

„Primitiv." August verzieht das Gesicht. „Dann beherrscht uns nichts als der Drang, zu kämpfen und zu zerstören. Es ist wie ein Fluch, aber wir haben keine Ahnung, was dafür verantwortlich sein könnte. Und die Wildheit hat uns im Lauf der Jahre länger und heftiger gepackt. Heutzutage macht uns der Vollmond mehr zu Monstern als zu Wölfen."

Eine andere Erinnerung flackert durch meine Gedanken: schwerfällige, haarige Gestalten, die aus den Schatten hervorstürzen. Das waren in der Tat Monster.

„Das ist schrecklich", sage ich und unterdrücke einen Schauder.

„Das ist es. Für den Großteil der Seelie, für diejenigen,

die in der Gunst unserer Kameraden stehen, war es in den letzten Jahren allerdings nicht so schlimm. Aerik begann, ein Elixier zu verkaufen, dessen Einnahme die Wildheit entweder verhinderte oder stoppte, falls sie bereits eingesetzt hatte. Es klärte auch die Köpfe der Leute. Und soweit wir das erkennen können, war die Schlüsselzutat dieses Elixiers das Blut, das sie dir abgezapft haben."

„Oh." Das Wort, das von meinen Lippen fällt, ist absolut unzureichend, doch ich weiß nicht, was ich sonst sagen soll. „Hat jemals irgendetwas anderes dabei geholfen, den Fluch aufzuhalten?"

Er schüttelt den Kopf. „Nichts, was wir je gefunden oder von dem wir gehört haben."

Kälte breitet sich in meiner Brust aus und frisst die Hitze auf, die von Augusts Nähe übrig war. Ich bin der Schlüssel dazu, eine barbarische Krankheit zu zähmen, die die Fae befallen hat – das einzige Heilmittel, das sie haben. Wie sollen sie da jemals in Erwägung ziehen, mich gehen zu lassen?

Und selbst wenn mir die Flucht gelingt, welche Mühen werden sie auf sich nehmen, um mich zurückzuholen?

*Talia*

Als ich an diesem Abend durch den Gang laufe, bleibt mein Blick erneut an meinem Spiegelbild hängen. Ich komme nicht umhin, stehen zu bleiben und über die Magie zu staunen, die August auf meine Haare angewandt hat, wie ich es heute schon mehrere Male getan habe.

Und es ist wirklich in jedem Sinne des Wortes magisch. Keine menschliche Haarfarbe hätte jemals so funktioniert. Irgendwie ist die pinke Farbe auf eine Weise in meine dunkelbraunen Strähnen gesunken, die die natürlichen Farbschattierungen durchscheinen lässt, ohne die Leuchtkraft der neuen Farbe zu verringern. Es ist ein kräftiges, dunkles Pink, das nur wenige Schattierungen von Lila entfernt ist und wenn ich nicht wüsste, dass Menschen keine Haare in dieser Farbe wachsen, hätte ich geglaubt, dass sie so aus meinem Kopf gesprossen sind.

Ich sehe noch immer ausgemergelt aus und meine Haut

ist fahl, doch die strahlende Haarpracht hebt diese Makel von kränklich zu etwas Leuchtendem, das beinahe so außerweltlich ist wie die Fae-Männer, die mich hierhergebracht haben. Das ist an und für sich ziemlich magisch. Dadurch fühle ich mich ein winziges bisschen mächtiger als zuvor und ein winziges bisschen spielt eine große Rolle, wenn man mit nichts angefangen hat.

Als ich zu meinem Zimmer im Obergeschoss laufe, erreicht der Klang trällernder Musik meine Ohren. Neugierig stapfe ich mit meiner Krücke weiter, um dem Geräusch zu folgen – durch den Gang in die entgegengesetzte Richtung zu einem schmalen, gebogenen Fenster, das die Felder im Süden überblickt.

Die Sonne ist hinter den fernen Wald gesunken, vor dem sich niedrige, sanfte Hügel sowie Felder erstrecken, und hat nur ein rötliches Leuchten am dämmerigen Himmel zurückgelassen, das beinahe meiner neuen Haarfarbe entspricht. Ein helleres Licht beleuchtet das Feld am Rand der Ansammlung Baumstumpf-ähnlicher Häuser. Bernsteinfarbene Kugeln schweben wie riesige Glühwürmchen um die Teppiche herum, die auf dem Gras zwischen Platten mit Essen und Kelchen ausgebreitet sind. Letztere sind, der Stimmung nach zu urteilen, bestimmt mit Wein gefüllt.

Mehrere Männer und Frauen fläzen auf Kissen, die auf den Teppichen verteilt sind. Andere wiegen sich unter den Kugeln im Takt der Musik, die auf einer unförmigen Gitarre von einem Mann gespielt wird. Dessen Finger sehen aus, als wären sie um ein Gelenk länger, als sie sein sollten. Gelächter erhebt sich so laut wie die Musik in die Nacht.

Ein Paar, das an einen Baum in der Nähe gepresst ist, küsst sich. Zwei andere vergnügen sich zwischen Kissen am Rand der Festlichkeiten. Die Frau sitzt rittlings auf dem

Mann und sie umarmen sich so intim, dass mein Gesicht heiß wird, als ich den Blick abwende.

Dies müssen Mitglieder des größeren Rudels sein – die Fae, die in diesen Häusern leben. Das flackernde Licht fällt auf ein bekanntes Gesicht: Whitt, dessen zerzauste Strähnen sonnenverwöhnter Haare so stark leuchten, als würden sie ihre eigene Sonne beherbergen. Er hat die Hand zu einem Toast erhoben und sagt grinsend etwas, woraufhin eine weitere Lachsalve durch die Versammlung geht.

Ihn erhellt eine strahlende Energie, die mir bei unseren Begegnungen im Bergfried bisher nicht aufgefallen ist. Es ist unmöglich, nicht zu bemerken, wie umwerfend diese Fae-Männer im Allgemeinen sind. Doch während ich nun Whitt beobachte, vergesse ich, zu atmen.

So legen Fae die Sterblichen in den Geschichten rein, die man sich über sie erzählt, oder? Sie betören sie mit Schönheit und Wundern, sodass die Menschen nicht bemerken, wie viel die Fae ihnen stehlen.

Dennoch kann ich den Blick nicht von ihm abwenden.

Das Knarzen des Bodens erschreckt mich. Ich fahre so schnell herum, wie es mein krummer Fuß erlaubt, und mein Körper spannt sich abwehrend an, obwohl ich nicht weiß, was ich falsch gemacht haben könnte.

Wie sich herausstellt, war es trotzdem die richtige Reaktion. Kellan steht in den Schatten des Ganges. Seine Lippen sind zu einem Lächeln verzogen, das so grausam ist, dass man meinen könnte, jemand hätte es ihm mit einer Klinge ins Gesicht geschnitten. Meine Finger verkrampfen sich um meine Krücke.

„Genießt du Whitts Feier aus der Ferne, Gammelfleisch?", fragt er. „Näher wirst du seinen Partys niemals kommen."

Ich schlucke schwer. Was will er? „Es ist für mich in Ordnung, hierzubleiben", erkläre ich in diesem jämmerlichen Flüsterton. In seiner Gegenwart scheine ich meine Stimme nicht dazu bewegen zu können, lauter zu sein, nicht während seine silbrigen Augen wie Klingen auf mich gerichtet sind.

„So ein fügsames kleines Lamm." Er tritt einen Schritt näher und mein Rückgrat versteift sich noch mehr. „Oder vielleicht ein Clown mit dieser lächerlichen Katastrophe, in die der Welpe deinen Kopf verwandelt hat."

Obwohl ich mich anstrenge, nicht darauf zu reagieren, brennen meine Wangen. Ich will einfach nur von ihm weg, doch er steht zwischen mir und meinem Zimmer. Zwischen mir und dem restlichen Bergfried. Er hat mich hier am Ende des Ganges in die Ecke gedrängt und als mir das zunehmend bewusst wird, atme ich immer hektischer vor Panik anstatt vor Bewunderung.

Er schlendert noch näher. Ich glaube, das Funkeln in seinen Augen könnte eine Art Vergnügen vermischt mit Bösartigkeit sein. Er leckt sich über die Lippen und gibt sich keine Mühe, die Bewegung seiner Zunge zu verbergen. Da bin ich mir sicher. Er will genau das: mich, gefangen und verängstigt, seiner Gnade ausgeliefert. Er genießt es einfach, auszuprobieren, wie viel Angst er mir einjagen kann.

Denn er würde mir nicht *tatsächlich* wehtun, nicht solange Sylas gesagt hat, dass sie mich hier beschützen werden. Stimmt's?

Unter Kellans kaltem Blick fällt es mir schwer, viel Vertrauen in dieses Versprechen zu setzen.

Mein Herz hämmert wie wild und ich kann meinen Körper gerade so am Zittern hindern. Wird er mich gehen lassen, wenn ich es versuche? Ich *muss* es versuchen – mir wird bereits schwindlig vor Panik, weil er immer näher kommt.

Ich ringe um Worte und torkle dabei mit meiner Krücke

nach vorne. „Ich werde dich in Ruhe lassen. Ich wollte ohnehin ins Bett gehen."

Ich humple so schnell, ich kann, an ihm vorbei, wobei ich dicht an der Wand entlanglaufe. Kellan beobachtet meinen Abgang, verschränkt die Arme vor der Brust und sein Blick kribbelt über meine Haut.

„So ist's recht. Renn, kleiner Stinkling. Genieß dein luxuriöses Bett, solange du kannst. Du wirst es nicht mehr lange haben."

Ich stolpere in mein Zimmer und sacke gegen die geschlossene Tür. Meine Glieder zittern jetzt nicht nur, sondern werden regelrecht durchgeschüttelt, und zwar so heftig, dass ich mich womöglich übergeben werde. Als ich die Augen schließe, blitzen Bilder hinter meinen Augenlidern auf: die bronzenen Gitterstäbe, die arroganten Gesichter, die mich spöttisch betrachten, das Funkeln der Klinge, die sich in mein Handgelenk gräbt.

Ich bin nicht mehr dort. Ich bin nicht dort. Ich erinnere mich in Gedanken immer wieder daran, mein Körper lässt sich jedoch nicht überzeugen.

Mein Körper weiß, dass ich mein altes Gefängnis lediglich gegen einen hübscheren Käfig und Wärter mit besseren Manieren eingetauscht habe. Nun, zumindest die meisten von ihnen haben gute Manieren.

Ich lasse mich zu Boden sinken und beschwöre andere Bilder in meinem Kopf herauf. Die ägyptischen Pyramiden, die sich unter einer glühend heißen Sonne uralt und großartig aus der Wüste erheben. Das Leuchten der Dämmerung, das grün durch die dicken Bambusstängel in einem Wald in der Nähe von Kyoto fällt. Ein atemberaubendes Bild nach dem anderen aus meiner Sammlung. Es besteht noch immer eine Chance, dass ich diese Orte eines Tages besuchen werde.

Allmählich verebbt das Beben. Ich bin noch immer wacklig auf den Beinen, als ich zum Bett schlurfe, aber ich schaffe es dorthin, ohne hinzufallen.

Der Vollmond muss noch Wochen entfernt sein. Ich habe Zeit, bevor einer dieser wölfischen Fae mein Blut *braucht*. Ich habe bereits so viel mehr herausgefunden, als ich zuvor wusste.

Ich muss einfach darauf hoffen, dass sie ihre Meinung nicht darüber ändern, wie viel Freiheit sie mir erlauben — oder dass sie mich für sich behalten — bevor ich alles in Erfahrung bringe, was ich wissen muss.

Die Bettdecke legt sich um mich herum und hüllt mich in eine wunderbare Weichheit. Als ich sie näher zu mir ziehe, kitzelt der Lavendelduft in meinem Kissen meine Nase. Mein Atem beruhigt sich und der Schlaf zieht mich mit sich.

Das Nächste, dessen ich mir bewusst bin, ist eine kalte, harte Fläche unter mir. Ich bin darauf zusammengesackt und kann mich nicht bewegen. Ich bin zu *schwach*, um mich zu bewegen. Als hätte ich mich tagelang geweigert, etwas zu essen oder zu trinken. Nur daran zu denken, meinen Arm hochzuheben, erschöpft mich, ganz zu schweigen davon, es zu tun. Ich kann die Energie nicht in mir finden, auch nur meine Finger auszustrecken.

Dann packt jemand meinen Kiefer mit vernichtender Kraft und zwingt meinen Mund auf. Schlaue Augen funkeln unter bläulich weißen Haarspitzen.

Eine süßliche, zähe Flüssigkeit fließt über meine Zunge. Ich spucke und würge, doch ich bin zu schwach, um die Hand wegzuschieben, zu schwach, um das Zeug auszuspucken. Meine Überlebensinstinkte setzen gegen meinen Willen ein und ich schlucke, schlucke und schlucke, bis sich mir der Kopf von dem magischen Wein dreht und meine Lippen klebrig vom Fruchtfleisch sind.

Er strömt durch meine Kehle und nicht nur in meinen Magen, sondern auch in meine Lunge – ich ertrinke. Ich keuche und huste. Meine Muskeln sind am Ende und schlaff. Ich bin hilflos, so hilflos …

Plötzlich liege ich ausgestreckt auf dem Gras einer Waldlichtung. Die Sterne wirbeln über mir. Mein kleiner Bruder ruft meinen Namen und seine Stimme dringt durch das Zwielicht. Ich blinzle und sehe seine Silhouette in der Ferne. Mom und Dad sind links und rechts von ihm und kommen in diese Richtung.

Nein, nein, das dürfen sie nicht tun. Die Monster kommen.

Doch mein Körper bewegt sich nicht und kein Laut verlässt meine Kehle. Als ich zuvor nach ihnen rief, dachte ich, ich würde mich wehren und um mein Überleben kämpfen. In Wahrheit gab ich jedoch alles auf.

Nur ein Wort. Ein Warnschrei. Kalter Schweiß bricht auf meiner Haut aus und meine Lippen teilen sich den Bruchteil eines Zentimeters …

Krallen durchschneiden die Dunkelheit und hinterlassen Schreie. Nicht noch einmal, nicht …

Eine Hand packt meinen Arm und ich brülle, trete um mich. Zapple … in der weichen Decke, die sich um meine Beine verheddert hat.

Ich keuche, meine Lunge zieht sich vor Panik zusammen und der Puls hämmert mir in den Ohren. Die Luft schmeckt nach Lavendel und Wildblumen. Mondlicht strömt durch die Lücke in den Vorhängen – in mein Schlafzimmer oder das Zimmer, das zumindest aktuell meines ist.

Und die Hand, die meinen Arm noch immer vorsichtig, jedoch bestimmt festhält, gehört zu dem gewaltigen Mann, der neben mir auf dem Bett sitzt. Sein milchiges, vernarbtes Auge wirkt im Halbdunkel noch gruseliger.

„Du hattest einen Albtraum", erklärt Sylas mit langsamer und ruhiger Stimme, als würde er mit einem Kleinkind reden. „Du hast geschrien. Es gibt keine einfache Möglichkeit, von so etwas aufzuwachen."

Nein, ich wache überhaupt nicht einfach auf. Als sich meine Augen an das schwache Mondlicht gewöhnen, erkenne ich einen frischen Kratzer auf seiner unversehrten Wange, wo ihn wahrscheinlich mein Fingernagel erwischt hat, als ich um mich geschlagen habe.

Er hörte meine Verzweiflung und kam, um mich aufzuwecken, und ich *griff* ihn an. Mein Herz setzt von neuem aus. Mit welchen Konsequenzen muss ich für diesen Fehler rechnen?

Meine Stimme zittert, als ich spreche: „Es tut mir leid. Ich wollte nicht … mir war nicht bewusst …"

„Der Traum ist dir in diese Welt gefolgt", erwidert er ruhig, so ruhig, dass die Furcht, die in mir tobt, zu verfliegen beginnt. „Das tun sie manchmal. Geht es dir jetzt gut?"

Ein Lachen bleibt mir in der Kehle stecken. Wie kann es mir *gut gehen*, selbst jetzt da ich wach bin? Aber ich weiß, was er meint.

„Ja", antworte ich. Mein Körper holt die Realität ein und die Panik fällt weg. „Dankeschön. Es war … schrecklich."

Ich erwarte, dass er aufsteht und geht. Habe ich ihn mit dem Lärm aufgeweckt, den ich gemacht habe … oh, Mist, habe ich sie *alle* aufgeweckt?

Doch Sylas scheint es nicht eilig zu haben, in sein Bett zurückzukehren, falls er überhaupt schon darin lag, als mich der Albtraum packte. Vielleicht arbeitete er bis spät in die Nacht hinein oder tat das, was er sonst tut, wenn er keine Menschenmädchen entführt und Krücken für sie herstellt. Wie viel müssen Fae überhaupt schlafen?

Er legt meinen Arm ab, bleibt jedoch, wo er sitzt.

Dadurch ist er mir so nah, dass mein Knie wegen der Nähe seiner Hüfte kribbelt, obwohl sie sich nicht berühren. Sein dunkles Auge mustert mein Gesicht. „Wovon hast du geträumt?"

Ein Schauder durchläuft mich, nur weil ich mich daran erinnere. Die Erinnerung an meine Familie jagt einen so scharfen Schmerz durch meine Brust hindurch, dass ich weiß, dass ich nicht darüber sprechen kann. Doch der Rest ...

„Als mich der andere Fae ... Aerik oder wer er ist ... hatte", erzähle ich, „gab es einen Punkt, an dem ich aufgab. Ich glaubte nicht, dass ich ihnen jemals entkommen würde, und wollte einfach nur sterben. Also weigerte ich mich, etwas zu essen oder zu trinken ... Doch das funktionierte nicht. Als ich zu schwach wurde, zwangen sie mir Dinge in den Rachen. Ich konnte sie nicht aufhalten. Ich konnte *gar nichts* tun. Nicht einmal sterben. Es war ... so schlimm habe ich mich noch nie gefühlt."

Sylas nickt. „Ich kann verstehen, dass das schrecklich sein muss."

Ich wische mit der Hand über meinen Mund. Eine kribbelnde Empfindung entsteht hinter meinen Augen, aber ich will nicht vor ihm weinen. Er hat mich bereits in einem schlimmen Zustand gesehen, da muss ich es nicht noch schlimmer machen.

„Ich beschloss, dass ich, wenn ich schon leben musste, sicherstellen sollte, dass ich stark genug war, um mit diesem Leben etwas anzufangen, auch wenn es nicht viel war. Ich konnte es nicht ertragen, so vollkommen hilflos zu bleiben. Also aß ich und als ich mich bewegen konnte, tat ich das so oft wie möglich, um meine Muskeln ein wenig zu trainieren. Nur ... nur für den Fall." Meine Schultern spannen sich an. „Ich träumte, dass das alles erneut passiert ist ... die Schwäche, wie sie mich zwangsernährten. Das ist alles."

„Sie hätten dich nie so behandeln sollen", sagt Sylas bestimmt. „Manche meiner Fae-Verwandten mögen unbarmherzig sein, ich verspreche dir jedoch, dass es bei weitem nicht alle von uns sind." Er hält inne. „Aerik und seine Männer – die Wölfe, die dich in deiner Welt angriffen – waren sie die ersten Wölfe, die du dort gesehen hast? Hattest du *sie* jemals vor dieser Nacht gesehen?"

Denkt er, sie hätten den Angriff womöglich geplant? Ich ziehe die Brauen zusammen und denke zurück an eine Zeit vor der scheinbar endlosen Gefangenschaft. Mein Gefühl für mein Leben davor ist vage und traumartig geworden, als wäre es nur eine glückliche Illusion, die ich in meinem Schlaf heraufbeschwor. Ich weiß allerdings, dass ich mich daran erinnern würde, wenn ich *Wölfe* durch die Stadt hätte streifen sehen. Es war eine ziemlich kleine Stadt, aber auch keine winzige Siedlung in der Wildnis.

Ich schüttle den Kopf. „Nein. Nichts dergleichen. Die größten Tiere, an die ich mich erinnere, selbst als wir auf Wanderungen gingen, waren Waschbären und einmal ein Stachelschwein."

„Erinnerst du dich daran, ob du jemals einen Raben in der Nähe bemerkt hast? Oder vielleicht eine wilde Ratte?"

„Manchmal waren Krähen unterwegs, aber ich glaube nicht, dass ich Raben gesehen habe. Sie sind größer, oder? Und ein paar Jahre zuvor ist eine wilde Maus ins Haus eingedrungen … allerdings definitiv keine Ratten." Ich blicke zu Sylas auf. „Warum speziell die?"

Er schenkt mir eines seiner verhaltenen Lächeln. „Ich frage mich, ob du durch den Einfluss von Fae-Magie zu dem wurdest, was du heute bist. Wir Seelie haben den Wolf in unserem Wesen, doch es gibt auch die Unseelie der Winterlande, die zu Raben werden, und die Ratten der Murk … mit denen man sich besser gar nicht befasst, wenn man es vermeiden kann." Er macht Anstalten, aufzustehen.

„Ich sollte dich nicht mit diesen Angelegenheiten belästigen, wenn du schlafen musst.“

„Das ist schon in Ordnung.“ Ich reibe mir über die Arme und verdränge die letzten Reste des Unbehagens, das von meinem Albtraum noch übrig ist. „Danke, dass du reingekommen bist. Ich bin froh, dass ich nicht noch mehr Zeit in diesem Traum verbringen musste.“

„Du wirst dich dort zweifelsohne wiederfinden. Albträume halten uns gerne unsere schlimmsten Erinnerungen vor. Wenn ich kann, werde ich zusehen, dass du in keinem zu lange bleibst.“

Er dreht sich zur Tür und ich frage mich plötzlich, warum er bei diesem Thema mit so viel Zuversicht spricht. Was für Albträume hat *er* gehabt?

Ich glaube nicht, dass er mir diese Frage beantworten wird. Dass er zu mir kam und mir geholfen hat, bietet mir jedoch eine Öffnung. Eine, die ich so fest packen muss, wie ich kann, genauso wie ich die Gitterstäbe meines Käfigs packte, um Kraft in meinen Armen aufzubauen.

„Bist du nachts oft wach?“, wage ich mich vor. Ich muss wissen, wann meine Kidnapper schlafen, wenn ich jemals entkommen will.

Ich hatte gehofft, dass die Frage recht unschuldig klingen würde, doch Sylas’ Miene wird noch undurchsichtiger als zuvor. „Mach dir keine Sorgen um mich, Kleines.“

Er sagt den Spitznamen ziemlich freundlich, doch der Rest klingt wie ein Befehl, nicht wie eine einfache Bemerkung. Bevor ich antworten kann, marschiert er bereits aus dem Raum und schließt die Tür hinter sich.

Ich sitze mehrere Minuten lang in der Dunkelheit, zu aufgedreht, um auch nur an Schlaf zu denken. Mein Körper entspannt sich langsam, aber eine weitere Frage packt mich. Eine Frage, die ich selbst beantworten kann.

Ich rutsche vom Bett und humple durch das Zimmer.

Meine Krücke lasse ich zurück, damit das Klopfen, meine Bewegungen nicht verrät. Mein Gleichgewicht schwankt und ein gedämpftes Pochen setzt in meinem krummen Fuß ein, als ich die Tür erreiche. Dass ich mich die letzten Tage durch den Bergfried bewegt habe, hat meine Beine jedoch so sehr gestärkt, dass ich wenigstens nicht hinfalle.

Ich krümme die Finger um den polierten Holzknauf und drehe ihn ganz sachte.

Er bewegt sich nur einen Bruchteil, bevor ich auf Widerstand stoße. Ich kann ihn nicht weiter drehen und als ich behutsam ziehe, erkenne ich, dass die Tür nicht nachgeben wird.

Der Fae-Lord wollte nicht, dass ich in einem Albtraum gefangen bin, was ihn allerdings nicht davon abgehalten hat, mich nachts in meinem Zimmer einzusperren.

Mein Mund ist trocken geworden. Ich konzentriere mich auf den Knauf und erinnere mich an jenen Moment in meinem Käfig, als ich das Schloss öffnete. Die Silben, die ich so viele Male geübt hatte, bevor sie funktionierten, kitzeln über meine Zunge, ohne dass ich darüber nachdenken muss. Ich klammere mich an die Angst, die sich durch mich hindurch schlängelt, und murmle das Wort mit jedem bisschen Emotion, das ich aufbringen kann. *„Fee-doom-ace-own.“*

Der Knauf rührt sich nicht. Ich wiederhole das Zauberwort zwei weitere Male und dann halte ich inne aus Angst, dass mich jemand hören wird, wenn ich damit weitermache.

Wer weiß, wie viele verschiedene Arten der Schlossmagie es gibt? Sylas hat mich in keiner Weise wie meine Entführer behandelt, also warum gehe ich davon aus, dass er den gleichen Zauber benutzen würde, um mich festzuhalten?

Die Tür wird tagsüber geöffnet sein. Ich werde noch Gelegenheiten haben. Doch als ich zurück zum Bett schlurfe, sinkt mein Herz mit einem allzu vertrauten Gefühl der Hoffnungslosigkeit. Ich balle die Hände zu Fäusten.

Ich habe es aus dem Käfig geschafft und ich werde es auch hier rausschaffen. Ich muss nur weiterhin daran glauben.

10

*Talia*

Als ich am Nachmittag in die Küche spähe, ist August bereits damit beschäftigt, irgendein episches Abendessen zu kochen. Bei meinem Anblick strahlt er, ohne in seinen Vorbereitungen langsamer zu werden. „Meine neue Lieblingsassistentin! Komm rein. Ich habe etwas, was du umrühren kannst."

Im Lauf der letzten Tage habe ich mich dabei ertappt, wie ich immer öfter hierhergekommen bin, als würde ich von Augusts typischem Klappern angezogen wie eine Biene vom Nektar. Der rotbraunhaarige Fae-Mann mit seinen menschenähnlichen Ohren und seinem freundlichen Lächeln hat mich stets begeistert hereingewinkt. Nichts scheint ihn glücklicher zu machen, als die Geheimnisse eines Rezepts mit mir zu teilen – es ist zwar unwahrscheinlich, dass ich diese bald benutzen werde angesichts dessen, dass die meisten Zutaten verwenden, die der Supermarkt zu Hause bestimmt nicht im Angebot hat, wie beispielsweise Katzenmilch und Kolibri-Eier.

Er ist der einzige meiner Kidnapper, der mir das Gefühl gibt, als wäre ich wirklich ein willkommener Gast und keine Gefangene.

Heute sitze ich auf meinem üblichen Küchenhocker, balanciere eine Schüssel auf meinen Knien, die breiter ist als ich, und halte einen langen Holzlöffel in der Hand. Der Teig, den ich mische, ist eine merkwürdige Mischung aus klebrig und matschig, verströmt jedoch einen süßlich würzigen Duft, bei dem mir das Wasser im Mund zusammenläuft.

„Was wird das werden?", erkundige ich mich.

„Du wirst einfach abwarten müssen", erwidert August mit einem Funkeln in seinen goldenen Augen. „Ich verspreche, dass es dir schmecken wird."

„Ich will es endlich essen."

Er lacht. „Vor dem Backen schmeckt es nicht einmal halb so gut." Er hält inne und mustert mich mit plötzlicher Sorge. „Hast du Hunger? Ich kann dir einen Snack besorgen."

Mich dabei zu beobachten, wie ich seine Kochkünste verschlinge, scheint August am zweitglücklichsten zu machen. Mit jeder Mahlzeit, bei der es mir gelingt, beinahe eine komplette Portion zu essen – auch wenn es noch lange nicht die Menge ist, die diese Männer-die-keine-Männer-sind essen – wird er etwas munterer. Und jeden Tag habe ich etwas mehr Energie.

Ich hätte gedacht, dass es in ihrem Interesse wäre, dafür zu sorgen, dass ich schwach bleibe. August denkt anscheinend nicht so und Sylas hält ihn nicht auf. Ich weiß nicht, was das bedeutet.

„Nein, mach mit deinen Vorbereitungen für das Abendessen weiter", sage ich. „Ich bin eigentlich nicht hungrig ... Es riecht nur so gut."

„Und ich habe noch nicht einmal den Malviazucker

hinzugefügt", entgegnet er, was auch immer das ist. „Ich würde diese Teile öfter machen, wenn sie nicht so lange backen würden. Es ist jedoch leichter, wenn ich Hilfe habe." Er schenkt mir noch ein Lächeln und widmet sich wieder dem Schneiden von Wurzelgemüse in einer eigenartig hellblauen Farbe. „Die Mischung muss noch fünf Minuten lang umgerührt werden, aber falls dein Arm müde wird, kann ich einspringen. Sag mir einfach Bescheid."

Während ich den Teig rühre, sehe ich mich in der Küche um. Sie ist zweimal so groß wie mein Zimmer, das an und für sich schon ziemlich groß ist. Sie verfügt über drei Öfen, zwei Kücheninseln – eine gigantische und eine schmale – und Töpfe und Pfannen aller Formen und Größen baumeln von rankenähnlichen Deckenbefestigungen. „Es macht den Anschein, als sollte in dieser Küche eigentlich ein ganzes Team arbeiten."

„Sylas hat die Küche nachgebaut, die wir in Hearthshire hatten. Dort hatten wir ein komplettes Küchenteam. Damals experimentierte ich einfach nur in der Küche herum, wenn sie sie nicht brauchten …"

Er verstummt ein wenig zögernd, als wäre er sich nicht sicher, ob er das hätte sagen sollen. Das könnte bedeuten, dass es wichtig ist. Sylas hatte über Hearthshire gesprochen, oder nicht? Ich kann mich nicht erinnern, was genau es war.

„Warum seid ihr hierhergezogen?", wage ich mich vor. Ich *erinnere* mich daran, dass der Fae-Lord andeutete, dass es ungewöhnlich ist, dass August das Kochen übernimmt – dass sie kein Personal haben. Abgesehen von ihm und den drei Mitgliedern seines Kaders habe ich hier seit meiner Ankunft niemanden gesehen. Die Arbeit, der das restliche Rudel nachgeht, findet offenbar außerhalb dieser Wände statt.

August fegt das geschnittene Gemüse vom Schneidebrett, wobei seine Haltung untypisch unbeholfen ist.

„Unglückliche Umstände. Aber wir haben das Beste daraus gemacht."

Eine typisch vage Antwort, die Sorte, die ich erhalte, wann immer ich etwas frage, das annähernd als forschende Neugier durchgehen würde. Ich sauge meine Unterlippe zwischen die Zähne und knabbere darauf herum. Er war gewillt, ein wenig über meine Rolle hier zu sprechen, doch dabei ging es direkt um mich – und er war nicht sonderlich begeistert, darüber zu reden.

Ich muss verstehen, wie alles in diesem Gebäude funktioniert, wo wir sind und warum und den ganzen Rest, wenn ich eine echte Hoffnung darauf haben will, mehr als ein laufender Blutbeutel zu sein. Es wird jedoch offensichtlich werden, wenn ich zu viel nachhake. Ich wechsle zu einem sichereren Thema in der Hoffnung, dass ich eine andere Möglichkeit erhalten werde, nachzufragen.

„Dann hast du also schon immer gerne gekocht, obwohl du es normalerweise nicht tun musstest?"

August nickt und seine übliche Energie kehrt in seine Bewegungen und das Funkeln in seine Augen zurück. „Ich wurde hauptsächlich zum Kämpfen ausgebildet, damit ich Sylas und das Rudel verteidigen kann, wenn es dazu kommt. Zum Glück sind diese Fähigkeiten an den meisten Tagen nicht gefragt." Er schenkt mir ein schiefes Grinsen. „Aber Essen brauchen wir immer und so gut wie jeder weiß Essen zu schätzen, das gut zubereitet wurde. Ich mag es, dass ich immer etwas beitragen kann."

Ich blicke hinab auf den Teig, den ich nach wie vor rühre, und ein unerwarteter Schmerz durchfährt mich, weil ich dieses Gefühl gut nachempfinden kann. Ist das nicht genau der Grund, aus dem *ich* mich immer wieder freiwillig melde, ihm zu helfen, anstatt mich zurückzulehnen und einfach nur zuzuschauen, was er mich auch gerne tun lassen würde? Ich will zeigen, dass ich etwas zurückgeben kann.

„Das ergibt Sinn", sage ich.

„Ich kam auf ziemlich natürlichem Weg dazu." August stellt eine Bratpfanne auf eine der Herdplatten. „Wegen all des körperlichen Trainings war ich zwischen den Mahlzeiten ständig hungrig und erschnorrte mir in der Küche etwas zu essen. Doch sogar als Kind war ich nicht nur mit einer Scheibe Brot und einem Stück Käse zufrieden, weshalb ich die Köchin nervte, bis sie mir einige ihrer Tricks beibrachte. In mancherlei Hinsicht ist es wie Kriegsführung. Man muss herausfinden, welche Elemente zusammengehören und miteinander kooperieren oder sich beißen."

Ich hätte Kochen nie so gesehen. „Ich bin froh, dass du es gelernt hast. Ich bezweifle, dass irgendjemand, seinen Appetit *nicht* schnell wiederfindet bei dem Essen, das du kochst."

Er lacht. „Dann geht mein Plan auf. Hier, rühr das noch ein paarmal um und dann sollte es fertig sein."

Ich lege all meine Kraft in die letzten Rührbewegungen, da der Teig mittlerweile zäher geworden ist. Dabei versuche ich, mir zu überlegen, was ich ihn sonst noch fragen könnte. Bevor ich mich für etwas entscheide, marschiert Sylas durch die Hintertür in die Küche.

Ich weiß nicht, ob ich jemals *nicht* von diesem riesigen Mann mit seiner Mähne lila-brauner Haare und den intensiven, unterschiedlichen Augen eingeschüchtert sein werde. Mir stockt der Puls und mein Mund schließt sich, bevor sich sein Blick auf mich richtet.

„August lässt dich hart arbeiten, was?", bemerkt er.

Der andere Mann springt auf, um mir die Schüssel wegzunehmen, und verneigt den Kopf hastig, jedoch respektvoll vor seinem Lord. „Ich dachte nur … da sie ohnehin gerne hier ist …"

„Es ist okay", sage ich rasch. „Ich helfe gerne." Es fühlt sich gut an, etwas Nützliches zu tun. Etwas, bei dem ich tatsächlich etwas *tue* und nicht einfach nur ein Teil meines Körpers gestohlen wird.

Sylas betrachtet mich, als könne er diesen unausgesprochenen Gedanken lesen, kommentiert ihn allerdings nicht. Er bedeutet mir, aufzustehen und mit ihm in die Stube zu gehen. „Es gibt noch eine Möglichkeit, wie du dich nützlich machen kannst. Komm, setz dich zu mir."

Ich kann ihm das schlecht abschlagen, auch wenn ich mir in Bezug auf seine guten Absichten weniger sicher bin als bei August. Ich laufe zu ihm. Nach einigen Tagen Übung, bin ich mit meinen Krücken so selbstbewusst geworden, dass es mehr ein Passgang als ein Taumeln ist. Auf eine Bewegung von Sylas hin, sinke ich auf einen der Sessel. Er zieht einen weiteren zu mir heran und stellt einen Beutel aus einem wächsernen Stoff auf den Wohnzimmertisch neben uns.

„Was soll ich tun?", frage ich und kämpfe gegen den Drang an, mich in mich selbst zurückzuziehen, weil mir seine kräftige Gestalt so nahe ist. Er herrscht hier zwar, was bedeutet, dass er derjenige ist, der mich gefangen hält, doch er hat mir nicht wehgetan. Bisher.

Er nimmt einen Zweig aus der Tasche, der mit winzigen orangefarbenen Blättern getupft ist. „Ich habe einige meiner Medizinkräuter im Garten gepflückt. Ich würde gerne testen, ob du auf sie reagierst. Nur auf deiner Haut. Es ist nichts, was sich sonderlich stark auf dich auswirken sollte, falls du reagierst."

Das klingt nicht nach einer großen Zumutung. Aber … „Warum?"

„Du bist offensichtlich kein typisches Menschenwesen", erwidert er ruhig. „Ich bin neugierig, wie sich das sonst noch äußert, und ob uns das erlaubt, festzustellen, was genau dich einzigartig macht."

Er will wissen, warum mein Blut und nicht das von anderen diesen wilden Fluch heilen kann, unter dem die Fae leiden. Wenn er das herausfindet, könnte er dann das Heilmittel herstellen, ohne dass er mich dafür braucht? Ich bin absolut für *diese* Möglichkeit. Und je hilfreicher ich bin, desto hilfreicher werden diese Männer hoffentlich sein, wenn ich ihnen mehr Fragen stelle.

Gehorsam strecke ich meinen Arm aus, der unter dem Ärmel meines T-Shirts nackt ist. Ich lege ihn auf die Armlehne des Sessels. Irgendwie ist die Haut auf der Unterseite noch blasser als der Rest und beinahe durchsichtig. Blaue Adern kreuzen die zarten Knochen. Augusts unglaubliche Mahlzeiten helfen dabei, dass ich allmählich etwas zulege und nicht mehr halbverhungert bin, aber ich bin noch nicht so lange hier. Ich bin noch immer so dünn, dass ich zusammenzucken will, wenn ich mich betrachte.

Sylas bewegt sich methodisch. Damit unterscheidet er sich so sehr von Augusts enthusiastischem Elan. Er zerdrückt einige der orangefarbenen Blätter zwischen seinem Daumen und Zeigefinger und dann reibt er die entstandene Paste unterhalb meines Handgelenks auf meine Haut. Er wartet und beobachtet. „Spürst du irgendetwas Ungewöhnliches?"

Ich schüttle den Kopf. „Nichts, mit dem ich nicht rechnen würde."

Nach einer kleinen Weile wischt er das Kraut ab, mustert die hellrosa Stelle, die es auf meiner Haut hinterlassen hat, und summt leise. Das muss nicht sonderlich aufregend sein, denn anstatt noch mehr Zeit auf diese Reaktion zu verschwenden, holt er noch einen Zweig aus seinem Beutel. Dieser ist so buschig wie der Schwanz eines Eichhörnchens – wenn Eichhörnchen lavendelfarbiges Fell hätten.

Das Zeug löst eine schwach brennende Empfindung auf meiner Haut aus, als Sylas es aufträgt. Er lässt mich beschreiben, wie es sich anfühlt, ehe er das Zeug abwischt, das etwas dunklere Mal begutachtet und ein kühles Gel darauf verschmiert, das das Brennen lindert. Anscheinend war das auch nichts Unerwartetes. Er geht sofort zum nächsten über.

Wir haben fünf Kräuter ausprobiert, von denen keines eine Reaktion ausgelöst hat, die Sylas' Aufmerksamkeit länger als einige Sekunden gehalten hat, bevor ich den Mut aufbringe, herauszufinden, ob ich mir mit meiner Kooperation im Gegenzug *seine* Kooperation verdient habe.

„August hat erzählt, dass ihr vier nicht immer hier gelebt habt."

Sylas hält inne und schaut von mir zu seinem Kader-Mitglied. August zieht den Kopf ein und beschäftigt sich noch energischer damit, den Braten zu füllen, an dem er nun arbeitet. „August scheint die Angewohnheit zu haben, Dinge zu erwähnen, die er nicht erzählen sollte", erwidert der Fae-Lord. Sein Tonfall ist mild, jedoch so tief, dass ein leichter Tadel darin mitschwingt.

Ist Sylas wütend, dass August mir so viel über den Fluch erzählt hat? Ich wollte ihn nicht in Schwierigkeiten bringen. „Ich … Er hat nicht viel gesagt", füge ich schnell hinzu. „Aber du hast etwas darüber gesagt, als ich hier ankam, etwas über einen Ort namens Hearthshire … Ist das der Ort, an dem ihr früher gelebt habt?"

Die unterschiedlichen Augen des Lords richten sich wieder auf mich und meine Haut kribbelt, da ich den Eindruck erhalte, dass er erneut mehr sieht, als ich gesagt habe. Dann gluckst er. Es ist ein tiefer rollender Laut, der nur eine Spur weniger nervenaufreibend ist, als wenn er geknurrt hätte. „Die Kleine hört gut zu. Warum willst du etwas über Hearthshire wissen?"

Ich kann ihm schlecht erzählen, dass ich hoffe, dass sich jemand versprechen und mir eine Information geben wird, die mir bei meiner eventuellen Flucht helfen könnte. Doch ich habe andere, unschuldigere Gründe, die ich ihm nennen kann und die trotzdem stimmen.

„Ich habe jahrelang in eurer Welt gelebt und weiß gar nichts darüber. Ich habe nichts davon *gesehen* außer dem Zimmer, in dem mein Käfig stand, und diesem Bergfried. Ich kann nicht anders, als … neugierig zu sein.“

„Wir haben Hearthshire verlassen lange, bevor du die Nebelwelt betreten hast“, erklärt Sylas und richtet seine Aufmerksamkeit wieder auf seine Kräuter. „Lange bevor du geboren wurdest, nach deinem Aussehen zu urteilen. Es ist besser für uns alle, wenn wir nach vorne anstatt zurückschauen.“

Dagegen kann ich nichts einwenden. „Was siehst du, wenn du nach vorne blickst?“, frage ich stattdessen.

Ein kleines Lächeln biegt die Lippen des Lords nach oben. „Bessere Dinge, wenn wir unsere nächsten Schritte klug planen. Ich werde mich auf die ein oder andere Art darum kümmern.“

Er sieht mir nicht in die Augen, als er das sagt, sondern richtet seinen Blick auf meinen Arm und das hellgrüne Kraut, das er jetzt in meine Haut massiert. Ein Schauder läuft mir über den Rücken.

Ich werde ein Teil dieser Schritte sein – und es ist schwer, zu glauben, dass es für *mich* auf lange Sicht besser sein wird, wie ich am Ende in ihre Pläne eingebunden werde.

11

*August*

„Nur noch ein Törtchen?", flehe ich und wackle mit dem Gebäck vor Talia herum. „Ansonsten denke ich, dass die heutigen Backwaren nicht das Wahre sind."

Der Mensch wirft mir einen zaghaft wilden Blick zu, als wüsste sie, dass ich es nicht ganz ernst meine, doch sie ist noch nicht selbstbewusst genug, um mich darauf anzusprechen. Zur gleichen Zeit zucken ihre Lippen zu einem Lächeln und die Röte, die ich jedes Mal mehr vergöttere, wenn ich sie sehe, zaubert Farbe auf ihre bleichen Wangen.

Mir wird ganz warm in der Brust, weil ich weiß, dass sie sich bei mir mittlerweile so wohlfühlt, dass sie darauf vertraut, dass ich sie nicht bedrängen werde – dass sie mein Drängen, mehr zu essen, so freundschaftlich auffasst, wie ich es meine, anstatt als Bedrohung. In nur einer Woche hat sie sich stark von dem nervösen, unterwürfigen Mädchen, das kaum lauter als ein Flüstern sprechen konnte, verändert. Ich gehe davon aus, dass zumindest ein Teil davon mein Verdienst ist.

Die Weichheit, die ihre Züge und Figur anzunehmen beginnen, ist auf jeden Fall mein Verdienst genauso, dass die harten Kanten des Hungerns allmählich glatter werden. Seit jenem ersten Morgen, an dem sie wie eine Maus an ihrem Frühstück knabberte, isst sie bei jeder Mahlzeit etwas mehr und kann mittlerweile beinahe eine ganze Portion in Menschengröße essen.

„Ich bin voll, ich verspreche es", verkündet sie und legt ihre Hand auf ihren nach wie vor eingesunkenen Bauch, wobei ihre Stimme leise, aber deutlich ist. „Wegen dir kriege ich noch Bauchschmerzen."

„Okay, okay." Ich grinse sie an und stecke das Gebäck stattdessen in meinen eigenen Mund.

„Wir sollten ihr besser nicht den Eindruck geben, dass wir versuchen, sie für die Schlachtung zu mästen", spottet Whitt von der anderen Seite des Esstisches.

Ich kann erkennen, dass er scherzt, doch Talia ist sich offensichtlich nicht so sicher. Ihre Schultern spannen sich an, als sie ein Schaudern unterdrückt. Sie schenkt mir schnell ein kleines Lächeln, als wollte sie mich beruhigen, dass sie weiß, dass es nicht meine Absicht ist. Daraufhin durchläuft meine Brust eine Woge der Zuneigung.

Sie hat so viel durchgemacht. Wut vernebelt meinen Verstand, wenn ich an Aerik und seinen Kader denke; an den Zustand, in dem sie sie gefangen hielten; den Käfig, in dem wir sie fanden; und an die Reaktionen, die zeigen, wie sehr sie sie traumatisierten. Ich will sofort zu ihrer Festung marschieren und sie alle zerfleischen. Ich *würde* sie in Stücke reißen, wenn es nicht meinen eigenen Kader in die Bredouille bringen würde, diesem Verlangen nachzugeben.

Doch wenn Aerik und seine Leute jemals einen Fuß auf unsere Ländereien setzen …

Meine Finger krümmen sich und meine Krallen kribbeln unter den Spitzen. Ich konzentriere mich auf Talias hellgrüne Augen und das auffallend intensive Pink, zu dem ich ihre Haare gefärbt habe, und der Zorn weicht zurück. Sie hat so viel durchgemacht und dennoch findet sie in sich noch die Kapazität, sich darum zu sorgen, wie ich die Sticheleien meines älteren Bruders aufnehme. Der schwierige Teil besteht darin, mich selbst daran zu hindern, sie zu lange anzustarren.

Was Kellan eindeutig bemerkt hat, der neben Whitt sitzt. Er bleckt die Zähne, als er höhnisch grinst. „Ja, lasst uns alle Matschlecker werden und unsere Leben nach *ihr* ausrichten."

Ich werde erneut wütend, doch Sylas wirft mir einen scharfen Blick zu und es gelingt mir, den Mund zu halten. Nur aufgrund der Gnade unseres Lords habe ich dem räudigen Arschloch noch nicht die Kehle aufgerissen.

Sylas erhebt sich, denn die Mahlzeit ist beendet, und ich stehe auf, um die Teller einzusammeln. Er deutet auf Whitt. „Ich werde dich jetzt in meinem Büro empfangen."

Whitt neigt den Kopf. „Meine Begeisterung kennt keine Grenzen." Trotz seines Sarkasmus folgt er unserem Lord, ohne zu zögern.

Einer seiner Spione ist heute Nachmittag zum Bergfried gekommen. Vielleicht handelt es sich um Neuigkeiten über die Unseelie-Vorstöße? Haben sie einen weiteren Angriff gestartet?

Ich knirsche mit den Zähnen und zügle meine Ungeduld, weil mich Sylas noch nicht für so scharfsinnig hält, dass ich etwas zu den größeren Strategiebesprechungen beitragen kann. Wie soll ich genug lernen, um etwas beitragen zu können, wenn ich ausgeschlossen werde?

Das ist jedoch nicht der richtige Zeitpunkt, um mehr

Verantwortung zu verlangen. Sylas überlegt noch immer, wie wir mit Talia und *ihren* einzigartigen Beiträgen zu unserer Situation verfahren sollen. Er hat sich angehört, was ich darüber zu sagen hatte. Ich muss bereit sein, mich erneut für sie auszusprechen, wenn ich muss.

Es spielt keine Rolle, wie wichtig sie für uns ist – sie verdient trotzdem etwas Besseres, als wie ein Druckmittel herumgereicht zu werden. Ich darf mich nicht von anderen Sorgen ablenken und sie im Stich lassen.

Dieses Mal werde ich nicht zulassen, dass das Schlimmste geschieht.

Ich trage das Geschirr zum Spülbecken, das ich bereits mit heißem Wasser und gegärtem Scherrebensaft gefüllt habe. Nach einer Stunde in diesem Gebräu werden sich sämtliche Essensreste, die noch an den Keramikoberflächen haften, aufgelöst haben. Ich laufe zurück in den Gang und passiere die Küchentür gerade, als Kellan seinen Fuß in Talias Richtung schnellen lässt und ihre Krücke wegstößt.

Talia kreischt und fällt auf die Knie. Kellan ragt über ihr auf und sein Lachen ist so bösartig, dass sie zusammenzuckt. Daraufhin verschwindet jeder Gedanke in meinem Kopf unter einem zornerfüllten Brüllen.

Ich stürze mich auf den anderen Mann und das Brüllen bricht aus meiner Kehle hervor. Meine Faust kracht seitlich gegen seinen Kopf, bevor er die Gelegenheit hat, sich ganz umzudrehen.

Kellan taumelt rückwärts, fängt sich und springt mit einem Knurren auf mich. Ich lande einen Treffer auf seinem Kiefer, doch er schafft es, mir das Knie in den Magen zu rammen. Ich weiche einem weiteren Schlag aus und greife ihn abermals an. Dabei achte ich auf nichts anders als das Hämmern meines Pulses und das zornige Rot, das die Ränder meines Sichtfeldes färbt.

Er hat sie *angegriffen*, das arme winzige Ding, das nicht

einmal halb so viel wiegt wie er und sich nicht verteidigen kann. Dafür wird er bezahlen.

Meine Zähne ziepen, als sie sich zu Fangzähnen verlängern. Meine Schultern beginnen, sich zu krümmen aus dem Instinkt heraus, meinen Wolf rauszulassen. Ich kann in beiden Gestalten kämpfen, das Tier ist allerdings schneller, freier. Kellan schlägt nach meinem Gesicht mit Fingerspitzen, aus denen bereits Krallen sprießen …

… und eine Kraft, die größer ist als wir beide, rammt sich zwischen uns und schiebt uns auseinander.

Sylas baut sich mit ausgestreckten Armen zwischen uns auf. Eine Hand packt meine Schulter und die andere Kellans. Das Knurren, das ich gerade fahren lassen wollte, erstirbt unter dem finsteren Blick meines Lords in meiner Kehle.

„Reißt euch zusammen", blafft er und dreht den Kopf, um auch Kellan mit seinem finsteren Blick zu bedenken. „Alle beide. Seid ihr mein Kader oder Welpen, die gerade erst abgewöhnt wurden?"

Meine Muskeln sind noch vor Wut angespannt, doch das Adrenalin verfliegt bereits. Ein ekliges Schamgefühl tröpfelt durch mich hindurch. Und ich habe gerade darüber gejammert, dass er mich nicht zu seinen wichtigeren Strategiebesprechungen einlädt. Was für ein Wunder.

„Er hat Talia verletzt", erkläre ich, denn wenn ich bloßgestellt werde, verdient Kellan mindestens das Gleiche. „Er hat ihre Krücke weggetreten, damit sie hinfällt. Ich habe …"

„Sie verteidigt?", beendet Sylas den Satz mit einem düsteren Grollen seiner Stimme. Er neigt den Kopf zur Treppe. „Sie hat deinen Versuch anscheinend nicht sonderlich geschätzt."

Ich blicke an ihm vorbei und mir rutscht das Herz in die Hose. Talia ist zum Fuß der Treppe gekrabbelt. Dort kauert sie in einer Haltung, die sich nicht großartig von der unterscheidet, in der wir sie vor einer Woche in Aeriks Käfig fanden. Ihr Gesicht sieht so schockiert aus wie damals. Sie hält ihre Krücke wie einen Schild vor sich. Sie *zittert* und der Atem entweicht ihr in flachen Zügen.

Die Scham, die mich zuvor gepackt hat, ist nichts im Vergleich zu dem, was mich bei diesem Anblick durchläuft. Wir haben sie vor Fae gerettet, die sich ihr gegenüber wie Monster verhalten haben. Ich habe alles in meiner Macht Stehende unternommen, um ihr beim Heilen zu helfen. Doch wie kann sie mich jetzt, nach dieser Gewalthandlung, als etwas anderes als ein Monster wie Aerik und seine Truppe sehen, das bereit ist, in der Sekunde auszurasten, in der es gereizt wird?

*Ich würde dich niemals so angehen*, will ich ihr sagen. *Du hast nichts von mir zu befürchten.* Warum in aller Welt sollte sie mir glauben?

„Talia", sagt Sylas sanft, „du bist nicht in Gefahr. Der Kampf ist vorbei. Ich werde mich mit diesen beiden befassen. Niemand wird dir wehtun."

Ihre Hände schließen sich fester um die Krücke, aber sie nickt bestätigend, ihr Atem stockt und beginnt, gleichmäßiger zu werden.

Sylas' Tonfall wird noch sanfter. „Soll ich dir nach oben helfen? Ich halte es für das Beste, wenn du dich für die Nacht auf dein Zimmer zurückziehst."

Sie hält einige weitere Sekunden still, bringt ihr Zittern unter Kontrolle und stemmt sich mit einer zittrigen Entschlossenheit nach oben, bei der mir das Herz doppelt so sehr schmerzt wie zuvor. „Ich ... ich denke, dass ich klarkomme", flüstert sie.

„Ich bin froh, das zu hören. Ich sehe zu, dass du nicht gestört wirst."

Sie nickt erneut und humpelt die Treppe hinauf, wobei ihre Krücke in ihrem verängstigten Griff zittert. Bei jedem ihrer Schritte durchbohrt mich ein zusätzliches Schuldgefühl.

Als sie außer Sichtweite ist, senkt unser Lord die Arme und wendet sich an Kellan. Seine Stimme klingt angespannt vor Wut, die *er* jedoch zu kontrollieren vermag. „Ich habe dir gesagt, dass du sie in Ruhe lassen sollst."

„Sie war nicht verletzt", erwidert der andere Mann abweisend. „Ich habe sie bloß daran erinnert, dass sie es sich hier nicht zu gemütlich machen soll, da der Welpe alles in seiner Macht Stehende zu tun scheint, um sie zu verwöhnen."

Sylas Stimme wird noch tiefer. „Nur dieses eine Mal, weil der Verwandte-meiner-Gefährtin sicherlich nie einen direkten Befehl ignorieren würde, werde ich davon ausgehen, dass du vergessen hast, dass ich ausdrücklich sagte, dass wir *wollen*, dass sie sich wohlfühlt, damit sie in jeder Hinsicht kooperiert. Um sicherzustellen, dass du die Botschaft dieses Mal nicht vergisst, würde ich dir eigentlich auftragen, dich auf die ein oder andere Art um sie zu kümmern, um das wiedergutzumachen. Allerdings vermute ich, dass du aktuell der Letzte bist, den sie sehen will. Die Toilette im Obergeschoss könnte jedoch eine gründliche Reinigung gebrauchen."

Kellan weicht zurück. „Du willst doch nicht tatsächlich ..."

„*Jemand* muss sich darum kümmern und vorerst will ich es nicht riskieren, dass ein anderes Rudelmitglied unseren Gast sieht. Mach dich an die Arbeit und wehe, ich höre noch einmal, dass du die Kleine terrorisiert hast."

Kellans Mund verzieht sich zu einer Grimasse. Sein Missfallen ist offenkundig, aber er ergreift die Flucht und stapft ohne ein Wort die Treppe hinauf.

Sylas wendet sich an mich. „Es ist schon schlimm genug, dass wir die Wildheit eine Nacht im Monat nicht zügeln können, ohne dass du dich ihr hingibst, wenn du es nicht auf den Mond schieben kannst. Ganz gleich, was du von Kellan hältst, er *ist* dein Kader-Kollege. Es kann nicht sofort jede Meinungsverschiedenheit zu einem Kampf ausarten, sonst brechen wir mehr Knochen, als wir Entscheidungen treffen."

„Ich weiß." Ich senke den Kopf. „Er hat so viel auf ihr herumgehackt und als ich sah, wie er sie auch noch körperlich anging … Ich hatte zu viel Wut in mir angestaut und sie ist hervorgebrochen."

„Ich mache dir keinen Vorwurf, dass du sie verteidigt hast. Nur versuch es das nächste Mal mit Worten, bevor du die Fangzähne und Krallen ausfährst. Geh joggen. Lass diese Energie raus und kläre deinen Kopf. Und tu das auch beim nächsten Mal, wenn du merkst, dass sich Anspannung in dir aufbaut."

„Ja, mein Lord."

Es ist eine geringere Strafe als die, die Kellan bekommen hat – eigentlich ist es kaum eine Bestrafung. Als ich zur Hintertür gehe, um seinen Befehlen Folge zu leisten, verfliegt meine Scham darüber, ihn enttäuscht zu haben.

Das Bild von Talias verängstigtem Gesicht und wie sie die Krücke umklammerte, als dächte sie, sie müsste uns damit abwehren, verblasst allerdings nicht. Im Garten beuge ich mich über das Gras und die Verwandlung bebt mit einem Hochgefühl durch mich hindurch, so wie es sein soll, wenn unsere Wölfe hervorkommen. Mein Magen bleibt jedoch verknotet.

Wie viele Male hat Kellan derartig fiese Aktionen abgezogen, wenn niemand von uns in der Nähe war, um ihn zu erwischen? Wie lange wird es dauern, bis seine Feindseligkeit noch brutaler wird?

Ich glaube nicht, dass er Talia töten würde, denn er weiß, was es für uns alle bedeutet, sie am Leben zu halten. Allerdings würde ich es ihm durchaus zutrauen, dass er sie verletzt, möglicherweise sogar schlimm, und sich darauf verlässt, um Vergebung zu betteln. Es ist schwer, sich vorzustellen, dass ihn Sylas wegen einem Vergehen an einem Menschen tatsächlich aus dem Kader wirft.

Doch sie sollte nicht in Angst vor ihm ... vor uns allen leben.

Ich schaue zum Obstgarten und mein Verstand zieht bereits daran vorbei zu den Feldern und dem Wald dahinter. Vielleicht kann ich ihr ein echtes Werkzeug suchen, mit dem sie sich schützen kann – gerade so viel, dass es ihr das Schlimmste seiner Bösartigkeiten erspart.

Ich strecke meine wölfischen Glieder und trabe zu den äußersten Rändern der Nebelwelt.

12

*Talia*

Am Nachmittag ein Nickerchen zu halten, ist zu einer Angewohnheit für mich geworden. Ich habe angefangen, bis in die frühen Morgenstunden wach zu bleiben, von meinem Fenster aus alles zu beobachten und auf die Geräusche von Schritten und klickenden Türen zu lauschen, die durch die Wände dringen. Dadurch konnte ich mir ein Bild vom Tun und Lassen der Fae-Männer machen. Das Nickerchen gibt mir eine Gelegenheit, den verpassten Schlaf nachzuholen. Mein Körper scheint das allerdings nicht zu schätzen zu wissen. Mein Kopf ist immer schwer, wenn ich aufwache.

Ich reibe mir die Augen im warmen Sonnenlicht und rutsche zur Bettkante, wo ich meine Krücke stehenließ. Ich habe mich so sehr ans Laufen gewöhnt, dass mein schlimmer Fuß nur noch ein bisschen schmerzt, wenn ich ihn belaste. Da ich mich nicht darauf verlassen kann, dass ich meine

Krücke immer bei der Hand habe, wenn ich sie brauche – wie Kellan vor ein paar Tagen bewiesen hat – versuche ich, mich so wenig wie möglich darauf zu stützen. Ich nutze sie hauptsächlich, um das Gleichgewicht zu wahren, bis mein Fuß vom Druck des Laufens zu schmerzen beginnt.

Ich habe auch daran gearbeitet, mich leise zu bewegen. Es ist eindeutig, dass Fae gute Ohren haben – wie Wölfe, vermute ich. Sylas kam neulich in dem Moment die Treppe herabgerannt, in der August Kellan angriff.

Heimlichkeit ist mit dem hölzernen Ende einer Krücke, das auf den Hartholzboden klopft, nicht so einfach. Ich platziere die Krücke so vorsichtig, wie ich kann, auf dem Boden und vergewissere mich, dass sie gut steht, bevor ich einen Schritt mache. Anschließend hebe ich sie gerade hoch, damit sie nicht über den Boden kratzt. Ich werde mich darauf verlassen müssen, wenn ich bereit bin, von hier zu verschwinden, damit meine Füße mit ihrem ungleichen Gang keinen zu großen Lärm veranstalten. Ganz gleich, wie ich es versuche, mein krummer Fuß bleibt jedes Mal, wenn ich ihn hebe, ein wenig am Boden hängen.

Auf dem Weg durch den Gang und die Treppe hinab leiste ich mir nur einen Patzer und tippe mit der Krücke einmal auf die Dielenbretter. Nicht schlecht. Ich mache Fortschritte. In Anbetracht dessen, dass ich noch keine konkrete Idee habe, wie ich die Schlösser überwinden oder anschließend einen Weg durch die Fae-Welt finden soll, bleibt mir noch viel Zeit zum Üben.

Ich rechne damit, August in der Küche zu finden. Als ich durch die Tür trete, spannt sich mein Körper nur minimal erwartungsvoll an. Ein Bild huscht durch meinen Kopf: sein Gesicht verzerrt vor Wut, seine Faust, die auf Kellans Gesicht zu schnellt, sein tierisches Brüllen, das durch den Flur hallt.

Er hat mich beschützt. Ich weiß das. Ich weiß es und

trotzdem stockt mein Puls, als ich mich daran erinnere, wie er in jenem Moment aussah und klang.

Er war so liebenswürdig zu mir, doch er ist genauso wenig ein Mann wie die anderen. Er hat einen dieser monströsen Wölfe in sich. Das darf ich nicht vergessen.

So furchterregend das auch sein mag, es ändert nichts an der Tatsache, dass ich ihn *weniger* furchteinflößend finde als seine Kameraden. Die Küche bleibt mein Lieblingsaufenthaltsort.

Jetzt ist jedoch keine Spur von seinen rotbraunen Haaren oder dem gut gebauten Körper zu sehen. Ich will die Küche gerade wieder verlassen, als ein klirrendes Geräusch an meine Ohren dringt. Als ich mich umsehe, taucht Whitt aus der Vorratskammer auf, die vom Kochbereich abzweigt.

Seine sonnengeküssten Haare sind wie üblich zerzaust, seine Schritte sind so schwungvoll wie eh und je. Doch sein Hemd mit dem hohen Kragen und die adrette Hose sehen zerknautschter aus, als ich es gewohnt bin, als hätte er darin geschlafen. Vielleicht hat er das auch getan. Gestern Abend fand eine weitere Party außerhalb des Bergfrieds statt. Eine Party, deren Musik und Gelächter ich noch hören konnte, als ich mir schließlich erlaubte, einzuschlafen. Heute ist er weder zum Frühstück *noch* zum Mittagessen gekommen.

Als er mich erblickt, legt er den Kopf schief. Über seinen Augen liegt ein Schleier, als könnte er mich nicht richtig sehen.

„Geht es dir gut?", frage ich ihn, obwohl Whitt auf der Furchterregend-Skala definitiv am oberen Ende rangiert. Er war nie gemein zu mir wie Kellan, aber er war auch nie *nett*.

Er summt und wedelt mit einer Schale, die mit etwas gefüllt ist, was er wahrscheinlich aus der Vorratskammer geholt hat. „Ich werde schon wieder. Perfektes Katermittel."

Etwas, was den Auswirkungen eines Fae-Rauschs entgegenwirkt? Das könnte nützlich sein. Ein Schauder durchläuft mich bei der Erinnerung an das pürierte Obst, das mir meine ersten Entführer in den Mund stopften, wenn sie wollten, dass ich besonders gefügig war.

„Was ist es?"

Whitt schlendert zur Stube und lässt sich auf einen der Sessel fallen, wobei er ein Bein lässig über die gepolsterte Armlehne legt. „Eine viel zu kostbare Delikatesse für einen Krümel wie dich", verkündet er recht freundlich. „Du wüsstest nicht, wie dir geschieht."

Mein Körper sträubt sich kurz, bevor ich mich zwinge, zu Whitt zu humpeln. Ich habe mich noch nie zuvor richtig mit Whitt unterhalten – vielleicht hätte ich das versuchen sollen. Er gibt sich zwar keine große Mühe, freundlich zu mir zu sein, aber er scheint ziemlich freizügig mit seinen Worten umzugehen. Vielleicht wird er mir etwas erzählen, was die anderen geheim halten. Vor allem, während er einen Kater hat.

„Ich habe bisher sämtliches Fae-Essen überlebt, das ich gegessen habe", erinnere ich ihn.

Er summt erneut und nimmt einen Schluck aus der Schale, in der sich eine sirupartige Flüssigkeit befindet, wie ich jetzt sehen kann. Sie ist pink wie meine Haare, jedoch einige Schattierungen heller. Er lässt den Rest gegen die Seiten der Schale schwappen und betrachtet mich forschend mit Augen, die genauso blau wie der Ozean unter der strahlenden Sonne sind. Das passt perfekt zu seinen Haaren, allerdings nicht so sehr zu seinem Temperament.

„Du willst es probieren, stimmt's?", fragt er und ein verschlagenes Funkeln tritt in seine Augen. „Ich schätze, diese Tapferkeit sollte belohnt werden."

Ich sinke auf den Sessel neben seinem und er reicht mir die Schale. In seinen breiten Händen wirkt sie wie eine übergroße Tasse. In meinen ist sie eher wie eine Rührschüssel. Ich hebe sie an meine Lippen und schaffe es, einen Schluck zu trinken, ohne dass mir etwas übers Kinn läuft.

Der Sirup bedeckt meine Zunge und löst überall, wo er mich berührt, eine freudige Wärme aus. Er ist fruchtig und süß – so süß, dass mein Zahnfleisch kribbelt – aber zugleich kräftig im Geschmack. Ich bin sofort davon überwältigt und zur gleichen Zeit will ich schlucken und schlucken, bis ich bis zum Bersten damit gefüllt bin.

„Oh nein, das tust du nicht, meine übereifrige Freundin." Whitt entreißt mir die Schale, bevor ich mehr in meinen Mund schütten kann. Er nimmt noch einen Schluck, grinst mich an und sieht selbst ein bisschen aufgedreht aus. „Ich bin mir sicher, dass du in deiner Welt nie etwas halb so Leckeres hattest."

Ich denke an Zuckerwatte auf dem Sommerfest, an Weihnachtsplätzchen, an Schokoladeneier, die mit Creme gefüllt waren und angeblich vom Osterhasen zurückgelassen wurden. Wenn all diese Aromen irgendwie in einem vermischt werden könnten, würde es beinahe an das Wunder dieses pinken Zeugs heranreichen.

Anstatt zu antworten, strecke ich die Hände aus. „Könnte ich noch ein *bisschen* mehr haben?"

Whitt gluckst und gibt mir die Schale zurück. Ich nehme einen größeren Schluck, als man ‚ein bisschen' nennen könnte, bevor er sie mir aus den Händen nimmt. „Pass auf, dass du dich nicht darin ertränkst, Krümel."

Mein Kopf neigt sich nach hinten an den gepolsterten Sessel und die Wärme verteilt sich von meinem Bauch aus bis in meine Finger- und Zehenspitzen. Warum soll man sich betrinken, wenn man gleich dieses ‚Heilmittel' haben kann?

Meine Gedanken drehen sich um diese Frage und prallen von anderen Gedanken an Heilmittel ab. Mein Kopf fühlt sich schwer an, als ich ihn hebe, um Whitt zu betrachten.

„Ich bin ein Heilmittel. Nicht für Kater. Für das Wild-Sein, wenn Vollmond ist."

„Das bist du in der Tat." Er zwinkert mir zu und trinkt den restlichen Sirup. „Da probieren wir die Katerbier-Methode lieber nicht aus. Ein Jammer, dass wir dich nicht so einfach in der Vorratskammer verstauen können."

Katerbier. Ich habe diesen Ausdruck schon mal gehört – von meinen Eltern, damals als … Allerdings erinnere ich mich nicht daran, was es bedeutet, falls ich es jemals wusste. Der gesamte Inhalt meines Kopfes hat jetzt angefangen, sich zu drehen, doch es ist eine berauschende Empfindung, als würde ich mich auf einem Karussell drehen.

Ich klammere mich an das Thema, das ich eigentlich erfragen wollte, und ziehe die Worte aus meinem Verstand, als wären sie ein Wollknäuel, das aufdröselt. „Du hast von dem Elixier gesprochen … ihr könntet ein Elixier im Vorratsraum aufbewahren. Warum benutzt ihr nicht einfach das? Warum habt ihr nach mir gesucht?"

„Oh, wir wussten nicht, dass wir dich finden würden. Wir wollten nur unsere eigene Möglichkeit, das Elixier herzustellen. Aerik teilte nur selten mit uns, weißt du. Wir sind bei den meisten unserer Seelie-Brüder in Ungnade gefallen. Und er hat es genossen, dass er das gegen uns in der Hand hatte. Aber jetzt nicht mehr!"

„Wegen mir?"

„In gewisser Weise." Whitt wirft die leere Schale auf den Wohnzimmertisch und streckt sich auf dem Sessel aus. In diesem Moment wirkt er mehr wie eine Katze als ein Wolf. Eine sehr große Katze, die genauso scharfe Krallen zeigen könnte. „Wir werden nicht mehr an den Rändern der Nebelwelt wohnen, wo menschliche Sklaven gleich um die Ecke leben. Kein kleiner Bergfried als Zuhause mehr. Kein schrumpfendes Rudel mehr. Sobald unser Lord und Meister endlich alles geklärt hat."

Eine leichte Schärfe hat sich in seinen flapsigen Ton geschlichen, doch meine Aufmerksamkeit ist an etwas anderem hängen geblieben. Die Ränder der Nebelwelt? Menschen gleich um die Ecke? Dann sind wir der gewöhnlichen Welt hier so *nahe*?

Ich will ihn danach fragen, doch als ich den Mund öffne, kommt lediglich ein atemloses Lachen heraus. Mein Verstand wirbelt jetzt nicht nur im Kreis, sondern schwebt – ich bin mir plötzlich sicher, dass ich mit den Fingern die Decke streifen könnte, wenn ich nach oben greifen würde. Die Farben der Sessel mit ihren Blattmustern sind so kräftig, dass ich vor Staunen weinen möchte. Sitze ich überhaupt noch oder schwebe ich?

„Dir *hat* dieser Sirup geschmeckt, was?", sagt Whitt, der ebenfalls lacht. „Wenn wir dir das jeden Tag geben würden, wärst du ziemlich glücklich."

In einem fernen Teil meines Gehirns kommt mir der Gedanke, dass das hier nicht normal ist. Es ist nicht richtig. Kein gewöhnliches Essen oder Trinken würde mir diese aufgedrehte, schwebende Empfindung verschaffen. Es ist nicht die Kakophonie aus Lauten und Farben, die mir der Obstbrei vorgegaukelt hat, doch das hier – Whitts Katermedizin – ist dennoch ziemlich berauschend.

Allerdings kann ich mich nicht dazu überwinden, daran Anstoß zu nehmen. Ich greife nach oben in der Überzeugung, dass ich, wenn ich meine Arme in den richtigen Winkel bringe, einfach mit ihnen schlagen und wie ein Vogel vom Sessel fliegen kann.

Whitt beugt sich zu mir. Seine hellblauen Augen funkeln und auf seinem Gesicht liegt das gleiche zufriedene Leuchten, das ich sah, als ich ihn neulich Abend auf seiner Party beobachtete. „Was versuchst du, zu tun, kleines Vögelchen?"

„Ich weiß es nicht", antworte ich und kichere so heftig,

dass der Laut durch meine Rippen vibriert. „Ist das der Grund, aus dem du all diese Partys feierst? Um so zu schweben?"

„So was in der Art. Fliege nicht zu weit weg."

„Nein. Das wäre nicht gut. Ich könnte mir den Kopf an der Decke anstoßen." Ich kichere noch heftiger. Mein Blick heftet sich auf sein Gesicht, das lächelt und strahlt. „Du bist wunderschön. Sind alle Fae wunderschön?"

Sein Leuchten verringert sich bei dieser Bemerkung, als würde es seinem atemberaubenden Aussehen einen Teil seiner Kraft rauben, wenn man es anspricht. Sein Mund spannt sich an. Ist er wütend auf mich? Ich wollte ihn nicht verärgern.

Ich sollte ihn eigentlich etwas fragen – über die Nebelwelt. Über die Ränder. Sie sind von weit weg hierhergezogen. Hier ist in der Nähe von Menschen.

Ist es auch in der Nähe meines Zuhauses? Was ist mein Zuhause überhaupt? Ich habe beinahe so viele Jahre in Fae Central gelebt wie dort, wo ich eigentlich sein sollte.

Aus irgendeinem Grund bringt mich diese Erkenntnis erneut zum Lachen. Mein Kopf rollt in die andere Richtung.

Whitt schnalzt mit der Zunge und seine gute Laune scheint zurückzukehren. „Hab noch nie einen Sterblichen getroffen, der mit dem Rausch zurecht…"

„*Whitt*", knurrt eine Stimme und durchschneidet die glitzrige Stimmung des Moments mit einem so düsteren Tonfall, dass sie genauso gut einen Schatten auf uns werfen könnte.

Ich drehe den Hals und blinzle, damit meine Augen scharfstellen. Sylas stapft in die Stube, funkelt Whitt finster an und tritt anschließend an meine Seite. Er ist ein Hüne von einem Mann und ragt über mir auf. Ich schlage mir die Hand auf den Mund, da er offensichtlich unzufrieden über etwas ist. Das Kichern entwischt meiner Hand dennoch.

„Was hast du mit ihr gemacht?", fragt er. „Ich hab dir gesagt, dass sie nichts will, was sie betrunken macht."

„Sie hat ihre Meinung geändert", verteidigt sich Whitt. Seine Stimme ist merkwürdig geworden und hat einen Ton angenommen, den ich noch nie zuvor gehört habe, glaube ich. Flach und brüchig, als könnte sie brechen, wenn er etwas kraftvoller spräche. „Ich versichere dir, sie hat mich praktisch angefleht, es probieren zu dürfen."

„Wusste sie, wonach sie verlangt hat?"

Whitt schweigt einige Sekunden. „Es hat ihr nicht geschadet. Sie liebt es. Es war nichts von dem härteren Zeug."

„Diese Entscheidung steht dir nicht zu."

Sylas beugt sich über mich und hebt mich in seine Arme. „Mir geht's gut", informiere ich ihn, kann mir das Grinsen allerdings nicht verkneifen. „Es war *köst*lich. Jetzt kann ich fliegen!"

„Ich denke, wir fliegen dich besser hinauf zu deinem Bett, damit du dieses Hoch sicher ausschlafen kannst, Kleines." Er drückt mich an seine breite Brust und wirft Whitt einen letzten Blick zu. „Bleib hier. Ich habe noch mehr dazu zu sagen."

In seinen Armen getragen zu werden, fühlt sich eher wie Schweben an. Die Hitze seiner Brust umgibt mich und das Spiel seiner harten Muskeln an meinem Körper sendet ein tieferes Kribbeln durch mich hindurch.

Er kümmert sich um mich, wie er es immer tut. Mein erbitterter unerschütterlicher Beschützer. Ich will mich an ihn lehnen, den kräftigen erdigen Geruch, den er abgibt, in mich aufsaugen und diesen rauchigen Duft von seinem Hals lecken. Mmmh.

Ich bewege mich an Sylas und er verlagert mich so, dass sein sehniger Hals gerade außer Reichweite ist. Spielverderber. Stattdessen beobachte ich, wie die Wellen in der Holzmaserung der Decke vorbeifließen. „Ich bin nicht müde. Ich muss nicht schlafen."

„Dann kannst du dich einfach ausruhen, bis du es musst. Ich werde dir das Abendessen aufs Zimmer bringen."

„Ich habe auch keinen Hunger. Dieser Sirup hat mich ganz schön gefüllt."

„Das kann ich sehen." Sein Tonfall ist trocken. Ich glaube nicht, dass er wütend auf mich ist. Panik durchfährt mich bei dem Gedanken, dass er wütend sein könnte, obwohl ich gerade zu dem Schluss gekommen bin, dass das nicht der Fall ist. Alles ist verdreht und steht kopf.

Doch mein Körper ist noch so leicht wie die Luft. Meine Gedanken blubbern wie Sektbläschen durch mein Gehirn.

„Ich habe nur versucht, freundlich zu sein", erkläre ich Sylas.

„Natürlich hast du das."

Wir sind in meinem Zimmer – ich erinnere mich nicht daran, dass die Tür geöffnet wurde, aber hier sind das Bett und das Fenster, durch das die Sonne scheint. Sylas schließt es. Jetzt kann ich nicht mehr wegfliegen. Das ist ohnehin keine gute Idee. Ich kichere leise vor mich hin.

Sylas setzt mich auf die Bettkante und tritt zurück. Der Kontaktverlust jagt einen Schmerzensstich durch mich hindurch. „Gehst du? Ich wollte nicht … falls ich einen Fehler gemacht habe …"

Er gluckst. „Falls du das gemacht hast, ist es ein Fehler, den die meisten von uns mindestens einmal machen."

„Du nicht."

„Sogar ich. Lass uns nicht über das eine Mal sprechen, bei dem ich so betrunken von Dämmerungsapfelwein war. Damals war ich noch ein Welpe und sogar kleiner als du jetzt. Ich ließ einen ganzen Garten mit Smaragdfruchtbäumen wachsen, bevor mich einer meiner Lehrer erwischte."

Ich blinzle ihn ungläubig an. „Du warst *nie* kleiner als ich.“

Diese Kundgabe entlockt ihm ein schallendes Lachen. „Es *war* vor sehr langer Zeit. Und um deine Frage zu beantworten, ich gehe noch nicht. Ich habe nach dir gesucht, weil ich etwas für dich gemacht habe. Ich werde es dir jetzt zeigen, aber wir können es morgen noch einmal besprechen, falls die Anweisungen nicht hängen bleiben. In Ordnung?“

„Du hast mir ein Geschenk gemacht?“ Ich blinzle ihn an und bin mir bewusst, dass mein Lächeln albern geworden ist. „Du bist sehr großzügig für einen Kidnapper.“

Sylas’ Mund zuckt in die andere Richtung und ein Teil seiner Belustigung verblasst. Er hält eine eigenartige Holzvorrichtung hoch, die nur etwas größer als seine Hand ist, wie dünne Zweige, die zusammen zu einer Art Käfig gebogen sind – obwohl man nichts darin aufbewahren könnte, da die ‚Stäbe‘ zu weit auseinanderliegen.

Ich lege den Kopf schief und betrachte es. „Wofür ist das?“

„Für deinen Fuß. Die Krücke ist keine ideale Lösung. Diese Orthese befestigst du um deine Wade und sie wird einen Teil des Drucks abfangen, damit du mit weniger Schmerzen laufen kannst, wenn du beide Beine benutzt.“ Er hält inne. „Das ist nichts, was dir jemand stehlen oder wegtreten kann.“

Wie Kellan. In meinem aktuellen Zustand fühlt es sich an, als wäre dieser entsetzliche Moment Jahrhunderte her. Dennoch übt die Vorstellung, relativ normal ohne die Krücke zu laufen, selbst in meinem benebelten Zustand ihren Reiz auf mich aus.

Ich schwinge meinen Fuß auf die Bettkante. „Zeigst du mir, wie man sie anlegt?“

Sylas schiebt das Gerät über meinen Fußknöchel und erklärt mir jeden Schritt, als er meinen Fuß mittig auf den dünnen, gepolsterten Streben auf der Unterseite platziert und die rindenähnlichen Riemen um meine dünne Wade festzieht. Sie packen meine Haut, sind jedoch kaum bemerkbar.

Ich stehe auf und mache einige experimentelle Schritte. Mein Körper schwankt, doch ich glaube, dass es an dem glückseligen Schwindel lieg. Mit der zusätzlichen Stütze trägt mich mein krummer Fuß genauso gut wie der unversehrte.

Ich drehe mich und taumle. Sylas packt meinen Arm, damit ich nicht hinfalle. Er passt noch immer auf mich auf und stellt sicher, dass ich nicht verletzt werde. Ich will ihn umarmen, doch seine Miene lässt mich so nüchtern werden, dass ich es nicht versuche.

„Es wird ein wenig Zeit brauchen, bis sich die Muskeln in deinem Bein daran gewöhnen", erklärt er. „Und dein Fuß wird womöglich noch wehtun, vor allem wenn du lange Zeit auf den Beinen bist. Aber die Orthese wird helfen."

„Dankeschön." Ich spähe hinab auf die Vorrichtung und hoch zu ihm. Die Frage purzelt unbedacht über meine Lippen. „Warum hilfst du mir, wenn du eigentlich nicht willst, dass ich irgendwo hingehe?"

Sylas Gesicht verdüstert sich. „Wir benutzen dich vielleicht, aber das ist kein Grund, dich zu foltern. Mach das Beste aus dem, was man dir gibt." Er schubst mich vorsichtig in Richtung Bett und geht ohne ein weiteres Wort.

Plötzlich frage ich mich trotz meiner freudigen Leichtigkeit, ob er mich überhaupt mag.

13

*Sylas*

Nach einem Lauf in der Dämmerung bleibe ich auf dem Weg zu meinem Büro vor dem Zimmer des Mädchens stehen. Mit meinen gespitzten Ohren kann ich das sanfte Auf und Ab ihrer Atemzüge sogar durch die Tür hören. Es ist rhythmisch, allerdings nicht so langsam, dass es darauf hinweisen würde, dass sie schläft.

Sie ist oft noch wach, wenn ich vorbeikomme und die Magie wirke, die diese Tür versiegelt. Ich kann mir vorstellen, dass Schlafen schwierig sein muss, wenn sie eindeutig spüren kann, dass ihre Situation immer noch gefährlich ist. Ich habe keine Möglichkeit, sie hinsichtlich ihres Schicksals zu beruhigen, wenn ich mir dessen selbst nicht sicher bin.

Warum sollte ich sie überhaupt beruhigen wollen? Die Sicherheit meines Rudels und unsere Chance, uns in den Augen der Erzlords zu rehabilitieren, hat Vorrang vor jeder

Sorge um einen Menschen, auch wenn es ein hübscher ist. Sie ist zwar ein winziges Ding, ihre zarte Figur hat jedoch eine Schönheit an sich, die ich nicht leugnen kann. Und ihre Augen sind von einem strahlenden Grün, das mit der knalligen Farbe, die August ihren Haaren verpasst hat, um die Wette leuchtet. Ich kann sie vor meinem inneren Auge sehen, selbst wenn sie nicht vor mir steht, was ich allerdings mühelos auf meine lange Trockenperiode schieben kann.

Mir eine Liebhaberin in unserem schrumpfenden Rudel zu suchen, stellt ein zu großes Risiko für weitere Spannungen da, von denen es bereits genügend gibt. Mein Kader hat sich ab und zu durch die Nebel davongeschlichen, um sein Begehren bei den Sterblichen zu stillen, doch ich habe mich zurückgehalten und dieser kurzen Befriedigung nicht nachgegeben. Ich hielt das für eine Ablenkung. Jetzt scheint der Mangel an Befriedigung zu einer Ablenkung zu werden, da sich zu viel Verlangen angestaut hat.

Es ist besser, wenn ich es nicht einmal genieße, Talia *anzuschauen*. Jegliches Verlangen nach ihr, das ich entwickle, wird nur meinem Entscheidungsprozess in die Quere kommen. Ich werde eine Gelegenheit finden müssen, auf die Jagd zu gehen.

Der Gedanke versetzt mir einen unerwünschten Stich, als würde ich meine Treue einer schulden, die längst aus dieser Welt verschwunden ist. Ich schüttle dieses Gefühl ab und murmle das Zauberwort über dem Türgriff.

Bevor ich zu meinem Lauf aufgebrochen bin, berief ich ein Meeting ein. August kommt fünf Minuten zu früh zu meinem Büro, wie üblich übereifrig. Kellan marschiert pünktlich auf die Minute herein. Das ist seine Art, sich an die Regeln zu halten und zugleich deutlich zu machen, dass er mir kein Fitzelchen mehr Respekt erweisen wird, als er muss. Whitt schlendert einige Minuten zu spät herein mit einer Lässigkeit, als wäre ihm das nicht bewusst, und schwach nach Absinth riechend.

Ich merke, dass seine Sorglosigkeit vorgetäuscht ist. Als er die Türschwelle überquert, verraten ihn seine Schultern, denn sie versteifen sich leicht, als würde er sich für einen Tadel wappnen. In den unscharfen Nachbildern, die durch mein totes Auge dringen, beugt ein Geist seiner Gestalt flehend den Kopf – das sieht dem Mann so unähnlich, dass ich weiß, dass es keine Reflexion vergangener Begegnungen ist, die wir hatten.

Vielleicht ist es ein übertriebenes Echo seiner Entschuldigung gestern, als ich mit ihm schimpfte, weil er sein flüssiges Rauschmittel mit dem Mädchen geteilt hatte. Vielleicht sieht mein Auge eine Zukunft, in der er sich für mehr entschuldigen muss.

Das ist ein verstörender Gedanke, wie er im Buche steht. Kritik scheint von Whitt abzuperlen wie Wasser von einer Ente. Was könnte er möglicherweise anstellen, bei dem er das Gefühl hat, dass er für Vergebung katzbuckeln muss?

Es lässt sich nicht sagen, was der flüchtige Eindruck bedeutet. Er ist wie immer verschwunden, bevor ich ihn studieren kann. Ich konzentriere mich darauf, was ich im Hier und Jetzt mit meinem unbeschädigten Auge sehen kann.

„Ihr hattet alle Zeit, um mit dem Mädchen zu interagieren", sage ich und lasse den Blick über meinen Kader schweifen. „Manche von euch auf … akzeptablere Arten als andere. Ich habe das Gefühl, dass es an der Zeit ist, zu besprechen, was wir erfahren haben, und zu schauen, was für ein Bild wir daraus malen können."

Whitt lehnt sich an einen meiner Sessel. „Nun, wie wir gestern sahen, reagiert sie wie jeder gewöhnliche Mensch auf Cavaralsirup. Bisher habe ich aus der Ferne nichts anderes beobachtet."

August funkelt den anderen Mann finster an, bevor er sich an mich wendet. „Ich habe auch keine Anzeichen dafür gesehen, dass an ihr etwas Außerweltliches ist. Ich würde sagen, abgesehen von der Wirkung, die ihr Blut bei Vollmond auf uns hat, ist sie hundertprozentig ein Mensch."

„Vielleicht sollten wir ihr Blut unter anderen Umständen testen und schauen, was dabei herauskommt", schlägt Kellan mit einem schmalen, raubtierhaften Lächeln vor. „Es gibt noch genügend andere Körperteile, die sie erübrigen kann und von denen wir auch probieren könnten."

Augusts Muskeln spannen sich an, als wollte er aufspringen, doch ich erinnere ihn an seine Verpflichtungen, indem ich mich räuspere. Das bedeutet allerdings nicht, dass ich Kellans Bemerkung einfach so hinnehmen werde.

Das Problem ist, dass er nicht ganz unrecht hat.

„Wir werden den Körper des armen Dings nicht noch mehr verstümmeln, als es Aerik bereits getan hat", erwidere ich und lege die ganze Kraft eines Lords in den Befehl. „Wenn wir ihr eine Blutprobe entnehmen, werden wir es so schmerzlos wie möglich tun."

Augusts Kopf ruckt zu mir. „Du kannst doch nicht wirklich meinen, dass wir ihr …"

Ich halte eine Hand hoch, um ihm Einhalt zu gebieten. „Sie ist ein Rätsel – ein Rätsel, das untersucht werden muss. Wenn ihr Blut in anderer Hinsicht eine Wirkung auf uns hat und wir sie den Erzlords präsentieren, ohne das herauszufinden, könnten wir unsere Stellung schwächen und womöglich sogar irgendwann eine Katastrophe verursachen. Wie ich bereits sagte, werden wir sie nicht verletzen."

Er bewegt sich ruhelos, schafft es jedoch, keine Einwände zu erheben. „Du hast diese Kräuter auf ihrer Haut getestet – hast du irgendetwas davon erfahren?"

Ich schüttle den Kopf. „Ich habe nichts beobachtet, was darauf hindeuten würde, dass sie andere Kräfte in sich trägt.

Hätte ich die Wirkung ihres Blutes nicht selbst erlebt, würde für mich nichts darauf hinweisen, dass sie etwas anderes als ein absolut gewöhnliches Menschenmädchen ist."

Nun ‚gewöhnlich' ist nicht ganz das passende Wort für sie. Ihre Seele muss über eine außergewöhnliche Resilienz verfügen, da sie die Misshandlungen, die Aeriks Kader ihr jahrelang antat, ertrug und sich trotzdem wehrte, als ich sie aus ihrem Käfig zerrte. Außerdem unternimmt sie zaghafte Schritte, um dieses Gebäude zu erkunden, anstatt sich als zitterndes Häufchen Elend in ihrem Zimmer zu verschanzen. Das deutet auf so viel mehr hin, was es noch zu entdecken gilt. Vielleicht verschwindet ihr Gesicht *deswegen* nicht aus meinen Gedanken.

Sie darf jedenfalls nicht bloß als ein duckmäuserisches Opfer betrachtet werden.

„Ich denke, du hast sie noch nicht hart genug gedrängt", wirft Kellan ein. „Du hast sie zwischen Festessen lediglich mit Kräutern abgetupft. Und der da verhätschelt sie in der Küche, als sei sie ein kleines Haustier." Er deutet mit dem Daumen auf August. „Es besteht kein Grund dafür, dass ein ‚gewöhnlicher' Stinkling eine Macht hat, die sich so auf uns auswirkt. Entweder ist sie nicht nur menschlich oder jemand hat Magie an ihr gewirkt."

„Falls das geschehen ist, weiß sie es nicht", erwidere ich. „Du kannst einem Wesen kein Wissen abpressen, wenn es gar nicht vorhanden ist."

„Du kannst es ihrem Körper entlocken, der ohnehin dazu bestimmt ist, zu Staub zu zerfallen. Versetze sie in große Angst und schau, was herauskommt, wenn sie nur genug provoziert wird. Aerik und seine Truppe haben sie dahinsiechen lassen, aber wer weiß, ob sie sie jemals wirklich angegriffen haben." In Kellans Augen blitzt es. „Du hast dich beschwert, dass ich deine Befehle nicht befolge. Ich will sie einfach nur testen, um herauszufinden, was du angeblich wissen willst. Oder willst du eigentlich doch keine Antworten, mein *Lord*?"

Er spricht den Titel mit einem so abschätzigen Tonfall aus, dass es mich in den Lippen juckt, sie zu einem Knurren zu verziehen. Stattdessen mache ich einen Schritt auf ihn zu, das Kinn gereckt und die Schultern angespannt, und erinnere ihn daran, dass ich nicht nur hinsichtlich meines Namens mächtiger bin als er. „Dein ‚Test' hat lediglich dazu geführt, dass sie in einen Zustand der Panik verfallen ist. Oder hast du irgendwelche nützlichen Beobachtungen gemacht, die du uns nicht erzählt hast?"

Kellan spannt sich an, steht jedoch seinen Mann und hält meinen Blick. Oh, er wird dreister mit seinem Widerstand. „Du hast mir keine Gelegenheit gegeben, meine Herangehensweise weiter zu verfolgen. Es macht den Anschein, als wäre dir dieser Stinkling wichtiger als dein eigenes Rudel – wichtiger als dein Kader. Die meisten würden das als ein absolutes Versagen als Herrscher sehen."

Da fauche ich und meine Stimme kommt als Knurren heraus. „Wenn du so unzufrieden mit meiner Führung bist, habe ich bereits deutlich gemacht, dass du dir jederzeit einen anderen Lord suchen kannst, Verwandter-meiner-Gefährtin."

„Ich bringe dich gerne zur Tür, falls du Schwierigkeiten hast, sie zu finden", merkt Whitt, der ewige Kavalier, an.

„Drohen, anstatt dich deinem Versagen zu stellen. Wie beeindruckend von dir", entgegnet Kellan.

„Es war keine Drohung. Es ist ein einfacher Fakt. Hier ist noch einer … einer, den du dir hinter die Ohren schreiben solltest. Ich herrsche über diesen Bergfried und dieses Rudel und ich lasse mich nicht beleidigen oder erlaube, dass meine Befehle einfach missachtet werden, ohne dass es Konsequenzen nach sich zieht. Das Band zwischen uns kann gebrochen werden, Kellan, und wenn *du* es brichst, wirst du keinem anderen als dir die Schuld für die Konsequenzen geben können."

Wir starren einander einige Sekunden lang nieder. Ein Funke tanzt in Kellans Augen, der so wild ist, dass ich beinahe denke, er sei im Licht des Vollmonds gefangen. Mein Magen verknotet sich und ich wappne mich für das Schlimmste, doch zu meiner Erleichterung, senkt er den Blick. Er neigt den Kopf gerade weit genug, um anzudeuten, dass er meine Autorität anerkennt.

Allerdings nur um Haaresbreite. Es gefällt mir nicht, dass er mich beinahe zum Handeln zwingt. Ich schwor, dass ich mich ihm gegenüber anständig verhalten und ihm das beste Leben geben würde, das ich ihm bieten kann. Doch wenn sein Verhalten die Stabilität des Kaders bedroht, kann ich ihm das nicht durchgehen lassen.

Denkt er, dass ich das tun werde? Oder testet er bloß, wie nah er an diese Grenze herantreten kann, sodass er direkt auf der anderen Seite bleiben kann?

In diesem Moment weiß ich nicht, was schlimmer wäre.

„Du *bist* nachsichtig bei dem Mädchen", sagt er, wobei er den Kopf gesenkt hält. „Die Krücke und jetzt diese Orthese für ihren Fuß?"

„Ich habe meine Gründe dafür bereits erklärt", erwidere ich. „Je wohler sie sich fühlt, desto besser wird sie kooperieren. Hättest du dich nicht eingemischt, hätte ich sie womöglich bereits um eine Blutprobe gebeten, damit ich es testen kann. Sie hätte es wahrscheinlich freiwillig angeboten, ohne dass irgendeine Quälerei nötig war. *Du* lässt dein Urteilsvermögen davon trüben, dass dir die Quälereien Spaß machen."

Er sagt nichts mehr, doch seine Ablehnung wird in seiner Haltung deutlich. Er denkt wahrscheinlich, dass uns Blut, das durch Folter gewonnen wird, mehr nützt.

Und er könnte nicht ganz unrecht haben. Musste ich

dem Mädchen diese kurze Geschichte meiner Torheiten aus Kindertagen erzählen? Macht es mir mehr zu schaffen, als es sollte, wenn ich sehe, dass sie aus dem Gleichgewicht gebracht wurde?

Sie hat sich doch sicherlich ein Mindestmaß an Respekt verdient, wenn wir bereits so viel von ihr verlangen.

Ich kann mir nicht vorstellen, dass von diesem Gespräch noch etwas gewonnen werden kann. Ich deute zur Tür. „Es klingt, als hätten wir all unsere Beobachtungen besprochen und unsere Standpunkte deutlich gemacht. Lasst uns das Mädchen weiterhin beobachten und ich unternehme zusätzliche Schritte, wie ich es für notwendig halte. Falls ihr sie irgendwie testen möchtet, holt ihr meine Erlaubnis ein, bevor ihr aktiv werdet. Ist das klar?“

Mein Kader murmelt zustimmend. Kellan eilt nach draußen, wobei er leise etwas Unhörbares brummt. Als August Anstalten macht, ihm zu folgen, halte ich ihn zurück.

„Du bist die letzten zwei Nächte spät von deinen Ausflügen zurückgekehrt. Das sieht dir nicht ähnlich. Hast du ein neues Projekt gefunden, das deine Zeit in Anspruch nimmt?“

Meine Augen sind scharf und August ist noch ein Neuling in der Kunst der Täuschung, weshalb er das Aufflackern von Schuld nicht ganz unterdrücken kann, das über sein Gesicht huscht. Was auch immer er aussheckt, er denkt, dass ich es nicht gutheiße.

„Ich war nur ruhelos“, antwortet er. „Ich bin länger laufen gegangen, um die überschüssige Energie zu verbrennen, wie du es vorgeschlagen hast.“

Ich hatte nicht erwartet, dass er so lange laufen gehen würde, dass er noch nicht zurück sein würde, wenn ich schließlich in mein Bett krieche. Es steckt mehr dahinter oder verursacht ihm die Erinnerung daran, wie er gegenüber Kellan die Beherrschung verlor, Schuldgefühle – und die

Tatsache, dass er sich so sehr anstrengen muss, dass es nicht noch einmal geschieht?

Es wäre viel einfacher, meine Rolle zu erfüllen, wenn meine Stellung als Lord mit der Macht der Telepathie einherginge. Doch ich kenne August, seit er ein kleiner Welpe war, und ich vertraue darauf, dass er nichts tun würde, von dem er denkt, dass es dem Rudel schaden könnte. Was auch immer ihm Schuldgefühle bereitet, es ist persönlicher Natur. Ich kann so wohlwollend sein, keine weiteren Nachforschungen anzustellen … fürs Erste.

„Falls sich etwas ergibt, von dem du denkst, dass ich es wissen sollte, zögere nicht, zu mir zu kommen", sage ich.

Er nickt und verlässt den Raum – vielleicht um ein weiteres Mal laufen zu gehen.

Whitt stößt sich mit einem leisen Glucksen vom Sessel ab. Als ich ihm einen scharfen Blick zuwerfe, schenkt er mir eines seiner schiefen Lächeln.

„Für so einen kleinen Krümel öffnet sie die Bruchlinien jedenfalls weit, oder?"

Dann schlendert er in den Gang und überlässt es mir, darüber zu grübeln, wie viel Wahrheit in dieser Aussage steckt.

14

*Talia*

Das Klopfen erklingt, als ich mir gerade meine Bluse über den Kopf ziehe. Zum Glück ist der Rest von mir bereits angezogen, abgesehen von der Holzstütze, die ich noch nicht um mein Bein befestigt habe. Ich ziehe den Saum der Bluse zum Bund meiner Jeans und setze mich aufrecht auf die Bettkante. „Ja?"

„Darf ich reinkommen?"

Selbst wenn ich Augusts sanfte Stimme nicht erkannt hätte, hätte ich erraten, dass er es ist, einfach weil er vorher gefragt hat. Es ist nicht so, als wäre das hier wirklich *mein* Zimmer.

„Natürlich", erwidere ich und stelle fest, dass ich nicht weiß, was ich tun soll.

August hat mich noch nie zuvor in meinem Zimmer besucht. Er läuft mit unüblichem Zögern herein, als würde ich ihn anschreien, wieder zu gehen, trotz allem, was ich gesagt habe. Obwohl er furchterregend war, als er Kellan angriff, hat er sich mir gegenüber immer nur fröhlich und rücksichtsvoll benommen. Deswegen treibt mir der Anblick seines gut aussehenden Gesichts wahrscheinlich Röte in die Wangen, was dieser Tage leider sehr häufig geschieht.

Er ist zwar nett zu mir, befolgt jedoch Sylas' Befehle. Er hilft dabei, mich gefangen zu halten. Wie kann ich da für ihn schwärmen? Anscheinend bin ich irgendwo in meinem Kopf noch immer zwölf Jahre alt. Verzögerte Entwicklung aufgrund emotionaler Isolation. So etwas gibt es, oder?

Es als eine Art Wahnvorstellung zu bezeichnen, lässt die Wirkung allerdings nicht verschwinden. Ich muss nur sichergehen, dass ich nicht anfange, mich wie ein verknalltes Mädchen *aufzuführen*. Kann ich die kribbelnde Hitze mithilfe meiner Gedanken aus meinem Gesicht vertreiben?

Es war schon schlimm genug, dass ich Whitt mit Komplimenten überschüttet und mich an Sylas gekuschelt hatte, als ich betrunken von diesem Sirup war. Was hätte ich getan, wenn ich August in diesem Zustand über den Weg gelaufen wäre?

„Servierst du schon das Frühstück?", frage ich. Die typischen Küchengerüche sind heute Morgen nicht mit ihm in den Raum geweht. Mein Kopf ist noch ein wenig benommen, weil ich wieder bis spät in die Nacht die Geräusche des Bergfrieds überwacht habe – ich bin früher aufgewacht, als ich wollte, da ich mich in den Fängen eines Albtraums befand, der nicht laut genug war, um Sylas zu meiner Tür zu bringen.

„Oh, nein, darum kümmere ich mich, sobald ich mit dir geredet habe." August lächelt, schließt die Tür hinter sich und blickt zurück, als würde er sich Sorgen machen, dass es jemand bemerkt.

Ein Schauder läuft mir über den Rücken. Ich darf nicht vergessen, dass ich ihn kaum kenne. Dass er Fae und kein

Mensch ist. Dass ich keine Möglichkeit habe, mir sicher zu sein, dass er immer freundlich sein wird, auch wenn er nur seinem Gewissen folgt.

Ich krümme meine Finger in die Bettdecke und bin bereit, mich auf die Füße zu stemmen, falls ich muss. August macht jedoch keine aggressiven Bewegungen. Er kommt näher, sein Lächeln verzieht sich auf eine Weise, die vor allen Dingen traurig wirkt, und greift in die Tasche, die er sich um die Schulter gehängt hat. Er … zuckt zusammen? Dann zieht er einen kleinen Lederbeutel heraus, der mit einer Kordel verschlossen ist.

Er wirft den Beutel neben mir aufs Bett, als könnte er ihn nicht schnell genug loswerden. Obwohl er einen halben Meter entfernt von mir landet, zucke ich zusammen.

„Sorry", entschuldigt sich August hastig. „Es ist schwer für mich, damit umzugehen, selbst wenn es in dem Leder aufbewahrt wird. Es war schwer, es überhaupt zu beschaffen." Er lacht ein wenig verlegen und fährt sich mit der Hand durch seine rotbraunen Haare.

Der Beutel liegt reglos auf der Decke. Ich mustere ihn, um sicherzugehen, dass er keine Fangzähne bekommt oder Spinnen oder etwas anderes Schreckliches ausspuckt. Anschließend blicke ich wieder zu August. „Warum? Was ist da drin?"

„Salz." Sein Mund verzieht sich erneut, als würde ihn allein das Wort stören. „Ich musste in die Menschenwelt gehen, um es zu besorgen. Das und Eisen sind die einzigen zwei Materialien, die für Fae giftig sind."

Dann hatte ich recht bezüglich des Metalls, aber ich weiß nicht, was ich von diesem Geschenk halten soll. Ich nehme den Beutel in die Hand und ziehe ihn vorsichtig auf.

Er enthält tatsächlich ein oder zwei Teelöffel grober Salzkristalle. Der Mineralgeruch vermischt sich mit dem herben Lederduft, als ich mich näher beuge. Meine Stirn runzelt sich. Das ergibt keinen Sinn.

„Warum gibst du mir das?"

August zieht den Kopf ein und ein Schatten verdunkelt seine goldenen Augen. „Ich vertraue Kellan nicht. Er testet bereits die Grenzen aus und er hat deutlich gemacht, dass er dich gerne schikaniert. Dort drin ist nicht genug Salz, um ihn wirklich zu verletzen, aber falls er dich angreift und du denkst, er könnte *dich* verletzen, wirfst du ihm das ins Gesicht, während du um Hilfe rufst. Das sollte ihn dazu bringen, so lange von dir abzulassen, dass einer von uns zu dir gelangen und ihn aufhalten kann."

Es dauert einen Augenblick, bis die Bedeutung dessen, was er gerade erklärt hat, zu mir durchdringt. Er gibt mir etwas, was ich gegen ihn und seine Kollegen verwenden könnte. Er stellt meine Sicherheit vor seine Loyalität zu seinem Kader und seinem Lord – nur auf eine kleine Weise, doch mehr, als ich jemals zu hoffen gewagt hätte.

Ich schäme mich plötzlich für meine Nervosität bezüglich seines Verhaltens. Er hat sich *wegen* mir so verschlagen benommen, nicht um mir zu schaden.

Er hebt den Kopf, um mir wieder in die Augen zu schauen, und ich kann das Flattern nicht verdrängen, das meine Brust durchläuft. Er hat sich diese Zuneigung anständig und ehrlich verdient.

„Dankeschön", sage ich. „Das bedeutet mir wirklich viel. Ich schätze …" Ich muss den Beutel irgendwo aufbewahren, wo ihn die anderen nicht bemerken werden, ich ihn jedoch leicht erreichen kann. Ich stecke ihn in die Hüfttasche meiner Jeans und vergewissere mich, dass er nicht zu sehen ist. Doch wenn die Kordel richtig ausgerichtet ist, kann ihn ein Finger hastig rausziehen.

August räuspert sich. „Ich will mich auch entschuldigen. Für neulich, als ich Kellan angegriffen habe. Ich bereue es natürlich nicht, dass ich mich eingemischt habe, aber ich hätte nicht sofort einen Kampf anzetteln sollen. Ich war so wütend, weil er dich so behandelt hat. Allerdings habe ich dich damit noch mehr verängstigt. Das ist das Letzte, was ich tun wollte.“

Er klingt deswegen so niedergeschlagen, dass ich ihm sofort glaube. Ohne nachzudenken, rutsche ich nach vorne, sodass ich nach seiner Hand greifen kann. Überraschung huscht über sein Gesicht, doch er drückt meine Finger und die Sehnsucht, dass er seine Arme um mich legt und in seine schützenden Absichten hüllt, verdrängt jeden anderen Gedanken aus meinem Verstand.

Ich brauche eine Sekunde, um wieder die Sprache zu finden. „Es ist okay. Ich weiß, dass du nur versucht hast, mir zu helfen.“ Ich weiß nicht, ob ich in jenem Moment wirklich Angst vor ihm hatte, oder ob ich einfach nur in den Erinnerungen an die Wölfe gefangen war, mit denen ich es zuvor zu tun gehabt hatte. Vielleicht hat mich die Gewalt jener vergangenen Begegnung an den Kampf vor mir erinnert.

August packt meine Finger etwas fester und lässt sie anschließend los. „Trotzdem. Ich werde das nicht noch einmal zulassen.“

Der Beutel bildet einen sanften Druck an meiner Hüfte. Er hat ihn aus der Menschenwelt geholt – aus der Welt, in die ich gehöre. Die, in die ich zurückkehren muss.

Nach so einer Geste fühlt es sich wie Verrat an, die Frage zu stellen, die in meiner Kehle aufsteigt. Doch ich muss es wissen. „Whitt hat erwähnt, dass sich der Bergfried an den Rändern der Nebelwelt befindet. Musstest du weit gehen, um die Menschenwelt zu erreichen?“

„Es war kein Problem, dorthin zu gelangen“, erzählt August. „Der schwierige Teil war, etwas Salz in einer Situation zu besorgen, wo ich es mitnehmen konnte, ohne dass ich ihm zu nahe kam. Das hat allerdings auch nicht allzu lange gedauert." Er strahlt auf mich herab. Seine Haltung hat sich jetzt entspannt, da er seine kleine Meuterei durchgezogen und meine Dankbarkeit erhalten hat. „Für *dich* ist alles schon schwer genug, ohne dass du dir Sorgen um Arschlöcher machen musst, die dich drangsalieren."

Wenn ich von hier verschwinden kann, wird es ohnehin keine Rolle mehr spielen, was Kellan mit mir tun will. Ich fahre mit der Zunge die Rückseite meiner Zähne entlang und suche nach einer Möglichkeit, wie ich ihn fragen kann, in welche Richtung die Menschenwelt liegt, und ob es einen speziellen Vorgang gibt, um die Nebelwelt zu verlassen, ohne dass er auf meine Hoffnungen aufmerksam wird.

Vielleicht wenn ich es auf eine verdrehte Art und Weise angehe …

„Bei Whitt hat es sich so angehört, als wäre es etwas Schlechtes, an den Rändern der Nebelwelt zu leben", sage ich. „Als wäre es für euch nicht so gut gelaufen, seit ihr hierhergezogen seid."

Augusts Augenbrauen heben sich. „Na schau mal einer an, wer jetzt das lose Mundwerk hat. Ja, wir hatten einige Schwierigkeiten."

„Aber was ist so schlimm an den Rändern? Ich meine, wenn es euch erlaubt, schnell in die Menschenwelt zu gehen, wann immer ihr etwas von dort braucht …"

„Wie du wahrscheinlich bemerkt hast, haben viele Fae nicht die beste Meinung von den Menschen, weshalb es nicht als etwas Gutes betrachtet wird, in ihrer Nähe zu leben. Alle wollen in der Nähe des Herzens der Nebelwelt wohnen. Es ist die Quelle unserer Magie und je näher man ihr ist, desto mehr kannst du von dieser Macht absorbieren. Wenn man hier draußen lebt, kann man nach einer Weile seine Magie nicht mehr so gut wirken."

Das Herz der Nebelwelt. In der Art und Weise, wie er es

ausspricht, liegt eine Ehrfurcht, die ein Kribbeln über meine Haut sendet, als hätte der Name selbst Macht. Ich sehe mich auffällig um. „Wo liegt das Herz im Vergleich zu hier?"

August deutet mit der Hand nach Süden. „Wir bauen unsere Festungen immer so, dass die Eingangstür dem Herzen zugewandt ist. Theoretisch erleichtert das der Macht, uns zu erreichen."

Das bedeutet also, dass das am weitesten entfernte Randgebiet – und die Menschenwelt dahinter – im Norden liegen muss. Ich lächle ihn dankbar und erleichtert an trotz der Schuldgefühle, die ebenfalls in meinem Magen rumoren. „Du musst es vermissen, ihm näher zu sein."

„Das tue ich, aber … es ging nicht anders. Sylas gibt sein Bestes, alles in Ordnung zu bringen. Kellan meckert deswegen immer, als wäre er nicht noch involvierter in …"

August klappt den Mund zu, bevor der Rest des Satzes herauspurzelt. Er verzieht entschuldigend das Gesicht. „Darüber musst du dir auch keine Gedanken machen. Und weißt du, ich bin nicht der Einzige, der auf dich aufpasst. Sylas will auch nicht, dass dir ein Leid geschieht."

Der Fae-Lord hat viel mehr für mich getan, als irgendein Gefangener annehmen sollte. Ich blicke hinab auf die Orthese, die am Ende des Betts lehnt. Meine Brust zieht sich zusammen, als sie von einer plötzlichen Woge aus Emotionen geflutet wird.

„Vielleicht will er das nicht, aber keiner von euch würde mich gehen lassen, sollte ich das wollen."

Ich formuliere es als Aussage, nicht als Frage und August kann es offensichtlich nicht leugnen. Seine Miene umwölkt sich und seine Hände bewegen sich ruhelos an seinen Seiten, als er nach einer Antwort sucht.

Er bestätigt meine Bemerkung nicht, aber wenigstens wechselt er das Thema nicht. „Ich schätze, du hast in deiner Welt noch Familie, der dich Aerik gestohlen hat."

Rote Spritzer auf Grün flackern durch meine Gedanken. Mein Herz hämmert plötzlich wie wild. Ich packe die Bettkante und schlucke schwer. Mich von ihnen gestohlen – das ist eine Möglichkeit, es auszudrücken.

„Ja." Meine Stimme erklingt leise und eine unangenehme Anspannung bebt durch meine Rippen. Zu wem *werde* ich fliehen, wenn ich meine Gelegenheit zur Flucht erhalte?

Mom und Dad und Jamie sind längst tot. Da waren noch meine Tante und Onkel und das Baby, das sie erwarteten – Gott, das Kind wird mittlerweile acht Jahre alt sein – aber sie lebten im Nachbarstaat, falls sie überhaupt noch in der gleichen Stadt sind. Ich kannte ihre genaue Adresse noch nie. Wir sahen sie nur einige Male im Jahr. Meine Großeltern väterlicherseits lebten an der Westküste und besuchten uns nur an Weihnachten. Ich weiß nicht, in welcher Stadt sie wohnen. Ich kenne nicht einmal ihre Vornamen. Und die Eltern meiner Mom lebten in Griechenland. Ich traf sie nur zweimal.

Natürlich denke ich ganz falsch darüber nach. Ich bin jetzt zwanzig Jahre alt und keine zwölf mehr. Zwanzigjährige brauchen keine Familie, die sie aufnimmt. Sie sollen sich Jobs suchen und ein eigenes Zuhause, so wie es Erwachsene tun.

Über all das nachzudenken, sorgt dafür, dass mein Puls noch heftiger pocht. Ich atme scharf ein und August tritt so nahe zu mir, dass er meine Schulter zaghaft packen kann, bevor er seine Hand genauso schnell zurückzieht. „Es tut mir leid. Ich wollte dich jetzt auch nicht aufregen."

„Nein, es ist nur … Es ist eine Menge, was ich verstehen muss." Ich berühre meine Tasche. „Ich weiß den Schutz wirklich zu schätzen. Und dass du dich mit mir unterhältst. Das macht alles leichter."

Sein Lächeln kehrt zurück und wirkt so zufrieden, dass mein Herz bei dem Anblick schmerzt. „Willst du mir helfen, etwas fürs Frühstück zuzubereiten? Du bist meine beste Assistentin."

Ich bringe ein Lachen zustande. „Ich weiß nicht, ob das so ein tolles Lob ist, wenn ich scheinbar deine *einzige* Assistentin bin." Mein Inneres fühlt sich noch immer ganz verknotet an. Ich atme erneut tief ein. „Ich komme bald runter. Ich brauche noch ein oder zwei Minuten, falls das okay ist?"

„Natürlich, absolut." Er nickt mir zu und hüpft mit dem typischen Überschwang aus dem Zimmer.

Ich ertappe mich dabei, wie ich zum Fenster schaue – zu der offenen Fläche, die ich noch nicht erleben durfte, obwohl ich so viel ‚freier' bin, als ich es in meinem Käfig war. Was wird mich in der Welt, aus der mich Aeriks Kader vor mehr als acht Jahren riss, erwarten? Was werde ich tun, wenn ich dorthin gelange – wie werde ich das, was ich durchgemacht habe, *erklären*? Wenn ich sage, dass ich von Feen entführt wurde, werden mich alle für verrückt halten.

Es spielt keine Rolle. Das ist die Welt, in die ich gehöre – die Welt, in der Männer-die-keine-Männer-sind nicht darum kämpfen, wie mein Blut benutzt werden soll. Ich werde das alles auf die ein oder andere Weise klären. Ich muss nur dorthin gelangen.

Und jetzt weiß ich, in welche Richtung ich rennen muss.

Ich schnalle die Orthese so um meine Wade, wie es mir Sylas gezeigt hat, und mache einige Testschritte, um sicherzugehen, dass sie sitzt, und dann verlasse ich das Zimmer. Ich fühle mich nicht ganz so sicher auf den Beinen wie mit der Krücke, aber die Unabhängigkeit, mich nicht an ein anderes Objekt klammern zu müssen, macht das wieder wett.

Wenn ich langsam laufe, spüre ich nicht mehr als einen leichten Druck um meine Muskeln und die Holzstreifen an der Fußsohle produzieren nur ein leicht schlurfendes

Geräusch. Ich werde üben müssen, bis ich das ganz eliminieren kann.

Als ich zur Biegung im Gang gelange, gerate ich leicht aus dem Gleichgewicht. Ich fange mich mit einer Hand an der Wand ab – und eine beschwörende Stimme dringt durch die Tür hinter mir.

„Unseren Truppen ist es gelungen, sie zurückzuschlagen, aber wir haben viele Seelie verloren. Ihre Taktiken werden gerissener."

Mein Körper versteift sich. Ich erkenne diese Stimme nicht. Sie gehört keinem der vier Männer, die die einzigen Bewohner des Bergfrieds zu sein scheinen. Ich dachte, Sylas wollte verhindern, dass mich jemand anderes sieht, und meinen ersten Entführern womöglich einen Tipp gibt.

Doch vielleicht trifft er Vorkehrungen für das, was er als Nächstes mit mir tun wird, und das bedeutet, dass er einen Teil der Vorsicht über Bord werfen muss.

Welche Truppen schlugen wen zurück? Es hört sich nach einer Art Schlacht an. Ich bleibe stehen und spitze die Ohren, um die Antwort zu hören.

Whitts trockene Stimme ertönt. Sie ist angespannt, wie ich es noch nie zuvor erlebt habe. „Wurde der Beitrag unseres Rudels in irgendeiner Weise anerkannt?"

„Bisher wurden wir nicht erwähnt. Es war ziemlich chaotisch. Ich weiß nicht, wie gut sie den Überblick darüber bewahren, wer sich der Patrouille angeschlossen hat."

Whitt lässt einen scharfen Seufzer fahren. „Halte so gut durch, wie du kannst. Wir sind alle schlimmer dran, wenn diese Unseelie-Mistkerle an Boden gewinnen. Gibt es deinen Beobachtungen zufolge irgendetwas, mit dem ich dich zurückschicken könnte, was euch einen Vorteil verschaffen würde?"

„Nein, bisher nichts."

„Nun, wenn sich irgendetwas ergibt, melde dich sofort

bei mir und ich kümmere mich darum. Unser Lord wird sich über jede Gelegenheit freuen, in dem Konflikt etwas Ruhm einzuheimsen. Du kannst gehen."

Er kann gehen – der Fremde wird gleich das Zimmer verlassen? Meine Nerven fahren zusammen und ich stolpere so ungeschickt davon, dass meine Fußstütze über die Dielenbretter kratzt.

Wenn ich meine beiden Füße richtig benutzen könnte, wäre dies der Moment, in dem ich um die Ecke zur Treppe rennen würde. Doch das tue ich nicht und ich kann mir nur vorstellen, welchen Lärm die Holzlatten machen würden, wenn ich einen Sprint versuchen würde – wenn ich es überhaupt schaffen würde, zu rennen, anstatt nach einigen Schritten auf der Schnauze zu landen. Ich eile so schnell vorwärts, wie ich kann, während ich gleichzeitig das Gleichgewicht wahre, aber ich habe mich kaum bewegt, als die Tür auffliegt.

Whitt stürmt heraus. Er packt meinen Arm und reißt mich zu sich herum. Seine ozeanblauen Augen erinnern mich jetzt an einen Tsunami und seine Finger packen mich schmerzhaft fest.

„Warum schleichst du vor meinem Büro herum?"

Mein Mund öffnet und schließt sich. Ich scheine keinen Laut aus meiner Kehle zwängen zu können. „Ich … ich …"

„Komm mir nicht mit diesem Dackelblick. Ich weiß, dass du gelauscht hast."

Er zieht mich zu sich und seine Finger bohren sich genau dort in meine Muskeln, wo mich Aeriks Mann früher festhielt, während er sich bereit machte, mein Handgelenk aufzuschneiden. Die Luft entweicht mir bebend.

„Nun?", will Whitt wissen, doch es hat mir komplett die Sprache verschlagen. Er schaut wütend auf mich herab. „Wenn du hier herumschleichst wie ein Gauner, ist es vielleicht an der Zeit, dass dich Sylas dauerhaft in deinem Zimmer einsperrt."

Ein scharfer Ruck der Panik durchfährt mich. Vom Rest des Bergfrieds ausgesperrt zu werden ... so viel von der kleinen Freiheit zu verlieren, die ich wiedergewonnen habe ... Welchen anderen Bestrafungen werden sie mich aussetzen? Vielleicht denken sie, dass ich doch nichts Besseres als einen Käfig verdiene.

Ich ringe nach Luft und versuche, meine Stimme zu finden, doch meine Brust hat sich zu fest zusammengezogen. Kälte flutet meinen Körper. Mein Herz hämmert gegen mein Brustbein. Ich ersticke wie in diesem Traum.

*Hilfe*, will ich sagen. *Hilfe, ich ertrinke.* Allerdings kann ich meine Stimmbänder nicht dazu zwingen, Worte zu bilden – und ich weiß nicht, ob es Whitt überhaupt interessieren würde.

*Whitt*

Das Mädchen, dem es bestimmt ist, zu Staub zu zerfallen, zuckt in meiner Hand wie ein Hase in einer Falle. Ein Beben schüttelt ihren Körper und ihre großen Augen starren mich an. Sie sind so benommen vor Entsetzen, dass ich mir nicht sicher bin, ob sie mich überhaupt sieht. Ihr Atem pfeift in ihrer Kehle.

Meine Finger um ihren Arm spannen sich an und hindern sie daran, zusammenzubrechen. Hat sie einen Anfall irgendeiner Krankheit? Oder ist das nur Theater, damit sie keinen Ärger kriegt jetzt, da ich entdeckt habe, dass sie vor dem Zimmer herumlungert, das so viele meiner bestgehüteten Geheimnisse birgt?

Es spielt eigentlich keine Rolle, was es ist. Wenn uns Sylas so findet, wird er mich fertigmachen, weil ich ihr Angst eingejagt habe, obwohl *sie* diejenige ist, die meine Privatsphäre in meinem eigenen verdammten Zuhause verletzt hat. Als würde mir nicht einmal ein *Zimmer* zustehen, in dem ich meiner Arbeit nachgehen kann, wie ich es für angemessen halte ... sie mischt sich in meine Angelegenheiten ein ... die verflixte Frau ist nur darauf aus, einen Vorteil zu gewinnen ...

Ich zügle meine Wut, so gut ich kann. Das Herz stehe mir bei, ich habe nicht die Geduld, um mich damit zu befassen, aber ich sollte sie besser finden, bevor mir unser glorreicher Anführer eine noch gewaltigere Standpauke hält.

Und ich werde sie irgendwo finden, wo die Wahrscheinlichkeit geringer ist, dass er über uns stolpert, vielen herzlichen Dank auch.

Ich zerre das Mädchen zur nächsten Tür: mein Schlafzimmer. Es ist besser, sie sieht diesen Raum anstelle meines Büros, auch wenn er zweifellos in einem chaotischen Zustand ist. Ich weiß es, ehrlich gesagt, nicht. Ich habe Besseres zu tun, als auf den Zustand meiner Bettwäsche zu achten. Die wichtigsten Gegenstände im Büro sind aufgeräumt oder für ihr menschliches Verständnis nicht begreifbar, und Ralyn ist längst durch den Geheimgang verschwunden, der eine direkte Reise zwischen dem Zimmer und der Außenwelt ermöglicht. Allerdings möchte ich lieber kein Risiko eingehen. Ich hatte nicht erwartet, diesen Krümel in der Nähe zu finden.

Wie sich herausstellt, ist mein Schlafgemach in einem noch schlimmeren Zustand, als ich vorausgesagt hätte. Der Boden ist mit abgelegten Hemden und Hosen übersät und die Decken hängen in einem zerknüllten Wasserfall aus Stoff über die Bettseite. Eines meiner Kissen hat es bis zur anderen Seite des Zimmers geschafft und auf diesem Kissen steht ein Teller mit Krümeln, den ich irgendwann wirklich zurück zur Küche bringen sollte. Ein paar Kelche befinden sich in der Nähe. Einer ist auf die Seite gekippt und liegt in einer dünnen, klebrigen Pfütze verdunsteten Weins.

Vielleicht ist seit meiner letzten periodischen, manischen Aufräumsession etwas zu viel Zeit vergangen.

Wenigstens stinkt der Raum nicht abgesehen von dem Geruch fermentierter Früchte, den manche angenehm finden würden. Allerdings scheint mein unbeabsichtigter Gast in keinem Zustand zu sein, um sich ein Urteil zu bilden. Sie keucht noch immer, hat eine Hand über ihrem Herzen auf die Brust gedrückt und der Arm in meinem Griff zittert. Ihr Herz rast so schnell, dass ich dessen Herzschlag hören kann, ohne mich näher zu ihr zu beugen.

Sie hat wirklich schreckliche Angst. Falls das ein Schauspiel ist, ist es ein besseres, als ich es jemals bei ihr gesehen habe. Ich hatte angefangen, zu denken, dass sie aus härterem Holz geschnitzt ist. Ein paar bissige Bemerkungen reichten, damit sie einen totalen Nervenzusammenbruch erlitt …?

Mein Verstand geht die Worte noch einmal durch, die ich gesagt habe, und plötzlich verstehe ich. Ich drohte damit, sie in ihr Zimmer einzusperren – sie in einen kleinen Raum einzuschließen, wo sie mit niemandem sprechen und nicht einmal so tun kann, als sei sie hier tatsächlich ein Gast. Das Zimmer, das Sylas ihr gegeben hat, übersteigt Aeriks Gastfreundschaft um Längen, doch vielleicht war die Vorstellung, erneut eingesperrt zu werden, zu viel für sie. Darüber hinaus habe ich sie ziemlich hart gepackt.

Es war kein schlimmes Vergehen, aber es gibt nicht viele Fae, die Jahre der Folter mit unversehrtem Verstand überleben würden, geschweige denn Sterbliche.

Mein Magen verknotet sich und ich bin hin und her gerissen zwischen Scham darüber, dass ich mich zu einer Aerik-ähnlichen Gestalt gemacht habe, und Wut darüber, dass ich mich überhaupt mit diesem Problem auseinandersetzen muss. Wenn Sylas das Mädchen einfach zu den Erzlords geschickt und diese hätte entscheiden lassen, was sie mit ihr anstellen wollen …

Doch sie ist hier – er will sie hier haben – weshalb ich mit den Karten spielen muss, die ich in der Hand halte.

„Hey." Ich senke meine Stimme und spreche so beruhigend wie möglich, während ich mich nach unten beuge, damit ich auf Augenhöhe mit ihr bin. Was würde Sylas sagen, um sie zu beruhigen? Oder August – er hat sich schrecklich eng mit dem Krümel angefreundet. Dann wollen wir mal sehen, ob ich meinen inneren übereifrigen Welpen kanalisieren kann.

„Es ist alles in Ordnung", fahre ich fort. „Dir wird in diesem Moment nichts Schreckliches passieren. Du hast mich erschreckt. Wir können darüber sprechen – du kannst es erklären."

Talia sinkt nach unten, bis sie auf dem Boden sitzt. Beben durchlaufen immer wieder ihren Körper, doch wenigstens verstummt das Keuchen. Mir kommt der Gedanke, dass es der Situation wahrscheinlich auch nicht hilft, dass ich ihr Handgelenk nach wie vor in einem Todesgriff festhalte. Ich lasse ihren Arm los, zögere und klopfe ihr unbeholfen auf den Rücken. „Na, na. Es gibt nichts, worüber du dir aktuell Sorgen machen musst. Hier drin ist alles in Ordnung."

Die Aussagen hören sich in meinen Ohren hohl an, doch die Schultern des Mädchens senken sich ein wenig. Offen zu lügen, verringert die Verbindung eines Faes zum Herz der Nebelwelt, weshalb ich das vermeide, so gut ich kann. Allerdings habe ich viel Übung darin, auf überzeugende Weise um die Wahrheit herum zu sprechen.

Sie blinzelt mich an und ihre Augen fokussieren sich zum ersten Mal auf mich, seit ihre Panik einsetzte. Noch ein Zittern schüttelt ihren dünnen Körper. Sie stemmt ihre Hände in den Boden und holt tief Luft.

„Es … es tut mir leid", entschuldigt sie sich. „Ich habe nur … ich konnte nicht anders … ich konnte nicht *atmen* …"

Ich bleibe gegenüber von ihr in der Hocke sitzen und lege den Kopf schief. „Aber jetzt kannst du es. Ende gut, alles gut?"

Ein schockiertes Lachen entwischt ihr, weshalb sie sich beinahe erholt haben muss. Sie fährt mit der Hand über ihr bleiches Gesicht und in den Schopf ihrer knallpinken Haare. Es ist die Art von leuchtendem Farbton, den man normalerweise nur bei den reinblütigsten Fae sieht. An einem Menschen ist es unpassend, da es August so natürlich hat aussehen lassen.

Und dennoch kann ich nicht die Erinnerung an ihr Gesicht ignorieren, als es neulich in der Stube vor Lachen leuchtete und wie reizend es in dem freudigen Glühen des Cavaralsirups wurde. Würde ich ihr noch etwas mehr davon geben, würde sie sich womöglich schneller beruhigen und ich könnte wieder diese unbekümmert freudige Seite von ihr genießen …

Ich gebiete diesem Gedanken Einheit und verdränge ihn, bevor er vollständig durch mein Bewusstsein ziehen kann. Sie ist nicht hier, damit ich sie in irgendeiner Weise *genieße*. Ich sollte das nicht einmal wollen.

Als das Mädchen zu mir aufschaut, tut sie das mit einer Miene, als würde sie noch immer denken, dass ich sie in einem Zimmer einsperren und den Schlüssel wegwerfen werde – oder dass ich sie vielleicht sogar schlagen werde. Innerlich zucke ich zusammen. Bin ich wirklich so bösartig rübergekommen?

„Ich habe gelauscht", gesteht sie und ihre Schultern krümmen sich nach vorne. „Ich hörte eine Stimme, die ich nicht kannte, und war verwirrt, weshalb ich versuchte, herauszufinden, was los war. Ich habe nur einen kleinen Teil des Gesprächs gehört."

Ich glaube nicht, dass Ralyn und ich etwas besonders Heikles erwähnt haben. Nichtsdestotrotz ... „Keiner von uns wird es gut aufnehmen, wenn du lauschst ... Nicht einmal Sylas wäre erfreut darüber."

Sie nickt. „Wirst du ... wirst du es ihm erzählen? Es war ehrlich das erste Mal. Ich verstehe einfach so viel über dieses Gebäude nicht ..."

Der konfuse kleine Krümel. Ich muss gestehen, dass ich an jeder mir möglichen Tür lauschen würde, wenn *ich* in einer ähnlichen Situation wäre. Sie ist einfallsreich und entschlossen, auch wenn ihre traumatisierten Emotionen manchmal die Oberhand gewinnen.

In mancherlei Hinsicht ist ihre Verwirrung Sylas' Schuld, weil er sie hier festhält, sie jedoch gleichzeitig auf Abstand hält. Woher soll sie wissen, was sie von uns halten soll? Bisher haben wir kaum entschieden, was wir von ihr halten sollen.

Den Ländern sei Dank, dass sie bald nicht mehr unser Problem sein wird.

„Wir können dieses erste Vergehen für uns behalten", beruhige ich sie und setze einen so strengen Gesichtsausdruck auf, wie ich zustande bringe. Ich bin nicht sonderlich geübt darin – normalerweise überlasse ich das autoritäre Gehabe unserem Lord. „Aber nur dieses eine Mal. Wenn du etwas wissen willst, *fragst* du, und wenn wir uns nicht dazu herablassen, dir zu antworten, solltest du es nicht wissen. Wenn ich dich noch einmal beim Spionieren erwische, kann ich das nicht als Fehler durchgehen lassen. Ist das klar?"

Sie nickt erneut, dieses Mal energischer, und sackt vor Erleichterung zusammen. „Glasklar." Dann hält sie inne. „Darf ich fragen ... mit wem du gesprochen *hast*?"

Ich lache beinahe über die Eier, die dieses winzige Mädel

hat. Ich werde sie definitiv besser im Auge behalten müssen, während sie sich in unserer Mitte aufhält. „Ich kann dir verraten, dass es ein erwarteter Besucher war – von Sylas und von mir – und auch wenn er keine Gefahr für dich darstellen würde, sehe ich zu, dass er dir nie begegnet. Das ist alles, was du erfahren wirst. Jetzt komm mit. Dir bleibt nach wie vor fast der gesamte Bergfried für deine Erkundungstouren – du musst nicht auch noch meine Zimmer besichtigen."

Als ich sie zur Tür führe, huscht ihr Blick durch den Raum und sieht ihn zum ersten Mal richtig. Sie ist klug genug, keinen Kommentar zu dem allgemeinen Zustand der Unordnung zu machen. Braves Mädchen.

Sie eilt gehorsam zur Treppe. Ich wende meinen Blick ab, bevor ich anfange, die schmalen Kurven ihres Körpers zu bewundern, die er allmählich annimmt, oder das Geschick, mit dem sie sich an die Orthese an ihrem Fuß gewöhnt hat. Sie ist zweifelsohne auf dem Weg zur Küche, um noch mehr mit August zu schmusen. Es gibt mehrere Worte, die ich zu seiner Entscheidung in dieser Hinsicht sagen könnte, aber es steht mir nicht zu, wenn es *noch* keine echten Probleme verursacht hat. Daher kann ich sie für den Moment für mich behalten.

Die Begegnung hat mich jedoch mit einer unangenehmen Nervosität zurückgelassen. Ich bin nicht in der Stimmung, nach unten zu gehen und am Tisch Small Talk zu betreiben, was das Einzige ist, was wir tun *können*, während unser ‚Gast' zuhört. Ich wollte eigentlich ohnehin nicht so früh aufstehen, doch die Pflicht rief, und jetzt bin ich zu munter, als dass das Bett noch einen Reiz auf mich ausüben würde.

Stattdessen schlendere ich zurück zu meinem Büro, schiebe das Bücherregal auf seinen Rollen zur Seite und spreche das Wort, um den Riegel zu öffnen, den nur Sylas und ich aktivieren können. Ich betrete die schmale Kammer auf der anderen Seite, schiebe das Regal wieder vor und verriegele die Tür, ehe ich die enge Wendeltreppe hinabgehe.

Am Fuß der Treppe entriegelt ein weiteres Wort auf magische Weise die Tür. Ich schlüpfe hindurch, dehne meine Lippen und lasse meinen Wolf heraus.

Die Freude darüber, wie natürlich meine Bestie in Zeiten wie diesen aus meiner Haut hervorbricht, macht die Erinnerungen an die qualvollen Verwandlungen bei Vollmond im Vergleich dazu noch schrecklicher. Ich trabe los und sauge die warme Brise in mich auf, die durch mein Fell kitzelt, sowie das Bankett an Gerüchen, die meine Wolfnase viel müheloser wahrnimmt als meine Faenase. Ich drehe jeden Tag einen kompletten Kreis um unsere Ländereien. Es kann nicht schaden, es ausnahmsweise einmal früher zu tun.

Einige der Mitglieder des verblassten Rudels sind bereits auf den Beinen. Als ich an ihren Häusern vorbeilaufe, neigen sie respektvoll die Köpfe. Ich mustere die Gebäude und gehe im Kopf durch, wer noch übrig ist und wen ich weggeschickt habe, damit sie sich den Grenzpatrouillen der Erzlords anschließen. Können wir noch jemanden erübrigen?

Wir müssen selbstverständlich einige gute Kämpfer bei uns behalten. Ein Rudel, das zu schwach wird, beginnt auf diejenigen, die nach Eroberungen gieren, wie Beute zu wirken. Und dank meiner Kontakte weiß ich zufällig, dass es mindestens ein paar Lords gibt, die unser Gebiet im Auge haben. Nicht, weil sie dieses Randgebiet wollen, sondern weil Sylas den Ruf hat, ein mächtiger Anführer zu sein, selbst wenn er kein offizielles Ansehen mehr genießt. Es würde den Status von jedem anheben, der es schafft, ihn zu bezwingen.

Tatsache ist, dass wir keine Truppe zu den Erzlords schicken können, die so groß ist, dass sie beeindruckend wäre. Es ist wahrscheinlich, dass sie unseren jämmerlichen Beitrag als ein Zeichen dafür sehen, wie tief wir gefallen sind, anstatt dafür, dass wir uns ihrer Sache verschrieben haben.

Nein, unsere beste Chance besteht darin, dass Ralyn oder einer der anderen, die in allen Richtungen unterwegs sind, sich eine Strategie einfallen lassen, an die keiner der anderen gedacht hat. Scharfsinn kann den Kampf genauso mühelos gewinnen wie Stärke, wenn wir ihn richtig einsetzen.

Oder Sylas könnte das Mädchen als Geschenk präsentieren und dann *müssten* wir uns nicht auf andere Arten beweisen.

Ich betrete den Wald, den die Schatten mit kühlen Stellen überziehen und wo der Geruch von Kiefern meine Nase füllt. Ich schnuppere periodisch nach dem Gestank eines Eindringlings. Auf ungefähr halber Strecke durch den Wald nehme ich einen anderen Wolfgeruch wahr, doch er ist mir vertraut – es ist eine unserer Wachen.

Eine der unseren, die auf mich zukommt. Ich verlasse meinen Kurs, um ihr entgegenzukommen, und nehme meine reguläre Gestalt an, damit wir uns unterhalten können.

Als die Wache zwischen den Bäumen in Sicht kommt, tut sie es mir gleich. Es ist Astrid, die in beiden Gestalten grauhaarig und drahtig ist. Ihr Gesicht beginnt gerade mit dem Übergang von faltig zu runzelig. Sie erreicht allmählich den Punkt, an dem ich sie eigentlich vom Wachdienst abziehen würde, damit sie mehr Zeit damit verbringen kann, ihre alten Knochen auszuruhen, wenn ich nicht wüsste, dass sie lieber mein Gesicht aufschlitzen würde, als das zu akzeptieren.

Astrid hat in mehr Gefechten gekämpft als ich und beabsichtigt, an unserer Seite zu kämpfen, bis ihre Knochen komplett versagen. Ansonsten wäre sie nicht mehr hier.

„Gibt es Ärger?", frage ich.

Sie stößt ein kurzes Schnauben aus. „Noch nicht. Aber ich kann den Beginn davon riechen. Einer aus dem Copperweld Kader hat an der Grenze unseres Reviers herumgeschnüffelt und wollte wissen, ob irgendwelche

Menschenmädchen in unsere Ländereien gewandert sind. Ich habe verneint, doch er sah aus, als hätte er seine eigenen Ermittlungen angestellt, wenn ich ihm nicht die Zähne gezeigt hätte."

Copperweld – das ist Aeriks Gebiet. Mein Rücken spannt sich an. „Gut, dass du das getan hast", sage ich. „Ein verlorener Diener ist keine Entschuldigung, in unser Revier einzudringen. Falls ein Mensch in diese Richtung wandert, gib dem Bergfried als Erstes Bescheid."

Sie nickt zustimmend, huscht zurück in die Schatten und lässt mich mit einem doppelt so starken Unbehagen zurück.

Aeriks Kader stellt bereits hier draußen Nachforschungen an. Haben sie speziell uns im Verdacht oder sind wir einfach ein leichtes Ziel, bei dem sie sich weniger Sorgen darum machen, es mit ihren Anschuldigungen zu brüskieren?

Wie auch immer, es läuft auf das Gleiche hinaus: Der Krümel handelt uns allen noch mehr Ärger ein.

*Talia*

Nach einem weiteren von Augusts extravaganten Abendessen packt mich Sylas am Ellbogen, als ich das Esszimmer verlasse.

„Kommst du mit mir mit?", sagt er ihm Tonfall einer Frage, allerdings mit der Ausstrahlung eines Befehls.

Als er mich durch den Gang führt, beschleunigt sich mein Puls. Hat Whitt dem Fae-Lord doch erzählt, dass ich gelauscht habe? Wird er mich auf eine Art zurechtweisen, von der er nicht will, dass sie sein Kader sieht?

Sylas zeigt keine Anzeichen für Wut oder Enttäuschung, sondern schreitet in seinem üblichen kraftvollen, selbstbewussten Gang durch den Flur. Ich kann erkennen, dass er seine Geschwindigkeit zügelt, damit ich nicht zu weit zurückfalle. Die Orthese an meinem Fuß klopft auf den Boden, als ich ihm hinterhereile, weil ich nicht möchte, dass es den Anschein macht, als könnte ich nicht mithalten.

Sobald wir die Treppe zum Keller des Bergfrieds hinabgehen, rast ein kräftigeres Kribbeln unter meiner Haut entlang. Bisher war ich dort unten bloß für einige Bäder in dem kleinen Saunaraum mit seinem Whirlpool-ähnlichem-Becken. Die dichteren Schatten und die kühlere Luft, die durch das Holz sickern, bereiten mir Unbehagen. Und als ich mich einmal dazu zwang, den Keller genauer unter die Lupe zu nehmen, stellte ich fest, dass einige der anderen Räume entlang des Ganges abgeschlossen waren.

Allerdings nicht heute Nacht. Sylas öffnet eine Tür ein Stück entfernt von der Sauna und winkt mich hinein. Nachdem ich zwei Schritte in den Raum gemacht habe, bleibe ich wie angewurzelt stehen und starre.

Es ist nicht der Inhalt des Zimmers, der für mich so fremd ist. Nein, was erschreckend ist, ist, wie vertraut mir alles ist: ein Flachbildfernseher, ein Regal mit DVDs, ein Gerät, das ich nicht kenne, jedoch als eine Art Spielkonsole identifizieren kann. Die Regale auf der anderen Seite des Zimmers sind mit Taschenbüchern und gebundenen Büchern in gewöhnlichen Einbänden im Stil der Menschen gefüllt. Klar, die Holzregale und das Möbelstück, auf dem der Fernseher steht, sehen aus, als wären sie direkt aus den Wänden gewachsen, anstatt auf herkömmliche Weise gebaut worden. Zusätzlich wurde das lange, gebogene Sofa, das sich in der Raummitte erstreckt, mit etwas gepolstert, was wie gewebte Weidenblätter aussieht, aber trotzdem. Ich habe nicht so viele Beweise dafür gesehen, dass die Welt, an die ich mich erinnere, tatsächlich existiert, seit ich ihr entrissen wurde.

Tränen, die ich nicht unterdrücken kann, treten mir in die Augen. Ich atme langsam ein, versuche, mich zu beruhigen, und gehe zum Sofa. „Das ist … warum hast du all diese Dinge?"

Einer von Sylas' Mundwinkeln biegt sich vor

unverhohlener Belustigung nach oben. „Wir Fae genießen eine Vielzahl an Unterhaltung. Wenn wir Menschen hierherholen können, warum sollen wir nicht auch einige ihrer Hobbys herbringen?"

„Ich ... ich hätte nur nicht gedacht ..." Ich weiß nicht, ob ich die Worte kenne, um zu erklären, wie bizarr es ist, sich vorzustellen, dass der einschüchternde Fae-Lord vor dem neuesten Hollywood-Film auf dem Sofa entspannt. Ich befürchte, dass die Worte, würde ich sie finden, auf eine Weise herauskommen würden, die ihn beleidigen.

„Es ist hauptsächlich August, der die Spiele spielt", erklärt Sylas und schlendert am Fernseher vorbei. „Das hilft ihm dabei, einen Teil seiner aggressiven Impulse rauszulassen. Wir müssen die Kontroller häufiger ersetzen, als mir lieb ist."

Es fällt mir nicht schwer, mir den überschwänglichen Fae-Mann vorzustellen, wie er mit einem Kontroller in der Hand auf dem Sofa hockt und triumphierend brüllt, während er in einem Kampfspiel oder einer Sportsimulation seinen digitalen Gegnern in den Hintern tritt. Mein Mund zuckt zu einem Lächeln.

„Welcher Teil dieser Sammlung ist deiner?"

Sylas deutet auf die DVDs. „Hauptsächlich die Filme. Ein ... ehemaliger Partner von mir führte mich in das menschliche Kino ein."

Ich trete näher und betrachte die Rücken der DVD-Hüllen. Einige der Titel kenne ich nicht – Filme, die weit vor meiner Zeit gedreht worden sein müssen oder die rauskamen, nachdem ich entführt worden war – doch andere fallen mir sofort ins Auge. *Girls Club – Vorsicht bissig! Zoolander. 17 Again. Natürlich blond.* Sie erinnern mich daran, wie wir bei Übernachtungspartys durch Netflix scrollten.

Ich blicke zu Sylas und kann meine Augenbrauen nicht davon abhalten, sich zu heben. „Du magst Komödien, hm?"

Wirkt sein Lächeln jetzt leicht beschämt? Er lacht und zuckt lässig mit den Achseln. „Ich habe genug Drama und Kämpfe in meinem Leben hier. Es ist faszinierend, wie Menschen eine ganze Geschichte spinnen können, in der nichts passiert, was wirklich eine Rolle spielt, und am Ende jeder erhält, was er verdient, ob er nun glücklich ist oder nicht."

Vielleicht sollte *ich* mich von dieser Beobachtung zu den Anstrengungen meiner Spezies beleidigt fühlen, aber ich finde es zu witzig, dass er diese Art Filme gerne anschaut. Die Bemerkung kommt mir über die Lippen, ohne dass ich darüber nachgedacht habe. „Du musst mir einige der guten aktuellen Streifen zeigen, damit ich auf den neuesten Stand komme."

Sylas wirft mir einen forschenden Blick zu, als würde er zu entscheiden versuchen, ob ich es ernst meine. Ich kann nicht sagen, ob ich es ernst meine – es ist unmöglich, mir vorzustellen, wie ich neben diesem königlichen Riesen eines Mannes sitze, während er über irgendeinen Witz lacht und sich eine Handvoll Popcorn in den Mund stopft. Sieht er sich die Komödien lediglich mit einem dieser zurückhaltenden Lächeln an? Oder vielleicht lässt er sich ab und zu gehen … das bedeutet allerdings nicht, dass er will, dass ich ihn so sehe.

Am Ende entscheidet er sich, gar nicht auf meine Bemerkung einzugehen. „Wenn du dich hier drin entspannen willst, kannst du jederzeit mir, August oder Whitt Bescheid geben und dann schließen wir den Raum für dich auf. Ich dachte, du bräuchtest mehr als deine Rolle als Küchendienerin, um dich zu beschäftigen."

„Ich habe wirklich nichts dagegen, beim Kochen zu helfen", sage ich rasch für den Fall, dass er irgendwie auf den Gedanken gekommen ist, dass mich August zu der Aufgabe gezwungen hat. Der schwache Druck des Salzbeutels in meiner Tasche sorgt dafür, dass ich den jüngeren Mann noch erbitterter verteidigen will. Dann halte ich inne. „Warum schließt ihr diesen Raum überhaupt ab?"

Sylas' Lippen zucken erneut, dieses Mal sieht es jedoch so aus, als würde er sich eine Grimasse verkneifen. „Kellan hat einige sehr unerschütterliche Meinungen in Bezug auf alles, was mit Menschen zu tun hat, wie du zweifellos bemerkt hast. Er würde sich keine große Mühe geben, zu beschädigen, was wir hier gesammelt haben, doch falls er zufällig daran vorbeiläuft, wenn er schlechte Laune hat – es ist einfacher, sicherzustellen, dass sich diese Umstände nie ergeben."

Dann werde ich hier drin auch vor diesem Brutalo sicher sein. Mir gefällt dieses Zimmer immer besser. Zumindest für die Zeit, die ich noch im Bergfried bleiben werde.

Bei dem letzten Gedanken legt sich Schwermut über mich. Ich sinke auf das Sofa und nehme eine Zeitschrift über Videospiele in die Hand, die jemand – August? – in die Ritze neben der Armlehne gesteckt hat. Mein Blick huscht über die computer-generierten Krieger auf dem Cover, die fettgedruckten Schlagzeilen – und schnellt zu dem Datum der Ausgabe unter dem Titel.

Kurz starre ich es einfach nur an und mein Körper wird bocksteif. Sylas kommt näher und runzelt die Stirn. „Ist etwas?"

„Wann wurde diese Zeitschrift gekauft?", frage ich und meine Stimme hört sich an, als dringe sie aus weiter Ferne an meine Ohren.

„Vor ein oder zwei Monden", antwortet Sylas, was vermutlich einen Monat bedeutet. „Du siehst aus, als würde dich etwas beunruhigen."

„Nein ... ich meine, irgendwie schon ..." Ein verlegenes Lachen entwischt mir. „Mir war nur nicht bewusst, wie lange es her ist. Ich habe versucht, den Überblick über die Jahre zu behalten, während ich in diesem Käfig eingesperrt war. Ich dachte, das wäre mir gelungen. Ich dachte, es wären nur acht Jahre gewesen. Doch tatsächlich waren es neun."

Ich bin einundzwanzig Jahre alt, nicht zwanzig. Es sind dreihundertfünfundsechzig Tage mehr vergangen, als ich gezählt habe, seit ich mein Zuhause verloren habe.

Es sollte keine große Sache sein. Was ist schon ein Jahr mehr im großen Ganzen? Das Wissen trifft mich dennoch wie ein Schlag in die Magengrube.

Wann habe ich es verpasst? Wie sehr wurde mein Zeitgefühl verzerrt, während mich Aerik gefangen hielt, dass ich nicht bemerkt habe, dass es viel länger war?

Sylas setzt sich einen halben Meter entfernt von mir vorsichtig auf das Sofa. „Ich bin beeindruckt, dass es dir überhaupt gelungen ist, die Zeit im Blick zu behalten, auch wenn es nicht ganz akkurat war", sagt er. „Wie hast du den Verlauf der Jahre festgelegt?"

Ich zwirble eine Haarsträhne um meinen Finger und ziehe fest daran, als würde das Brennen an meiner Kopfhaut den Schrecken dieser Erinnerungen aufheben. „Es gab eine Nacht kurz, nachdem sie mich entführt hatten, in der ich ganz viel Geheule hörte. Es war so laut, dass es bis in den Raum mit meinem Käfig drang. Am nächsten Tag sagten die Männer etwas darüber, wie froh sie seien, dass sie sich ‚damit' nur einmal im Jahr befassen müssten. Und dann dauerte es eine Ewigkeit und ich hatte es beinahe vergessen, bis es erneut geschah. Ich dachte, wenn es etwas ist, was ihr alle einmal im Jahr tut, ist es eine Möglichkeit, wie ich die Zeit im Überblick behalten kann."

„Das war dir wichtig."

Ich zucke mit den Achseln und senke den Kopf. Es kommt mir jetzt wie ein so geringer Sieg vor, dass es beinahe albern ist. „Es war eine kleine Methode, an *etwas* festzuhalten, was ich verstand. Zu wissen, wie lange es her ist, wie alt ich war ... ich hatte Angst, dass ich es vergessen würde, weshalb ich mich selbst so gut markierte, wie ich konnte."

Ich zögere und schiebe den Bund meiner Jeans nach unten zu der Stelle, wo die dünnen Narben die Haut über meinem Hüftknochen markieren. Es sind acht Narben, obwohl es neun sein sollten. „Ich muss in einer dieser Nächte so erschöpft gewesen sein, dass ich das Heulen verschlafen habe. Worum geht es bei all dem Lärm überhaupt?"

„Die Wilde Jagd", antwortet Sylas. „Du hast es richtig eingestuft – wir tun das nur einmal im Jahr. Es ist eine Art Feiertag, eine Feier ... Die Erzlords reiten auf Pferderücken durch die Menschenwelt und der Rest der Seelie folgt in ihren Wolfgestalten. Für manche ist es das einzige Mal, dass sie sich überhaupt unter Menschen wagen – eine Gelegenheit, neue Diener mitzunehmen oder was sie sonst noch wollen und hier nicht finden können."

Diener, die sie vielleicht nur minimal besser behandeln, als mich Aerik und sein Kader behandelt haben? Oder die sie *schlimmer* behandeln, weil diese Diener kein spezielles Blut haben, um ihnen eine winzige Verschnaufpause zu gönnen? Ich erschaudere.

Sylas wendet den Blick ab. Als er ihn wieder auf mich richtet, tut er das so ernst, wie ich ihn noch nie zuvor gesehen habe. Seine Stimme erklingt leiser als üblich, tief und düster.

„Unsere Art *hasst* Menschen im Allgemeinen nicht. Kellan ist nicht die Norm, genauso wenig wie Aerik. Viele Sterbliche leben lange Zeit unter uns, mischen sich mit unseren Familien und finden einen Platz in unseren Reichen, mit dem sie zufrieden sind. Augusts Mutter war ein Mensch, weißt du."

Diese Enthüllung verblüfft mich nur kurz. Plötzlich ergibt die Freundlichkeit, die mir der andere Mann erwiesen hat, viel mehr Sinn.

„Aber ihr – die Fae – bringt uns hauptsächlich hierher, damit wir eure Diener sind und so etwas?"

Er neigt den Kopf zur Bestätigung. „Ich kann nicht behaupten, dass es die Norm ist, dass wir Menschen als Ebenbürtige betrachten. In den meisten Fällen ist dein Volk einfach ein Mittel zum Zweck."

„Wie Tiere. Etwas, was ihr besitzen könnt."

„Ja. Was kein Hass oder Feindseligkeit ist. Es ist einfach …" Er seufzt, als wüsste er nicht, wie er diesen Satz beenden soll. „Aber ich habe auch viel Leid gesehen und möchte das nicht fortsetzen."

„Du hast mir viel gegeben", räume ich ein. „Du hast mich von Aerik weggeholt."

„Ich halte dich allerdings hier fest, obwohl die Lande der Fae zweifelsohne der letzte Ort sind, an dem du dich aufhalten möchtest."

Er hält inne und wendet sich mir direkter zu. „Talia, ich erwarte nicht, dass du magst, was ich tue, oder es gutheißt. Falls es eine Möglichkeit gäbe, wie ich die Sicherheit meines Volkes ohne deine Anwesenheit garantieren könnte, würde ich dich sofort zurück zu deinem Zuhause bringen. Doch mein ganzes Rudel verlässt sich auf mich, jetzt mehr denn je, und dieser ‚Fluch' betrifft alle meine Seelie-Brüder. Da so viel auf dem Spiel steht, kann ich dich nicht gehen lassen, ohne weitere Antworten zu erhalten. Aber ich verspreche, ich werde dir jegliche Annehmlichkeiten bereiten, die ich kann, um sicherzustellen, dass du *nicht* leidest. Und keine Entscheidung, die ich treffe, wird leichtfertig gefällt werden."

Etwas an dieser Aussage sorgt dafür, dass ein Kloß in meiner Kehle entsteht. Ich hasse es, dass ich noch eine

Gefangene bin, und ich habe Angst vor dem, was kommt, wenn er diese Entscheidungen trifft ... doch im Moment habe ich wenigstens keine Angst vor ihm. Wie könnte ich ihm sagen, dass ihm mein Leben wichtiger sein sollte als sein eigenes und das der Leute, die sich auf ihn verlassen?

Es bedeutet etwas, dass es ihn nicht kalt lässt, was mit mir geschieht, auch wenn es für ihn nicht so wichtig ist wie die anderen Dinge.

„In Ordnung", erwidere ich, wobei sich ein Krächzen in meine Stimme schleicht.

Er mustert mich. „In Anbetracht dieser Tatsache habe ich eine Bitte an dich, vor der du vermutlich zurückschrecken wirst. Wenn wir ein anderes Heilmittel finden wollen, das so gut funktioniert, dass wir dich gehen lassen können, ohne diesen Segen zu verlieren, muss ich so viel von deinem Blut verstehen, wie ich kann. Ich würde dir gerne eine Blutprobe entnehmen, um es zu testen."

Ich zucke automatisch zusammen und Panik durchfährt mich – ein Schwall Bilder: Ellenbogen und Knie, die mich fixieren, blau-weiße Haare und Osterblumengelb, eine funkelnde Klinge, der Schnitt in mein Handgelenk. Meine Lunge beginnt, sich zusammenzuziehen, wie sie es tat, als Whitt neulich diese Drohung aussprach. Sylas hat jedoch so ruhig und sanft gesprochen, dass die Empfindung nicht so stark wird, dass sie mich erstickt.

Indem ich die Augen schließe, reise ich in meinem Kopf zu einem Bambuswald und gewaltigen Bergen. Nach einigen tiefen Atemzügen hören meine Gedanken auf, sich zu drehen.

Er hat gefragt, anstatt es sich einfach zu nehmen. Er ist *nicht* wie meine vorherigen Entführer. Und wenn er ein alternatives Heilmittel finden kann, indem er mein Blut studiert, wären unsere beiden Probleme gelöst.

„Okay", flüstere ich.

Sylas' Lächeln kehrt zurück, auch wenn die Ränder gequält wirken. „Du bist aus hartem Holz geschnitzt, Kleines. Ich dachte, ich könnte jetzt einen Film einlegen – vielleicht gibt es einen in meiner Sammlung, den du kennst? – und das würde dir dabei helfen, dich von dem Prozedere abzulenken."

Sind wir deswegen hier? Ich kann keine Einwände an seiner Strategie finden. Mein Blick ist bereits zu dem Stapel mit DVD-Hüllen geschnellt, da ich nach etwas von zu Hause giere. „Das klingt gut."

Als ich aufstehe, um die Auswahl zu begutachten, durchschneidet ein schärferes Bewusstsein den Wirrwarr meiner vorübergehenden Panik. Sylas hat sich stark geöffnet. Ich sollte diese Gelegenheit nutzen, in der er in besonders großzügiger Stimmung ist, um mehr über das herauszufinden, was *ich* wissen muss.

„Du hast eine Menge Filme", bemerke ich so beiläufig, wie ich kann. „Ich schätze, da ihr der Menschenwelt hier so nahe seid, ist es ziemlich einfach, hin und her zu reisen?"

„Es wäre jedenfalls kein großes Problem, falls etwas fehlt, was du besonders gerne sehen würdest."

Das ist nicht ganz das, worauf ich hinauswill. Ich kaue auf meiner Lippe herum und tue so, als wäre ich voll und ganz mit der Filmauswahl beschäftigt. „Ich will nicht, dass du deine Magie oder was auch immer verschwendest, nur um mir einen Film zu holen."

Der Fae-Lord summt abweisend. „Die Grenze zwischen den Welten ist nicht so solide, dass man einen Zauber braucht, um sie zu überwinden. An den Rändern kann man von einer Welt in die andere huschen, ohne dass man es will, wenn man nicht aufpasst."

Dann könnte ich auch ganz allein hindurchschlüpfen. Erleichterung breitet sich zusammen mit Schuldgefühlen in meiner Brust aus, weil ich das Gespräch zu meinen Zwecken manipuliert habe. Natürlich bezweifle ich, dass er diese Tatsache gestanden hätte, wenn er der Meinung wäre, dass irgendeine Chance bestünde, dass ich dem Bergfried entfliehen könnte, um diese Information zu nutzen.

„Ich denke, dieser hier ist in Ordnung", sage ich und ziehe eine Superheldenparodie heraus, die Mom und Dad mit Jamie und mir im Kino angeschaut hatten, lange bevor Aerik mich aus meinem Leben riss.

Sylas schiebt die DVD in den Player und ich finde mich erstarrt auf dem Sofa wieder, gefangen in einem Ansturm von mehr widersprüchlichen Gefühlen, als ich voneinander trennen kann. Einen Film anzuschauen, ist etwas Vertrautes und fühlt sich *richtig* an, jedoch so fern von dem, was ich beinahe ein Jahrzehnt lang erlebt habe. Ich erinnere mich daran, dass ich mit Jamie darum gerungen habe, wer den Platz in der Mitte der Sitzreihe bekommt, und dass Dad scherzhaft drohte, uns in die hinterste Reihe zu verbannen. Das Echo salzigen, buttrigen Popcorns breitet sich in meinem Mund aus.

Es ist eine bittersüße Ablenkung, hindert mich allerdings daran, an meinen dreckigen Käfig zu denken. Sylas tupft eine durchsichtige Salbe auf mein Handgelenk, um die Haut zu betäuben. Ich starre stur auf den Fernseher, als er einen kleinen Schnitt in meiner Haut macht. Ich schaue nicht einmal nach, worin er das Blut sammelt. Es vergeht so wenig Zeit, dass die Filmfiguren kaum einen Witz reißen und eine heldenhafte Rettungsmission vermasseln können, ehe er auch schon einen Zauber über meinem Arm murmelt, der die Haut versiegelt. Das ist eine Freundlichkeit, zu der sich Aerik nie herabgelassen hat.

„Dankeschön", sagt der Fae-Lord und steht auf. „Ich werde dich den Rest des Films allein schauen lassen. Die Tür wird sich hinter dir verriegeln, wenn du gehst."

Er streicht mit der Hand über meine Haare in einer

Geste, die beinahe eine Liebkosung ist. Diese kurze Berührung reißt mein Bewusstsein zurück in die Gegenwart und bringt meinen Puls zum Flattern. Ich beobachte, wie er geht, spüre plötzlich ein Kribbeln in meinem Körper und frage mich, ob es mir nicht lieber gewesen wäre, wenn er geblieben und sich den Film mit mir angesehen hätte.

Ich schaue den Film nicht zu Ende. Es dauert nicht lang, bis die Bitterkeit der Assoziierungen jegliche Süße überwältigt. Selbst in einer Superhelden-Fantasie-Version der Realität gibt es viel zu viele Erinnerungen an all die Dinge, die ich verloren habe und womöglich nie wieder kriegen werde.

Als ich aus dem Zimmer trete, liegt der Bergfried ruhig da. Ich erklimme die ersten zwei Treppenabsätze und übe die Schritte, mit denen meine Fußstütze den geringsten Lärm macht. Singende Stimmen dringen durch die Mauern. Whitt richtet wohl eine weitere seiner Feiern aus.

Ich *beginne*, mich etwas friedvoller zu fühlen, auch wenn ich nicht überglücklich über meine Situation bin. Doch als ich um die Ecke biege, erscheint Kellan, dessen eisig silberne Augen funkeln.

Mir stockt das Herz. Ich stolpere instinktiv rückwärts – nicht weit genug. Kellan marschiert, ohne zu zögern, zu mir und schubst mich gegen die Wand. Er fixiert mich dort und starrt auf mich herab, jedoch mit einem Grinsen, das seine Lippen verzerrt und zeigt, dass er so erfreut ist, wie er wütend ist.

„Wirst du um Hilfe rufen, Gammelfleisch?", knurrt er leise und das Licht in seinen Augen ist jetzt beinahe fiebrig. „Wir können herausfinden, wie schnell eine meiner Krallen dir deine Zunge abschneidet."

Mein Körper zittert. Ich greife nach der Wand, weil ich sicherstellen will, dass ich nicht zusammenbreche, wenn er mich loslässt – *falls* er mich loslässt. „Bitte. Ich will nur zurück zu meinem Zimmer gehen."

„Hmm. Denkst du, du bist dort drin sicher, hm? Ich könnte deine Tür öffnen, wenn ich wollte. Stell dir vor, welchen Spaß wir dann hätten."

Er bleckt die Zähne und tritt gegen meinen verkrüppelten Fuß – nicht so hart, dass er die Orthese bricht, jedoch hart genug, um einen Schmerzensstich durch die Sehnen zu jagen. Ich keuche und die Treppe auf der anderen Seite des Hauses knarzt.

Kellan lässt von mir ab und marschiert mit hochmütig gerecktem Kinn davon.

Ich breche an der Wand zusammen und schlinge die Arme um mich, als könnte mein Herz aus meiner Brust explodieren, wenn ich es nicht festhalte. Nein, ich kann nicht hierbleiben. Was, wenn er zurückkommt?

Erst, als ich in mein Zimmer gestolpert bin und nach Luft ringe, um meine Lunge zu füllen, erinnere ich mich an das Salz. Ich hätte es benutzen und ihn dazu zwingen können, mich in Ruhe zu lassen.

Doch hätte das wirklich geholfen? Ich hätte ihm meine Karten gezeigt und er hätte verlangt, dass Sylas es mir wegnimmt. Ich denke, Sylas hätte dem zugestimmt, auch wenn er Kellan eine Standpauke gehalten hätte, weil er mich drangsaliert hat. Ich muss an diesem Geschenk festhalten, bis ich es *wirklich* brauche, bis es meine einzige Chance ist.

Als ich meine Benommenheit abschüttele, stelle ich fest, dass ich den Türknauf verständnislos anstarre. Mir fällt wieder ein, was Kellan darüber gesagt hat, dass er die Tür entriegeln könnte. Natürlich hält mich Magie nachts in diesem Zimmer fest. Warum sollte sich ein Fae mit Schlüsseln abgeben, wenn Magie etwas ist, was ich nicht stehlen kann?

Doch vielleicht ...

Ich kann die Idee noch nicht ausprobieren. Ich krieche ins Bett und stecke die Decke um mich herum fest, da das Zittern noch nicht ganz aufgehört hat. Mein Fuß tut noch immer weh. Der Geist von Sylas' liebevoller Berührung haftet nach wie vor an meinen Haaren, doch die Erinnerung an Kellans Angriff bleibt mir viel lebhafter im Gedächtnis.

Es spielt keine Rolle, wie freundlich manche dieser Fae-Männer sind. Sie wollen mich alle auf die ein oder andere Art benutzen, es ist nur eine Frage dessen, wie viel Schmerz sie einsetzen. Ich *muss* von hier verschwinden.

Die Zeit vergeht. Vielleicht bin ich in der Stille des Bergfrieds eingedöst. Dann erklingen ganz leise Schritte vor meiner Tür. Jemand bleibt stehen, um seine Magie zu wirken.

Nachdem derjenige gegangen ist, zähle ich im Kopf bis hundert und dann tue ich es noch einmal und noch einmal, nur um auf Nummer Sicher zu gehen. Als ich überzeugt bin, dass derjenige meiner Kidnapper, der das Schloss verzaubert hat, längst fort ist, schlage ich die Decke zurück, humple durch den Raum zur Tür und fische den Lederbeutel aus der Jeans, die ich nicht ausgezogen habe.

Ich schütte das Salz in meine Hand und drücke es an das Schloss unterhalb des Knaufs. Ich halte es dorthin, bis sich die groben Körner in meine Hand gebohrt haben. Dann streiche ich sie zurück in den Beutel und drehe ganz vorsichtig den Knauf.

Der nachgibt. Ich schiebe die Tür nur den Bruchteil eines Zentimeters auf, gerade so weit, dass ich mir sicher sein kann, und schließe sie hastig wieder. Mein Herz hämmert wie wild, dieses Mal allerdings nicht vor Panik.

Ich kann die Schlösser überwinden. Ich kann die Türen öffnen und den Bergfried verlassen. Ich weiß, in welche Richtung die Menschenwelt liegt, und dass die

Wahrscheinlichkeit groß ist, dass ich sie finden werde, wenn ich nur weit genug gehe.

Nichts außer meinen Kidnapper hindert mich noch an der Flucht. Ich kann nicht gehen, während Whitt draußen mit dem Rudel eine Party feiert – jemand wird mich bemerken, ganz gleich, wie betrunken oder high sie sind. Doch er feiert selten zwei Nächte in Folge.

Morgen … Morgen könnte ich frei sein.

*August*

Der Regen prasselt gegen die Fenster der Stube und die Landschaft dahinter verschwimmt zu einem Wasserfarbengemälde. Es ist jedoch ein sommerlicher Regenguss und kein erfrischender Schauer. Da die Fenster geschlossen sind, ist die Luft im Bergfried unangenehm schwül geworden.

Meine Muskeln sehnen sich nach Bewegung, doch mein Wolf will nicht in diesem matschigen Chaos laufen gehen. Ich lasse meine Schultern kreisen und gehe stattdessen den Gang entlang.

Kellan tigert in der Nähe der Treppe auf und ab. Sein Mund ist zu einem noch missmutigeren Strich verzogen als sonst. Er fängt meinen Blick auf.

„Tage wie dieser könnten längst unserer Vergangenheit angehören, wenn unser ‚Lord‘ endlich den Kopf aus dem Arsch ziehen würde. Noch mehr von diesen und ich komme noch auf die Idee, dass sein Kopf so weich wie eine verfaulte Frucht geworden ist.“

Ich spanne mich an und mein Kiefer mahlt. Es gelingt mir, ein Knurren zu unterdrücken. Ich *kann* mein Temperament zügeln, auch wenn es dieses Arschloch auf die Probe stellt.

„Wenn du so empfindest, sag ihm das und dann werden wir ja sehen, wie weich er diesbezüglich ist“, entgegne ich stattdessen.

Er hat etwas Wildes an sich, was mir überhaupt nicht gefällt. In dem dämmrigen Gang schimmern seine Augen wie Münzen in trübem Wasser. „Du streitest dich deswegen nicht mit mir, weil du weißt, dass ich recht habe. Jemand muss ihn dazu bringen, einzusehen, dass seine Trödelei uns alle nur in Schwierigkeiten bringen wird.“

Er versucht, mich zu provozieren. Ich muss diese Aussage nicht mit einer Antwort würdigen. Es stimmt, dass es nur an den Rändern des Sommerreichs so regnet. In Hearthshire hatten wir nie mehr als angenehm milde Regenschauer. Doch seine Lösung ist alles andere als richtig. Er will Talia den Erzlords präsentieren, als sei sie ein Reh, das auf einer Jagd gefangen wurde. Und er würde eindeutig gerne vorher ein paar Bissen von ihr nehmen.

Ich kehre ihm den Rücken zu und jogge die Treppe hinab zum Keller, wo ich das Mädchen finde, das steif und kampfbereit am Fuß der Treppe wartet. Als sie mich ansieht, entzündet die Furcht, die in ihrem Blick schimmert, einen doppelt so starken Zorn in mir.

„Hat er dich hier runter gejagt?“, will ich wissen.

Talia zuckt zusammen und ich schlage mir im Geiste wegen meines Tonfalls auf den Kopf. Ich muss noch immer vorsichtig sein, wie ich meine Aggression in ihrer Gegenwart rauslasse. Eine Bestie zu sehen, ist furchterregend, ganz gleich, auf wen die Wut gerichtet ist.

Ich zwinge meine Stimme, ruhig zu bleiben, und öffne meine geballten Hände. „Falls er dich schon wieder drangsaliert hat, kannst du mir davon erzählen. Sylas wird ihn zurechtstutzen."

Ich hoffe es jedenfalls. Kellans Gerede in letzter Zeit kommt einer Meuterei für meinen Geschmack gefährlich nahe. Wenn ihm sein Schicksal hier nicht passt, warum geht er dann nicht zurück zu der hinterlistigen Familie, aus der er kam?

Weil von ihnen nicht mehr als Krümel übrig sind und er der Meinung ist, er würde etwas Besseres verdienen.

„Heute ist nichts passiert", antwortet Talia, woraufhin ich mich frage, was an anderen Tagen passiert ist, von dem ich nichts bezeugen kann. Es sah heute Morgen so aus, als würde sie stärker als üblich humpeln. „Ist er schon fort? Ich … ich dachte nur, ich würde nach dem Frühstück zum Unterhaltungsraum gehen, doch natürlich konnte ich die Tür nicht öffnen und als ich nach dir oder Sylas suchen wollte, drückte sich Kellan in der Nähe der oberen Treppenstufen herum …"

Sie muss mir nicht erklären, warum ihr diese Situation nicht gefallen hat. Ich stoße meinen Frust mit einem harschen Atemzug aus. „Er ist noch immer dort oben, aber ich kann dir den Raum öffnen und sicherstellen, dass die Luft rein ist, bevor du wieder nach oben gehst."

„Dankeschön. Aber … wolltest du den Raum nutzen?"

Sie macht sich solche Sorgen darüber, dass sie sich uns aufdrängt, obwohl wir diejenigen sind, die sie im Grunde genommen im Bergfried eingesperrt haben. Ich schenke ihr ein beruhigendes Lächeln. „Ganz und gar nicht. Ich wollte meinen Drang, Kellan ins Gesicht zu schlagen, auf eine Weise rauslassen, die mir keinen Ärger bei Sylas einhandelt. Ich habe ein … wie würdest du es nennen? Ich habe hier unten ein kleines Fitnessstudio."

Talias Laune bessert sich bei dieser Information viel mehr, als ich erwartet hätte. Der Eifer auf ihrem Gesicht hebt ihr Aussehen so plötzlich von hübsch zu atemberaubend, dass mir der Atem stockt. Ich wende den Blick kurz ab, um sicherzugehen, dass ich sie nicht anzüglich angrinse.

„Zum Trainieren?", erkundigt sie sich. „Darf ich ... darf ich es sehen?"

Ich grinse sie an. „Klar. Erlaube mir, dir eine kleine Führung zu geben."

Sie folgt mir durch den Gang in die entgegengesetzte Richtung der Sauna. Aus dem Augenwinkel beobachte ich ihre Schritte, allerdings nicht nur, um ihre schlanke Gestalt zu bewundern. Sie schont ihren einst gebrochenen Fuß *definitiv* mehr, als sie es normalerweise tut.

Meine Finger krümmen sich zu Fäusten. Vielleicht werde ich sie Kellan nicht ins Gesicht donnern, aber Sylas kann sich nicht beschweren, wenn ich ihn darüber informiere, dass das Arschloch Talia erneut drangsaliert hat.

Sylas hat mich gebeten, das Fitnessstudio abzuschließen, weil Geräte dort drin sind, von denen er nicht möchte, dass Talia sie unbeaufsichtigt in die Finger kriegt – wir nutzen den Raum zum Kampftraining und zum Trainieren – aber ich kann mir nicht vorstellen, dass sie sich mit den Schwertern und Dolchen in Gefahr bringen könnte, solange ich dabei bin. Sie sind ohnehin alle im Schrank auf der anderen Zimmerseite eingeschlossen.

Als wir den Raum betreten, gehen die Laternenkugeln in den Ecken der Decke an und leuchten orange. Talia blinzelt sie an, nach wie vor eingeschüchtert von der Magie, die für mich so gewöhnlich ist. Wie irrsinnig es doch ist, dass sie einen so großen Teil ihres Lebens in unserem Reich verbracht hat, jedoch so wenig von dem erleben durfte, was es zu bieten hat?

Ich will sehen, wie sich ihre Augen weiten und ihre

Lippen vor Staunen teilen würden, wenn ich sie zu dem Mondbaum brächte, damit sie beobachten kann, wie dessen Blumen im Mondlicht erblühen und singen. Oder zu den Schimmerfällen, wo das Wasser wie Kristalle glitzert und so süß wie frischer Honig schmeckt. Ich will Metalle aus der Erde ziehen und ihr zeigen, dass ich sie dazu überreden kann, sich zu einer Klinge oder einem Armreif zu formen.

Es ist allerdings nicht sicher, mit ihr die Festung zu verlassen – weder für sie noch für uns. Und vielleicht ist diese Sehnsucht unter meiner Würde. Whitt würde mich verspotten, weil ich so erpicht darauf bin, *jeden* zufriedenzustellen, insbesondere ein Menschenmädchen.

Ich winke Talia, damit sie mir ins Zimmer folgt. Eine dicke Moosschicht bedeckt den Großteil des Bodens und bietet eine feste Oberfläche für Ausdauertraining und Kampfübungen, zugleich ist sie jedoch so weich gepolstert, dass es unwahrscheinlich ist, dass sich jemand die Knochen bricht, wenn er zu hart stürzt. Ich mag den kräftigen lehmigen Geruch, den das Moos der Luft verleiht, und wie es sich unter meinen Füßen anfühlt, dicht, aber federnd.

Ein Boxsack aus Leder baumelt in einer Ecke. Das Material ist mit dünneren Stellen gefleckt. Dieses Trainingsgerät wird häufig benutzt. Auf der gegenüberliegenden Wand wurden Äste so wachsen gelassen, dass sie Stangen in unterschiedlicher Höhe bilden. Daneben ruht ein Haufen Metallgewichte. Es ist wahrscheinlich gut, dass der Waffenschrank geschlossen ist, wenn ich es mir so recht überlege. Ich weiß nicht, ob Talia ganz so enthusiastisch auf den Raum reagiert hätte, wenn sie einen Blick auf diese tödlichen Klingen und den Trainingsdummy erhalten hätte, der definitiv schon bessere Tage gesehen hat.

Sie läuft zu der Wand mit den Stangen und packt eine, die hoch über ihrem Kopf ist. Ich will sie gerade warnen, dass sie sich nicht überanstrengen soll, als sie sich nach oben stemmt und ihren Rücken sowie ihre Beine krümmt, sodass sie ihren Fuß auf der Unterseite der Stange ablegen kann. Sehnige Muskeln, von denen ich nicht wusste, dass sie so kräftig sind, wölben sich an ihren schlanken Armen. Sie neigt den Kopf nach hinten, um mich über Kopf anzulächeln. Ihre Haare fallen wie eine pinke Flamme nach unten, ehe sie sich umdreht und vorsichtig landet.

„Gut zu wissen, dass ich die Grundlagen aufgrund mangelnder Übung nicht verloren habe", verkündet sie. Meine Überraschung muss mir vom Gesicht abzulesen sein, denn ihre Wangen röten sich. „Als Aerik mich hatte … wollte ich nicht zulassen, dass ich zu schwach werde. Ich trainierte so gut, ich konnte, indem ich die Stangen der Käfigdecke benutzte. Ich weiß nicht, wie nützlich diese Muskeln für irgendetwas anderes sind, als von Stangen zu baumeln, aber …" Sie zuckt mit den Achseln, als würde sie sich schämen, dass sie das zugegeben hat.

„Eine derartige Kraft in den Armen und Schultern kann dir bei vielem helfen", sage ich rasch. „Ich bin beeindruckt. Du hättest mir schon früher sagen sollen, dass du einen Trainingsraum brauchst."

Ihre Röte vertieft sich. „Es war nicht … ich meine, es schien nicht so wichtig zu sein … Es war einfach fantastisch, dass ich herumlaufen durfte, weshalb ich mich mehr darauf konzentrierte, schätze ich." Sie deutet auf den restlichen Raum. „Lass dich von mir nicht von dem abhalten, was du tun wolltest. Außer du wolltest die Stangen nutzen?"

„Nein, mach ruhig. Mit denen fange ich normalerweise sowieso nicht an."

Als ich zum Boxsack schlendere, komme ich nicht umhin, sie etwas länger zu beobachten. Entschlossenheit funkelt in ihren Augen, als sie die Stange abermals packt. Die Freude, die sie daran hat, ihren Körper zu trainieren, ist unübersehbar. Es wärmt mich von innen heraus, das zu sehen. Daran zu denken, dass sie es sogar geschunden und hungernd in diesem dreckigen Käfig geschafft hat, Widerstand zu leisten.

Die kleinen Rundungen ihrer Brüste heben sich unter ihrem Shirt, als sie ihre Arme streckt, und eine berauschendere Wärme, eine, auf die ich nicht näher eingehe, wandert von meiner Brust hinab zu meinem Schritt. Ich reiße den Blick von ihr los und widme mich dem Boxsack. Jetzt habe ich mehr als eine Sorte Energie, die ich verbrennen muss.

Es dauert nur ein oder zwei Minuten, bis ich die Ablenkung, die ihre Anwesenheit darstellt, abschütteln kann und in den vertrauten Rhythmus der Schläge und Seitschritte finde. Ich trete in die eine und andere Richtung, manchmal konzentriere ich mich nur auf den Winkel meiner Schläge und die Wucht des Einschlags, und manchmal stelle ich mir Kellans missmutiges Gesicht vor und lasse meine Fäuste mit einem Teil der angestauten Aggression fliegen.

Als ich das Training intensiviere, ziehe ich mir das Shirt aus, wie ich es normalerweise tue, damit ich am Ende nicht völlig verschwitzt bin. Der Schweiß, der mir ausbricht, als ich weiter auf den Sack eindresche, kühlt meine Haut. In meinen Armen und meiner Brust hat ein befriedigendes Brennen eingesetzt, als ich schließlich zurücktrete und eine Verschnaufpause einlege.

Talia steht noch neben den Stangen, hat jedoch mit ihren Übungen aufgehört. Ich blicke zu ihr, weil ich mir Sorgen mache, dass meine gewalttätige Vorführung sie verängstigt hat, obwohl ich die Kraft auf ein lebloses Objekt gerichtet habe.

Als sich unsere Blicke treffen, hat die Emotion in ihren Augen nichts mit Entsetzen zu tun. Nein, in der Weitung ihrer Pupillen ist ein Begehren zu erkennen – eines, das ich einen Augenblick später in diesem moschusartigen Duft wahrnehmen kann, der in der Luft zwischen uns schwebt.

Sie dreht sich ruckartig um, packt erneut die Stangen und läuft so stark rot an, dass sich sogar ihr Hals rötet. Eine ähnliche Hitze durchläuft mich, als mein Verlangen ebenfalls aufflammt. Mein Wolf streckt sich in mir aus, da er von dem Drang aufgeweckt wurde, zu ihr zu marschieren und sie in einen Kuss zu ziehen, die Finger in ihren leuchtenden Haaren zu vergraben und den Schweiß zu kosten, der auf ihrer Haut glänzt. Sie ist so eine verführerische Mischung aus Süße und Kraft ...

Durch pure Willenskraft halte ich mich zurück. Sie würde es womöglich willkommen heißen, wenn ich mich an sie heranmache. Sie findet mich attraktiv – das habe ich an ihren körperlichen Reaktionen gespürt, als wir gemeinsam in der Küche gearbeitet haben und als ich neulich abends mit dem Salz zu ihr kam. Aufgrund dessen, dass sie auf diesem Gebiet nicht viel Erfahrung hatte, bevor Aerik sie aus ihrer Welt entführte, ist sie bestimmt unsicher, was sie deswegen unternehmen soll, oder ob es für sie überhaupt sicher wäre, etwas zu versuchen.

Die eine kleine Gnade, die sie inmitten von so vielen Qualen hatte, ist das Ergebnis einer noch größeren Verachtung: Aeriks Rudel hat stets vor der Vorstellung zurückgeschreckt, sexuelle Beziehungen mit Menschen zu unterhalten. Sie verspotten diejenigen, die sich Sterbliche als Liebhaber nehmen – und diejenigen wie mich, die das direkte Ergebnis einer derartigen Verbindung sind. Es macht den Anschein, als wäre die intimste aller Übertretungen die eine Demütigung, die sie ihr nicht angetan haben. Das Problem ist, dass es für sie womöglich nicht viel sicherer wäre, ihr Verlangen mit mir zu stillen.

Die menschlichen Liebhaber der Fae neigen dazu, ein schreckliches Ende zu finden. Ich sollte das wissen.

Der Schauder, den dieser alte Horror durch meine Lust schickt, dämpft deren Hitze. Auch wenn mein Blut bei dem Gedanken kocht, kann ich Talia nicht geben, was sie will, was *ich* will, vor allem wenn sie kaum eine Gelegenheit hatte, zu erkunden, was das überhaupt ist.

Falls sie jedoch genügend Mut aufbringt, mich anzusprechen … Das Herz stehe mir bei, ich weiß nicht, ob ich widerstehen könnte.

Ich verpasse dem Boxsack einen weiteren Schlag, doch ich bin abgelenkt und meine Faust gleitet an der Seite ab. Gibt es eine Möglichkeit, wie ich sicherstellen kann, dass die Anziehungskraft zwischen uns nie diesen Punkt erreicht? Eine Möglichkeit, wie sie ihr Begehren rauslassen könnte, so wie ich meine Aggressionen an diesem Ledersack rauslasse? Eine Möglichkeit kommt mir in den Sinn.

Wenn ich die Gelegenheit dazu erhalte, muss ich es wenigstens ausprobieren – ihretwillen und meinetwillen.

## 18

*Talia*

An meinem, wie ich beabsichtige, letzten Abend im Reich der Fae, besteht das Abendessen aus einem großen gebratenen Vogel, der wie ein länglicher Truthahn aussieht und den August einen ‚Flammenfasan' nennt. Ich muss sagen, wegen seinen Kochkünsten gibt es einige Dinge, die ich an dieser bizarren übernatürlichen Welt vermissen werde. Das Fleisch des Fasans hat einen kräftigen, rauchigen Geschmack, der so köstlich ist, dass ich mich dabei ertappe, wie ich die Soßenreste von meiner Gabel lecke.

Zum Dessert serviert August Äpfel mit einer bronzefarbenen Haut, die so geschnitten sind, dass sie aus Ringen knusprigen Gebäcks zu erblühen scheinen, die mit einem Klecks Sahne verziert wurden. Schweig still mein Herz. Ich hatte bereits vorgehabt, mich heute Nacht so vollzustopfen, wie ich kann, da ich nicht weiß, wie lange ich brauchen werde, um einen Weg in die Menschenwelt zu finden – oder wie lange es dauern wird, bis ich mir eine Mahlzeit besorgen kann, wenn ich es geschafft habe. Doch heute Nacht hätte ich mich ohnehin vollgefressen.

August hatte nach dem Schneiden und Backen der Äpfel noch einige in der Küche liegen. Als ich mich auf meinem Stuhl zurücklehne und den karamellsüßen Nachgeschmack genieße, der sich in meinem Mund ausbreitet, ziehe ich in Erwägung, ihn zu fragen, ob ich einen Apfel mit auf mein Zimmer nehmen kann. Ich könnte behaupten, dass ich manchmal mitten in der Nacht hungrig aufwache, und ich weiß, dass er jede Gelegenheit ergreifen würde, mir mehr Nahrung zuzuführen. Dann hätte ich etwas Essen, das ich mit auf meine ungewisse Reise nehmen könnte.

Doch Kellans Blick bleibt mehr als einmal mit seinem üblichen kühlen Funkeln an mir haften. Ich habe noch nie zuvor nach einer Mahlzeit um mehr Essen gebeten. Ich hätte daran denken und ein Muster etablieren sollen – jetzt könnte jede Abweichung von meiner normalen Routine Verdacht erregen.

Es wird schon werden. *Jemand* in der Menschenwelt wird doch gewillt sein, mir zu helfen … oder?

Werde ich überhaupt in der gleichen Stadt rauskommen, aus der ich entführt wurde? Es besteht kein Grund zu der Annahme, dass ich das tun werde. Was, wenn ich in irgendeinem Land ankomme, dessen Sprache ich nicht kenne? Oder hunderte Meilen entfernt von der Zivilisation im Amazonasurwald oder der antarktischen Tundra? Ich träumte davon, zu epischen Landschaften wie diesen zu reisen, klar – aber mit der richtigen Vorbereitung und Vorräten. Gestrandet mit nichts als den Kleidern an meinem Leib und einem dauerhaft verletzten Fuß wäre es weniger ein Abenteuer und viel mehr eine Katastrophe.

Mein Herz schlägt schneller. Ich stehe auf und übertöne mein zittriges Einatmen mit dem Kratzen der Stuhlbeine, die über den Boden schaben. Was auch immer geschieht, ich werde mir etwas überlegen. Ich muss es versuchen. Wenn ich hierbleibe, ist eigentlich garantiert, dass mich ein noch schlimmeres Schicksal ereilen wird, oder?

August ist bereits um den Tisch gelaufen, um das Geschirr abzuräumen. Er kommt mir im Gang entgegen und verbeugt sich spielerisch. Er ist in seinem Enthusiasmus so aufmerksam, dass ich den Anflug von Schuldgefühlen nicht unterdrücken kann, weil ich so ein großes Geheimnis vor ihm habe. Doch vielleicht wird er sich freuen, wenn sie aufwachen und feststellen, dass ich fort bin. Er tut, was er für notwendig hält, aber es behagt ihm offensichtlich nicht, dass sie mich gefangen halten.

„Wollen wir runter in die Sauna gehen?", fragt er.

Oh, richtig, es ist ein Badeabend. Ich zögere, es ist jedoch nicht so, als könnte ich jetzt schon fliehen. Den Informationen zufolge, die ich über ihre Zeitpläne gewonnen habe, werden sich die vier Fae-Männer erst in den frühen Morgenstunden auf ihre Zimmer zurückziehen. Ein Bad im heißen Wasser könnte mir sogar guttun. Seit Kellans Angriff gestern Nacht schmerzt mein Fuß stärker als üblich.

„Natürlich." Ich schenke ihm mein bestes Alles-ist-vollkommen-normal-Lächeln und laufe mit ihm die Treppe hinab in den Keller.

Meine Baderoutine erfordert ein etwas peinliches Arrangement. Nach meinen Schwierigkeiten mit der Wanne oben wollte es Sylas nicht riskieren, dass ich das Gleichgewicht auf dem rutschigen Boden verliere und mich verletze, während niemand in der Nähe ist, der meine Hilferufe hören kann. Während ich mein Bad in dem kleinen im Boden eingelassenen Pool nehme, sitzt August also auf einem Stuhl hinter einem Paravent, den er aufgestellt hat, um mir die größtmögliche, jedoch keine komplette Privatsphäre zu geben.

Manchmal ist es schön, jemanden zu haben, mit dem ich mich unterhalten kann, und ich bin schon genug auf den glitschigen Fliesen herumgeeiert, um die Sicherheitsmaßnahme zu schätzen zu wissen. Doch wenn meine Gedanken eine dunklere Richtung einschlagen, erinnert mich seine Präsenz nur daran, dass ich noch eine Gefangene *bin*, auch wenn wir gerne so tun, als wäre das nicht so.

In dem Saunaraum verneigt August den Kopf vor mir und bezieht seinen Platz hinter dem Paravent. Ich setze mich auf einen Hocker, um die hölzerne Fußstütze abzunehmen, und ziehe anschließend meine restlichen Kleider aus. Dampf wabert durch den kleinen Raum und verdichtet sich auf meiner nackten Haut zu Tropfen. Ich ziehe die Feuchtigkeit tief in meine Lunge und ein Teil der Anspannung, die mich im Griff hatte, lockert sich in der Umarmung der Feuchtigkeit.

Indem ich die Kante des Pools festhalte, humple ich die Stufen hinab. Jetzt, da ich die Orthese gewohnt bin, kann ich nicht ignorieren, wie unregelmäßig mein Gang ohne sie ist. Sylas hat mir bei meiner Flucht geholfen, ohne sich dessen bewusst zu sein. Ich hoffe nur, dass jemand in der Menschenwelt in der Lage sein wird, sich die Stütze anzusehen und herauszufinden, wie etwas Ähnliches für mich konstruiert werden kann, wenn sich meine aktuelle abnutzt oder kaputt geht.

Das Wasser hüllt mich bis zu meinem Kinn ein und ist so warm, dass es noch mehr von meinem Unbehagen schmilzt. Es hat einen leicht salzigen Geruch, der jedoch nicht so kräftig ist, dass er brennt, wenn ich mir mit der feuchten Hand über die Augen reibe. Ich neige den Kopf nach hinten, woraufhin meine Haare wie pinkes Seegras um meine Schultern treiben. Die Strömung, die von den Düsen unter der Wasseroberfläche verursacht wird, kitzelt über meine Taille.

Einige Minuten schwelge ich im puren Luxus. Dann nehme ich die Seife von dem Teller in der Nähe der Stufen und mache mich daran, mich zu waschen. Das Seifenstück verströmt einen angenehmen Geruch wie ein Sommerwald, in dem die Vegetation gerade voll im Saft steht, und schäumt schnell zwischen meinen Händen auf.

Ich massiere die Bläschen bis zu den Wurzeln in meine Haare ein, tunke den Kopf mehrere Male unter Wasser, um die Seife auszuspülen, und reibe anschließend über jeden Zentimeter meiner Haut. Ich werde nie wieder jemandem die Möglichkeit geben, zu behaupten, dass ich stinke, wenn ich es verhindern kann.

Ich gehe geschäftsmäßig vor, bin mir Augusts Anwesenheit allerdings ständig bewusst. Als meine Finger meine Brüste streifen, bebt eine angenehme Empfindung durch meine Brust hindurch. Die Augen davor zu verschließen, hilft kein bisschen. Ich erinnere mich an August, als ich ihn heute Morgen in dem Fitnessstudio im Keller sah – an die wohlgeformten Muskeln, die unter seiner schweißfeuchten Haut spielten, die Kraft, mit der er sie bewegte, seine rhythmischen Atemzüge, die er im Takt mit seinen Bewegungen machte. Der Ausdruck in seinen Augen, als er mich dabei erwischte, wie ich ihn beobachtete, und deren goldener Glanz, der flüssig wurde.

Mehr Hitze, als ich aufs Wasser schieben kann, durchströmt mich jetzt und sorgt dafür, dass mir schwindlig wird. Ich atme die dampfige Luft tief ein.

„Geht es dir gut?", ruft August hinter dem Paravent. Die Aufrichtigkeit seiner Sorge bringt mich noch mehr aus dem Gleichgewicht.

„Ja", antworte ich und suche nach etwas, womit ich meine widerspenstigen Gedanken in eine weniger provozierende Richtung lenken kann. „Ich … Sylas hat mir erzählt, dass deine Mutter ein Mensch war.“

Es entsteht eine vorübergehende Stille und dann erklingt ein überraschtes, allerdings nicht beleidigtes Glucksen. „Das hat er, was? Hat dich das überrascht?“

Ich denke darüber nach. „Ich glaube nicht, dass ich genug über die Fae weiß, um eine Vorstellung davon zu haben, ob es eine überraschende Sache ist.“

„Das ist es nicht … nicht wirklich.“ Sein Stuhl quietscht und ich stelle mir vor, dass er sich darauf zurücklehnt. „Reine Fae sind im Grunde genommen unsterblich, wenn es ums Alter geht. Der Nachteil ist, dass sie Probleme haben, Kinder zu bekommen. Vor Ewigkeiten, wenn der ein oder andere das Verlangen nach einem Erben bekam, raubte sich derjenige also manchmal eine hübsche Dame oder einen gut aussehenden Herren, die ihm bei diesem Vorgang helfen sollten. Ich bezweifle, dass es heutzutage einen von uns gibt, durch dessen Adern nicht mindestens ein bisschen Menschenblut fließt, auch wenn manche die Nase über den Gedanken rümpfen.“

„Aber das ist nicht die einzige Methode, wie Fae Kinder haben können“, sage ich. „Sylas und Whitt und Kellan – sie haben keine Menscheneltern, oder?“ Ich nehme an, dass Sylas das erwähnt hätte, anstatt nur zu sagen, dass August welche hat.

„Es ist nicht die einzige Methode“, stimmt August zu. „Jetzt, da sich die Spezies so stark gemischt haben, ist es nicht mehr so üblich. Die verblassten Fae – was die meisten von uns sind, deren Blut bereits stark gemischt ist – haben nicht so große Probleme, Kinder auf die Welt zu bringen. Und ab und zu schaffen es diejenigen, die so rein sind, dass sie reinblütig genannt werden, trotz der schlechten Chancen. Deswegen ist Sylas ein Lord und Whitt und ich nicht. Unser Vater hat ihn mit seiner Seelengefährtin gezeugt. Beide waren reinblütig, weshalb es Sylas ebenfalls ist. Whitt und ich entsprangen geringeren Liebschaften."

Warte mal eine Sekunde. „Ihr seid alle *Brüder?*" Sie haben eine ähnliche Statur und sie sind alle auf ihre eigene Art umwerfend, haben jedoch eine solch unterschiedliche Färbung, dass mir die Möglichkeit nie in den Sinn gekommen ist.

August lacht. „Diesen Teil hat er also nicht erwähnt? Ja, wir sind Halbbrüder. Nun, wir alle außer Kellan. So formt ein Lord normalerweise seinen Kader — mit seinen verblassten Geschwistern und manchmal mit denen seiner Gefährtin …"

Er verfällt plötzlich in Schweigen, als wäre ihm bewusst geworden, dass er zu viel gesagt hat. Ich beobachte die Wasseroberfläche, die sich vor mir kräuselt. „Wenn Kellan nicht mit Sylas verwandt ist, warum hat er *ihn* dann aufgenommen?"

„Sie sind auf eine Weise verwandt", antwortet August ausweichend. „Warum stellst du all diese Fragen, Talia? Du musst nicht … keiner von uns würde dich zwingen … in einer derartigen Situation zu enden."

Seine energische Stimme ist plötzlich verlegen geworden. Eine Situation wie was …, dass ich von einem von ihnen schwanger werde? Denkt er, dass ich mir *darüber* Gedanken mache?

Meine Wangen brennen, doch ein Flattern durchläuft meinen Bauch. Jetzt *denke* ich darüber nach — über den Akt, durch den Frauen schwanger werden. Wie es wäre, wenn mich August berühren und als Geliebte nehmen würde. So viel dazu, ein unverfängliches Thema zu finden.

„Nein", stammle ich. „Ich habe nicht … Das habe ich nicht gedacht. Nicht auf diese Weise."

Perfekt. Das wirft jetzt die Frage auf, wie ich daran gedacht *habe.*

Bevor ich die Worte finden kann, um mich aus dem Loch zu graben, in das ich unabsichtlich gefallen bin, räuspert sich August. Als er spricht, ist sein Tonfall sanfter, als ich ihn jemals gehört habe. „Es ist in Ordnung. Was du gefühlt hast, was du gewollt hast. Es ist ein völlig natürlicher Impuls für jedes Lebewesen, einschließlich der Fae."

*Weiß* er von dem Funken Verlangen, der jedes Mal in mir entzündet wird, wenn er in meiner Nähe ist? Oh, das ist eine dumme Frage, oder? Wenn ich bemerken konnte, dass dieses Verlangen erwidert wird, obwohl ich keinerlei Erfahrung mit diesen Trieben habe, wie offensichtlich muss dann meines für ihn gewesen sein? Oje. Vielleicht sollte ich mich ertränken, damit ich weitere Peinlichkeiten vermeiden kann.

„Wir müssen nicht darüber reden", murmle ich.

„Ich wollte dich nicht in Verlegenheit bringen. Ich …" Er atmet hörbar ein. „Es könnte einfacher für dich sein, wenn du eine andere Möglichkeit hast … auf diese Gefühle einzugehen, ohne dass ich oder ein anderer daran beteiligt ist. Und soweit ich es verstehe, ist der Pool ein ziemlich guter Ort dafür."

Trotz meiner Scham ist meine Neugier geweckt. Meine Stimme klingt noch leiser. „Was meinst du?"

„Soviel ich weiß, können die Düsen, äh, sehr stimulierend für Frauen sein, wenn du dich so positionierst, dass sich das Wasser zwischen deinen Beinen bewegt."

Falls mein Gesicht zuvor gebrannt hat, ist es jetzt ein Wunder, dass es nicht in Flammen aufgeht. Wenigstens klingt August bezüglich dieses Themas genauso – und auf niedliche Weise, verdammt – verlegen. Und ich komme nicht umhin, mich zu fragen, wie er diese Tatsache über ‚Frauen' erfahren hat. Wie viele Frauen, Fae oder andere, hat er bereits hier runter gebracht?

Ich will die Antwort auf diese Frage eigentlich nicht wissen.

Möglicherweise wäre die einzig vernünftige Vorgehensweise, aus dem Wasser zu steigen und das ganze Gespräch so gründlich, wie ich kann, aus meinen Gedanken zu löschen. Doch bei seinen Worten ist ein Kribbeln in die sensible Körperstelle zwischen meinen Schenkeln gefahren, und ich zögere.

Das hier ist meine letzte Nacht bei den Fae – oder zumindest ist es meine letzte Nacht, in der ich diese Art von Freiheit habe, falls mir die Flucht nicht gelingt. Ich muss momentan nirgendwo sein. Warum *sollte* ich diesen Moment nicht nützen und etwas tun, was ich nicht kenne – etwas, das womöglich sehr angenehm sein könnte, wenn dem Aufruhr meiner Instinkte zu trauen ist.

August denkt nicht, dass es falsch wäre. Ansonsten hätte er es nicht vorgeschlagen.

Ich wate durch das Wasser zu einer der kreisrunden Ausbuchtungen, die einen Wasserstrahl ins Becken schießen. Als ich davor stehe, trifft die Strömung meinen Bauch. Ich trete näher heran und lege meine Ellenbogen auf den Rand des Pools, um meinen Körper nach oben zu ziehen.

Der Strahl gleitet über meinen Bauch und trifft die empfindlichen Falten darunter. Ein so intensiver Blitz aus Empfindungen zuckt durch mich hindurch, dass meinem Mund ein Keuchen entfährt.

Und es hört nicht auf. Die Intensität nimmt zu, Wonne breitet sich von dieser Stelle ausgehend in meinen Hüften aus und wandert mit jeder Sekunde, in der der Druck aufrechterhalten wird, meine Brust hoch. Ich habe noch nie in meinem Leben etwas so *Gutes* gefühlt.

Ich packe die Fliesen fester und mein Kopf kippt nach vorne. Ich will mich festhalten; ich will loslassen. Ich weiß nicht, welcher dieser Impulse Sinn macht.

Der berauschende Ansturm aus Empfindungen scheint seinen Gipfel zu erreichen. Er breitet sich weiterhin in mir aus und packt mich mit einem Verlangen, von dem ich nicht weiß, wie ich es befriedigen soll. Die Strömung leckt unterdessen unablässig an meiner Mitte. Ich brauche *mehr*. Da ist etwas, was sich gerade außerhalb meiner Reichweite befindet. Mein ganzer Körper bebt vor Sehnsucht, aber ich habe keine Ahnung, wie ich dorthin gelangen kann.

Das Verlangen ist so heftig, dass es meine Scham überwältigt. Meine Stimme erklingt heiser. „August, ich … ich weiß nicht … Es reicht nicht …"

Es gelingt ihm, diese abgehackten Worte so gut zusammen zu puzzeln, dass er versteht, wonach ich frage. „Du könntest deine Hand benutzen?", schlägt er leise und rau vor, als würde sich das hier genauso stark auf ihn auswirken wie auf mich.

Ich verlagere mein Gewicht, sodass mich ein Ellenbogen aufrecht halten kann, und tauche den anderen Arm unter Wasser. Meine Fingerspitzen gleiten über die Stelle oberhalb meiner Falten und mein Körper geht in Flammen auf, als hätte ich ein Streichholz in mir entzündet. Oh, ja, das ist es.

Ich presse mich an meine Hand, mein Atem weht über die Fliesen und meine Hüften bewegen sich, um diesen höheren Gipfel zu erreichen, den ich noch nicht entdeckt habe, jedoch spüren kann, denn er ist so, so nah. Die Wonne durchströmt mich schneller.

Mit geschlossenen Augen stelle ich mir vor, dass August neben mir in der Wärme des Wassers steht, dass mich *seine* Hand streichelt und seine Finger dieses zarte Körperteil erkunden.

Die Begeisterung über diese Vorstellung befördert mich auf noch größere Höhen. Mein Atem erzittert. Ich massiere mich mit ruckhaften, kleinen Bewegungen, während die Strömung nach wie vor gegen mich donnert, und es fühlt sich an, als würde ein Feuerwerk in mir explodieren. Es breitet sich in meinem Körper aus, entreißt meiner Kehle einen Schrei und bebt über jeden Nerv.

Während ich von Nachbeben geschüttelt werde, sacke ich gegen die Beckenwand. Die Wonne verfliegt, doch Echos davon zucken noch durch mich hindurch. Ich fühle mich erschöpft vor Freude, weil all diese Dringlichkeit freigesetzt wurde – und dennoch steigt ein plötzlicher Schmerz zusammen mit dem Verlangen in mir auf, das noch einmal zu tun.

Hat die Erleichterung die Gefühle, mit denen mir August zu helfen versuchte, verbessert oder verschlimmert? Ich kann es nicht sagen. Aber, oh, ich denke nicht, dass ich behaupten kann, dass ich es bereue.

„Talia?", fragt August zaghaft und lenkt meine Aufmerksamkeit von meinem Körper ab. Wie lange bin ich hier getrieben und habe den Moment genossen?

Ich hebe den Kopf und lasse meine Füße sinken, damit sie auf dem Beckenboden ruhen. „Mir geht's gut. Alles … okay."

Diese schlichte Aussage muss viel mehr übermitteln als nur die Worte, denn Augusts Antwort erklingt so voller Begehren, dass es in meiner Mitte kribbelt. „Es freut mich, das zu hören."

Er muss viel gehört haben. Ich habe während dieses … Intermezzos, oder wie auch immer ich es nennen soll, einige Laute von mir gegeben.

Eine frische Röte kriecht in meine Wangen, dieses Mal ist sie allerdings nicht ganz so intensiv. Anscheinend habe ich einen Teil meines Schamgefühls hinter mir gelassen.

Ich gleite durchs Wasser zur Treppe und steige hinaus. Während ich mich abtrockne und anziehe, bleibt August hinter dem Paravent, dennoch ist sich jede Faser meines Körpers seiner Anwesenheit bewusst. Überall, wo der Stoff meine Haut berührt, rast ein neues Kribbeln durch mich hindurch.

Er war auf der anderen Seite des Zimmers und konnte mich nicht einmal sehen, aber irgendwie fühlt es sich an, als wäre er wirklich bei mir gewesen und hätte mich zu Gipfeln der Lust gehoben, die ich mir niemals erträumt hätte.

Als ich angezogen und in meine Orthese geschnallt bin, zerre ich am Saum meines Oberteils, denn ich fürchte mich davor, ihm nach alldem in die Augen zu schauen. „Ich bin fertig.“

August tritt um den Paravent herum und seine Augen glühen in dem Moment gierig, in dem sie meinen begegnen. Kurz kann ich nicht atmen.

Er läuft auf mich zu, als würde er sich an eine Beute anpirschen. Ich wappne mich automatisch, stelle jedoch fest, dass ich keine Angst vor ihm habe. Obwohl ich die haben sollte.

Er bleibt ein paar Schritte entfernt stehen und seine Muskeln spielen vor gezügelter Kraft. Falls das möglich ist, ist sein Blick intensiver geworden. Ich bin in seinen goldenen Augen gefangen. Das fühlt sich gar nicht so schlecht an. Ein Hauch meiner vorherigen Freude kehrt zurück und durchströmt mich von Kopf bis Fuß.

August leckt sich über die Lippen und meine Augen folgen der Bewegung. „Ich dachte, dir ein Ventil für dein Verlangen zu geben, würde es einfacher machen, dir zu widerstehen“, sagt er in diesem leisen, angespannten Tonfall. „Wie sich herausstellt, habe ich mich geirrt. Du hast keine Ahnung, wie gerne ich von dir kosten möchte … nur *einmal*.“

Als wären die Worte ein Magnet, der auf mich eingestellt ist, bewegt sich mein Körper ungebeten auf ihn zu. Mit einem Stöhnen verliert er die Selbstbeherrschung. Er nimmt mein Gesicht zwischen seine Hände und fängt meinen Mund ein. Der sengende Druck seiner Lippen löst eine Empfindung aus, die noch berauschender ist als alles, was ich allein zustande gebracht habe.

Ich befinde mich nicht länger als ein paar Sekunden in diesem schwindelerregenden Paradies, bevor er sich von mir löst und die Hände an seine Seiten sinken lässt. Ich kann mich nur knapp davon abhalten, ihn zu packen und zurückzuziehen.

„Nur einmal“, wiederholt er, als versuche er, sich selbst davon zu überzeugen. Er atmet tief ein und scheint sich wieder in den Griff zu kriegen. „Vielleicht sollte ich dich allein hochgehen lassen.“

Ja. Das hier darf nicht mehr sein als das, was es gerade war. Allerdings will ich nicht, dass er denkt, er hätte mich auf irgendeine Weise misshandelt, vor allem nicht, wenn dies meine letzte Gelegenheit sein könnte, das klarzustellen.

„Dankeschön“, sage ich so energisch wie möglich, wobei ich seinen Blick mit einem leidenschaftlichen Lächeln halte, damit er weiß, dass ich mich für alles bedanke.

Als ich aus dem Zimmer schlüpfe und die Treppe erklimme, kommt mir der Gedanke, dass die Liste an Dingen, die ich von diesem Ort vermissen werde, gerade länger geworden ist.

19

*Talia*

Ich sitze mit dem Rücken an der Wand neben der Schlafzimmertür, damit ich das Kommen und Gehen im Flur so deutlich wie möglich hören kann. Am Nachmittag habe ich ein besonders langes Nickerchen gehalten, um sicherzustellen, dass ich jetzt nicht unbeabsichtigt einschlafe. Trotzdem muss ich mich ein paarmal zurück in den Wachzustand reißen, als meine Augenlider zu sinken beginnen.

Als Schritte draußen stehen bleiben, halte ich die Luft an. Es erklingt ein so leises Murmeln, dass ich die Worte nicht ausmachen kann, und dann geht derjenige weiter. Die Tür ist jetzt verschlossen – bis ich meinen Salztrick anwende.

Ich hatte recht damit, dass Whitt heute Nacht keine Party feiern würde. Allerdings vermute ich, dass er derjenige ist, der am längsten braucht, um zu den Schlafzimmern hochzukommen. Ich reibe meine Füße aneinander, um mich wachzuhalten, als endlich die letzten Schritte an meine Ohren dringen und um die Ecke zu den Zimmern abbiegen, in denen die Fae-Männer schlafen.

Natürlich bedeutet es nicht zwangsläufig, dass sie schlafen, nur weil sie ins Bett gehen. Ich warte noch länger, Vorahnungen summen durch meine Nerven und mein Puls schlägt bereits unregelmäßig.

Ich werde nur eine Gelegenheit erhalten. Eine Gelegenheit, ohne dass ich eine Ahnung habe, was mich wirklich erwartet, wenn ich den Bergfried verlasse. Was, wenn Aerik oder jemand aus seinem Kader dort draußen herumstolziert? Was, wenn ich aus der Nebelwelt in ein menschliches Kriegsgebiet stolpere?

Ich presse meine Hände auf den Boden, um mich zu beruhigen. Was auch immer passiert, passiert. Ich kann nur einen Schritt nach dem anderen machen. Ich *kann* das tun.

Als der Bergfried so lange ruhig war, dass meine Haut vor Ungeduld zu zucken beginnt, warte ich noch einige Minuten. Dann stehe ich langsam auf. Die Fae haben zwar ein gutes Gehör, aber so leise Laute werden sie doch sicherlich nicht aufwecken.

Die Salzkristalle zischen in meiner Hand. Ich drücke sie wie zuvor an den Türknauf und ein Beben der Energie durchfährt mich. Einige der Kristalle zerfallen zu Staub, der so fein ist, dass ich ihn nicht sehen kann, nachdem er von meiner Hand gerieselt ist.

Ich reiße den Rest zurück und drücke ihn in meine Hand. Als ich das Salz betrachte, sieht es aus, als hätte ich fast die Hälfte der kleinen Menge verloren, mit der ich begonnen habe. Die Magie außer Kraft zu setzen, beschädigt die Kristalle scheinbar.

Was, wenn das hier nicht reicht, damit ich auch durch die Eingangstür gelange?

Ich hole zitternd Luft und kämpfe die erstickende

Empfindung nieder, die in meiner Brust aufsteigt. Ich weiß es erst, wenn ich es ausprobiere.

Nachdem ich das übrige Salz zur Aufbewahrung in den Lederbeutel fallen gelassen habe, drücke ich die Tür so langsam auf, dass die Angeln nicht das kleinste Quietschen von sich geben. Ich schließe sie hinter mir, da ich weiß, dass mir der Anschein, ich wäre noch in dem Zimmer, lebenswichtige Minuten oder sogar Stunden schenken könnte, falls einer meiner Kidnapper vorbeikommt. Daraufhin laufe ich mit vorsichtigen, gleichmäßigen Schritten zur Treppe. Meine Finger drücken den Beutel fest.

Als ich langsam und bedacht durch den Gang gehe, schabt die Orthese nur ein paarmal leise über die Dielenbretter. Bei beiden Momenten macht mein Herz einen Satz, sein Hämmern ist jedoch der einzige antwortende Laut, den ich höre. Niemand regt sich in den anderen Zimmern.

Die Treppe leise zu überwinden, ist schwieriger. Ich packe das Geländer, senke zuerst meinen krummen Fuß und vergewissere mich, dass er gut steht. Daraufhin stelle ich meinen kräftigeren Fuß daneben. Ich sehe wahrscheinlich wie ein Kleinkind aus, das seine ersten Schritte macht. Doch ungefähr ein Jahrhundert später bin ich endlich im Erdgeschoss.

Ich hatte geplant, durch die Hintertür nach draußen zu schlüpfen, die ich von der Küche aus viele Male studiert habe und die sich näher bei der Treppe und meinem letztendlichen Ziel befindet. Doch als ich versuche, die Küchentür zu öffnen, stelle ich fest, dass sie ebenfalls abgeschlossen ist – vielleicht um sicherzustellen, dass ich mitten in der Nacht keine Fleischermesser stehle?

Ich zögere davor, umklammere den Salzbeutel und stoße mich von der Tür ab. Ich kann es nicht riskieren, die Macht aufzubrauchen, die noch in den Kristallen steckt, um in die

Küche zu gelangen, und es dann nicht nach draußen zu schaffen. Also muss ich die Eingangstür nehmen.

Das abendliche Bad hat zwar den Schmerz in meinem Fuß ein wenig gelindert, doch als ich die weitläufige Empfangshalle erreiche, haben erneut Schmerzen dort eingesetzt, wo die Knochen falsch zusammengewachsen sind. Vielleicht hätte ich die Krücke als zusätzliche Stütze mitnehmen sollen. Jetzt kann ich es allerdings nicht mehr riskieren, zurückzugehen und sie zu holen.

Ich erlaube mir nicht, daran zu denken, wie viel weiter ich womöglich noch laufen muss, oder wie sehr mein Fuß am Ende dieser Flucht wehtun wird. Ich werde an nichts anderes denken als daran, diese Tür zu überwinden.

Wenn ich den Bergfried hinter mir gelassen habe, kann ich meine Gangart wenigstens ein wenig abwechseln, ohne mir allzu große Sorgen darüber zu machen, leise zu sein. Wenn ich zum Wald hinter den Feldern im Norden gelange, wo ich etwas Schutz habe, kann ich mir vielleicht sogar einen Ast suchen und als Krückenersatz benutzen.

Ich schleiche auf dem dichten Teppich durch die Dunkelheit. Als ich die breite Tür erreiche, schütte ich das letzte bisschen Salz aus dem Beutel. Ich presse es an den Griff und feuere es in Gedanken an, damit es funktioniert.

Die Kristalle zerbrechen an meiner Haut, das Pulver weht aus meiner Hand und fliegt davon. Als ich an dem Griff ziehe, gibt er nach. Meine Laune hebt sich und ein Lächeln breitet sich auf meinem Mund aus. Ich ziehe fester, die Augen auf den Spalt gerichtet, durch den mir die frische Nachtluft entgegenschlagen wird …

Ein Körper rast auf mich zu, kracht gegen meine Seite und rammt mich zu Boden. Mein Kopf schlägt auf die Dielenbretter am Rand des Teppichs. Schmerz durchfährt meinen Schädel und ein überraschter und gequälter Schrei kommt über meine Lippen, bevor sich eine schwere Hand auf meinen Mund legt. Ein saurer Atem weht über mein Gesicht.

„Danke, kleiner Stinkling", knurrt Kellan leise, der abgesehen von dem irren silbernen Funkeln in seinen Augen kaum über mir zu sehen ist. „Danke, dass du mir recht gibst. Wir werden ja sehen, wie gut dir die Konsequenzen gefallen, nicht wahr?" Er grinst und ein schwaches Licht wird von Zähnen aufgefangen, die teilweise zu Fangzähnen gebogen sind.

Das schwere Gewicht seines Körpers, der auf mir kauert, schickt mich in die Zeit zurück, in der mich meine ehemaligen Entführer so brutal, wie sie es schafften, auf dem Boden fixiert hatten. Meine Lunge zieht sich zusammen und Panik vernebelt mir die Sicht. Meine Glieder schlagen um sich, doch Kellan rammt mir den Ellenbogen in die Rippen und bringt mich zum Keuchen. Er zerrt meine Arme mit seiner freien Hand zur Seite. Seine Kniescheiben bohren sich in meine Schenkel.

Krallen piksen in meine Handgelenke und meine Wange, wo er mir den Mund zuhält. Er bohrt sie tiefer, sodass ein kühles Blutrinnsal über meine Haut läuft. Seine Augen blitzen heller auf. Sein Mund öffnet sich weit, Fangzähne wachsen, sein Kiefer dehnt sich – und Füße, die durch den Flur trampeln, lenken seine Aufmerksamkeit von mir ab.

Sein Griff hindert mich daran, den Kopf zu drehen und etwas zu sehen, doch Sylas' Stimme ist unverkennbar. „Runter von ihr, Kellan. *Jetzt.*"

„Dieses Gammelfleisch wollte gerade aus der Tür spazieren, Sylas", berichtet Kellan. „*Das* hält sie von all den Mühen, die du dir gemacht hast, und von deiner Gastfreundschaft." Er hebt die Hand von meinem Mund und krümmt die Finger. „Lass uns sicherstellen, dass sie so eine Gelegenheit nicht mehr erhält. Ich denke, ich werde damit anfangen, dass ich ihr die Augen auskratze und beide Füße breche, um auf Nummer Sicher zu gehen."

Ein wortloser Schrei entreißt sich meiner Kehle. Ich drehe den Kopf zur Seite und kneife die Augen zu, woraufhin ich spüre, wie sich seine Muskeln bewegen und Luft über mein Gesicht weht, als er seine krallenbesetzte Hand schwingt …

Mit einem Ruck fällt sein Gewicht von mir. Ein Knurren und das Schnappen von Kiefern tönen an mein Ohr, bevor Körper zu Boden krachen.

Meine Augen öffnen sich und ich sehe zwei riesige Wölfe, die jetzt miteinander nur wenige Schritte entfernt auf dem Boden ringen – der, der oben ist, hat dunkleres Fell und ein vernarbtes Auge, der, der ihn von sich zu stoßen versucht, ist heller und schlanker.

Ich schiebe mich nach hinten, doch ich komme nicht weit. Meine Schulter trifft auf die Wand. Ich zucke zusammen, die Panik legt sich fester um meine Lunge und von dem Luftmangel wird mir schwindlig.

Der Sylas-Wolf schlägt nach dem Hals des Kellan-Wolfs, doch Kellan wendet sich in der letzten Sekunde ab und zieht seine Krallen über die Schnauze seines Lords. Sie rollen herum und Kellan gewinnt kurz die Oberhand. Eine Sekunde später schleudert ihn Sylas zurück auf den Boden. Blut sprenkelt das Fell des helleren Wolfs. Wie das Blut … wie das Blut …

Ich schlinge die Arme fest um mich und sehne mich nach dem Bild einer friedlichen Landschaft, in die ich mich zurückziehen kann. Doch ich bin nicht in der Lage, meine Aufmerksamkeit von dem Chaos vor mir abzuwenden.

Es ist jedoch fast vorbei. Dieses Mal gelingt es Sylas, seine Tatze gegen die Unterseite von Kellans Kinn zu rammen. Seine Krallen ziehen blutige Linien über die Kehle des anderen Wolfs. Sein Körper erzittert und er ist wieder ein

Mann, der den zappelnden Wolf mit seiner noch krallenbesetzten Hand festhält, die Kellans Hals wie ein Schraubstock umschließt. In seinem unversehrten Auge funkelt es wild. Ein gezackter Schnitt verläuft über seine Schläfe und teilt eines seiner Tattoos.

*„Kapituliere"*, verlangt er halb knurrend, halb brüllend. „Kapituliere und du kommst mit deinem Leben davon. Beim Herzen, Kellan, zwing mich nicht, dich zu töten. Du weißt, dass Isleen das hier niemals gewollt hätte."

Kellan schaut wütend zu ihm auf. Seine Zähne sind nach wie vor gebleckt und er steckt noch in seiner Wolfgestalt. Seine Muskeln sind angespannt. Er muss doch sehen können, dass er besiegt wurde, oder?

Vielleicht sieht er es. Vielleicht ist es ihm einfach egal.

Sein Wolf scheint zu erschlaffen, als würde er klein beigeben. Sylas beginnt, seinen Würgegriff zu lockern – und Kellan wirft seinen Körper zur Seite. Er schlägt nicht nach dem größeren Mann. Nein, er dreht den Kopf herum und seine Fangzähne und Krallen sind auf *mich* gerichtet.

Eine Tatze kratzt über meinen Knöchel, zerschlägt die dünnen Brettchen der Stütze in Splitter und schneidet durch mein Fleisch. Schmerzen rasen mein Bein hinauf. Ich wälze mich mit zitternden Gliedern zur Seite, bin allerdings nicht schnell genug, um diesem weit aufgerissenen Wolfsmaul zu entkommen, das sich auf mich herabsenkt.

Doch ich muss ihm nicht entkommen. Sylas springt nach vorne, packt Kellans Hals und durchtrennt die Halsschlagader mit einem kraftvollen Schwung.

Blut spritzt auf die Brust der Bestie. Kellan bricht Zentimeter entfernt von meinen Füßen auf dem Boden zusammen. Sein Leben entflieht ihm mit einem grotesken Gurgeln und einem Zucken seiner haarigen Glieder.

Mit einem weiteren Beben verwandelt er sich zurück in den Mann mit den fahlen orangefarbenen Haaren und silbrigen Augen. Diese silbrigen Augen funkeln jetzt nicht mehr. Sie starren mich bloß ausdruckslos und ungerührt an, während sich eine scharlachrote Pfütze unter seinem Kopf auf dem Boden ausbreitet.

Ich schiebe mich weiter weg an der Wand entlang zur Tür und ein Beben durchläuft mich. Er ist tot. Mausetot. Mein Magen verkrampft sich unangenehm.

Ich habe noch nie zuvor jemanden sterben sehen.

Er ist gestorben – weil ihn Sylas getötet hat. Der Fae-Lord kniet über dem anderen Mann und seine Brust hebt und senkt sich schwer. Seine Krallen ziehen sich in seine blutigen Hände zurück. Er scheint die Augen nicht von seinem ehemaligen Kameraden abwenden zu können. Sein Gesicht hat sich zu einer Maske des Entsetzens verzerrt.

Er hat dem Mitglied seines Kaders für *mich* die Kehle aufgeschlitzt. Um mich davor zu bewahren, von den Fangzähnen und Krallen zerfleischt zu werden.

Als mein Magen erneut schlingert, weht kühle Luft über meinen Arm. Mein Blick gleitet von Sylas zur Eingangstür, die offen steht. Dunkelheit und die Brise, die durch die Felder raschelt, locken mich dahinter.

Ich könnte noch immer fliehen. Ich blute und meine Stütze ist kaputt. Mein Puls hämmert wie wild, mein Atem geht stoßweise und womöglich würde mich Sylas jagen – aber ich habe eine Chance. Soviel ich weiß, würde ich womöglich nur wenige Schritte entfernt von diesem Gebäude aus der Nebelwelt in die Menschenwelt stolpern.

Während ich dieses Stückchen Freiheit betrachte, schreckt mein Körper davor zurück.

Ich könnte hinaus in die Dunkelheit und Unsicherheit stürzen, in ein Reich, wo jedes andere Wesen, dem ich begegne, mich womöglich gerne in einen Käfig wirft, in Stücke hackt oder mir schlimmeres antut – und wenn ich Glück habe, stolpere ich in eine Welt, die ich nicht mehr kenne und in der ich mich zunächst nicht zurechtfinden würde. Oder ich könnte hierbleiben bei den einzigen Personen, die mir nach neun langen Jahren mit Freundlichkeit begegnet sind. Bei dem Mann, der gerade einen seiner Leute umgebracht hat, damit mir nicht die Augen ausgekratzt und die Beine verstümmelt wurden.

Wie kann ich mir einbilden, dass ich dort draußen sicherer wäre, als ich es innerhalb dieser vier Wände bin, was mir Sylas gerade bewiesen hat? Egal, welche Gründe er hat, um mich hier festzuhalten, er wird nicht zulassen, dass mich dieses Gefängnis zerstört, ganz gleich, wie viel *er* dafür opfern muss.

Und es war ein Opfer. Als ich ihn erneut betrachte, ist sein Kummer noch immer deutlich auf seinem Gesicht zu sehen. Ich weiß nicht, wie sehr er Kellan *mochte*, aber es hat ihm definitiv nicht gefallen, ihn zu töten. Er hat bisher auf jeden Fall versucht, dieses Ende zu vermeiden.

Doch als es hart auf hart kam, wählte er mich.

Mir dreht sich der Kopf und Erschöpfung sowie Emotionen steigen in mir auf. Dann durchbohrt ein entschlossener Impuls den Rest und treibt mich vorwärts.

Teils humple, teils krabble ich um Kellans schlaffen Körper herum und neben Sylas. Sein Kopf senkt sich, als er die Hand ausstreckt, um die Augenlider seines Kameraden zu schließen. Ich zögere und hebe eine zittrige Hand, um seine Schulter zu berühren. Meine Stimme ist kaum mehr als ein raues Flüstern. „Es tut mir leid.“

Der Blick des Fae-Lords zuckt zu mir. Er blinzelt mich an und sieht vorübergehend nervenaufreibend benommen aus. Seine Stirn legt sich in Falten. Er öffnet den Mund und ich habe das Gefühl, dass er seine Stimme tief aus seinem Inneren heraufbeschwört.

„*Dir* muss nichts leidtun.“

„Es tut mir leid, dass du … Es tut mir leid, dass es so geendet ist."

Sein Mund verzieht sich, nicht zu einem Lächeln, aber vielleicht zum Schatten eines Lächelns. „Das hat sich schon seit langem angebahnt. Du hast es lediglich etwas beschleunigt."

Er erhebt sich und zum ersten Mal bemerke ich die anderen Männer im Raum. August und Whitt sind gekommen, um sich ihrem Lord anzuschließen. Sie müssen die ganze Zeit hier gewesen sein – sie hatten vermutlich meinen Schrei und den Tumult zur gleichen Zeit wie Sylas gehört. Sie hielten sich zurück, während er beschloss, welches Urteil er verhängen würde, wie er es vermutlich gewollt hatte.

Sylas betrachtet die halb geöffnete Tür und den Lederbeutel, der daneben aus meiner Hand gefallen war. „Ich schätze, du wirst mir nicht verraten, wie genau du das magische Siegel von dem Schloss entfernt hast?"

Ich sauge meine Unterlippe zwischen die Zähne. Das ist nicht nur mein Geheimnis, sondern auch Augusts.

Der Anblick des Beutels muss dem jüngeren Mann allerdings verraten haben, wie ich das geschafft habe. Er ist so loyal, sein Handeln zu gestehen. „Es muss … ich dachte nicht … ich habe nur versucht, ihr eine Möglichkeit zu geben, Kellan abzuwehren, nachdem er sie immer wieder belästigt hat …"

Sylas richtet seinen undurchdringlichen Blick auf August. „Spuck es einfach aus. Was hast du getan?"

August zuckt zusammen. „Salz. Ich habe ihr Salz gegeben. Nur ein bisschen."

Whitt lacht heiser. Sylas' Lippen ziehen sich zu einem angedeuteten Knurren zurück, seine Stimme bleibt jedoch ruhig. „Mit diesem Fehler befassen wir uns später. Fürs Erste bereiten wir unseren Kader-Kollegen für seine letzte Reise vor.“

bereiten wir unseren Kader-Kollegen für seine letzte Reise vor.“

*Talia*

Sie führen die Beerdigung in dem gleichen Zimmer durch, in dem Kellan sein Ende fand. Aufgrund der Gesprächsfetzen, die ich überhöre und an denen ich nicht beteiligt werde, gelange ich zu dem Schluss, dass dies untypisch ist. Sylas hält es jedoch aufgrund der Fragen, die aufkommen könnten, für das Beste, dem Rest des Rudels noch nichts von Kellans Tod zu sagen.

Schwaches Morgenlicht strömt durch die schmalen Oberlichter in der Gewölbedecke herein. Sylas und sein Kader stehen um Kellans Leichnam herum, der mitten im Zimmer in ein dickes, graues Grabtuch gewickelt liegt. Die grünen Wedel einer farnähnlichen Pflanze umgeben die Leiche und ihre abgeschnittenen Stängel verströmen einen scharfen Kräutergeruch. Das Blut, das neben der Tür vergossen wurde – seines und meines – wurde von den Dielenbrettern gewischt.

Niemand hat mich gebeten, Zeugin dieser Zeremonie zu werden. Ich hätte in meinem Zimmer bleiben oder mich in die Stube zurückziehen können, als würde das Ganze gar nicht passieren. Doch ich kann das nagende Bewusstsein nicht abschütteln, dass Kellan zumindest teilweise wegen mir gestorben ist. Meine Anwesenheit hat ihn dazu getrieben, die Grenze zu überschreiten, auf der er balancierte, und ein Gebiet zu betreten, das Sylas nicht akzeptieren konnte. Mein Fluchtversuch hat diese Spannungen an die Oberfläche gebracht.

Ich hielt ihn für ein Monster und bin nicht das geringste bisschen traurig, dass er tot ist, aber ich werde nicht so tun, als sei er nicht gestorben und als hätte ich keinen Anteil daran gehabt. Die anderen sollen wissen, dass ich kein so großer Feigling bin. Sylas soll wissen, dass ich seine Trauer bemerke.

Ich blieb hier, anstatt zu fliehen, und ich denke immer noch, dass es die beste Entscheidung war, die ich treffen konnte, aber ich will nicht, dass es der Fae-Lord bereut. Ich weiß noch immer nicht genau, was die Ereignisse der letzten Nacht für mich bedeuten. Für den Moment bin ich hier und schaue von der anderen Seite des Eingangsbereichs aus zu, bin anwesend, nehme jedoch nicht an der Zeremonie teil.

Sylas, der am Kopf des Leichnams steht, lässt seinen kräftigen Bariton durch die Luft hallen. „Als Lord und Kader-Kollegen von Kellan von Oakmeet einst Thistlegrove wollen wir seine letzte Zeit in dieser Welt ehren und ihm seinem Ende übermitteln. Er stand im Kampf auf unserer Seite und schreckte nie vor einer Bedrohung zurück.“

„Er war großzügig mit seinen Ratschlägen, ob sie nun gefragt waren oder nicht“, fügt Whitt hinzu, was ihm einen scharfen Blick des Fae-Lords einhandelt.

Die Anspannung in Augusts Kiefer verrät, dass er Probleme hat, sich irgendetwas Positives einfallen zu lassen, was er über seinen Kollegen sagen kann. „Er hielt unerschütterlich an seinen Überzeugungen fest", sagt er schließlich und sein Mund verzieht sich zu einem beinahe grimmigen Strich.

Es ist gut, dass niemand erwartet, dass ich etwas sage. Ich weiß nicht, ob ein Kompliment wie *Er wusste mit Beleidigungen umzugehen* oder *Er wusste, wie man ein Mädchen wirklich in Todesangst versetzt* in diesem Kontext so gut aufgefasst werden würde.

Sylas hebt einen funkelnden Kelch. „Als Verwandter meiner Gefährtin erkenne ich ihn als Familie an und verabschiede ihn als Familie. Möge die Sommersonne ihn mit all ihrer Wärme einhüllen."

Mein Blick fliegt zu seinem Gesicht. Verwandter seiner *Gefährtin*?

August erzählte, dass Kellan nicht wie er und Whitt mit Sylas verwandt war – dass er einen anderen Grund hatte, aus dem er sich dem Kader angeschlossen hatte – doch wenn Sylas eine Gefährtin hat, wo ist sie? Warum hat sie niemand erwähnt?

Warum fällt bei diesem Gedanken etwas aus meiner Magengrube? Es ist ja nicht so, als hätte er jemals … oder als hätte ich jemals gewollt … Vielleicht hat er ein paar der gleichen Gefühle in mir ausgelöst wie August, aber ich hätte nicht erwartet, dass sie zu irgendetwas führen. Ich denke nicht, dass ich überhaupt darauf hoffen würde.

Oder doch?

Sylas tröpfelt eine schimmernde Flüssigkeit aus dem Kelch auf das Grabtuch. Der Stoff leuchtet kurz auf, bevor er das Leuchten verschluckt.

Whitt und August bücken sich und verschieben mehrere der Farnblätter, damit sie Kellans Körper von den Füßen bis zu seinen Schultern bedecken. Dann treten sie zurück. Whitt weicht zur Eingangstür zurück, an deren Rahmen er sich lehnt, und zieht einen Flachmann aus seiner Tasche. August geht rückwärts, bis er neben mir stehen bleibt.

Sylas beginnt, in einem langsamen Kreis um die Leiche zu laufen, wobei rhythmische Worte in einer Sprache, die ich nicht kenne, von seinen Lippen fallen. Es klingt wie Magie, wie eine Beschwörung. Ein Schauder kribbelt meinen Rücken hinab.

„Ist es immer so?", raune ich August zu. „Oder erhalten Kadermitglieder spezielle Beerdigungen?"

„Ich glaube, die Zeremonie ist im Grunde genommen die Gleiche wie diese abgesehen davon, dass wir eine Beerdigung normalerweise im Freien durchführen", antwortet August mit ebenfalls leiser Stimme. „Sylas weiß das besser als ich. Der Großteil einer Bestattung liegt in der Verantwortung des Lords. Das hier ist tatsächlich die erste Beerdigung, an der ich als Kadermitglied teilnehme, und davor habe ich erst eine beobachtet, als ich meinen Platz noch nicht erhalten hatte."

Ich komme nicht umhin, erschrocken zu ihm aufzuschauen. Ich bin zu dem Schluss gekommen, dass die Fae-Männer viel älter sind, als sie aussehen, und aufgrund all der Aggressionen, die ich bisher unter den Fae bezeugt habe, fällt es mir schwer, zu glauben, dass er in seinem Leben bisher so wenig Tod erlebt hat.

August muss meine Gedanken erraten haben. Er verzieht das Gesicht. „Hast du angenommen, dass wir einander ständig umbringen? Ich war kein sehr gutes Beispiel für Fae-Etikette."

„Nein, ich … Zwei Tode scheinen im Allgemeinen nicht sonderlich viel zu sein." In meinen mickrigen zwölf Jahren in der Menschenwelt war ich bereits auf einer Beerdigung. Und zwar auf der meiner Uroma, die verstorben war, als ich sieben Jahre alt war.

„Ich habe dir erzählt, dass wir im Grunde genommen für immer leben. Ein Leben gewaltsam zu nehmen – das Leben eines anderen Faes – ist daher eine viel ernstere Angelegenheit als bei Menschen. Man stiehlt damit vermutlich nicht nur Jahrzehnte, sondern Jahrhunderte. Die meisten Kämpfe enden kurz vor dem tödlichen Schlag. Der Sieger verlangt eine Kapitulation und der Verlierer kommt dem nach, woran normalerweise spezielle Konsequenzen geknüpft sind."

„Sylas hat Kellan gebeten, sich zu unterwerfen", sage ich, während ich mich mit beunruhigender Klarheit an den Kampf der letzten Nacht erinnere.

August nickt. „Das ist die einzige ehrenhafte Art. Hätte Kellan gestern Nacht kapituliert, hätte Sylas ihn wahrscheinlich von seinen Ländereien verbannt. Die meisten würden die Verbannung dem Tod vorziehen. Er hätte andere Einzelgänger zu einem Rudel ohne Lord versammeln können oder sich einen anderen Lord suchen können, der gewillt wäre, ihn in seine Dienste aufzunehmen."

Doch Kellan hasste mich so sehr, dass er bereit war, zu sterben, nur um einen letzten Versuch zu unternehmen, mich zu verwunden. Meine Kehle schnürt sich zu. Kein Wunder, dass Sylas anschließend so gequält aussah. Soviel ich weiß, ist Kellan die erste Person – der erste Fae – den er *jemals* töten musste.

Und er tat es für mich. Einen Menschen, ein Mädchen, dass er nicht länger als zwei Wochen kennt – einen Eindringling, der gerade dabei war, ihn zu *verraten*.

Wie kann ich sicherstellen, dass er eine so gewaltige Tat nie bereut?

August berührt meine Schulter kurz. Diese flüchtige Berührung reicht aus, um einen Ansturm von Hitze in meiner Haut loszutreten trotz des Grauens, das durch meine Brust hindurch gekrochen ist. Meine Gedanken schnellen zu dem unerwarteten Ereignis des gestrigen Tages – zum Pool und Augusts Stimme, die mich dazu ermutigte,

Wonne zu finden, zu dem Feuer seines darauffolgenden Kusses.

Er wollte nicht mehr tun – er hatte es sich nicht erlaubt. Vielleicht zieht er seine Hand jetzt deswegen so schnell weg. Ich glaube, ich höre ein schwaches Krächzen in seiner Stimme, als er wieder spricht, womöglich ist es aber auch Mitgefühl anstatt Verlangen.

„Du kannst dir selbst nicht die Schuld für das geben, was passiert ist. Kellan wusste, was er tat. Er wusste, dass er entgegen Sylas' Befehlen handelte. Er traf diese Entscheidung."

Man könnte allerdings auch sagen, dass ich die Entscheidung erzwang.

„Ich hoffe, Sylas war nicht zu wütend auf dich wegen des Salzes", wage ich mich vor. Und was hält August von meinem Einsatz des Salzes?

Falls er meinen Fluchtversuch als Vertrauensbruch sah, lässt er es sich nicht anmerken. „Es war nichts, worauf ich mich nicht gefasst gemacht hatte, als ich es dir besorgte." Er hält inne. „Ich kann verstehen, warum du gehen wolltest, aber … ich bin froh, dass du deine Meinung geändert hast."

„Ich auch", erwidere ich leise. Wenigstens glaube ich das.

Ich schlinge die Arme um mich und die Berührung meiner Arme an meinem Oberkörper weckt andere Erinnerungen sowie Gefühle, die auf einer Beerdigung nichts zu suchen haben. Ich bin mir Augusts Präsenz neben mir zu bewusst. Nicht zu wissen, was ich wegen der Veränderung in unserer Beziehung tun soll, bereitet mir noch mehr Unbehagen.

Ich unterdrücke die Emotionen, es ist jedoch möglich, dass sie die andere Frage vorantreiben, die mir durch den Kopf gegangen ist. Allerdings bin ich mir zu unsicher, um sie wie eine Frage zu stellen. „Sylas hat gesagt, dass Kellan der Verwandte seiner Gefährtin war."

August zögert. „Ja“, antwortet er. „Halbbruder. Er war ursprünglich Teil ihres Kaders, so wie Whitt und ich es bei Sylas sind. Doch nach dem Ärger, der uns ohne sie hierhergeführt hatte, bot Sylas an, ihn aufzunehmen. Er dachte, dass es nur recht wäre.“

Dieser eigenartige Schmerz, der mich vorhin durchfuhr, kehrt zurück. „Seine Gefährtin wurde verbannt – wurde sie irgendwo hingeschickt, wo sie nicht zusammen sein können?“

„Ah, nein. Es steht mir nicht zu, darüber zu sprechen. Sylas wird es dir erzählen, wenn er es möchte. Ich sage nur, dass ihre Beerdigung meine erste als Kadermitglied gewesen wäre, hätten wir ihre Leiche gehabt, um sie durchzuführen.“

Das ist schrecklich. Noch schrecklicher ist jedoch, dass ein Teil von mir *erleichtert* ist, dass sie nicht noch irgendwo dort draußen ist.

Mein Blick kehrt zu Sylas zurück, der noch immer etwas skandiert und neben dem verhüllten Körper kniet. Macht es die Lage besser, dass Kellan kein Mann war, den er freiwillig für seinen Kader gewählt hätte, wären da nicht die schrecklichen Umstände gewesen? Oder macht es das Ganze schlimmer, weil er nicht nur ein Mitglied seines Kaders getötet hat, sondern auch den Halbbruder einer Frau, die er vermutlich geliebt und bereits verloren hatte?

Allein darüber nachzudenken, bereitet mir Bauchschmerzen.

Sylas spricht einige abschließende Worte und streckt seine Hände über der Leiche aus. Ein Licht bricht durch den Stoff, eine goldene Aura, die so hell ist, dass ich keuche. Als sie sich zusammenzieht, schrumpfen die Blätter, der Stoff und der Leichnam darunter ebenfalls, bis nichts mehr von Kellan übrig ist – nichts außer einem Tuch und einem funkelnden Juwel, das zwischen den Falten schimmert.

Sylas hebt das Juwel auf, das perfekt in seine Handfläche

passt. Als das Sonnenlicht darauf fällt, leuchtet es, als wäre es selbst eine Miniatursonne. Ich habe Probleme, Kellans Seele mit irgendetwas so Hübschem in Verbindung zu bringen, aber ich vermute, das ist es, woraus alle Fae tief in ihrem Inneren gemacht sind.

Kein Wunder, dass sie auf Menschen herabblicken, deren Körper zu Dreck und Staub zerfallen.

„Was wird er mit dem Juwel machen?", frage ich August.

„Kellan wird ihm Anweisungen gegeben haben, wo seine Essenz zur Ruhe gebettet werden soll. Ich würde darauf tippen, dass er vermutlich im ursprünglichen Heim seiner Familie, Thistlegrove, abgelegt werden wollte. Es ist nicht mehr ihr Heim, aber Lords sind verpflichtet, derlei Bitten zu ehren – wenn Sylas die Gelegenheit hat, in diese Richtung zu reisen." August atmet aus, als würde er ein großes Gewicht abschütteln. „Nun, jetzt ist es erledigt." Er dreht sich zu mir um und sein Blick wandert über meinen Körper zu dem Knöchel, den er vor wenigen Stunden verbunden hat. „Wie geht's deinem Bein?"

Kellans Krallen hatten sich zu tief in mein Fleisch gebohrt, als dass Augusts Magie den Schnitt vollständig hätte heilen können. Stattdessen hatte er mir einen Stoff mit einigen von Sylas' Medizinkräutern ums Bein gewickelt, um die Blutung komplett zu stillen. „Es ist ein wenig wund", antworte ich. „Aber es ist viel besser, seit du deine Magie darauf angewandt hast."

„Ich sollte nachschauen, ob der Verbandsmull gewechselt werden muss."

Er geht neben mir in die Hocke und seine Finger gleiten über den Stoff, als er den Verband untersucht. Hitze breitet sich auf meiner Haut aus und ich glaube, Verlangen huscht durch seine goldenen Augen. Er blickt jedoch nicht zu mir auf oder unternimmt etwas anderes.

Was dieses eine Mal zwischen uns vorgefallen ist, will er

offensichtlich nicht noch einmal wiederholen. Es *war* nur ein Kuss, auch wenn es sich anfühlt, als wäre es viel mehr gewesen.

Sylas marschiert zu uns, seine Aufmerksamkeit ist auf August gerichtet. Etwas an seinem Gang und der Intensität seines Gesichtsausdrucks jagt einen unangenehmen Schauer der Erkenntnis durch meinen Körper hindurch, obgleich ich nicht sagen kann warum. „Braucht ihre Wunde weitere Aufmerksamkeit?", erkundigt er sich.

„Noch nicht, soweit ich das beurteilen kann", antwortet August. „Die Haut, die ich zusammenwachsen lassen konnte, scheint zu halten."

„Gut. Lass uns vorsichtig fortfahren." Sylas tritt näher, sein Blick hebt sich, um meinem zu begegnen, und für den Bruchteil einer Sekunde, blitzt etwas in seinem unversehrten Auge auf. Ein Flackern von Hitze in der Dunkelheit, das mein Gefühl der Erkenntnis verstärkt.

Die Art und Weise, wie er gerade zu uns gekommen ist, erinnerte mich daran, wie sich mir August gestern beim Pool genähert hatte: raubtierhaft und besitzergreifend. Dieses Flackern unterschied sich kaum von dem begehrlichen Blick, den mir der jüngere Mann zugeworfen hatte, bevor er mich küsste.

Jetzt ist es allerdings verschwunden und es ist nichts als grimmige Müdigkeit übrig. Vielleicht habe ich es mir eingebildet oder vielleicht war es bloß Sorge wegen meiner Verletzung. Immerhin bin ich nach wie vor ein wertvolles Objekt, auch wenn mich Sylas als eine Person mit Rechten sieht, die seines Schutzes würdig und nicht nur ein Mittel zum Zweck ist.

„Ich werde dir noch eine Orthese bauen", sagt er. „Vorausgesetzt du fandest die erste geeignet?"

„Ja", antworte ich und mein Magen verknotet sich wegen der viel weniger angenehmen Erinnerung daran, wie die erste kaputt ging. „Sie hat sehr geholfen. Aber du musst dir keine Mühe machen … ich habe noch die Krücke …"

Er winkt meine Einwände ab, bevor ich sie überhaupt fertig ausgesprochen habe. „Das ist eine Kleinigkeit, um das Schicksal aufzuwiegen, das dich gestern Nacht beinahe ereilt hätte."

Wir haben nicht darüber gesprochen, was zu diesem entsetzlichen Augenblick geführt hatte – über meinen Fluchtversuch – abgesehen davon, dass Sylas das magische Schloss der Eingangstür erneuerte und sich vergewisserte, dass ich kein Salz mehr hatte, um die Zauber zu brechen. Er hat das Thema nicht angeschnitten und ich gebe zu, dass ich zu nervös war, es selbst zu erwähnen. Was, wenn er unter all dieser autoritären Gelassenheit wütend ist?

Ich will eine Sache klarstellen. „Hat die Analyse der Blutprobe, die du mir entnommen hast, irgendetwas ergeben? Wenn du noch andere Dinge ausprobieren musst … alles, was ich tun kann, um dir dabei zu helfen, herauszufinden, wie es funktioniert …" Und wie diese Wirkung repliziert werden könnte, damit ich nicht mehr so eine wertvolle Ware, sondern eine Person bin …

„Ich gebe dir Bescheid, falls sich etwas daraus ergibt, oder wenn ich mehr von dir brauche", antwortet Sylas in einem Tonfall, der andeutet, dass er bisher noch nichts sonderlich Nützliches entdeckt hat.

Enttäuschung schlängelt sich durch meine Rippen hindurch, doch ich recke erneut das Kinn. Ich will zwar den Schutz des Fae-Lords, denke allerdings nicht, dass es meiner Situation hilft, wenn ich zu sehr die Opferrolle einnehme.

Sylas tippt mit der leichtesten Liebkosung an meinen Kiefer und ich schwöre, ich sehe ein erneutes Aufflackern von Begehren in seinem dunklen Auge. „Du solltest dich ausruhen, Kleines. Ich kann mir nicht vorstellen, dass du gestern Nacht dazu gekommen bist. August, ich muss mit dir sprechen."

Der jüngere Mann beeilt sich, seinem Lord durch den Gang zu folgen, wobei er mir kurz ein beruhigendes Lächeln über seine Schulter schenkt. Ich schlucke schwer. Hoffentlich würde er nicht noch mehr Ärger wegen dem kriegen, wie *er* mich beschützt hatte.

Whitt schlendert einen Augenblick später durch den Raum. Er bleibt bei mir stehen und beobachtet mich dabei, wie ich seinen zwei Kameraden hinterherschaue. Seine neckende Stimme klingt schärfer als üblich. „Schmiedest du schon Pläne, wen du von uns als Nächstes ums Eck bringst, Krümel?"

Ich zucke zusammen und schlinge die Arme fester um mich. „Ich habe nicht ... Nicht einmal bei Kellan wollte ich ..."

Ein Funkeln tanzt in Whitts blauen Augen, kühl, belustigt und vielleicht etwas unstet. Nicht unbedingt der Gesichtsausdruck, den ich von einem Mann nur Minuten, nachdem er einen Kollegen zur letzten Ruhe gebettet hat, erwarten würde. Ich erinnere mich an den Flachmann, den er aus seiner Hose geholt hat. Ist er überhaupt nüchtern?

Er ist nicht einmal ein *Mann*. Keiner von ihnen ist das. Ich muss mir das immer wieder ins Gedächtnis rufen, ganz gleich, was sonst noch passiert.

„Wir mögen dich lieber, als wir ihn mochten", erklärt er glucksend. „Das will aber nicht viel heißen, weshalb ich mir das an deiner Stelle nicht zu Kopf steigen lassen würde."

Als er davonschlendert, sinkt mein Magen. Was, wenn ich doch die falsche Entscheidung getroffen habe, indem ich hiergeblieben bin?

Falls ja, bezweifle ich, dass ich sie jetzt rückgängig machen kann.

21

*Talia*

Als die Nacht hereinbricht, bin ich hellwach. Anscheinend habe ich tagsüber zu viel gedöst, obwohl ich mich häufig ruhelos im Bett hin und her geworfen habe.

Ich sitze eine Weile neben meinem Schlafzimmerfenster und beobachte, wie die Felder und der Wald dahinter beinahe in Dunkelheit versinken. Der Mond ist nichts als eine schmale Sichel. Er hat gerade die Halbzeit überschritten, bevor er wieder voll wird.

Whitts letzte höhnische Bemerkung hallt durch meinen Kopf. Ich lasse mich auf die Matratze fallen und hoffe, dass mein Körper den Hinweis versteht und sich entspannt, mein Herz schlägt jedoch zu schnell. Meine Gedanken flattern wie nervöse Vögel in einem zu kleinen Käfig durch meinen Verstand.

Kellan ist fort, aber er war nie die echte Bedrohung. Die

echte Bedrohung ist die Macht in meinem Blut und was der Nutzen dieser Macht für Sylas und sein Rudel bedeuten könnte.

Vielleicht wird es gar nicht so schlimm werden, wenn ich hierbleibe. Wenn ich es zurück in die Menschenwelt geschafft hätte, müsste ich dort ohnehin von vorne anfangen – keine Freunde, keine enge Familie, keine Ausbildung, kein Geld. Alle Träume, die ich hatte, wären noch mehr außer Reichweite als damals mit zwölf Jahren. Mein Leben dort könnte ziemlich schrecklich sein.

Der Bergfried verfügt über genügend Platz, in dem ich mich bewegen kann. Ich war bisher in der Lage, mich zu beschäftigen. Ich darf mich jeden Tag an drei fantastischen Mahlzeiten sattessen. Die Atmosphäre könnte ohne Kellans Belästigungen geradezu friedlich sein. Womöglich erreichen wir irgendwann sogar einen Punkt, an dem es für Sylas in Ordnung ist, mich nachts mit ihnen nach draußen zu nehmen, wenn es unwahrscheinlicher ist, dass mich jemand entdeckt.

Ich ziehe diese Lebenssituation jederzeit einem nicht vorhandenen Leben vor. Er könnte mir einmal im Monat ein wenig von meinem Blut abzapfen, wie er es braucht und so sanft, wie er es bereits einmal getan hat …

Doch sobald der Kader beginnt, dieses ‚Heilmittel‘ außerhalb des Bergfrieds zu verteilen, wird Aerik davon erfahren, oder? Er wird wissen, dass sie diejenigen sind, die in seine Festung eingebrochen und mit mir geflohen sind. Wenn er es beweisen kann, wird er mich dann zurückholen können? Ich weiß nicht, wie das Fae-Gesetz funktioniert.

Und es geht nicht nur darum, ein Heilmittel zu haben. Sylas will den Status zurückgewinnen, den er verloren hat. Er will sein Rudel zu einem besseren Zuhause näher beim Herz der Nebelwelt bringen. Kann er das tun, während er mich behält, oder wird er mich diesen Erzlords übergeben und ihnen erlauben müssen, mich zu behandeln, wie es ihnen gefällt?

Ich vertraue ihm, dass er niemandem erlauben wird, mich zu misshandeln, solange ich unter seinem Dach lebe. Doch kann ich mir sicher sein, dass er mich niemandem übergeben wird, von dem er weiß, dass er mir gegenüber grausam sein könnte, er es aber nicht mitansehen muss?

Die Erinnerung daran, wie er mich heute Morgen ansah, an das vorübergehende Begehren in seinem Blick, schwimmt durch diese unangenehmen Fragen an die Oberfläche. Fae-Männer *können* mich begehrenswert finden. August hat das deutlich gemacht, auch wenn er sein Interesse nicht ausleben wollte. Ich habe Sylas' Körper zuvor schon an meinem gespürt – ich weiß, wie berauschend seine mächtige Präsenz sein kann. Als ich jetzt an ihn denke, setzt zwischen meinen Beinen an der Stelle ein Kribbeln ein, wo die Düse und meine Finger den empfindsamen Falten gestern eine solche Wonne entlockt hatten.

Was, wenn ich ihm einen größeren Anreiz geben würde, mich hierzubehalten? Was, wenn ich ihm zeigte, dass ich gewillt war, nicht nur bei seinen Tests und Regeln zu kooperieren, sondern auch seine Liebhaberin zu werden? Er würde mir natürlich nie so hingebungsvoll ergeben sein, wie er es seiner ehemaligen Gefährtin gegenüber war, doch jedes bisschen Zuneigung, die ich in ihm wecken könnte, ist ein weiterer Grund, mich hierzubehalten, anstatt wegzuschicken.

Als ich die Möglichkeit gedanklich durchgehe, entfalten sich weitere Ranken der Wärme tief in meinem Bauch. Mein Verständnis des tatsächlichen Geschlechtsakts stammt hauptsächlich aus den peinlichen Biologiekursen in der Middleschool und einem Buch, das mir meine Eltern nach einer hastigen Version ‚Des Gesprächs' gegeben hatten. Ich weiß, welche Teile zusammenkommen und das alles. Es ist schwer, sich vorzustellen, meinen Körper auf diese Weise mit

… nun, jemandem zu teilen, geschweige denn Sylas mit seiner gigantischen Statur.

Doch alles aus meiner Zeit hier verrät mir, dass er vorsichtig mit mir umgehen wird. Er würde mich nicht verletzen wollen.

Womöglich würde ich es sogar genießen.

Nachdem die Idee Wurzeln geschlagen hat, kann ich sie nicht mehr abschütteln. Ich rolle mich auf dem Bett hin und her und schließlich setze ich mich auf.

Nur ein Schimmer Sternenlicht fällt durchs Fenster herein. Das Zimmer ist so dunkel, dass ich die Tür kaum erkennen kann.

Sie ist wahrscheinlich abgeschlossen, sodass ich ohnehin nicht zu seinem Zimmer gehen kann. Ich werde einfach aufstehen und mir das beweisen. Vielleicht werde ich diese Gedanken daraufhin wenigstens bis morgen beiseiteschieben können.

Ich tapse barfuß über den Boden, wobei mein Nachthemd meine Unterschenkel umspielt. Der Weg schickt meinen Verstand zur letzten Nacht, als ich den Türgriff packte, wie ich es jetzt tue, und zu all dem Stress und Schmerz, die darauf folgten.

Meine Kehle schnürt sich zu. Ich schließe die Augen und halte mich einfach an der Tür fest.

Die heutige Nacht kann nicht so sein. Kellan ist tot – so tot wie ein Lebewesen nur sein kann. Und ich habe kein Salz mehr. Ich werde den Knauf drehen und nichts wird …

Er dreht sich geschmeidig und leise in meinem Griff. Ich bin so erschrocken, dass ich loslasse und der Riegel wieder einrastet. Mit meinem Blick fest auf den Knauf gerichtet, drehe ich ihn erneut und lasse ihn wie zuvor los.

Sie haben mich heute Nacht nicht eingesperrt. Ist das Sylas' Art mir das Vertrauen zurückzuzahlen, das ich ihm geschenkt habe, indem ich blieb? Gewährt er mir freien

Zugang zum Bergfried, selbst während sie schlafen? Ich kann mir nicht vorstellen, dass er diese Sicherheitsmaßnahme zufällig so kurz, nachdem ich sie einmal überwunden habe, vergessen hat.

Jetzt, da ich meinen Plan in die Tat umsetzen *kann*, bin ich mir dessen plötzlich viel weniger sicher. Ich ziehe die Tür ein Stück weit auf, dann stehe ich dort und spähe mehrere Herzschläge lang in den Flur, da ich meine Füße nicht dazu überreden kann, sich zu bewegen. Die Gedanken, die mich an diesen Punkt geführt haben, steigen wieder auf. Noch mehr Hitze sammelt sich zwischen meinen Beinen.

Die unverschlossene Tür ist ein Geschenk. Es könnte beinahe eine Einladung sein. Ich denke, ich werde es wohl eher bereuen, sie zu ignorieren, als sie anzunehmen.

Ich schlüpfe in den Gang und mache mich langsam sowie humpelnd auf den Weg ans andere Ende, wo meine Kidnapper ihre Zimmer haben. Ich bemerkte sie bei meinen vorherigen Erkundungsgängen – zumindest die, die sich auf meinen neugierigen Schubs hin öffneten. Whitts war für mich verschlossen, bis er mich neulich mitten in meiner Panikattacke hineinzog. Kellans sah ich nie und hatte es auch nicht sehen wollen.

Sylas und August machten sich nie die Mühe, ihre Zimmer zu sichern. Ich vermute, dass sie der Meinung waren, dass es dort drin nichts gab, was sie verbergen mussten. Es war sogar trotz meiner kurzen, neugierigen Blicke leicht zu erkennen gewesen, welches Zimmer wem gehörte. Sylas' hatte größere, prächtigere Möbelstücke in einem kräftigen Palisanderholz und alles war ordentlich aufgeräumt. In Augusts Zimmer hingen hingegen die Kleider von den Bettpfosten und in der Luft lag der Duft frischer Backwaren, den er aus der Küche hereingetragen haben musste.

Sylas' Zimmer ist nach wie vor nicht verschlossen. Das

leise Rumpeln seines Atems hallt durch die Dunkelheit. Da die Vorhänge vor seinem Fenster zugezogen sind und nur ein schwaches Licht vom Gang hinter mir ins Zimmer fällt, kann ich die Form seines Bettes und seine große Gestalt unter der Decke nur schemenhaft ausmachen. Der unverkennbare Geruch von kräftiger Erde und Holzrauch, der mir in die Nase steigt, verrät mir, dass ich am richtigen Ort bin.

Mein Puls beginnt, zu rasen. Was mache ich jetzt? Kann ich wirklich einfach zu ihm laufen und …?

Anscheinend kann ich das. Meine Füße tragen mich zu dem massiven Bett – es ist mindestens doppelt so groß wie meines und meines ist bereits das größte Bett, in dem ich jemals geschlafen habe. Dieses ist allerdings auch noch hoch. Ich lege meine Hände auf die Matratzenkante, während sich meine Augen so gut wie möglich an die Dunkelheit gewöhnen. Anschließend beobachte ich Sylas' schlafenden Körper, der ausgestreckt in der Mitte des Bettes liegt.

Vielleicht könnte ich mich einfach neben ihm einringeln und schauen, was er mit mir tun möchte, wenn er aufwacht? Dass ich hierhergekommen bin, sollte ein ziemlich eindeutiges Angebot sein. Ich habe das Gefühl, dass ich mich zur Närrin machen werde, sollte ich versuchen, meine Absichten in Worte zu fassen.

Ich drehe mich, setze mich mit dem Hintern voran aufs Bett und rolle mich herum, um mich auf den Rücken zu legen …

Ein muskulöser Arm drückt mich mit viel mehr Kraft in die Matratze, als ich erwartet habe. Ein Quieken entwischt meiner Kehle. Sylas starrt auf mich nieder. Er ist über meinen Körper gestützt und hat seinen Arm auf meine Brust gelegt. Dadurch ist er mir so nahe, dass seine gewellten Haare meine Wange streifen.

Meine Lunge hat gerade angefangen, sich vor Panik zusammenzuziehen, da ich fixiert werde, als seine Miene von angriffslustig zu verwirrt wechselt. Er runzelt die Stirn, legt seine Hand neben mich und stemmt sich nach oben, wobei er mich nach wie vor betrachtet. Ich kann das Gefühl nicht abschütteln, dass sein gespenstisch vernarbtes Auge genauso viel wie das dunkle Gesunde sieht.

„Talia?", fragt er. Sein Bariton ist belegt vom Schlaf, aus dem ich ihn gerissen habe, doch sein Blick ist jetzt hellwach. „Was machst du hier?"

Sein ganzer Körper ragt über mir auf und seine Hitze reizt mich durch mein Nachthemd hindurch und breitet sich auf meiner Haut aus. Seine Knie, die sich zu beiden Seiten meiner Schenkel niedergelassen haben, fühlen sich beinahe sengend heiß an. Ich kann in der Dunkelheit genug sehen, um zu erkennen, dass er von der Taille aufwärts nichts anhat. Seine Schultern und Brust bestehen nur aus wohlgeformten Muskeln, die noch beeindruckender sind, als wenn sie unter Kleidungsstücken versteckt werden. Die kräftigen, schwarzen Linien seiner Tattoos wirbeln und winden sich über seine braune Haut.

Ein eigenartiges, fröstelndes Kribbeln rast durch meinen Bauch hindurch. Ich kann nicht sagen, ob meine Furcht oder meine Erregung überwiegt. Jeder Nerv bebt von dem Wissen, dass dieser Mann gefährlich ist, und ich habe definitiv nicht halb so viel Angst, wie ich haben sollte.

„Ich ... ich dachte ..." Es gelingt mir, meine Stimme zu einer Lautstärke zu zwingen, die über ihrem schüchternsten Flüstern liegt. „Ich dachte, du hättest vielleicht gerne etwas ... Gesellschaft."

Trotz meiner unbeholfenen Formulierung bleibt ihm die Andeutung eindeutig nicht verborgen. Er blinzelt und die Falten auf seiner Stirn vertiefen sich, doch das Begehren, das ich zuvor schon sah, entzündet sich in seinem unversehrten Auge, bevor er es zügelt.

„Und warum hast du beschlossen, mir diese Gesellschaft *jetzt* und so anzubieten?“

Ich öffne den Mund und schließe ihn wieder. Ich werde seine Zuneigung wohl kaum gewinnen, indem ich ihm erzähle, dass ich genau das zu tun versuche. Allein bei dem Gedanken, das in Worte zu fassen, fühle ich mich wie eine Heuchlerin, als würde ich etwas Widerliches tun.

Ich weiß nicht, was ich tun soll, außer seine Frage einfach zu ignorieren. Zaghaft hebe ich die Hand, um die Seite seiner Brust zu berühren. Seine Haut ist über all diesen harten Muskeln überraschend glatt und scheint, in dem Moment heiß aufzuglühen, in dem ich sie berühre. „Magst du mich nicht?“

Dass er die Augen schließt und das Gesicht angespannt verzieht, deutet darauf hin, dass *das* nicht das Problem ist. Als er mich wieder ansieht, ist es, als würde eine Flamme in der dunklen Iris tanzen. Er spricht mit ruhiger Stimme, in der allerdings eine Rauheit liegt, die zuvor noch nicht da war.

„Ich mag dich sehr, Kleines. Aber ich denke nicht, dass es hier darum geht, ob ich dich mag. Dein Schicksal hängt nicht davon ab, dass du dich meinen Launen unterwirfst – ist das klar? Ich werde mich dir gegenüber so anständig wie möglich verhalten, unbekümmert dessen, ob du mir das Bett wärmst, und das war immer meine Absicht.“

Ich schätze, meine Motivation war nicht so schwierig zu erraten. Ich befeuchte meine Lippen und Sylas' Blick folgt der Bewegung. Seine Aufmerksamkeit, die Nähe seines Körpers und dass er sich offensichtlich zu mir hingezogen fühlt, sorgen dafür, dass mir auf eine Weise schwindlig wird, die beinahe so berauschend wie Whitts Drogensirup ist.

„Wir könnten trotzdem … etwas tun …“

Ich muss so naiv klingen. Er stößt einen Laut aus, der eine Mischung aus einem Glucksen und einem Stöhnen ist. Dann stemmt er sich von mir und lässt sich einen halben

Meter entfernt auf dem Bett nieder. „Geh wieder auf dein Zimmer, Talia. Wenn du das hier wirklich willst, wenn du es um deinetwillen und nicht aus Angst tust, kannst du ein anderes Mal zurückkommen, wenn du dir sicher bist."

Ich schlucke schwer gegen die anschwellenden Emotionen an. Die Tatsache, dass er mich zu meinem eigenen Wohl wegschickt, obwohl er alles andere als desinteressiert ist, löscht jede Furcht aus, die ich noch hegte, und lässt nur die Glut meines Verlangens zurück. Eines Verlangens, das ich heute Nacht eindeutig nicht befriedigen werde dank meiner Herangehensweise.

Doch hier, wo ich neben seiner Wärme liege, mich sein Geruch umgibt und jeder Zentimeter des prächtigen Zimmers von seiner Autorität spricht, habe ich Schwierigkeiten, mich dazu zu bringen, zurück zu meinem einsamen, spartanischen Zimmer zu humpeln. Die Überzeugung fegt mit solcher Gewissheit durch mich hindurch, dass sie mir den Atem raubt: Solange ich in seiner Nähe bin, kann mir niemand richtig wehtun.

„Darf ich hierbleiben?", wage ich mich vor. „Ich werde dich nicht stören." Das Bett bietet mehr als genug Platz für uns beide. Wir könnten auf gegenüberliegenden Seiten liegen und unsere Fingerspitzen würden sich kaum berühren, selbst wenn wir die Arme ausstrecken.

Sylas gluckst erneut harsch und fährt sich mit der Hand durch die Haare. „Versuchst du, meine Selbstbeherrschung zu testen? Ich habe dir gesagt ..."

Irgendwo in meinem Inneren finde ich den Mut, ihn zu unterbrechen. „Ich meine wirklich nur zum Schlafen. Ich ... es fühlt sich hier sicherer an als in meinem Zimmer." Doch das ist ein schrecklich egoistischer Grund, um mich in seine Privatsphäre zu drängen, oder? Hitze brennt auf meinen Wangen. „Es ist okay. Ich werde ..."

Ich mache Anstalten, mich vom Bett zu schieben, und

Sylas packt mein Handgelenk. Als ich zu ihm zurückblicke, liegt in seinem Blick etwas so Gequältes, dass sich mein Herz zusammenzieht.

Welche Emotion das auch war, er beherrscht sie einen Augenblick später. Er lässt meinen Arm fallen und rutscht weiter weg über das Bett, wodurch er mehr Platz für mich macht. „Na schön. Nur zum Schlafen. Behalte deine Hände einfach bei dir."

Das leichte Knurren in seiner Stimme jagt einen weiteren dieser angenehmen Schauder durch mich hindurch. Ich lege meinen Kopf ab. „Dankeschön."

Als ich einschlafe, tue ich das zu einer Vision seiner Hände, die wie die Strömungen im Pool über mich gleiten.

22

*Sylas*

Ich wache schmerzhaft hart auf. Das winzige Mädchen ist mir nicht einmal so nahe, dass ich sie berühren könnte. Sie liegt unter der Decke auf der anderen Bettseite und hat ihren Kopf auf mein zweites Kissen gekuschelt. Die Erinnerung an ihren schlanken Körper unter mir ist jedoch die ganze Nacht lang durch meinen Kopf gespukt. Das und ihr Duft: waldig und süß, aber nicht zuckersüß, wie Ahornsirup, der noch nicht eingekocht und gebändigt wurde.

Ich will ihn von ihrer Haut lecken. Ich will sehen, wie sich diese zarten grünen Augen vor Lust weiten.

Ich werde hier im Bett explodieren, wenn ich derartige Gedanken nicht zügle.

Sie schläft so tief und fest, dass sie sich nicht einmal regt, als ich aufstehe. An der Tür zu meinem angeschlossenen Waschraum halte ich inne und betrachte die Weichheit ihres

Gesichts im Schlaf, den Kontrast zwischen ihrer bleichen Haut und dem knallig pinken Haar, das es umrahmt.

Sie muss es ernst gemeint haben, als sie behauptete, sie würde sich hier drin sicher fühlen. Bei mir. Sie klang, als meinte sie es ernst, aber die Worte waren so erschreckend, dass ich sie nicht ganz akzeptieren konnte.

Ein bittersüßer Schmerz sticht mir in die Brust, kann die Erektion, die den Stoff meiner Unterhose ausbeult, jedoch nicht verringern. Wenn *ich* auf jede mögliche Weise sicher für sie sein will, sollte ich mich besser darum kümmern.

Ich schließe die Waschraumtür ab, weil ich mir nicht sicher bin, ob ich mein Begehren kontrollieren könnte, falls sie hereinkäme, während ich dabei bin, diese Bedürfnisse zu befriedigen. Daraufhin schalte ich das Wasser in der Duschnische an. Es trommelt durch die Rohre und prasselt in einem heißen Strahl auf mich herab. Ich kämme es durch meine Haare und lasse es über meinen Körper strömen, ehe ich meine Hand an meinen pochenden Schwanz hebe.

Ich bin so angespannt, dass allein diese erste Berührung Blitze der Lust durch meine Lenden sendet. Den anderen Arm gegen die Wand stützend, senke ich den Kopf unter dem Wasserstrahl, der unaufhörlich auf mich niedergeht, und packe mich fest.

Als ich einen Rhythmus finde und mich von der Wurzel zur Spitze streichle, komme ich nicht umhin, mir Talia vorzustellen, wie sie vor mir kniet. Ihre pinken Haare sind feucht nach hinten gestrichen. Ihre perfekten Lippen mit dem Amorbogen schlingen sich um meine Erektion. Ihre Zunge zieht eine berauschende Spur entlang der Unterseite meines Schwanzes, während sie mit vor Verlangen glasigem Blick zu mir aufsieht.

Würde sie vor mir zurückschrecken, wenn sie wüsste, dass ich so an sie denke? Ich kann nicht glauben, dass sie verstand, was sie mir gestern Nacht zögernd und stotternd anbot. Dieser Mund hat noch nie einen Schwanz aufgenommen. Kein Teil von ihr wurde je so penetriert.

Doch sie war nicht *un*willig. Unbekümmert dessen, wie gut sie sinnliche Akte versteht, der Geruch der Erregung, den sie verströmte, während ich über ihr aufragte, war unverkennbar.

Ich will mich ihr gegenüber anständig verhalten und die Schrecken wiedergutmachen, denen sie ausgesetzt war, während sie sich unter Aeriks Dach und jetzt meinem befand. Doch das Herz stehe mir bei, ich will sie auch nehmen, und zwar so dringend, dass mich die Erinnerung an ihr Keuchen, als ich sie letzte Nacht erwischte, über die Klippe schubst. Meine Eier verkrampfen sich und Samen spritzt gegen die Wand.

Seit Jahren bin ich nicht so heftig gekommen.

Danach fühle ich mich nicht ganz so unbeschwert, wie ich gehofft hatte. Mein Schwanz wird weich, ein Knoten lustvoller Anspannung bleibt jedoch in meinem Schritt zurück. Meine Brust zieht sich noch immer bei dem Gedanken zusammen, wieder in meine Kammer zu laufen und sie in meinem Bett zu sehen.

Nun, es gibt eine Möglichkeit, den Großteil meiner nachhallenden Sehnsüchte zu löschen. Ich drehe den Wasserregler auf kalt und lasse einen eisigen Wasserstrahl auf mich regnen, bis sogar meine Knochen abgekühlt sind.

Die eiskalte Wasserflut macht mich hellwach und fokussiert. Ich trockne mich rasch ab, ziehe frische Unterwäsche sowie meinen Bademantel an und mache mich auf den Weg zur Tür.

Ich bin nur noch wenige Schritte entfernt, als meine Ohren ein Geräusch wahrnehmen, das mich innehalten lässt. Es ist ein leises Einatmen, allerdings mit einer heiseren Note, die direkt in meinen Schritt schießt.

Als ich reglos dastehe, zeichnen die Laute, die daraufhin

folgen, ein Bild, das das Blut in meinen Adern erneut schneller strömen lässt. Ein Rascheln von Stoff. Ein Flüstern von Haaren, die über ein Kissen gleiten. Ein leises Stöhnen, gedämpft, als würde es über zusammengepresste Lippen kommen.

Das Feuer in mir, das ich so angestrengt loszuwerden und zu löschen versucht habe, flammt erneut auf. Mein Wolf hebt den Kopf und drängt mich mit seinen tierischen Trieben vorwärts.

Ich laufe zur Tür und drücke sie auf. Als mein Blick auf Talia fällt, liegt sie noch unter der Decke, den Kopf zur Seite geneigt und die Miene unschuldig. Doch das schwache Tageslicht, das an den Rändern meines Vorhangs vorbeifließt, beleuchtet eine dunkle Röte auf ihren elfenbeinfarbenen Wangen.

Mein totes Auge beschwört ein Geisterbild herauf, das sich kurz über ihr Gesicht legt: die gleichen Gesichtszüge, die vor sinnlicher Begierde lasziv verzogen sind. Der kräftige Geruch von Erregung hängt in der Luft. Als ich ihn einatme, verliere ich den Griff um den Großteil meiner guten Absichten.

Ich schlendere zu meiner Seite des Bettes, wobei ich ihren Blick halte. Die Worte rollen sengend heiß über meine Zunge. „Und was hast du getrieben, mein kleiner Mensch?"

Ihre Augen weiten sich. Ihre Zunge huscht über ihre Lippen und bei allem, was Staub ist, ich bin schon wieder hart. „Ich … nichts", stammelt sie. „Ich bin gerade aufgewacht."

Ich setze mich und greife über die Matratze, um meine Hand unter die Decke zu schieben. Meine Finger krümmen sich um ihren Arm, ich ziehe ihn am Ellenbogen nach oben und bringe ihre Finger auf eine Höhe mit meiner Nase.

Die Röte auf ihren Wangen vertieft sich, als sie realisiert, was ich vorhabe, und ihr Arm zuckt, als wollte sie ihn wegreißen. Ich habe bereits die Duftwolke aufgefangen, die ich erwartet habe, den Moschusgeruch der Feuchtigkeit, die aus ihrer Mitte sickern muss. Ich ziehe die Augenbrauen hoch, als wollte ich sagen: *Willst du es noch einmal versuchen?*

Ich hätte nicht gedacht, dass ihr Gesicht noch röter werden könnte, doch jetzt leuchtet es beinahe so kräftig wie ihre Haare. „Ich war nur … ich bin aufgewacht und ich fühlte mich so … sehnsüchtig und ich dachte, wenn ich mich vielleicht selber darum kümmere … Ich wusste nicht, wie schnell du zurücksein würdest."

Sie wählte den gleichen Kurs wie ich. Anscheinend ist sie doch nicht so unerfahren in diesen Dingen, wie ich angenommen habe. Ich frage mich, ob es für sie besser funktioniert hat als für mich. Es kostet mich jedes bisschen Selbstkontrolle, das ich noch besitze, nicht ihre Fingerspitzen abzulecken und mein Gesicht zwischen ihren Beinen zu vergraben, um herauszufinden, wie viel mehr von dem exquisiten Nektar ich ihr entlocken kann.

„Und wo hast du gelernt, das zu tun?", frage ich neckend und erwarte eigentlich keine Antwort.

Talia befeuchtet erneut ihre Lippen. „August hat es mir gezeigt."

Mein Herz setzt aus und meine Sicht färbt sich rot. Jeder Instinkt in meinem Körper tobt vor Verlangen, sie zu beanspruchen und zu verteidigen, was *mein* ist. Meine Lippen ziehen sich bereits von meinen Zähnen zurück und Fangzähne erscheinen, bevor ich mich soweit in den Griff kriege, dass ich die Furcht registriere, die über das Gesicht des Mädchens huscht.

Ich schaffe es, nicht laut zu knurren, doch die Frage kommt trotzdem ziemlich barsch heraus. „Er hat *was* getan?"

Sie zuckt zusammen und als ich das sehe, dämpfe ich einen Teil meines Wutanfalls mit der Scham darüber, sie verängstigt zu haben.

„Es ... es war im Pool", erklärt sie und ihre Stimme verfällt in das Flüstern, das alles war, was sie herausbrachte, als wir sie fanden. „Er hat mir nur gesagt, wie ich die Düsen und meine Hand nutzen kann ... Er hat nicht zugeschaut oder etwas anderes getan ... Er war die ganze Zeit hinter dem Paravent."

Das erklärt nicht, warum er überhaupt solche Vorschläge gemacht hat. Dieser unverschämte Welpe ... Ich werde ihm einen so harten Schlag auf den Kopf verpassen, dass ihm die Ohren eine Woche lang klingeln.

Ich atme langsam ein und beruhige mein inneres Tier so gut, ich es kann, für das Mädchen, nicht für August. Meine Stimme erklingt trotzdem leidenschaftlich, allerdings nicht ganz so schroff. „Ist das alles?" Ist sie letzte Nacht hierhergekommen in dem Vorhaben, auszuleben, was er ihr bereits gezeigt hat? Mein Zahnfleisch juckt, weil meine Fangzähne hervorbrechen wollen.

Sie senkt den Blick. „Er hat mich geküsst. Nur einmal und nur sehr kurz. Es hörte sich so an, als glaubte er, dass er nicht einmal das hätte tun sollen."

Noch ein Knurren steigt in meiner Kehle auf. Er hätte es *nicht* tun sollen. Und er hat sich nie die Mühe gemacht, mir gegenüber seine teilweise Verführung unseres genesenden Gastes zu erwähnen? In dem Moment macht mich dieser Verstoß wütender als sein heimliches Salzgeschenk.

Und ich bin Manns genug, um zuzugeben, dass ein Teil dieser Wut daher rührt, dass ich jetzt diese Frage stellen muss: „Hast du an ihn gedacht, als du dich berührt hast?"

Ihr Blick huscht wieder zu meinem hoch. Ihr Gesicht, das nach meinem unverhohlenen Zorn blasser ist, errötet erneut. Ihre Antwort entwischt ihr so leise, dass es kaum ein Flüstern ist. „Nein. Ich habe an dich gedacht."

Der Rest meiner Wut zerbricht unter einer Woge des Triumphs, die größer ist, als ich es jemals wegen eines winzigen Menschenmädchens zu fühlen erwartet hätte. Nein, kein Mädchen, nicht wirklich. Sie ist eine Frau, die Stück für vorsichtiges Stück zu sich selbst findet jetzt, da sie den Raum dazu hat – und diese Frau will mich mit jedem Schlag ihres rasenden Pulses.

Sie trägt noch immer so viele Wunden, alte und frischere. Es gibt noch immer so viel, was sie noch nicht erlebt hat. Die Leidenschaft, zu der ich fähig bin, würde ihr womöglich so viel Angst einjagen wie mein Zorn. Allerdings kann ich sie so weit für mich gewinnen, wie es in ihrem Zustand möglich ist.

Ich lasse ihren Arm los und bin nicht in der Lage, meinen Blick von ihren grünen Augen loszureißen. „Zeig es mir."

Sie blinzelt. „Was?"

Ich neige den Kopf zu ihrem Körper und Verlangen macht meinen Ton rauer. „Zeig mir, wie du dich befriedigst."

Ihre Lippen teilen sich und eine Sekunde lang denke ich, sie wird peinlich berührt ablehnen. Dann schiebt sie ihre Hand ganz langsam wieder unter die Bettdecke. Aus dem Augenwinkel verfolge ich, wie sich ihre Finger über ihren Oberkörper bewegen. Mein Blick bleibt allerdings auf ihr Gesicht gerichtet. Sie erwidert ihn, nach wie vor nervös, aber auch mit einem Funkeln der Erregung in den Augen.

Ich erkenne den Moment, in dem sie die perfekte Stelle zwischen ihren Beinen findet. Ihre Wimpern zucken und sie atmet scharf ein. Ihr Kopf drückt sich instinktiv tiefer in das Kissen.

Meine erneute Erektion presst sich gegen meine Unterhose, doch das hier ist für sie, nicht für mich. Das hier soll ihr einen Vorgeschmack auf die Realität dessen geben, was sie sich vorgestellt hat, was sie sich letzte Nacht ausgemalt hat.

Dennoch beabsichtige ich, jeden Moment zu genießen.

Ich beuge mich nach vorne und streife mit den Lippen über ihre weiche Wange. Ihre Essenz, dieser wilde, harzig süße Duft flutet meine Nase und entfacht meine Begierde. Ich küsse einen sanften Pfad von ihrer Wange zu ihrem Kiefer und knabbere sachte an der zarten Haut dort.

Talia biegt sich mit einem Keuchen, das beinahe ein Wimmern ist, weiter nach hinten. Ich lasse meinen Mund über die Seite ihres Halses wandern und koste mit einem Zungenschlag von ihr. Ihr Atem bricht zu einem zittrigen, leisen Keuchen, das den Wunsch in mir weckt, mein Verlangen zu entfesseln und sie wie eine Bestie zu verschlingen.

Nein. Sie ist mein und ich werde sie wie das kostbare Lebewesen behandeln, das sie ist.

Während ich weiterhin ihren Hals attackiere, schiebe ich meine Hand über den seidigen Stoff ihres Nachthemdes, um ihren Busen zu umfangen. Meine Finger zeichnen einen trägen Kreis um die kleine Rundung. Sie zittert unter meiner Berührung und ihre Hüften bewegen sich rastlos unter der Decke. Ihr köstlicher Moschusgeruch in der Luft wird intensiver.

Als ich meinen Daumen über ihren Nippel gleiten lasse, verdiene ich mir mein erstes richtiges Stöhnen. Sie dreht den Kopf zu mir und sucht mich. Keine Kraft in allen Ländern könnte mich daran hindern, ihre Lippen zu erobern.

Ich küsse sie tief und genieße die herbe Süße ihres Mundes, die erfrischenden Laute, die aus ihrem Mund in meinen strömen, während mein Daumen ihren Nippel zu einer steifen Spitze drängt. Bei den Himmeln, es gibt so viel, was ich ihr über die Wonnen beibringen möchte, zu der ihr Körper fähig ist.

Ich senke meinen Mund auf ihr Schlüsselbein, lasse meine Zunge über die zarte Erhebung gleiten und streichle mit den Fingern über ihren Oberkörper zu ihrer vernachlässigten Brust. Ihre Hüften bewegen sich jetzt, als würden sie mit der Hand zwischen ihren Schenkeln ringen.

„Bring dich bis zum Ende", spreche ich an ihrer Haut. „Finde deinen Höhepunkt, Talia."

Ihr Stöhnen jagt ein heftiges Pulsieren durch meinen steifen Schwanz. „Ich … ich scheine ihn nicht erreichen zu können."

Oh, meine reizende Unschuldige. Ich knabbere über ihre vernarbte Schulter, ihren Hals hinauf, bis ich ihr Ohrläppchen erreiche. „Sehnst du dich danach, gefüllt zu werden? Tauche deine eifrigen Finger in deine Spalte."

Ein Keuchen, das beinahe erschrocken klingt, weht über ihre Lippen. An der Bewegung ihres Arms kann ich erkennen, dass sie meinem Befehl nachkommt. Ihre Augen rollen nach oben und ein erstickter Laut folgt ihnen: „*Oh.*"

„So ist's recht. Gib dich der Lust hin."

Ich weiß nicht, ob ich jemals ein so erotisches Bild gesehen habe wie diese beinahe unberührte Frau, die ihren Höhepunkt jagt. Die Röte auf ihren Wangen ist jetzt nur auf Freude zurückzuführen, nicht auf Scham, und ihre Iriden strahlen so kräftig, dass sie Smaragde in den Schatten stellen. Ich schiebe mich an ihrem Körper hinab, um einen dieser kecken Nippel durch ihr Nachthemd hindurch in den Mund zu ziehen. Ein zittriger Schrei entfährt ihr.

„Ich kann noch immer nicht … würdest du mir helfen?"

Ihre Stimme ist so angespannt vor Verlangen, dass ich ihr diese Bitte keinesfalls abschlagen kann, selbst wenn ich es wollte. Ich lasse meine Hand über ihren Arm wandern zu der Stelle, wo sich ihre Hand fest auf ihre Pussy presst. Der Handballen liegt auf ihrem Kitzler und zwei ihrer Finger sind in ihrem Kanal gekrümmt. Ich beobachte ihr Gesicht, während ich leichten Druck auf ihre Lustperle ausübe. Als ich den Druck erhöhe, streicht mein Daumen über ihre

Schenkelinnenseite, wo sich die Feuchtigkeit ihrer Erregung verteilt hat.

Diese kleine Hilfe reicht, um sie zum Höhepunkt zu bringen. Talia schließt die Augen und öffnet den Mund. Mit einem erstickten Schrei zuckt ihr Kopf nach hinten gegen das Kissen. Ihr ganzer Körper bebt von der Wucht ihres Orgasmus an meinem.

Als das Zittern verebbt, erschlafft ihre Hand unter meiner. Ich hebe den Arm, um sie an mich zu ziehen, denn ich will, dass sie sich auch während der Nachbeben bei mir sicher fühlt. Sie legt ihren Kopf unter mein Kinn. In der Stille wandern ihre Finger über den Kragen meines Bademantels.

„Das ist nicht, warum …", beginnt sie und zögert. „Ich habe nichts für *dich* getan."

„Mach dir darüber keine Gedanken", sage ich und ignoriere das Pochen in meinem Schritt. „Ich habe dieses Intermezzo sehr genossen." Nachdem sie gegangen ist, wird *definitiv* eine weitere Dusche notwendig sein.

Talia schaut auf und rückt näher zu mir, um ihre Lippen auf meine zu drücken. Ihr Kuss ist schüchtern, aber so liebevoll, dass er mir nicht nur Schmerzen in meinem Schwanz, sondern auch irgendwo in der Nähe meines Herzens verursacht. Ich streiche mit den Fingern über ihre Haare und erwidere den Kuss mit genauso viel Hingabe.

Gestern Nacht habe ich ihr gesagt, dass sich nichts, was wir in diesem Bett tun, auf ihr Schicksal auswirken würde, doch vielleicht habe ich uns beide belogen. Nach dieser Intimität, nach dem Vertrauen, das sie mir erwiesen hat, löst der Gedanke daran, sie den Erzlords zu übergeben, ein Knurren in meiner Kehle aus.

Und es ist nicht einmal das größte Vertrauen, das sie mir geschenkt hat. Als Nächstes küsse ich ihre Stirn und dann sage ich: „Du bist geblieben."

„Das habe ich doch gesagt. Ich fühlte mich hier sicherer als in meinem …"

„Nein, ich meine die Nacht davor. Nachdem dich Kellan angriff. Du wolltest gehen, oder?"

Talias Körper spannt sich an, sie stößt sich allerdings nicht von mir ab. „Das wollte ich. Ich dachte, dass *das* am sichersten für mich wäre – nach Hause zurückzukehren."

„Aber du hast deine Meinung geändert."

„Als … als ich sah, wie weit du gehen würdest, um mich zu beschützen … Ich weiß nicht, ob es irgendjemanden in dieser Welt gibt oder in der, aus der ich kam, der sich so viel daraus macht, was mit mir passiert. Meine echte Familie ist tot." Sie verfällt vorübergehend in Schweigen. „Ich weiß, dass dein Volk mich und das Heilmittel, das aus meinem Blut gewonnen wird, braucht. Ich weiß, dass du nichts versprechen kannst. Allerdings weiß ich hier wenigstens, wo ich stehe."

Ich hätte nicht gedacht, dass ich ihre Widerstandsfähigkeit noch mehr bewundern könnte, als ich es bereits tat, doch sie belehrt mich erneut eines Besseren. Ich ziehe sie etwas näher an mich in der Erwartung, dass ich sie bald gehen lassen muss. „Ich werde mich bemühen, dafür zu sorgen, dass das immer so ist."

Bei meinem Leben, lass mich immer dazu in der Lage sein, ganz gleich, was noch kommen mag.

23

*Talia*

Als ich zur Küche gelange, nachdem ich mein Nachthemd gegen eine Jeans und ein T-Shirt getauscht und meine Haare so ordentlich gekämmt habe, wie es die welligen Strähnen erlauben, ist mindestens eine halbe Stunde vergangen, seit ich Sylas' Bett verlassen habe. In unerwarteten Momenten rast nach wie vor ein Kribbeln über meine Haut, beispielsweise wenn der Stoff meine Shirts über mich gleitet oder ich mich mit den Fingerspitzen berühre, während ich eine lose pinke Strähne hinter mein Ohr streiche.

Mit ihm zusammen zu sein, war so berauschend, dass ich mich mit ihm in seinem Schlafzimmer verkriechen und nie wieder gehen will. Dieses Verlangen macht die ganze Sache jedoch irgendwie furchterregend. Was ich mit ihm getan habe und die Zuneigung, die er mir gezeigt hat, hat eigentlich nichts verändert – an meinem Status jedenfalls. Meine Situation hier ist noch genauso gefährlich.

Doch falls die Tage, die vor mir liegen, nur ein kurzer Geschmack auf Freiheit sind, habe ich wenigstens mehr Leidenschaft erlebt, als vor meiner Zeit hier. Ich hatte eher so etwas wie ein Leben.

August ist bereits in der Küche und holt Backformen aus den Regalen über ihm. Als er mich sieht, schenkt er mir eines seiner freundlichen, enthusiastischen Lächeln und ein eigenartiges kleines Beben durchläuft meinen Magen. August war der erste Mann, der mir geholfen hat, die verborgenen Freuden meines Körpers zu entdecken. Ich bin mir noch immer nicht sicher, wie ich mich in seiner Gegenwart verhalten soll.

Er scheint jedoch so tun zu können, als hätte sich nichts geändert. Während Kellans Beerdigung wirkte er niedergeschlagen, doch jetzt versprüht er wieder seine übliche Energie. „Ich dachte, ich würde Pfannkuchen zum Frühstück machen", verkündet er und schüttet blassviolettes Mehl in eine Rührschüssel. „Wie klingt das für dich?"

Mein Magen wählt diesen Moment, um zustimmend zu grummeln. August lacht. „Du hast in deinen Träumen wohl Appetit bekommen, was?"

Wohl eher nach meinen Träumen, aber das werde ich nicht erwähnen. Ich hüpfe auf meinen üblichen Hocker. „Pfannkuchen klingen köstlich."

„Und ich wette, du hattest sie noch nie zuvor mit Fahlwurzelmehl. Fluffig wie Wolken, jedoch voller Geschmack. Riech mal."

Er hält mir die Schüssel unter die Nase und ich beuge mich darüber, um den Geruch einzuatmen. Ein cremiger, herzhaft-süßer Geruch wie von Haselnüssen steigt mir in die Nase. Mir läuft das Wasser im Mund zusammen. „Zwei gereckte Daumen von mir!"

„Dann kannst du meine Rührassistentin sein." Er streut noch ein paar Puder über das Mehl und gibt mir die Schüssel mit einem Löffel. „Alle trockenen Zutaten müssen gleichmäßig verteilt werden, um die beste Wirkung zu erzielen."

„Aye, aye, Chef." Ich packe den Löffel und er grinst mich an. Trotz des Erlebnisses, das ich gerade mit Sylas hatte, und obwohl ich Sylas ab dem Moment wollte, in dem er gestern Nacht über mir aufragte, schafft es dieses Grinsen, ein vertrautes Flattern in meiner Brust zu wecken.

Ist es *normal*, dass man sich zu zwei Männern gleichzeitig so hingezogen fühlt? Vielleicht hat es etwas damit zu tun, dass sie Fae sind.

Als ich mich daran mache, die Zutaten umzurühren, schleicht sich ein Verlustgefühl in meiner Brust ein. Ich hätte Freunde haben sollen, mit denen ich aufgewachsen war, oder ich hätte neue auf der Highschool oder im College kennenlernen sollen, mit denen ich über so etwas hätte reden können. Vielleicht hätte ich mich sogar wohl damit gefühlt, mit Mom über Männer zu sprechen, wenn ich älter gewesen wäre und die Stufe alberner Mädchenschwärmereien überwunden hatte, bei denen ich zu kichern anfing, wenn ich nur den Blick eines Mitschülers auffing, den ich niedlich fand.

August schlägt mehrere Eier in eine andere Schüssel und rührt sie mit einem Schneebesen schaumig. Ich beobachte, wie sich die Muskeln entlang seiner Schultern bewegen, und verfolge, wie seine dunklen, kastanienbraunen Haare gegen seinen Nacken fallen.

Sylas hatte bereits eine richtige Gefährtin – eine Fae-Frau. Vielleicht heiraten Fae-Männer nur einmal und das war's. August will bestimmt jemanden finden, mit dem er wirklich *sein* Leben teilen kann, wozu ich offensichtlich nicht in der Lage bin.

Whitt schlendert mit seiner üblichen gelangweilten Lässigkeit herein und betrachtet August und mich, als würde ihn der Anblick belustigen.

„Das Frühstück dauert noch eine Weile", informiert ihn August. „Du bist früh wach."

Whitt gähnt. „Ich bin nicht wirklich wach. Ich hole mir nur etwas, damit ich weiterschlafen kann. Tut so, als hättet ihr mich nicht gesehen."

Er geht in die Vorratskammer. Ein Klirren hier und ein Rascheln da folgen. August schüttelt den Kopf, sein Mund verzieht sich zu einem schiefen Lächeln und er widmet sich wieder seinen Vorbereitungen. Ich tue es ihm nach.

Die Mehlmischung verströmt jetzt ein noch kräftigeres – und Speichel produzierendes – Aroma, was ein gutes Zeichen dafür zu sein scheint, dass ich meine Aufgabe richtig mache. August spritzt etwas Flüssigkeit aus zwei verschiedenen Flaschen in seine Schüssel, rührt ein letztes Mal um und lässt sie stehen, um nach mir zu schauen.

„Dann wollen wir mal sehen, wie du dich schlägst, Süße", sagt er und beugt sich über meine Schulter.

In dem Augenblick, in dem ich realisiere, dass es ein Kosename ist, den er mir gegeben hat – und was für ein Kosename es ist – zittert ein tief reichendes Flattern über meine Rippen. Im gleichen Moment versteift sich August neben mir.

Ich blicke auf die Schüssel hinab aus Angst, dass ich aufgrund meiner Zerstreutheit die Mischung verdorben habe, doch er kommt näher – nicht zu der Schüssel, sondern zu mir – und atmet scharf ein. Luft kitzelt über meine Haut und mir wird bewusst, dass er an mir schnuppert, denn seine Nase streift beinahe meine Haare.

Er reißt sich zurück, seine Muskeln sind angespannt und seine goldenen Augen leuchten wild und hell. Ich starre ihn an und versteife mich ebenfalls, weil ich vollkommen verwirrt davon bin, was los ist.

„Du … und Sylas …", sagt er mit heiserer Stimme. Seine Hände zucken an seinen Seiten, als würde er versuchen, sich davon abzuhalten, sie zu Fäusten zu ballen.

Hitze breitet sich auf meinem Gesicht aus. Ich habe mich vor dem Anziehen gründlicher gewaschen, als ich das normalerweise tun würde, hatte allerdings kein richtiges Bad. Und die wölfischen Nasen der Fae sind so gut wie ihre Ohren. Sylas' Geruch könnte ohne Weiteres noch an meinem Hals haften, auf dem er so viele dieser sengenden Küsse verteilt hat.

„Ich …", beginne ich und weiß nicht, was ich sagen soll. Sollte ich es gestehen? Es leugnen? Warum spielte es für August überhaupt eine Rolle, wenn er doch deutlich gemacht hat, dass er nicht der Meinung war, dass irgendetwas zwischen ihm und mir passieren sollte?

Momentan scheint es eine große Rolle für ihn zu spielen. Er tigert zur Theke und zurück, seine Augen sprühen noch immer Funken. „Es ist okay. Du hast jedes Recht … *er* hat jedes Recht …"

Mit einem erstickten Knurren dreht er sich zur Stube. „Ich muss … nach etwas schauen." Er stürmt durch den Raum und reißt die Hintertür auf. Sie knallt hinter ihm zu. Durch das Fenster sehe ich, wie sich seine Gestalt krümmt und in die Länge zieht und Fell über seinen Muskeln sprießt. Innerhalb von Sekunden ist er kein Mann mehr, sondern ein gigantischer, rötlich brauner Wolf, der über das Feld zum Wald rennt.

Die Rührschüssel schwankt auf meinem Schoß. Ich packe sie, bevor sie auf den Boden fällt, und mein Puls stockt. Will er das hier überhaupt noch? Gibt er das Frühstück komplett auf? Ich verstehe es nicht.

War er *wütend* auf mich, weil ich …

Die Freude, die mir die morgendliche Begegnung beschert hat, verfliegt und lässt nur Schuldgefühle zurück. Ich weiß nicht, was August durch den Kopf geht, aber er war offensichtlich aufgebracht. Ich wollte ihm nie wehtun.

„Das ist ja ein ziemliches Drama, in dem du mitzuspielen beschlossen hast, Krümel", stellt Whitts Stimme von der anderen Seite des Raumes fest.

Ich zucke zusammen und falle fast von meinem Hocker. Dieses Mal entgleitet die Schüssel meinem Griff. Sie plumpst auf den Boden und die Hälfte der Mehlmischung fällt in einer lila Wolke heraus. Ich beeile mich, die Schüssel mit ihrem übrigen Inhalt aufzuheben, und wirble herum. Ich hatte vergessen, dass der andere Mann noch im Raum war.

Whitt schlendert herbei und wirft einen abschätzigen Blick auf den Boden. „Und was für ein Chaos du dabei angerichtet hast. Denkst du, du kannst das beseitigen?"

Ich merke, dass er nicht nur von dem Mehl spricht. „Ich wollte nicht … ich habe nicht versucht, Schwierigkeiten zu machen."

„Es hat allmählich den Anschein, als würden dir diese folgen. Keine Sorge. Ich bin mir sicher, Sylas wird dir nicht die Schuld geben." Er dreht sich zum Gang.

Sein Tonfall war die ganze Zeit über lässig, irgendwo zwischen neckend und stichelnd, aber ich habe den Eindruck, dass er seine Bemerkungen ernster meint, als er sich anmerken lässt. Ist *er* ebenfalls wütend auf mich – weil ich August aufgeregt habe? Wegen Kellan? Sie schienen einander nie sonderlich zu mögen, doch was weiß ich schon aufgrund von zwei Wochen an Beobachtungen?

Wenn ich den Frieden wahren will, den ich an diesem Ort zu finden begonnen habe, ist es notwendig, dass alle drei Männer, die noch über diesen herrschen, zumindest meine Anwesenheit akzeptieren.

„Whitt", sage ich und stelle die Schüssel auf die Arbeitsplatte. „Warte."

Er dreht sich teilweise um und legt den Kopf schief. „Warum?"

„Es ... es tut mir leid."

Sein Mund verzieht sich nach unten. In diesem Augenblick sieht er wütend aus. Dann ist der Ausdruck verschwunden und der fröhliche Tonfall kehrt zurück. „Was tut dir denn leid?"

Ich weiß es nicht so recht. Ich atme tief ein und suche nach einer Antwort, bin mir jedoch so unsicher, was ihn eigentlich stört, dass alles, was ich sage, genauso leicht falsch sein könnte, wie es richtig sein könnte. Ich will ihn nicht noch *mehr* verärgern.

„Hmm", sagt er in mein verlegenes Zögern hinein und wedelt mit dem Finger vor mir. „Arbeite auch daran." Dann schlendert er davon und lässt mich in der Küche allein.

Es ist nach wie vor keine Spur von August zu sehen. Ich warte einige Minuten, in denen sich mein Magen verknotet, und dann durchsuche ich den Raum, bis ich eine Kehrschaufel und einen dürren Handbesen finde. Ich habe es endlich geschafft, das letzte bisschen Mehl vom Boden aufzufegen, und schütte es gerade in den Mülleimer, als Schritte die Wendeltreppe hinter der Tür herabdonnern.

„Sylas?", ruft Whitt. Die Dringlichkeit in seiner Stimme ist so ungewöhnlich, dass meine Nerven flattern. Ich gehe zur Tür. Was ist jetzt los?

Der Fae-Lord taucht aus dem Esszimmer auf, wobei er einen dampfenden Kelch in der Hand hält. Er muss ihn sich eingeschenkt haben, während er auf das Frühstück wartete, das jetzt vermutlich nie kommen wird. Er sieht so überrascht von Whitts Ton aus, wie ich es bin. Als Whitt zu ihm eilt, mustert Sylas das Gesicht des anderen Mannes. „Schlechte Nachrichten?"

„Ich würde es auf jeden Fall eine nervenaufreibende Kombination nennen", erwidert Whitt und legt trotz des scheinbaren Notfalls etwas Sarkasmus in seine Stimme. „Ich habe von einem meiner Leute die Nachricht erhalten, dass Tristan und sein Kader beabsichtigen, uns einen Überraschungsbesuch abzustatten. Wenigstens ist es jetzt keine Überraschung mehr."

Sylas zieht die Augenbrauen hoch. „Abgesehen davon, dass wir nicht wissen, warum sie uns überraschen wollten. Welche Angelegenheiten führen sie hierher – und warum wollten sie uns derartig überraschen?"

„Ich weiß es nicht. Mein Mann wusste nicht einmal, wann genau sie herzukommen planen. Er wusste nur, dass es so klang, als würde es ziemlich bald sein. Es könnte sein, dass sie einfach nur nach uns schauen wollen. Es ist allerdings auch möglich, dass ..."

Während Whitt spricht, blickt er zur Küche und entdeckt mich. Sein Mund klappt mitten im Satz zu. Sylas folgt seinem Blick und seine unterschiedlichen Augen fixieren mich, bevor ich daran denken kann, außer Sichtweite zu huschen.

Ich packe den Türrahmen fest und beschließe, so zu tun, als sei ich die ganze Zeit Teil des Gesprächs gewesen. „Wer ist Tristan? Warum wäre es schlecht, wenn er herkommt?"

Whitt macht erneut ein finsteres Gesicht, doch Sylas antwortet mir, als wäre es eine absolut vernünftige Frage. „Er ist der Cousin zweiten Grades eines Erzlords. Was bedeutet, dass er über viel Ansehen und Einfluss verfügt. Und er kann entscheiden, ob er es zum Guten oder Schlechten einsetzt. Angesichts dessen, dass wir bereits recht viel Ansehen verloren haben, hoffen wir ..." Er verzieht das Gesicht und schenkt Whitt seine Aufmerksamkeit. „Wir müssen sofort mit den Vorbereitungen beginnen."

„Werden wir drei diese Aufgabe allein in Angriff nehmen?“

Ich öffne den Mund, um anzubieten, dass ich auf jede mir mögliche Weise helfen werde, aber Sylas' Blick schweift erneut und so ernst zu mir, dass meine Stimme erstirbt.

„Nein“, sagt er. „Wir müssen das Rudel einbeziehen. Talia, ich fürchte, ich werde dich bitten müssen, dich in deinem Zimmer aufzuhalten, bis diese Angelegenheit geklärt wurde.“

24

*Talia*

Auf dem Fernsehbildschirm stürzt sich eine kreischende Frau auf das Mädchen, das sie beschimpft hat, stolpert und landet mit dem Gesicht voran in einer Torte. Bei diesem Anblick oder dem der klebrigen Maske aus Tortencreme, die ihr Gesicht bedeckt, als sie sich mit großen Augen aufrichtet, kitzelt nicht einmal der Anflug eines Lachens meine Lunge.

Ich schalte den Film aus und lasse mich mit dem Rücken auf das Sofa fallen. Ich sollte froh sein, dass Sylas, nachdem er gesagt hatte, dass ich mich auf mein Zimmer beschränken müsste, seine Anordnung auf *zwei* Räume ausgedehnt hat. Ich habe den Großteil der vergangenen Tage im Unterhaltungsraum des Bergfrieds verbracht, Bücher durchgeblättert, auf die ich mich nicht konzentrieren kann, weil ich zu abgelenkt bin, und Filme aus der Sammlung des Fae-Lords angeschaut – mit Kopfhörern, um sicherzustellen, dass keines der Rudelmitglieder, die er für die Vorbereitungen hergeholt hat, bemerkt, dass ich hier unten bin.

Doch jetzt ist mir sterbenslangweilig. Ich kann mich nicht einmal daran erinnern, ob dies der vierte oder fünfte Tag ist. Die Tage sind alle ineinander übergegangen – noch mehr als zuvor.

Ich habe Sylas und seinen Kader kaum gesehen. Sie klopfen an, wenn sie Mahlzeiten vor der Tür zurücklassen, und wenn es an der Zeit ist, dass ich von meinem Schlafzimmer zum Unterhaltungsraum umsiedele oder umgekehrt. Ein paarmal hat Sylas kurz durch die Tür mit mir gesprochen, um sich zu vergewissern, dass es mir gut geht. Ansonsten war ich jedoch vollkommen isoliert. Sie wollen nicht das Risiko eingehen, dass mich das restliche Rudel an ihren Kleidern riecht, weil sie zu viel Zeit mit mir verbracht haben, erklärte er mir.

Wenn er so entschlossen ist, meine Anwesenheit hier geheim zu halten, muss das doch bedeuten, dass er nicht vorhat, mich diesem Cousin zweiten Grades eines Erzlord-Typen anzubieten, oder? Oder vielleicht will er einfach nur, dass es eine große Überraschung ist. Mit jeder Stunde, die verstreicht, seit ich mich in seinem Bett an ihn gekuschelt habe, fühlen sich diese intimen Momente weniger real und weniger vertrauenswürdig an.

Sollen Fae nicht Schwindler sein? Wie kann ich *irgendetwas* von dem trauen, was sie mir erzählt haben?

Mein Magen knurrt trotz der Anspannung, die sich darin ausgebreitet hat. Es muss Abendessenszeit sein. In diesem fensterlosen Kellerraum habe ich ein schlechteres Zeitgefühl als üblich.

Das Klopfen kommt, als hätte ich es heraufbeschworen. Doch als ich die Tür öffne, finde ich keinen Teller mit Essen, sondern August, der einige Schritte entfernt mit leeren Händen dasteht.

Er lächelt mich an und ich bin wahnsinnig erleichtert von der aufrichtigen Freundlichkeit auf seinem Gesicht. Ich habe ihn nicht gesehen, seit er neulich morgens aus der Küche gestürmt ist. Was auch immer er von dem hält, was er sich über Sylas und mich zusammengereimt hat, wenigstens scheint er mich nicht zu hassen.

„Hältst du durch?", erkundigt er sich.

Ich zucke mit den Achseln und bin plötzlich verlegen. Ich werde den vorherigen Vorfall nicht erwähnen, wenn er es nicht tut. „Es ist nicht die beste Zeit meines Lebens, aber trotzdem noch viel besser als ein richtiger Käfig."

Bei der Erinnerung daran, wie sie mich gefunden haben, zuckt er zusammen, winkt mich nach draußen und läuft ein paar Schritte vor mir durch den Gang. „Ein Späher hat berichtet, dass Tristan und zwei Mitglieder seines Kaders auf dem Weg zu unserem Gebiet sind. Sie sollten in weniger als einer Stunde hier sein. Sylas denkt, dass du in deinem Zimmer sicherer sein wirst. Ich habe bereits Essen hochgebracht, damit du nicht hungern musst."

„Dankeschön." Mein Blick gleitet durch den Flur und über die Treppe, als wir nach oben laufen. Jeder Zentimeter jeder Oberfläche wurde geschrubbt und poliert. Neue Kunstwerke – edle Gemälde und verdrehte Gold- und Bronzeskulpturen – hängen an den Wänden des Erdgeschosses. Zusätzliche Laternenkugeln baumeln von einem gewundenen Zweig, der sich entlang der Decke erstreckt. Jedes Mal, wenn ich hochgekommen bin, ist der Bergfried edler geworden. Ich kann mir nur ausmalen, wie sich die anderen Räume verändert haben.

„Der Kerl ist ziemlich wichtig, hm?", frage ich, während wir die breitere Wendeltreppe zum ersten Stock erklimmen.

„Ich meine, ich weiß, dass er mit einem dieser Erzlords verwandt ist und das alles …"

„Uns so weit an die Ränder der Nebelwelt zu schicken, ist nur einen Schritt von der absoluten Verbannung entfernt", erklärt August. „Sie werden sich alles anschauen, um zu sehen, wie wir mit der Schande umgegangen sind, und du kannst dir sicher sein, dass er seinem Cousin Bericht erstatten wird. Je höher wir unsere Köpfe trotz unserer Situation halten können, desto mehr Respekt werden wir uns verdienen. Ein echter Lord lässt sich von seinem Standort nicht schwächen."

Der letzte Teil klingt, als würde er Sylas zitieren. Mir drängt sich der Gedanke auf, dass jeder, der derartige Bedingungen für seinen Respekt aufstellt, nachdem er Leute vertrieben hat, ein so großer Arsch ist, dass sein Respekt ohnehin keine Bedeutung haben sollte, aber das sage ich nicht.

August lässt mich in meinem Zimmer allein. Es sieht wenigstens so aus wie immer. Sylas erwartet offensichtlich nicht, dass die Besucher es untersuchen werden. Auf dem Nachttisch finde ich einen Teller mit einer simplen Mahlzeit aus Brot, Käse und Wurstscheiben, doch da August sie zubereitet hat, ist sie köstlich in ihrer Einfachheit.

Ich habe das Sandwich, das ich mir zusammengestellt habe, zur Hälfte gegessen, als ein Klopfen erklingt, mit dem ich nicht gerechnet habe. Wollen sie mich erneut umziehen lassen?

„Ja?", frage ich von meinem Platz auf der Bettkante.

Die Tür öffnet sich und enthüllt Sylas' eindrucksvolle Gestalt. Er macht ein paar Schritte ins Zimmer, bleibt stehen und mustert mich mit seinem unversehrten und vernarbten Auge. „All diese Einschränkungen sollten bald vorbei sein", erklärt er. „Es ist unwahrscheinlich, dass unsere Gäste die Nacht hier verbringen, und falls sie es tun, werden wir sicherstellen, dass sie früh am Morgen abreisen."

Ich *freue* mich darauf, wieder im gesamten Bergfried herumlaufen zu dürfen. Ich nicke. „Ich vermute, ich sollte hier oben leise sein?"

„Ja. Wenn du es schaffst, zu schlafen, oder es wenigstens versuchen kannst, wäre das am besten. Allerdings weiß ich, wie leise du deine Füße bewegen kannst." Er blickt auf meine Orthese, die ich bereits ausgezogen und ans Fußende des Bettes gelegt habe. „Selbst wenn sie übernachten, haben wir ein Gästezimmer im Erdgeschoss hergerichtet. Es besteht kein Grund für sie, hier hochzukommen. Du solltest vollkommen sicher sein."

Dann hat er also nicht vor, aus mir ein Abschiedsgeschenk zu machen. Als sich die Spannung in meiner Brust löst, bemerke ich erst, wie angespannt ich gewesen bin. Ich atme tief in meine gelockerte Lunge ein. „Ich werde zusehen, dass ich nichts tue, was ihnen verrät, dass ich hier oben bin."

„Gut. Ich entschuldige mich für den Stress, den dir das Ganze bereitet hat."

Er hält inne und wie auch in anderen Momenten, als er vorbeischaute, um mit mir zu reden, habe ich plötzlich den Eindruck, dass er noch näher treten, mein Gesicht berühren und mich erneut küssen wird. Etwas lodert in den Tiefen seines unversehrten Auges und eine antwortende Flamme entzündet sich in mir … Doch was auch immer er zu tun in Erwägung gezogen hat, er hält sich zurück. Falls ich mir das Ganze nicht einfach aus einem Wunschdenken heraus eingebildet habe.

„Bis morgen", sagt er, neigt den Kopf leicht und geht.

Whitt muss im Gang gewartet haben. Seine Stimme dringt durch die Tür. „Wenn sie realisieren, was wir versteckt haben …"

Sylas' Antwort ist bestimmt. „Wir haben das besprochen. Es wird kein Problem werden."

„Du weißt, dass wir nicht ewig so tun können, als existiere sie nicht. Es ist nicht mal mehr eine Woche bis zum nächsten Vollmond."

„Was ich nicht vergessen habe."

„Wir sind das Risiko, sie von Aerik zu stehlen, *nur* eingegangen, um …"

„Das habe ich auch nicht vergessen", erwidert Sylas, in dessen Stimme sich ein Knurren schleicht, und sie bewegen sich außer Hörweite.

Mein Magen verkrampft sich, doch ich schaffe es, Whitts Beschwerden aus meinen Gedanken zu verdrängen und mein Sandwich aufzuessen. Dann kringele ich mich auf dem Bett zusammen und wünsche mir, ich hätte daran gedacht, eines der Bücher aus dem Unterhaltungszimmer mitzunehmen. Nachdem ich den ganzen Tag nicht viel mehr getan habe, als auf dem Sofa zu lümmeln, bin ich nicht einmal annähernd müde.

Das Klappern von Hufen verrät mir, dass die Besucher angekommen sind. Ich schleiche zum Fenster, vor dem sich Sylas zufolge ‚Glamour' befindet, wegen dem es von außen so aussieht, als wären die Vorhänge immer zugezogen. Zu meinem großen Frust erlaubt mir kein Winkel, die Vorderseite des Bergfrieds zu sehen. Sylas' Stimme erklingt freundlich, wird jedoch über die Entfernung zu sehr gedämpft, als dass ich den genauen Wortlaut ausmachen könnte.

Eine Frau, die ich dem Aussehen nach von Whitts Feiern kenne, tritt in mein Sichtfeld und führt drei Pferde weg, die eleganter als jedes Ross sind, das ich jemals in der Menschenwelt sah: schmale Beine und anmutig geneigte Köpfe, Fell und Mähnen, die perlmuttartig glänzen. Eines ist dunkelgrau, eines kastanienbraun und eines beinahe weiß.

Sie tänzeln so leichtfüßig über den Boden, dass es mir vorkommt, als würden sie über das Gras schweben.

Sie bringt sie zur anderen Seite des Bergfrieds, wo vermutlich die Ställe sind. Dadurch sehe ich nichts mehr, was mit den Neuankömmlingen zu tun hat. Ich sinke wieder auf das Bett und massiere geistesabwesend meinen Fuß. Eine Wolke der üppigen Gerüche des extravaganten Abendessens, das August wahrscheinlich gekocht hat – vermutlich mit der Hilfe der Rudelmitglieder – weht durch die Spalten entlang der Tür. Mein Magen knurrt, obwohl er voll von einem absolut schmackhaften Sandwich ist.

Ich lege mich hin und vergrabe den Kopf in meinem Kissen, aber selbst mit geschlossenen Augen rasen meine Gedanken zu schnell, als dass ich auf Schlaf hoffen könnte. Ich strample die Decke weg und ziehe sie wieder über mich. Worüber reden sie dort unten? Warum *sind* dieser Schickimicki-Typ und ein Teil seines Kaders hergekommen?

Selbst wenn sie nicht wissen, dass ich hier bin, könnte der Ausgang dieses Besuchs verändern, wie Sylas mit mir umzugehen entscheidet.

Schließlich schlägt die Neugier so tiefe Wurzeln, dass ich sie nicht mehr ignorieren kann. Ich *habe* bewiesen, dass ich mich leise durch die Flure bewegen kann. Die Form der Wendeltreppe bedeutet, dass ich früh genug vorgewarnt werde, falls sich jemand dem ersten Stock nähert, sodass mich derjenige nicht sehen kann. Ich muss wissen, was hier und in der Welt um mich herum los ist, wenn *ich* die richtigen Entscheidungen treffen will, soweit ich überhaupt in der Lage bin, irgendetwas an meinem Schicksal zu entscheiden.

Ich halte mich nicht mit meiner Stütze auf, sondern humple vorsichtig zur Tür, die ich so weit öffne, dass ich hindurchschlüpfen kann. Mit behutsamen, wenn auch unrunden Schritten gehe ich zum Knick im Gang und um diesen herum. Meine nackten Füße erzeugen keinerlei Geräusche auf den Dielenbrettern.

Ich muss nicht einmal bis zur Treppe laufen. Als ich den Waschraum erreiche, steigen Stimmen aus dem Esszimmer auf, die so scharf sind, dass ich dem Großteil des Gesprächs folgen kann – zumindest einer Seite. Die Neuankömmlinge scheinen gerne mit lauten, kräftigen Stimmen zu sprechen, als würde ihre Lautstärke sie beeindruckender machen.

„Meinen Informationen zufolge hat es das Zeug nicht oft hierhergeschafft", sagt eine tiefe männliche Stimme.

„Wir sind auch ohne es zurechtgekommen", erwidert Sylas. „Immerhin hatte es bis vor kurzem niemand."

Eine weibliche Stimme meldet sich kehlig und schrill zu Wort. „Stimmt. Und ich schätze, man kann Aerik keinen Vorwurf daraus machen, dass er seine Leute nicht an die Ränder der Nebelwelt schicken wollte."

Aerik. Sie sprechen über das Elixier, das er herstellte, um die Vollmond-Wildheit der Fae zu heilen – das Elixier, das er zu brauen begann, als er Zugriff auf mein Blut hatte. Whitt hatte erwähnt, dass Aerik das Elixier nicht immer mit Sylas' Rudel geteilt hatte, mir war jedoch nicht bewusst, dass er so viel zurückgehalten hatte, dass die gesamte Gemeinde darüber Bescheid wusste. Es klingt so, als hätte er ihnen so gut wie *nie* etwas abgegeben.

Aufgrund von allem, was ich jetzt über Sylas' Vorstellungen von Ehre und Rechtschaffenheit weiß, denke ich, dass er schrecklich verzweifelt war, dass er so weit ging, in Aeriks Haus einzubrechen.

Ist dieser Lord wegen des Elixiers den ganzen Weg hierhergekommen – weil er etwas gehört hat, was ihn misstrauisch gemacht hat? Ich krieche ein Stückchen näher. Meine Ohren sind gespitzt und mein Mund ist knochentrocken.

Es macht jedoch den Anschein, als wäre das Thema nur

angesprochen worden, damit die Besucher ihre Gastgeber piesacken können. Der Mann – Tristan? – beginnt, über irgendeine Mission zu sprechen, bei der er ein Elfenbeinwildschwein geschlachtet hat. Die Frau wirft gelegentlich eine Bemerkung ein. Dann glaube ich, dass Whitt spricht – ich kann seine Stimme nur undeutlich hören, doch das darauffolgende Gelächter klingt nach der Art von Reaktion, auf die er abzielen würde.

„Als ich meinen Cousin zuletzt besuchte, hat er euch und eure Umstände erwähnt", sagt der Neuankömmling irgendwann.

„Er kann uns gerne jederzeit selbst besuchen, um sich diese Umstände mit eigenen Augen anzuschauen", bemerkt Sylas und ich höre ein Kichern, als hätte er einen Witz gemacht, auch wenn es sich für mich nicht wie einer angehört hat. Ich ärgere mich um seinetwillen.

Was auch immer er getan hat, was ihn und sein Rudel gezwungen hat, hierher zu ziehen, ich kann mir nicht vorstellen, dass es *so* schrecklich war – nur schrecklich nach den Standards dieser arroganten, aufgeblasenen Aristokraten, die eindeutig ein größeres Interesse daran haben, über diejenigen zu herrschen, die weniger Macht haben, als das Leben von irgendjemandem zu verbessern.

Es entsteht eine vorübergehende Stille, in der ich nicht mehr als ein Wort hier und da ausmachen kann. Kellans Name erreicht meine Ohren und mein Rücken versteift sich, mir entgeht jedoch, was im Anschluss gesagt wird.

Dann werden die Stimmen plötzlich lauter. Mir wird bewusst, dass die Sprecher in diese Richtung kommen.

„Wirst du uns keine Führung durch dein Reich geben?", fragt Tristan lässig, allerdings mit einer Schärfe, die darauf hindeutet, dass er erwartet, dass man seinem Wunsch nachkommt.

Werden sie doch nach oben kommen? Mein Puls setzt

aus, ich gehe rückwärts und wirble herum. Mit einer Hand an der Wand, damit ich das Gleichgewicht wahren kann, eile ich so schnell zurück zu meinem Zimmer, wie mich meine Beine tragen, ohne meine Schritte zu verraten.

Ich habe ihre Absicht gerade noch rechtzeitig bemerkt. Ich habe kaum zwei Schritte um die Ecke gemacht, als ich sie die Treppe herauf trampeln höre. Ich humple weiter und zittere unter dem Ansturm von Adrenalin und Furcht.

Meine Zimmertür schließt sich mit dem leisesten Klicken hinter mir. Ich stehe auf der anderen Seite und lausche angestrengt, kann jedoch nicht einmal mehr die Stimmen der Besucher ausmachen. Sie sind sicherlich noch zu weit weg, um dieses leise Geräusch zu hören, oder? Nachdem ich einen Moment mit mir gerungen habe, ob ich lauschen oder mich auf mein behagliches Bett zurückziehen soll, humple ich dorthin und krabble unter die Bettdecke.

Ich nehme an, die Gefahr ist ausgestanden. Mein Herzschlag beruhigt sich und ich sinke tiefer in die Matratze, wobei ich mit mir schimpfe, weil ich es riskiert habe, mein Zimmer zu verlassen. Wenn ich weniger wachsam gewesen wäre ...

Doch das war ich nicht. Ich bin rechtzeitig verschwunden. Alles ist jetzt in Ordnung.

Dann dringt Sylas' Stimme durch die Wand. Es klingt, als würde er gerade um die Ecke biegen. „Dort gibt es nicht viel mehr als leerstehende Zimmer. Wir haben uns nicht die Mühe gemacht, sie herzurichten. Ich bezweifle, dass sie euch interessieren."

Er spricht etwas lauter als zuvor. Ich setze mich aufrecht hin und meine Finger krümmen sich in die Decke. Werden sie hierherkommen – werden sie *meine* Zimmertür öffnen?

Was zur Hölle soll ich tun, wenn das geschieht?

„Ich bin so beeindruckt von dem, was du mit dem Rest des Gebäudes getan hast, dass ich mir nicht vorstellen kann, dass sie eine Enttäuschung sein werden", erwidert Tristan in dem gleichen fordernden Tonfall.

Kälte schwappt über meine Haut. Er wird darauf bestehen, hier reinzuschauen. Oh, zur Hölle.

Sylas lacht – erneut lauter, als ich es gewohnt bin. „Nun, du wirst selbst sehen, dass es nichts anderes als ein paar Möbel zu sehen gibt."

Er *will*, dass ich ihn höre. Er warnt mich. Das Zimmer muss so aussehen, als würde niemand darin leben.

Es gibt einige Zimmer zwischen der Ecke und meinem. Ich habe ein oder zwei Minuten.

Mein Kopf fährt herum. Der Kleiderschrank – dort kann ich mich verstecken … und hoffen, dass sie mich nicht riechen. Er ist weiter von der Tür entfernt als das Bett. Sie werden nicht durch das gesamte Zimmer laufen, oder?

Ich habe keine Zeit, mir Sorgen darüber zu machen. Ich stemme mich vom Bett und erinnere mich in letzter Sekunde daran, meinen Fuß sachte abzusetzen. Anschließend ziehe ich die Bettdecke so glatt wie möglich. Der Teller mit dem Abendessen muss ebenfalls verschwinden. Ich nehme ihn und schiebe ihn zusammen mit meiner vergessenen Krücke so weit unter das Bett, wie ich greifen kann. Daraufhin wirble ich zum Schrank herum.

Ich bin beinahe dort, als mich Entsetzen packt. Meine Fußstütze – sie lehnt noch am Bettrahmen und ist von der Tür aus leicht zu sehen. Wie könnte Sylas *das* erklären?

Es gab eine Pause im Gespräch, doch jetzt bewegen sie sich wieder und werden immer lauter, als sie sich nähern. Ich haste zurück zum Bett und setze meinen kaputten Fuß aus Versehen in einem merkwürdigen Winkel, der meine Nerven einklemmt. Ein schärferer Schmerz bildet sich daraufhin zwischen den deformierten Knochen, weshalb ich den Kiefer zusammenpresse und ein Keuchen schlucke. Anschließend bücke ich mich, um die Stütze aufzuheben.

Jede Faser in meinem Körper brüllt mich an, in Höchstgeschwindigkeit zum Schrank zu eilen, doch wenn sie mich herumrennen hören, bin ich ohnehin geliefert. Ich humple so flink wie möglich vorwärts und zucke zusammen, als ich die Tür öffne und die Angeln leise quietschen. Im Anschluss krieche ich in den Schrank zwischen die herunterhängenden Tagesdecken und gefalteten Laken.

Am Inneren der Tür befindet sich eine leichte Erhebung, sodass ich sie vollständig zuziehen kann. Dort kauere ich, ohne etwas im Zimmer dahinter sehen oder etwas anderes als das Donnern meines Pulses hören zu können.

Die Schlafzimmertür öffnet sich mit einem Klicken. Sylas' Stimme ist barsch. „Ein schlichtes Gästezimmer. Wir haben unten angemessenere Quartiere vorbereitet, solltet ihr welche benötigen."

Jemand gluckst. „Ich hoffe es nicht."

Es erklingt ein schnupperndes Geräusch und meine Kehle schmerzt, weil ich die Luft anhalte. Dann sagt die Frau von zuvor: „Du hast also angefangen, wieder Menschendiener zu halten."

„Es ist schwierig, ohne zusätzliche Hilfe zurechtzukommen", erklärt Sylas ruhig. „Und es ist einfach, sie herzuholen, solange wir hier leben. Falls dich der Geruch stört, kann ich dir versichern, dass eure Zimmer nur von meinem Rudel hergerichtet wurden."

Sie summt vor sich hin und die Tür schließt sich wieder. Ich drücke eine Hand auf meinen Mund, um den Seufzer der Erleichterung zurückzuhalten.

Indem ich mich tiefer in die Decken kuschle, lege ich den Kopf ab. Ich weiß nicht, ob ich ein Auge zu tun kann, bis sie fort sind, aber falls ja, werde ich es vermutlich hier drin tun.

**25**

---

*Talia*

Am nächsten Morgen wache ich in meinem Bett auf – und realisiere, nachdem ich trübe geblinzelt habe, dass es gar nicht morgen ist. Der Winkel des Lichts und das indirekte Leuchten, das durch das Fenster fällt, bedeuten, dass die Sonne bereits von Osten nach Westen gereist ist. Ich habe bis in den Nachmittag hinein geschlafen.

Das ist keine große Überraschung. Ich weiß nicht, wie spät es war, als ich schließlich aus dem Schrank kroch und ins Bett krabbelte, nachdem ich die Pferde der Besucher davon galoppieren gehört hatte. Ich weiß nur, dass es in den frühen Morgenstunden war und mein Kopf vor nervöser Erschöpfung schmerzte.

Die Erschöpfung hat sich verringert, aber ich bin noch immer nervös. Die vergangene Woche hat zwar neue Freuden in mein Leben gebracht, allerdings auch deutlich gemacht, wie leicht jegliche Sicherheit erschüttert werden kann, die ich hier gefunden habe. Sylas konnte nicht einmal sicherstellen, dass mich sein eigener Kader nicht verletzte. Er konnte auch nicht den Besuch des anderen Lords verhindern trotz der Gefahren, die seine Anwesenheit im Gebäude barg.

Innerhalb des Bergfrieds regiert Sylas mit einer Autorität, die sich so unerschütterlich anfühlt, dass es schwer ist, sich vorzustellen, dass sich jemand nicht seinem Befehl beugt. Doch außerhalb dieser Wände gibt es Leute – anscheinend eine Menge Leute – die mehr Macht haben als er.

Was mit mir passiert, wird letztendlich womöglich nicht nur in seiner Hand liegen, selbst wenn er das gerne hätte.

Ich stolpere aus dem Bett. Mein Kopf fühlt sich noch immer schwer an und diese unangenehmen Gedanken wirbeln durch meinen Verstand. Jemand muss im Lauf des Tages nach mir geschaut haben: Auf dem Nachttisch steht ein neuer Teller, auf dem sich lila Pfannkuchen stapeln. Als ich ihn sehe, steigt der haselnussartige Duft in meine Nase und mein Herz zieht sich zusammen. Es fühlt sich wie ein Friedensangebot an, bei dem keine Worte nötig sind.

Da ich den ganzen Tag noch nichts gegessen habe, brauche ich nicht lange, um den kompletten Stapel zu verschlingen. Mein Magen tut nicht mehr weh, wenn ich mehr als vogelgroße Portionen einer Mahlzeit esse, was vermutlich ein Fortschritt ist. Die Pfannkuchen lassen einen cremigen Haselnussgeschmack auf meiner Zunge zurück, der so köstlich ist, dass ich meinen Mund nicht ausspülen und ihn wegwaschen will. Allerdings sollte ich das vermutlich tun, da sich mein Mundgeruch mittlerweile bestimmt zu einem höheren Level von Igitt entwickelt hat.

Im Gang begegne ich keinem meiner Kidnapper. Die Aussicht aus dem Südfenster zeigt, dass es später als angenommen ist. Whitt ist draußen auf dem Feld und seine große Statur wirft einen langen Schatten. Die untergehende Sonne wird von seinen hellbraunen Haaren reflektiert. Er scheint einige der Rudelmitglieder dazu anzuleiten, alles für eine seiner Partys aufzubauen. Einer verteilt Kissen, ein anderer arrangiert Kelche auf einem Tisch.

Während ich zuschaue, zieht Whitt den Flachmann aus seiner Tasche und trinkt einen Schluck daraus, was vermutlich ein früher Beginn seiner Feier ist. Anscheinend war die Bewirtung der Gäste gestern Abend nicht feierlich genug für ihn. Oder vielleicht braucht er diese Party, um sich von der letzten zu erholen.

Als ich mich auf den Weg nach unten mache, sind die Zimmer im Erdgeschoss alle leer und die Gänge liegen stumm da. Ich fühle mich wie ein Gespenst, als ich durch sie hindurchlaufe – als wäre ich vielleicht gar nicht wirklich hier. Könnte es sein, dass ich vollständig verblasst bin, nachdem ich mich den Großteil der Woche versteckt habe? Es klingt absurd, andererseits, wie kann irgendetwas absurder sein als die Tatsache, dass ich im Reich der Fae lebe?

Ich wage mich in den Keller und gehe zum Unterhaltungszimmer, da aus dieser Richtung lebhafte Musik dringt. Als ich durch die Tür spähe, entdecke ich August, der auf der Sofakante kauert und den Blick eindringlich auf den Fernseher gerichtet hat, während er auf seinem Kontroller herumdrückt. Auf dem Bildschirm wirbelt ein digitalisierter Kämpfer mit einem Tritt durch die Luft, der seinem Gegner den Kopf abschlägt.

August stößt einen Jubelschrei aus und senkt grinsend den Kontroller. Er sieht so entspannt aus, dass ich mir einrede, dass es in Ordnung ist, ihn zu stören.

„Hi", sage ich, als ich in den Raum schlüpfe.

Sein Grinsen wird bei meinem Anblick breiter und das verdammte Flattern schmilzt erneut mein Inneres. Als ich ihn ständig sah, habe ich mich anscheinend daran gewöhnt, wie gut er aussieht. Jetzt brauche ich einen Augenblick, bis ich wieder Luft holen kann.

Er winkt mich zum Sofa. „Du bist wach! Du sahst ziemlich erledigt aus, als ich dir deinen Teller brachte. Ich wollte dich nicht aufwecken." Ein Hauch Schüchternheit lässt seine Miene weich werden. „Wie haben dir die Pfannkuchen geschmeckt?"

„Sie waren so lecker, wie du versprochen hast. Ich schätze, ich habe den Großteil des Tages verloren."

„Das haben wir alle. Tristans Truppe hat uns fast bis zur Morgendämmerung wachgehalten. Und dann wollte Sylas, dass wir alles durchgehen, was sie gesagt hatten, bevor unsere Erinnerungen daran verblassten." Er unterdrückt ein Gähnen. „Wir agieren jetzt alle nach Whitt-Zeit. Ich weiß nicht, was mit dem Abendessen passieren wird. Das Frühstück war bereits ein spätes Mittagessen. Sylas ist losgezogen, um etwas zu überprüfen, und ich weiß nicht, wann er zurückkommen wird."

„Nun, ich brauche so bald kein Abendessen. Ich habe mich gerade mit den Pfannkuchen vollgestopft." Ich trete näher und bleibe neben der Sofalehne stehen. „Nach den letzten Tagen habe ich genug von meiner eigenen Gesellschaft. Hast du etwas dagegen, wenn ich dir beim Spielen zuschaue?"

August winkt meine Bedenken darüber, ob ich willkommen bin, ab. „Ich habe ein paar Spiele, die du sogar mit mir spielen könntest."

Ich sinke auf das gegenüberliegende Ende des Sofas und verziehe das Gesicht. „Ich habe seit Jahren nichts gespielt. Ich weiß nicht einmal, was für ein Spielsystem das ist. Ich weiß nicht, ob ich ein würdiger Gegner für dich sein werde."

August schenkt mir noch ein Grinsen. „Ich werde dich schonen. Es wird mir trotzdem Spaß machen. Ich kann Sylas kaum dazu überreden, mit mir zu spielen, und Whitt tut es nur, wenn er so berauscht von dem ist, was er getrunken oder gegessen hat, dass er den Großteil der Zeit damit verbringt, die Klappe aufzureißen, anstatt den Kontroller zu bedienen."

Er ist so enthusiastisch, dass mein Widerstand schmilzt. „In Ordnung. Ich kann es jedenfalls versuchen."

„Suchen wir etwas weniger Gewalttätiges raus ..." Er geht seinen Stapel Spiele durch, gibt einen triumphierenden Laut von sich und tauscht die Spiele aus. Dann reicht er mir einen zweiten Kontroller und deutet auf die Knöpfe. „Dieser ist zum Springen. Dieser ist dazu da, Dinge aufzuheben und zu werfen. Dieser lässt dich doppelt so schnell rennen. Du bewegst dich, indem du den Joystick verwendest. Es ist ziemlich einfach. Du wirst den Dreh schnell raushaben."

Ich betrachte die hellen, cartoonartigen Grafiken auf dem Bildschirm. „Was soll ich tun?"

„Wir treten gegeneinander an und derjenige, der das Rätsel als Erster löst, gewinnt. Die ersten Levels sind wirklich unkompliziert. Es wird erst komplizierter, wenn man sich aufgewärmt hat." Er wirft mir einen spielerischen und unheilvollen Blick zu. „Pass nur auf die Käfer auf."

Obwohl es beinahe ein Jahrzehnt her ist, seit ich zuletzt auf unserer alten Playstation gegen meinen kleinen Bruder gespielt habe – die nach Gaming-Standards mittlerweile wahrscheinlich antik ist – findet meine Hand schnell und mit nur wenigen Problemen den Rhythmus des Knöpfe-Drückens und Joystick-Drehens. Anscheinend sind Videospiele wie Fahrräder und wenn man gelernt hat, wie man sie bedient, erinnert sich der Körper daran.

Ich dirigiere meine Figur durch ein Labyrinth und über einige Hindernisse, um das Ziel am Ende vor August zu erreichen – allerdings bin ich mir ziemlich sicher, dass er mich gewinnen lässt. „Gut gemacht", lobt er und ich beschließe, dass ich mindestens einen Level dieses Spiels anständig und ehrlich gewinnen werde.

Die Rätsel werden schwieriger, aber meine Finger fliegen

schneller über den Kontroller, sobald sie sich an die Strategien gewöhnt haben. Ich kann erkennen, dass ich mich wacker schlage, als August beginnt, all seine Aufmerksamkeit auf den Bildschirm zu richten, anstatt regelmäßig nach mir zu schauen. Er beugt sich auf dem Sofa nach vorne, in seinen Augen funkelt es und er ist konzentriert. Als ich einen Doppelsprung schaffe und einen Knopf gerade rechtzeitig drücke, um vor ihm ins Ziel zu springen, wiegt er sich mit einem kleinen Jubelruf nach hinten. „Du bist ein Naturtalent!"

Ich trete neckend nach seinem Bein. „Jetzt musst du mich nicht mehr schonen."

Er lacht. „Oh, ich werde dir einen harten Wettkampf bieten."

Das tut er, indem er so schnell durch den nächsten Parcours rennt, dass ich atemlos bin, als ich versuche, mitzuhalten, obwohl meine Hände der einzige Teil meines Körpers sind, der sich bewegt. August gewinnt dieses Level und wir starten sofort das nächste.

Als ich in Fahrt komme, erinnert sich mein Verstand an die Tage vor langer Zeit, als ich mit Jamie spielte – nicht dieses Spiel, aber viele andere. Er wurde immer so aufgeregt, wenn er am Gewinnen war, dass er im Wohnzimmer vom Sofa sprang und auf den Füßen auf und ab hüpfte, als könnte er seine Figur so schneller vorwärtsbewegen.

Ich werde dieses fröhliche Lächeln nie wieder sehen. Ich werde nie wieder scherzhafte Herausforderungen mit ihm austauschen, während wir versuchen, den anderen zu übertrumpfen.

Der Verlust ist neun Jahre alt, die Trauer haut mich jedoch um, als wäre es gerade erst passiert. Wann hatte ich wirklich Zeit zum Trauern? Ich weiß nicht, ob ich es jetzt tun kann, wenn ich keine Ahnung habe, was mit Jamie geschehen ist, nachdem mich Aerik mitgenommen hat. Ich weiß nicht, wer ihn gefunden hat, was mit seinem Körper gemacht wurde …

Meine Hände, die den Kontroller festhalten, zittern und meine Figur prallt gegen einen der kauenden Käfer. Ich werde zum Anfang des Parcours zurückgeschickt.

August blickt zu mir und drückt auf Pause. „Magst du das Spiel?", erkundigt er sich und mustert mein Gesicht.

Ich will nicht darüber sprechen, was mir wirklich durch den Kopf geht – über das Blutbad, das hinter mir zurückblieb, und das wegen *mir* angerichtet wurde. Meine Kehle hat sich zugeschnürt, doch es gelingt mir, die Emotionen zu schlucken. Mein Magen schmerzt von ihnen, das ist jedoch okay. Ich hatte viel Übung darin, mein Unbehagen, zu verdrängen.

Stattdessen konzentriere ich mich auf alles, was in diesem Moment gut ist, in dem ich mich gerade befinde. „Ja, es ist perfekt, um mich von diesem Tristan-Kerl und seinem ‚Überraschungsbesuch' abzulenken."

August legt seinen Kontroller ab. „Du musst gestern schreckliche Angst gehabt haben. Sylas fiel keine Möglichkeit ein, sie davon abzubringen, nach oben zu gehen, ohne sie misstrauisch zu machen, was noch schlimmer gewesen wäre. Du hast es prima gemacht, dass du dich so gut versteckt hast. Soweit wir das beurteilen konnten, haben sie gar nichts bemerkt."

Ich bin froh, dass ich für sie wenigstens nicht alles ruiniert habe. „Weißt du, warum sie euch besucht haben? War es wirklich nur ein Zufall, dass sie sich dazu entschlossen haben, nachdem ihr mich hierhergebracht habt?"

„Nicht unbedingt." August verzieht das Gesicht. „Aufgrund der Fragen, die sie stellten, erhielten wir den Eindruck, dass Kellan etwas gesagt haben muss, was ihre Aufmerksamkeit erregt hat. Er kümmerte sich um unseren Handel mit den anderen Rudeln, wenn wir etwas brauchten, was wir in unserem Gebiet nicht kriegen oder herstellen können, was hier an den Rändern der Nebelwelt sehr viel ist. Außerdem hat so ziemlich jeder Lord Spione hier, die nach etwas … Interessantem Ausschau halten. Ich könnte mir vorstellen, dass die Erzlords in allen Gebieten Männer verteilt haben, die die Lage im Auge behalten."

Meine Schultern spannen sich an. „Hat er *mich* erwähnt?"

August schüttelt schnell den Kopf. „Nein, nichts so Spezifisches, sonst hätten sie sicherlich direktere Fragen gestellt. Vermutlich war es eher allgemeines unzufriedenes Murren … Kellan hat womöglich verraten, dass Sylas an einem Plan arbeitete, einem, den er Kellans Meinung nach schlecht anging, etwas in der Art. Und sobald ein Erzlord Wind davon bekommt, dass Pläne geschmiedet werden, neigt er dazu, das Schlimmste zu vermuten. Verständlicherweise, da es genügend Lords gibt, die ihrem Titel gerne ein ‚Erz' anfügen würden. Und …"

Er unterbricht sich und schüttelt abermals den Kopf, dieses Mal energischer. „Jedenfalls wirkten sie zufrieden darüber, dass wir nicht im Prozess waren, einen Putsch vorzubereiten, und sie schienen einigermaßen beeindruckt vom Zustand unseres Bergfrieds zu sein. Das ist also gut. Sylas hat sich eine Geschichte ausgedacht, warum Kellan nicht hier war, die auch einen Grund andeutete, aus dem er verärgert war. Einen Grund, der nichts mit Verrat zu tun hat – oder irgendwelchen Diebstählen, die wir begangen haben." Er schenkt mir ein Lächeln.

Sogar tot bereitet Kellan Sylas und den anderen noch Probleme. Ich kaue auf meiner Unterlippe. „Irgendwann werden alle erfahren, dass Kellan tot ist, oder?"

„Natürlich. Aber Sylas wird kontrollieren, wie die Nachricht ans Licht kommt. Er wird sich die beste Methode einfallen lassen, um es auszudrücken. Und ehrlich gesagt, wenn er zugeben muss, dass er derjenige war, der ihm das Leben genommen hat ... Eine Menge Leute haben gesehen, wie sich Kellan benommen hat. Es wird niemanden überraschen, dass er seinen Lord so weit getrieben hat."

„Aber Sylas hat ihn trotzdem in seinem Kader aufgenommen."

„Es gibt gewisse Verpflichtungen ..." August seufzt. „Ich glaube nicht, dass einer von uns wirklich glücklich darüber war, einschließlich Kellan. Wir hofften, dass er sich einleben und anpassen würde. Das ist allerdings nicht geschehen."

Es nimmt mir einen Teil der Bürde, zu wissen, dass Kellan so ziemlich jeden verstimmt hat und Sylas die Wahrheit erzählte, als er behauptete, dass sich sein Tod schon lange angebahnt hatte. Doch ich kann sehen, dass ihm Kellans Tod schwer im Magen liegt, obwohl er den Kerl nicht mochte und sie miteinander stritten.

Ich kann nicht behaupten, dass mir der Gedanke an meinen eigenen Tod – der früher oder später eintreten wird – keine Angst macht, und ich war ihm sehr viel näher, als August es wahrscheinlich jemals war. Wie schwer muss es sein, dieses Konzept zu begreifen, wenn man eigentlich Jahrhunderte vor sich haben sollte?

August wendet sich mir erneut zu und ich realisiere, dass ich ihn angestarrt und die Details seines Gesichts betrachtet habe. Mit diesem gequälten Ausdruck auf den jungenhaft gut aussehenden Zügen ist es sogar noch umwerfender. Ich reiße meinen Blick los und er fällt stattdessen auf das Tattoo, das unter seinem Ärmel hervorlugt.

Ich deute darauf und stürze mich auf dieses scheinbar sichere Gesprächsthema. „Bedeuten die etwas? Eure Tattoos?" Soweit ich das aus der Ferne sehen konnte, haben die regulären Rudelmitglieder hier und da einige Tattoos, aber sie sind nicht so stark tätowiert wie Sylas und sein Kader –

oder Aerik und seiner. Vielleicht sind sie eine Art Symbol für die Herrschaft?

August tippt auf das, auf das ich gezeigt habe und dessen gewölbte Linien sich wie Krallen miteinander verdrehen. „Es sind keine Tattoos – nicht solche, wie sie die Menschen haben. Wir stechen sie uns nicht selbst. Wenn wir einen wahren Namen meistern, entsteht eine Repräsentation davon auf unserer Haut. Je mehr wahre Namen du an einem Fae siehst, desto mehr Magie kann derjenige wirken."

„Wahre Namen?", wiederhole ich. Dieser Begriff kommt mir vage bekannt vor, vielleicht aus den Feengeschichten, die ich zu Hause las. Da so viele Menschen in die Nebelwelt entführt werden, macht es Sinn, dass auch ein paar fundierte Informationen über die Fae ihren Weg zurück in unsere Welt finden.

„Alle Dinge besitzen eine Essenz, die mit einem wahren Namen verbunden ist. Wenn man den wahren Namen einer Substanz oder Pflanze oder eines Tiers gut genug lernt, kann man es nach seinem Willen lenken." August deutet zu dem Zimmer um uns herum. „Wir haben den Großteil des Bergfrieds mit den Bäumen erschaffen, die hier wuchsen, indem wir ihre wahren Namen benutzt haben."

Also sprachen sie einfach mit einem Haufen Bäume und brachten sie dazu, dieses gigantische Gebäude zu formen? Klingt nach einer schrecklich nützlichen Fähigkeit. „Wie lernt man sie?"

„Wenn du jemanden findest, der sie bereits kennt und gewillt ist, sie dir beizubringen, bringt dich das schon mal einen großen Schritt weiter. Die meisten Fae hüten ihr Wissen jedoch wie einen Schatz. Ansonsten arbeitest du mit dem, was auch immer du zu meistern versuchst, auf verschiedene Arten, bis sich dir der wahre Name offenbart." Er hebt eine Augenbraue. „Ich würde mir an deiner Stelle allerdings keine Hoffnungen machen. Ich habe noch nie von einem Menschen gehört, der Magie gewirkt hat."

Doch ich habe sie gewirkt. Zumindest einmal. Als ich daran denke, wie ich den Riegel meiner Käfigtür dazu überredete, sich zu öffnen, setzt mein Puls einen Schlag aus. Ich bin mir nicht sicher, ob das etwas ist, was ich August und den anderen anvertrauen will. Würde es mich noch mehr zu einem Preis anstatt einer Person machen?

„Ich denke, Aerik hat so etwas benutzt, um meinen Käfig abzuschließen", sage ich zaghaft. Die Silben sind mir noch immer ins Gedächtnis gebrannt. „Was ist ‚fee-doom-ace-own'?"

August blinzelt. „Du hast ein gutes Gedächtnis – deine Aussprache ist beinahe perfekt. Das ist Bronze. Dein Käfig bestand daraus, oder? Es gibt noch andere Arten von Magie, die wir nutzen können. Wahre Namen sind allerdings für gewöhnlich die mächtigsten, wenn du dir keine Sorgen darum machen musst, dass ein anderer, der sie auch kennt, versucht, deinem Zauber entgegenzuwirken."

Und Aerik hatte sich definitiv keine Sorgen darum gemacht, dass ein einfacher Mensch so etwas zustande bringen könnte. *Habe* ich es wirklich geschafft? Vielleicht lag es nur daran, dass er sich das eine Mal nicht genug konzentriert hat, und der Zauber ist von allein gebrochen. Ich habe nicht bemerkt, dass unerwartete Tattoos auf meinem Körper erschienen sind.

Ich werde eine Gelegenheit finden müssen, das zu testen. Allerdings habe ich keine Ahnung, wie ich mein Wissen testen kann, wenn ich es nicht speziell dafür nutze, den Zauber eines anderen aufzulösen. Nun, ich werde einfach schauen müssen, was passiert.

„Wie viele wahre Namen kennst du?", frage ich und schiebe diese Gedanken beiseite.

„Vierundfünfzig", antwortet August mit offensichtlichem

Stolz. „Whitt hat beinahe achtzig, aber er hatte auch viel mehr Zeit als ich, um sie zu lernen. Ich glaube, Sylas hat über einhundert … Er hat seine Zauberei stets weiterentwickelt, wann immer er konnte. Das ist sogar für einen Lord viel. Es wird schwieriger, wenn man die einfachen Namen und Gebiete abgedeckt hat, zu denen man die größte Neigung hat.“

Richtig. August hatte mir bereits erzählt, dass er ein Händchen für körperliche Magie wie Heilen hat. Hat er Symbole für Haut und Muskeln und Knochen auf sich?

Als ich mich daran erinnere, wie er meinen Fuß untersucht hat, fällt mir noch eine Möglichkeit ein, die mich erschaudern lässt. „Haben *Leute* wahre Namen?“ Könnte mich ein Fae herumkommandieren, indem er meinen kennt? Würde ‚Talia‘ reichen oder bräuchten sie auch den Zweitnamen und den Nachnamen?

August nickt. „Fae haben einen. August ist der Name, den mir mein Vater gab, aber wir werden alle mit dem Wissen eines tiefergehenderen Namens geboren, der mit unserer Seele verbunden ist. Soweit ich das verstehe, verhält es sich bei Menschen anders.“ Er hält inne. „Andererseits beherrschen wir so viele verschiedene Magiearten, vor denen sich Menschen nicht verteidigen können, dass es unnötig wäre, sich die Mühe zu machen, deren Namen herauszufinden.“

Das ist keine sonderlich beruhigende Aussage. „Ich schätze, ihr müsst eure wahren Namen den Großteil der Zeit geheim halten“, sage ich. Warum sollte man einem anderen so viel Macht über sich geben wollen?

„Die ganze Zeit trifft es eher“, erwidert August glucksend. „Ich habe meinen nie jemandem verraten. Es gibt ein paar Lords, die das von ihrem Kader verlangen … Ich vertraue Sylas so sehr, dass ich ihm meinen geben würde, wenn er es wollte. Allerdings vertraue ich ihm so sehr, weil er *nicht* die Art von Lord ist, der auf diese Weise herrschen würde. Daher war das kein Problem."

Seine Bewunderung für Sylas schwingt in seiner Stimme mit. Ich denke daran, wie er reagierte, als er den Geruch des Fae-Lords auf meiner Haut roch. Mein Magen verkrampft sich, doch August hat so offen und freundlich gesprochen, dass ich den Mut finde, die Worte auszusprechen.

„Warst du … wütend wegen Sylas und mir …, weil wir …" Ich weiß nicht, wie ich die Frage beenden soll, sowohl aus Scham als auch aus Unsicherheit darüber, wie ich beschreiben soll, was zwischen dem Fae-Lord und mir vorgefallen ist. Wir hatten keinen Sex. Könnte man das, was wir getan haben ,rummachen' nennen? Das fühlt sich auch nicht wie der richtige Begriff an. Es klingt eher wie etwas, was Teenager auf dem Rücksitz eines Autos tun, und besitzt nicht annähernd die intensive Energie, die zwischen uns beiden in seinem Bett entstanden war.

Zum Glück reicht das, was ich gesagt habe, damit August versteht, worauf ich hinauswill. Er senkt den Blick und seine Schultern spannen sich an, er sieht allerdings eher verlegen als aufgebracht aus.

„Meine Reaktion tut mir leid", sagt er. „Ich hatte keinen Anspruch … es hat mich einfach überrascht. Es ist ohnehin nicht so, als könnte ich mich mit ihm messen."

Es braucht einige Sekunden, bis ich diesen Kommentar verarbeitet habe. Ich ziehe die Brauen zusammen. „Ich habe nicht gedacht, dass es ein Wettbewerb ist. Ich habe nicht gedacht … Du sagtest, wir sollten nichts zusammen tun."

Sein Lachen klingt heiser. „Nicht, weil ich es nicht will. Bei den Himmeln, Talia, du hast keine Ahnung … Aber ich habe gesehen, was mit Menschen passiert, die von den Fae auf diese Weise aufgenommen werden. Es endet nur selten gut. Ich weiß nicht, selbst wenn ich es gut *meinen* würde … Mir ist es wichtiger, dich zu beschützen, als dich als

Liebhaberin zu nehmen. Sylas kann dich besser beschützen als ich, weshalb er vermutlich beides schaffen kann. Ich kann ihm – oder dir – das nicht übelnehmen."

Ein Durcheinander aus Emotionen füllt meine Brust, Verwirrung, Sehnsucht und Frust und mehr, was ich nicht so ohne Weiteres benennen kann. „Es ist nicht so, als hätte ich ihn geheiratet oder so. Es war nur eine Nacht." Bisher. Ich kann nicht behaupten, dass ich keine weitere wollte, wenn sich mir die Gelegenheit dazu bieten würde. Das Gleiche gilt jedoch für August. Argh.

Ich hebe die Hände an mein Gesicht. „Ich mag dich auch sehr gern, okay?" Ich fahre fort, wobei meine Stimme teilweise von meinen Handflächen gedämpft wird. „Ich denke nicht, dass er … besser als du ist oder so etwas. Das ist alles wirklich überwältigend. Ich weiß nicht, wie ich mich benehmen soll."

Augusts Tonfall wird weicher. „Du machst das prima. Ich war wirklich nicht wütend auf dich. Wenn ich wütend auf jemanden war, dann auf mich selbst – und damit habe ich mich auseinandergesetzt."

Er streckt die Hand aus, um über meine Haare zu streicheln, und ein Beben rast über meine Haut, das begierig und beklommen ist. Ich will ihn küssen, habe allerdings auch Angst, das Ganze zu vermasseln.

Vielleicht ist es besser, wenn ich mit keinem der Fae-Männer zu intim werde, während meine Zukunft noch in der Schwebe hängt. Das bedeutet jedoch nicht, dass ich mir nicht etwas Nähe erlauben kann, oder?

Ich schlucke schwer und senke die Hände. Dann schiebe ich meinen Körper vorsichtig und bewusst über das Sofa, sodass ich meinen Kopf auf Augusts Schulter legen kann.

Er zögert einen Augenblick, ehe er einen hauchzarten Kuss auf meine Stirn drückt. Sein Arm legt sich um meinen. Ein Gefühl des Friedens, das ich nicht erlebt habe, seit Whitt verkündet hat, dass Tristan kommen würde, legt sich mit der Wärme um mich, die seine Seite ausstrahlt.

In diesem Moment fühlt es sich absolut *richtig* an, mich an ihn zu kuscheln. Mehr brauche ich nicht und ich will das nicht aufs Spiel setzen, indem ich mit mehr experimentiere.

„Willst du weiterspielen oder bist du ein Frosch und machst angesichts meiner enormen Fähigkeiten einen Rückzieher?", fragt August neckend.

Ein Lächeln breitet sich auf meinen Lippen aus. „Hier sind keine Frösche. Zeig, was du draufhast."

Nachdem ich noch ein paarmal gegen ihn verloren habe, gelingt es mir, ihn bei einem Level zu schlagen, sodass wir beinahe punktgleich sind. „Vielleicht bin ich derjenige, der sich Sorgen machen sollte", scherzt August und stößt mich mit dem Ellenbogen an, denn ich lehne noch immer an ihm. Da schwingt die Tür auf.

Sylas betrachtet uns. Im ersten Augenblick wirkt er erschöpft, jedoch zufrieden, vielleicht erwartete er, August allein beim Spielen vorzufinden.

Beim Anblick von mir, wie ich an den anderen Mann gekuschelt bin, verkrampft sich der Kiefer des Fae-Lords und sein unversehrtes Auge blitzt so auf wie damals, als ich ihm erzählte, dass mich August im Pool angeleitet hat. Er stürmt mit einer aggressiven Energie in den Raum, die so mächtig ist, dass sie die dunklen Wogen seiner Haare mit einem aufkommenden Wind anzuheben scheint. Seine Stimme ist kaum mehr als ein Knurren. „Ich habe dir gesagt ..."

Er schaut zu August, nicht zu mir, und August schreckt bereits vor mir zurück, als hätte er sich verbrannt. Schuldgefühle packen mich — und dann durchfährt mich etwas Schärferes, ein Feuer, das in mir lodert und ich erst nach einer Sekunde benennen kann.

Es ist Wut. Ich habe vergessen, wie es ist, wütend zu sein.

„Hör auf damit!", blaffe ich. Meine Stimme quietscht,

der Tadel ist jedoch so bestimmt, dass Sylas tatsächlich stehen bleibt.

Ich nehme Augusts Hand und verflechte meine Finger mit seinen, bevor ich dem Fae-Lord wieder in die Augen sehe. „Er hat mir nicht wehgetan. Wir sitzen nur gemeinsam auf dem Sofa. Was ist daran verkehrt?"

Sylas Blick ist nach wie vor glühend, wird jedoch von einem ausgewachsenen Inferno zu einem Schwelbrand gedämpft. „Er hat zuvor schon mehr mit dir gemacht", widerspricht er.

„Ja und?" Mein Puls rasselt so schnell durch meine Adern, dass ich beinahe denke, er wird aus meinem Körper hervorbrechen. Doch plötzlich bin ich *so* wütend. Ich weiß nicht, ob ich jemals in meinem Leben so fuchsteufelswild war. Darüber, wie sich Sylas jetzt benimmt, darüber, dass er mich tagelang eingesperrt hat. Über all die Zeit, in der ich darauf warten muss, ob ich nach dem nächsten Vollmond irgendeine Form von Leben haben werde. Über all die Monde, die vergangen sind, bevor ich hierherkam, und während denen ich gefoltert und nach Laune der Fae zur Ader gelassen wurde.

Ich war verängstigt, wurde von Schmerzen geplagt, verzweifelte und trauerte, doch wann immer Wut in mir aufstieg, schloss ich sie weg. Jetzt läuft sie über, schwillt in meiner Brust an und ergießt sich aus meinem Mund.

Ich klammere mich an den Machtrausch, der durch die Wut vibriert. „Du kannst mich zwingen, hierzubleiben, und mein Blut nehmen, wann es dir gefällt. Und ich kann nichts dagegen tun. Aber ich *gehöre* dir nicht. Ich gehöre keinem von euch. Also behandle mich nicht, als wäre ich ein Spielzeug, um das ihr euch streiten könnt."

Sylas atmet langsam ein. Die Glut erlischt, man kann allerdings nicht behaupten, dass er *glücklich* über die Situation aussieht. Seine Schultern senken sich ebenfalls und er verschränkt die Arme locker vor der Brust. Er mustert mich einen Moment lang, als würde er abwarten, ob noch etwas aus mir hervorbrechen wird.

„Du hast recht", sagt er schließlich. „Es war nicht meine Absicht, dich so herzlos zu behandeln, und ich entschuldige mich. Deine Zuneigungen gehören dir und du kannst mit ihnen tun, was du willst. Wenn das deine Entscheidung ist, werde ich ..."

Mir entfährt ein Knurren und er ist so verblüfft, dass er den Mund hält.

„Ich habe keine Entscheidung getroffen", entgegne ich. Jetzt bin ich eher genervt als wütend. „Ich weiß nicht, ob ich eine Entscheidung treffen *werde*. Wie ich bereits sagte, sitzen wir nur gemeinsam auf dem Sofa. Ich denke, an mehr bin ich für den Moment nicht interessiert. Ich würde auch gerne mit dir auf dem Sofa sitzen. Es bietet genügend Platz. Warum muss es so ein großes Drama sein?"

August hat während des gesamten Gesprächs stocksteif und angespannt dagesessen. Bei dieser Frage drückt er meine Hand jedoch sanft, was einen Teil der Furcht beruhigt, die mich unter der Wut durchströmt.

Sylas blinzelt. Anscheinend hat es ihm die Sprache verschlagen. Sein Blick gleitet zu dem jüngeren Mann und wieder zu mir. Dann zuckt sein Mundwinkel zu meiner großen Erleichterung nach oben.

Er senkt sich auf meiner anderen Seite auf das Sofa und drückt mein Knie leicht. „Ich schätze, das muss es nicht."

„So. Die Welt ist nicht untergegangen." Jetzt, da mein Zorn verfliegt, ist mir ein wenig schwindlig von dem plötzlichen emotionalen Ansturm. Und vielleicht auch, weil ich zwischen den zwei sexyesten Männern sitze, denen ich jemals begegnet bin, und mich die Hitze ihrer Körper einhüllt.

Ich hole tief Luft und sammle mich. „Gibt es noch einen

Kontroller? Du musst doch mindestens ein Spiel für drei Leute haben, oder?"

Augusts Grinsen kehrt zurück, zunächst wachsam und dann wird es immer breiter. „Ich kann etwas raussuchen." Er blickt zu Sylas. „Falls du keine Angst hast, dich von einem Menschenmädchen plattmachen zu lassen."

Sylas schaut ihn finster an, jedoch ohne echten Groll. „Ich weiß nicht, wie es bei ihr aussieht, aber du kannst dich darauf gefasst machen, dass du gründlich plattgemacht werden wirst."

„Das akzeptiere ich."

Er steht auf, um die Spiele zu wechseln, und kommt mit einem dritten Kontroller zurück. Sylas nimmt ihn gern entgegen und die Spannung im Raum verfliegt.

Als das Spiel beginnt, kuschle ich mich tiefer zwischen die zwei Männer. Ich lege meine Füße auf Augusts Schenkel und lehne den Kopf an Sylas' Schulter. Ich weiß nicht, was sich aus dem hier ergeben wird, allerdings überkommt mich das Gefühl, dass ich genau da bin, wo ich sein will, solange dieser Moment andauert.

26

*Whitt*

Die Beeren zerplatzen zwischen meinen Zähnen, ihr süßsaurer Saft rinnt meine Kehle hinab und vibriert durch meine Sinne. Ich lass mich von dem schwindelerregenden Rausch verzehren, denn ich weiß von einer Vielzahl an Erfahrungen, dass sich der anfängliche Tsunami eines Hochs zu einem milderen Rausch verringern wird, wenn ich mich ihm hingebe.

Die Sterne, die den Nachthimmel zieren, funkeln heller. Der dreiviertel Mond leuchtet so hell, dass es mir in den Augen brennt. Musik und heitere Stimmen umgeben mich. Ich mache auf dem Absatz kehrt und verdaue das alles wie ein dekadentes Festmahl.

Ich verliere mich nie sehr lange. Ich bin übertrieben vertraut mit meinen Grenzen und wie ich es vermeiden kann, gewisse Linien zu überschreiten. Doch diese flüchtigen

Momente, in denen nichts existiert außer den glitzernden Empfindungen der Gegenwart, sind die einzigen Zeiten, in denen sich die ständige Straffheit in meiner Brust vollkommen auflöst. Ohne sie würde ich vielleicht feststellen, dass ich so weit gedehnt bin, dass ich in zwei Hälften brechen würde.

Und das wäre nicht so gut, oder?

Der dunkle Gedanke signalisiert das Schwinden des Hochs. Ich atme unbekümmert aus und richte meine Aufmerksamkeit wieder auf die vorliegenden Aufgaben. Denn diese Feiern sind genauso sehr Aufgaben wie Unterhaltung – zumindest für mich.

Brigit schwebt näher zu mir und pfirsichfarbener Rauch windet sich wie eine Schlange zwischen ihren Lippen hervor. Ein benommener Nebel umwölkt ihre Augen. Sie schenkt mir ein schiefes Lächeln, als könnte sie sich nicht so recht daran erinnern, wie sie ihren Mund in die richtige Form biegen kann, und kichert über sich selbst.

„Heute Nacht hast du dich selbst übertroffen, Kader-Mann", verkündet sie. „So eine Feier für das Rudel."

„So ein Rudel zum Feiern", erwidere ich. Das Wortspiel rollt mir schlagfertig von der Zunge. „Ich dachte, ihr hättet jede Freude verdient, die wir uns leisten können, nach der Arbeit, die ihr alle in die Vorbereitungen für den Besuch gesteckt habt."

„Spießige Lord-Typen", brummt sie, woraufhin ich sofort aufmerke und wachsamer werde, was ich mir nicht anmerken lasse. Die erste Regel zum Erfolg ist, dass man nie mehr als halb so berauscht sein darf, wie man es zu sein scheint. Ich speichere gedanklich bereits das Wissen ab, dass Brigit definitiv niemand ist, den wir zu irgendwelchen Feiern einladen sollten, bei denen besuchende Lords oder ihre Kader anwesend sind. Wenn ihre Zunge in meiner

Gegenwart so respektlos werden kann, könnte sie das auch bei allen anderen sein.

Doch ich hatte *gehofft*, diese Respektlosigkeit von einigen meiner Rudelkollegen zu hören. Mir bringen diejenigen, die so mutig sind, ihre wahren Gefühle zu zeigen, das meiste Vertrauen entgegen.

„Nun, sie sind nicht sonderlich lang geblieben", sage ich vorsichtig, wobei ich ihre Wortwahl nicht gutheiße, sie jedoch still ermutige.

„Ich würde sagen, sie haben unsere Gastfreundschaft überstrapaziert." Sie nimmt noch einen Zug Rauch aus der dürren Pfeife, die sie in der Hand hält, und lässt ihn aus ihren geschwungenen Nasenlöchern strömen. „Kommen zurück, um sich über uns lustig zu machen."

Ich mustere sie aus dem Augenwinkel. Kein anderer hat erwähnt, dass Tristan länger geblieben ist. Doch nachdem Sylas so deutlich gemacht hat, wie wichtig es ist, den Eindringlingen einen spektakulären Empfang zu bieten, ist es kein Wunder, dass sie ihre Kritik nur zaghaft äußern. Sie respektieren Sylas zwar als ihren Anführer, empfinden jedoch auch eine gesunde Dosis Furcht vor ihm, wie es bei einem Lord sein sollte.

„Alle drei?", frage ich.

„Nur diese Frau. Die war schon schlimm genug. Starrte jeden an, als würde sie überlegen, wie deren Köpfe aufgespießt auf Speeren aussehen." Brigits Stimme beginnt, undeutlich zu werden. „Ich stand gerade auf, um Disteltau zu pflücken – du weißt, dass es am besten ist, wenn man es kurz vor der Morgendämmerung sammelt – und entdeckte, dass sie sich bei den abseits gelegenen Häusern herumdrückte und etwas auf ein Blatt schrieb, als würde sie einen Bericht anfertigen."

Das war vielleicht genau das, was Jax, das weibliche

Kadermitglied, das Tristan mitgebracht hatte, getan hatte. Es wäre unter der Würde eines Lords, geschweige denn eines von Tristans Status, ein Interesse am Leben der verblassten Leute in unserem Rudel zuzugeben. Anscheinend hatte er Interesse und schickte jemanden aus seinem Kader zurück, damit er seine Neugier befriedigte.

Sie waren so gerissen, sich den Blicken unserer offiziellen Wachen zu entziehen. Wäre diese gewöhnliche Rudelfrau nicht auf dem Weg gewesen, um vor der Morgendämmerung etwas zu sammeln, hätten wir nie erfahren, dass ihre Bedenken nicht vollständig zur Ruhe gelegt wurden.

Ein Kribbeln verdichtet sich trotz meiner Benommenheit in meinem Magen. Wonach hat Tristan Jax Ausschau halten lassen? Was hat dieser Mistkerl Kellan gesagt, das ihre Sorgen erregt hat?

Vor einem Monat hätte es keine Rolle gespielt. Vor einem Monat hatten wir nichts zu verbergen. Jetzt haben wir gerade Tage damit verbracht, die Anwesenheit eines Mädchens zu vertuschen, welches das größte Problem der Erzlords lösen könnte. Je länger Sylas diesen Wahnsinn hinauszieht, desto schlimmer wird es für uns werden, wenn ein kleiner Fehler unser Geheimnis offenbart.

Brigits gewählter Gefährte schlängelt sich durch die Feiernden an ihre Seite und drückt einen feuchten Kuss auf ihre Wange. Nach seinen geweiteten Pupillen zu schließen, hat er mindestens genauso viele der angebotenen Freizeitsubstanzen genossen wie sie.

Er wirft mir einen trüben Blick zu. „Ich hoffe, unser Lord schläft jetzt besser, da der Besuch vorbei ist."

Ich spreche mit lässiger Stimme, obwohl diese Bemerkung das Kribbeln in mir in ein kräftigeres Rumoren verwandelt. „Lord Sylas wollte das Beste für unsere geehrten Gäste, aber ich bin mir sicher, er war nicht übermäßig beunruhigt."

Der Mann summte. „So sollte es sein. Er wirkte recht …“ Er unterbricht sich, konzentriert sich kurz stärker auf mich und erinnert sich daran, dass ich mehr als ein anderer Feiernder bin.

Brigit schwankt in seinen Armen. „Unser Lord hat dieser Tage den Kopf voll.“

Sie treiben davon und lassen mich mit einem Loch in meiner Magengrube zurück, das jegliche nachhaltigen Wirkungen der Beeren und des Weins, den ich zuvor getrunken habe, aufzusaugen scheint.

Die Mitglieder des Rudels haben Sylas' Zerstreutheit bemerkt. Er würde ihnen niemals etwas anderes als absolute Sicherheit und Aufmerksamkeit präsentieren wollen. Das Problem mit dem Mädchen beschäftigt ihn mehr, als ihm bewusst sein muss.

Wir haben Glück, dass so viele so lange bei uns geblieben sind – und keiner von uns kann so tun, als wäre es bloß aus Loyalität geschehen. Wenn das Risiko, weiterhin unter Sylas' Herrschaft zu leben, größer erscheinen würde als die Risiken, sich einen Platz in einem anderen Rudel zu suchen, das besser dasteht als wir … Wir hätten es nicht mit einem Massenauszug zu tun, unsere Mitglieder würden jedoch mehr schwinden, als sie es bereits getan haben. Und je weniger übrig sind, desto unsicherer werden unsere Position sowie unsere Chancen, sie zu verbessern.

Ich lache und esse und tanze mit ein paar der Frauen, doch dieses Wissen brodelt die gesamte Zeit in mir. Als die Feier langsam zu Ende geht, strecken sich manche zum Schlafen unter den Sternen aus und andere schlendern zu ihren Häusern. Ich gehe viel nüchterner zum Bergfried zurück, als irgendjemand – am allerwenigsten ich – jemals sein sollte.

Ich muss mit Sylas sprechen. Wenn ich deutlich mache, wie gefährlich unsere Position womöglich geworden ist, wird er einsehen *müssen*, dass er das Unvermeidbare nicht länger hinauszögern kann. So reizend der Krümel auch aussieht und so geschädigt sie ohne ihr Zutun ist, sie ist auch eine tickende Bombe, die jederzeit explodieren und uns alle mit sich in die Tiefe reißen könnte.

Ich werde nicht so tun, als würde ich nicht sehen, warum er womöglich zögert. Der Moment, nachdem er Kellan getötet hatte, als sie an seine Seite kroch und ihm ihr Bedauern aussprach, obwohl der Mistkerl sie zerfleischen wollte … Wie sie sich bei *mir* entschuldigte, nachdem August weggestürmt war …

Ein leichter Schmerz fährt mir in die Brust, den ich jedoch so schnell ausblende, wie er einsetzte. Sie zieht eine gute Show von Ehre und Mitgefühl ab, als könnte irgendein Wesen wirklich so gütig sein – und Sylas schluckt das einfach so. Und das trotz der Tatsache, dass ihre Anwesenheit mehr Unruhen im und um den Bergfried herum verursacht hat, als wir hatten, seit wir hierher verbannt wurden. Trotz der Tatsache, dass sie weit weniger Grund hat, unser Wohl zu berücksichtigen, als es Kellan jemals hatte.

Es ist schwer zu glauben, dass diese Gesten nicht strategisch waren. Wie könnte ihr einer von uns wirklich so viel bedeuten? Sogar Isleen …

Ich beende diesen Gedankengang mit einem Ruck meines Kopfes und marschiere los. Ich muss unseren Lord nicht davon überzeugen, dass der Krümel an sein Mitgefühl appelliert. Ich muss ihn nur dazu bringen, das große Ganze zu sehen. Nichts und niemand könnte ihn dazu bringen, sich vor seinen Pflichten zu drücken.

Sylas ist weder in seinem Büro noch in seiner Bettkammer – er ist niemand, der ein beharrliches Klopfen ignoriert. Stirnrunzelnd stapfe ich durch das Erdgeschoss und hinab in den Keller.

Das Murmeln von Stimmen und der Lärm moderner Menschenmusik dringt aus dem Unterhaltungsraum. Er muss sich einen dieser absurden Filme anschauen.

Die Tür steht einige Zentimeter offen, sodass ich in den Raum schauen kann, bevor ich ihn erreiche. Abrupt bleibe ich in Reichweite der Tür stehen und mein Körper versteift sich.

Ich habe mich aus Gewohnheit mit der Heimlichkeit genähert, in die ich automatisch verfalle, wenn ich wachsam genug bin. Keine der Gestalten in dem Zimmer hat meine Ankunft bemerkt. Sie *schauen* sich einen Film an und die Lichter auf dem Bildschirm huschen im Halbdunkel über ihre Gesichter: Sylas, August und das Menschenmädchen, das zwischen ihnen sitzt.

Ihre Augen haben sich geschlossen und ihre Züge sind im Schlaf noch zarter. Ihr Kopf ist an Sylas' Schulter gelehnt und seine Hand ruht auf ihrem Bein. Auf ihrem anderen Schenkel liegen ihre Finger, die mit denen von August verschlungen sind. Vor meinen Augen betrachtet er sie mit unverkennbarer Zärtlichkeit.

Als er seine Aufmerksamkeit auf Sylas verlagert, spannt sich seine Miene an. Unser Lord blickt ihn im Gegenzug finster an, während sein Daumen eine sanfte Spur über das Knie des Mädchens zeichnet.

Das, was von meinem Magen noch übrig ist, ballt sich zu einem Knoten zusammen. Bevor ich mir der Bewegung bewusst bin, hat sich mein Kiefer verkrampft. Ich muss meine Beine anspannen, damit ich nicht dem Drang nachgebe, dort rein zu stürmen und zu fragen, ob sie den Verstand verloren haben.

Sie hat sich noch mehr von ihren Zuneigungen erschlichen, als ich vermutet habe. Die Zuneigung von *beiden*. Und zu welchem Waffenstillstand sie heute Nacht auch gefunden haben, dieser Blickwechsel verrät mir, dass die Sache alles andere als geklärt ist. Es wird eine Abrechnung geben – es wird *mehrere* Abrechnungen zwischen ihnen und innerhalb unserer Gruppe geben.

Bei August kann ich es verstehen. Er hat ein weiches Herz unter all den Muskeln, vor allem für verletzliche Dinge. Doch Sylas – bei allem, was Staub ist, ich dachte, er wäre klüger.

Keine dieser Tatsachen erklärt den Zorn, der in mir hochblubbert, und dass ich mit den Zähnen knirsche. Natürlich wendet sie sich an die beiden und nicht an mich. An denjenigen, der sie mit seiner Geselligkeit und seinen Kochkünsten verwöhnt hat, und an denjenigen, der sie beschützt und dabei alles riskiert hat, was ihm wichtig ist. Was habe ich anderes getan, als ihr einige bissige Bemerkungen und einen spektakulären Rausch zu bieten? Oh, und eine Panikattacke, die dürfen wir nicht vergessen.

Das sollte kein Problem sein. Es *darf* kein Problem sein. Ich will nichts mit ihr zu tun haben, mit Sylas' Schatz. Diesbezüglich habe ich meine Lektion nur allzu gut gelernt.

Dennoch wandern meine Gedanken gegen meinen Willen zu Bruchstücken eines Traums, den ich vor einigen Nächten hatte – von einem winzigen Mädchen, das nackt im Sternenlicht tanzte. Ihre pinken Haare flogen wild durch die Luft und ihre Arme waren vor ungehemmter Freude ausgestreckt, die sie so mühelos annahm, als ich ihr den Cavaralsirup gab. Von ihren hellen Augen, in denen Hemmungslosigkeit leuchtete ... und in denen eine lüsterne Lebensfreude funkelte, als sie nach mir griff.

Meine Finger zucken. Würde sich ihre Haut so glatt anfühlen und ihr Körper so geschmeidig an meinem bewegen, wie er es in diesem Traum tat? Oder würde sie wie neulich morgens zitternd in meinem Schlafzimmer kauern und dann unerwartet hinterlistig ...

Indem ich herumwirbele, wende ich den Blick von der Szene vor mir ab. Ich marschiere zurück zur Treppe und greife im Gehen nach meinem Flachmann. Der erste Schluck – heute Nacht ist es Dämmerapfelwein – brennt einen Teil meines Frusts weg. Der zweite überschattet die Bilder, die ich verbannen wollte. Der dritte bringt mich zu diesem schimmernden Plateau zurück, wo mein Geist ungehindert von Emotionen frei fliegt, ich jedoch noch nicht vollkommen unsicher bin. Dort höre ich auf.

Es wird nichts bringen, mit Sylas zu reden. So viel kann ich sehen. Wenn er sich bereits erlaubt hat, einen so großen Anspruch an dem Mädchen auszudrücken, kann diese Situation in nichts anderem als einem absoluten Schlamassel enden, ganz gleich, wie gut ich meine … Neugier meistere, unbekümmert dessen, dass Kellan die Spannungen nicht mehr verstärkt. Solange sie bei uns ist, werden die Risse, die sich bereits gebildet haben, nur noch breiter werden.

Solange sie bei uns ist.

Im Gang vor der Küche bleibe ich stehen, während die gegärten Säfte durch meine Adern sprudeln. Mein Blick hebt sich zu der Tür am anderen Ende der Stube.

Wären unsere Leben nicht so viel einfacher, wenn sie vor einer Woche geflohen wäre, wie sie es beabsichtigt hatte?

Was, wenn wir unser ‚Heilmittel‘ verlieren würden? Sie hätte ohnehin nie eine dauerhafte Lösung sein können, wie Sylas selbst zugegeben hat. Wir zögern nur das Unvermeidliche hinaus. Wir sind Wölfe – wir sind dazu bestimmt, wild zu sein. Warum sollte der Rest meines Volkes das nicht akzeptieren?

Es gibt noch andere Möglichkeiten, wie wir im Ansehen der Erzlords steigen können. Möglichkeiten, die nicht bedeuten, dass die Bande zwischen Lord und Kader noch mehr durchtrennt werden. Möglichkeiten, bei denen es nicht notwendig ist, dass ich meinen Brüdern dabei zuschaue …

Ich verdränge diesen Gedanken und die Erinnerung an ihren auffälligen, pinkhaarigen Kopf, der zwischen ihnen ruhte. Es geht *nicht* um mich. Ich war einmal schwach und zerstörte uns beinahe selbst. Dieses Mal …

Dieses Mal kann ich uns retten.

Und damit ich das tun kann, muss das Mädchen gehen.

*Talia*

Während ich im Pool bade, hält August ein scheinbar zielloses Gespräch aufrecht, bei dem wir über alles Mögliche plaudern von Menschensport – anscheinend ist er ein Fußballfan, große Überraschung – bis hin zu Übungen, die ich ausprobieren könnte, um die Muskeln um den krummen Teil meines Fußes zu stärken. Ich denke allerdings nicht, dass die Art und Weise, wie er von einem Thema zum nächsten springt, ziellos ist. Das Ziel besteht darin, jegliche Erwähnung dessen zu vermeiden, was hier vor mehreren Tagen zwischen uns passiert ist.

Das ist für mich in Ordnung. Kurze Zeit wirkte gestern Nacht alles so einfach und richtig. Es war jedoch unmöglich, im Lauf des Tages nicht zu bemerken, dass sich die Energie zwischen August und Sylas verändert hat.

Sie haben nicht gestritten – sie haben nichts direkt über ihre Interessen an mir oder über meine an ihnen gesagt –

doch es gibt Pausen, wo es vorher keine gab, und Blicke, die eher den Eindruck von Abschätzen als Kameradschaft vermitteln.

Ich möchte die Spannungen, die unausgesprochen zwischen ihnen bestehen, nicht noch mehr anschüren, als ich es unbeabsichtigt bereits getan habe. Im Pool halte ich mich von den Düsen fern und als ich rauskomme, trockne ich mich schnell ab und ziehe mich wieder an. August lächelt mich an, als er hinter dem Paravent hervortritt, lässt jedoch einige Schritte Platz zwischen uns, als wir durch den Gang zur Treppe laufen.

In weniger als einer Woche habe ich womöglich viel größere Probleme. Ich dachte, dass die Sache zwischen uns es dem Fae-Lord erschweren würde, mich aufzugeben. Doch so wie sich alles entwickelt, beschließt er vielleicht, dass es für seinen Kader besser ist, wenn er mich den Erzlords übergibt und es ihnen überlässt, zu entscheiden, wie man die unerklärliche Macht meines Blutes am besten nutzen kann. Ich bin mir sicher, dass er versuchen wird, alles so zu arrangieren, dass sie mich gut behandeln, aber er wird nichts mehr zu sagen haben, wenn ich mich erst einmal in ihrem Gewahrsam befinde, oder?

Jeder Schritt, den ich hier mache, jede Entscheidung, die *ich* treffe, fühlt sich so gefährlich an. Ich kann nicht einmal die Konsequenzen vorhersagen, die ein einziges Wort oder eine Tat nach sich ziehen könnte.

Ich schüttle diese Sorgen so gut wie möglich ab – es ist *noch* nichts passiert und ich weiß nicht, was ich aktuell tun könnte, was meine Situation definitiv verbessern anstatt verschlechtern würde – es ist jedoch schwer, sie zu ignorieren, als wir die oberste Stufe erreichen und dort Sylas vorfinden, der auf uns wartet. Oder besser gesagt auf mich. Er nickt August mit einem weiteren dieser grüblerischen Blicke zu und bedeutet dem jüngeren Mann mit einer Handbewegung, zu gehen, bevor er sich mir zuwendet.

„Ich versuche noch immer, herauszufinden, was die Wirkung verursacht, die du auf unseren ‚Fluch' hast", erklärt er. „Würdest du mir erlauben, ein paar deiner Haare zu testen?"

Die Bitte beruhig meine Nervosität ein wenig. Mein Wohlbefinden ist ihm so wichtig, dass er fragt, auch wenn er mir vermutlich einfach ein paar Haare hätte ausreißen können, ohne dass ich es bemerkt hätte. Und er hat seine Suche nicht aufgegeben, eine Methode zu finden, mich von den Bedürfnissen seines Volkes zu befreien.

„Natürlich." Ich drehe mich, um ihm meine Haare zuzuwenden, die feucht, aber nicht mehr klatschnass sind, nachdem ich sie abgetrocknet habe. „Ich hoffe, die Farbe wirkt sich nicht auf den Test aus."

„Das werde ich berücksichtigen. In der Nähe der Wurzel wird es einen unbeeinflussten Bereich geben. Es ist gut, dass ich damit gewartet habe, bis sie Zeit zum Wachsen hatten."

Er zupft mir die Haare so geschickt aus, dass ich nur ein schwaches Ziepen an meiner Kopfhaut spüre. Dabei achtet er darauf, mich ansonsten nicht zu berühren. Mein Nacken kribbelt dennoch, weil ich mir bewusst bin, dass er nahe bei mir steht und seine Hände bloß Zentimeter von meiner Haut entfernt sind.

Wir gehen gemeinsam in den ersten Stock und meine Fußstütze klopft auf den Boden, da ich nicht mit ihm mithalten kann, wenn ich auf leise Schritte abziele, obwohl er sein Tempo verlangsamt hat. An der Stelle, wo sich der Gang spaltet, streichelt Sylas ganz leicht mit den Fingern über meine Schulter und geht in die entgegengesetzte Richtung, vermutlich zu seinem Büro.

Selbst diese kurze Berührung jagt einen Hitzeschwall durch mich hindurch. Es ist, als wäre ich nach all dieser Zeit ohne die geringste Zuneigung am Verhungern und mein Körper würde sich jetzt nach jedem Kontakt sehnen, den ich kriegen kann.

Ich werde einfach gut auf meine Reaktionen achten müssen, bis ich eine bessere Vorstellung davon habe, wo ich nun stehe – und davon, wie Sylas und August mit ihrem Unbehagen umgehen.

In meinem Schlafzimmer rolle ich mich auf dem Sessel zusammen, den August vor kurzem hochgebracht hat, und öffne ein Buch, das ich mir aus dem Unterhaltungsraum ausgeliehen habe. Ich erinnerte mich daran, wie sehr ich mir am Abend von Tristans Besuch wünschte, ich hätte hier oben Lesematerial. Der Himmel hinter dem Fenster verdunkelt sich, doch die bernsteinfarbene Kugel, die über dem Stuhl angebracht wurde, erwacht mit ihrem flackernden Leuchten. Das ist wenigstens eine Art von Leben. Es könnte so viel schlimmer sein.

Ich bin tiefer in den Sessel gerutscht, habe die Beine über dessen Armlehne geworfen und mich in die Geschichte saugen lassen, als meine Zimmertür aufschwingt. Mein Kopf schnellt in die Höhe, ich zucke zusammen und mein Herz schlägt vor Panik schneller. Sylas und August klopfen immer an – außer es ist ein Notfall …

Es ist jedoch keiner der Fae-Männer, die zuvor in mein Zimmer gekommen sind. Whitt marschiert herein, schließt die Tür hinter sich und bleibt auf halbem Weg zu meinem Sessel stehen. Seine sonnengeküssten Haare sehen noch zerzauster aus als gewöhnlich, seine blauen Augen wirken aufgewühlt und sein Kiefer ist fest zusammengepresst. Er ist so extrem atemberaubend, dass mein Herz erneut vor Staunen und Angst aussetzt.

Ich richte mich hastig auf und presse das Buch fest an mich, als würde es mich vor dem schützen, was er von mir verlangen will. „Ist alles in Ordnung?"

Er legt den Kopf schief und betrachtet mich. „Du hast dich als anständige Beobachterin erwiesen, Krümel, selbst wenn du nichts hättest beobachten sollen. Denkst *du* wirklich, dass ‚alles in Ordnung' ist?"

Ich blinzle ihn an und mein Magen verknotet sich trotz meiner Verwirrung. „Ich weiß nicht, wovon du sprichst."

„Ach nein? Also hat es sich wirklich deiner Wahrnehmung entzogen, dass deine zwei Liebhaber nicht mehr ganz so locker miteinander umgehen, wie sie das früher taten – wie sie es tun sollten?"

Mein Gesicht läuft wegen der eindeutigen Unterstellung des Wortes ‚Liebhaber' rot an, bevor ich den Rest verarbeitet habe. Woher weiß er ... haben Sylas oder August ihm erzählt, was zwischen uns passiert ist? War es so offensichtlich, ohne dass jemand es erwähnen musste?

Wie *viel* weiß er?

Genug, um zu realisieren, dass die Spannungen, die er bemerkt hat, meine Schuld sind. Ich ziehe die Beine an mich und schlinge die Arme um meine Knie, weil ich den Drang verspüre, mich kleinzumachen. „Ich wollte nicht, dass irgendetwas davon passiert."

Whitt wedelt wild mit einer Hand durch die Luft. „Natürlich wolltest du das nicht. Warum sollte es dir überhaupt in den Sinn kommen, das in Erwägung zu ziehen?"

„Streiten sie sich, wenn ich nicht dabei bin?" Wie schlimm war es geworden?

„So wie sie sich anschauen, ist es nur noch eine Frage der Zeit. Und glaub mir, du willst dich nicht in der Mitte *dieses* Streits wiederfinden."

Ich packe meine Knie fester. „Ich weiß nicht, was ich tun soll. Ich habe versucht, ihnen zu sagen ... ich habe nichts zugelassen, seit ich realisiert habe ... Dass ich hier bin, hat euch allen bereits so viel Ärger beschert. Das Letzte, was ich will, ist, dass sie sich gegenseitig an die Gurgel gehen."

Whitt hält inne und mustert mich mit seiner finsteren Miene, die verwirrte Züge annimmt und nicht mehr so Unheil verkündend wirkt. Mit welcher Reaktion hat er gerechnet?

Was auch immer ihn aus der Bahn geworfen hat, er erholt sich schnell. „Es gibt eine einfache Lösung", sagt er barscher als zuvor. „Sie sind wegen dir so aufgebracht, weshalb wir dich einfach aus der Gleichung nehmen."

Mein Körper versteift sich. Ich wusste, dass das passieren könnte, und trotzdem … „Wird mich Sylas jetzt zu den Erzlords schicken?", frage ich mit dünner Stimme.

„Nein. Ich denke, du wirst diese Lösung viel besser finden. Du kannst nach Hause gehen."

Dieses Mal bin ich so verblüfft, dass ich ihn mit offenem Mund anstarre. *Nach Hause?*"

Er lächelt, doch es liegt nichts von Augusts Wärme darin. „Ja, genau. Das wolltest du doch die ganze Zeit, oder?"

Das wollte ich, aber ich habe nicht erwartet, dass mir einer aus dem Kader diese Gelegenheit bieten würde. Ich habe nie erwartet, überhaupt so ein Angebot zu erhalten. Es dauert eine Sekunde, bis ich wieder Ordnung in meine Worte bringen kann. „Willst du damit sagen, dass Sylas mich gehen …"

„Nein", unterbricht mich Whitt. „Sylas weiß nichts davon. *Ich* arrangiere das. Es wird besser für ihn und August sein – für uns alle. Für dich ist es offensichtlich ebenfalls besser. Aber du musst in die Pötte kommen. Sylas hat sich aktuell in seinem Büro verkrochen und August lässt seinen Frust an seinem leidgeprüften Boxsack raus. Das Zeitfenster, in dem sie beide abgelenkt sind, ist jedoch ziemlich klein."

Er will, dass ich *jetzt sofort* gehe. Mein Mund öffnet und schließt sich erneut. Ich senke meine Beine und suche sein

Gesicht nach einem Hinweis ab, dass das hier eine List oder Falle ist. Ich hätte nicht gedacht, dass Whitt meinem Kopf so übel mitspielen würde – er wirkte nie offen grausam – allerdings kenne ich ihn nicht richtig.

„Was … was ist mit meinem Blut? Dem Heilmittel? Es dauert nicht mehr lange bis zum Vollmond."

„Das wird nicht mehr dein Problem sein. Das hier ist dein Fahrschein aus dem ganzen Schlamassel."

„Aber …" Das Unbehagen in meinem Magen breitet sich in meinem restlichen Körper aus. „Es wird noch immer *dein* Problem sein. Euer aller Problem. Wenn ich fort bin, werdet ihr keine Möglichkeit haben, das Elixier herzustellen."

Whitt hält erneut inne und die hektische Energie, die ihn gepackt zu haben schien, gerät ins Schwanken. „Warum kümmert *dich* das?", fragt er plötzlich.

Ich schätze, das ist eine vernünftige Frage. Ich gebe ihm die beste Antwort, die ich finden kann. „Ihr habt mich vor Aerik gerettet. Sylas hat mich beschützt … ihr wart alle … nett." Nun, das ist vielleicht nicht das beste Wort für Whitts Verhalten. „Ihr habt euch darauf verlassen, dass ich euch im Gegenzug helfe."

Und ehrlich gesagt, will ich das tun. Ich würde keinen Augenblick zögern, wenn es eine Möglichkeit gäbe, wie ich helfen könnte, bei der ich nicht den Rest meines Lebens eine Gefangene bleiben muss.

Was wird Sylas denken, wenn er realisiert, dass ich fort bin – dass ich doch weggerannt bin?

Whitt scheint meine Erklärung gedanklich durchzugehen. Seine Finger zucken an seinen Seiten, als würde er nach einer Antwort greifen. Er holt langsam Luft und sagt: „Deine Freiheit ist wichtiger, oder nicht? Wir kommen schon klar. Wir sind auch davor zurechtgekommen. Wir *werden* es nicht schaffen, wenn deine Anwesenheit unseren Kader auseinanderreißt."

Vielleicht hat er recht. Ich kenne Sylas und August nicht so gut – ich weiß nicht, wie sich Fae im Allgemeinen benehmen, wenn sie um eine potenzielle Liebhaberin buhlen. Whitt hat vermutlich eine viel bessere Vorstellung von dem potenziellen Desaster als ich, oder?

Und er bietet mir einen Ausweg, der mir ebenfalls helfen wird. Wie *kann* ich meine Freiheit ablehnen?

Ich stemme mich auf die Füße und spanne meine Schenkel an, damit meine Beine nicht zittern. Ein Kloß ist in meiner Kehle aufgestiegen, doch ich zwinge meine Stimme daran vorbei. „Okay. Das kann ich nachvollziehen. Aber die Magie an den Türen … und ich weiß nicht, wohin ich gehen muss, wenn ich draußen bin …"

Whitt nickt und seine Miene entspannt sich. „Geh jetzt. Ich habe die Tür in der Stube für dich offen gelassen. Laufe von dort immer geradeaus über die Felder und durch den Wald. Du wirst es wissen, wenn du die äußersten Ränder der Nebelwelt erreicht hast, da sich der Nebel verdichtet. Halte nach einer dichteren Stelle Ausschau – in der Dämmerung wird es wie eine Pfütze aussehen, die zur Seite gekippt wurde, tiefer, dunkler und beinahe flüssig. Laufe durch diese hindurch und dann bist du wieder dort, wo du hingehörst."

Das passiert alles so schnell, dass sich mir der Kopf dreht. Ich laufe nicht gerne vor Sylas oder August weg, aber würden *sie* mich so gehen lassen? Ich kann es mir nicht vorstellen.

Doch wenn ich existiere, muss es irgendwo dort draußen auch noch andere Heilmittel geben, stimmt's? Sie werden eine andere Möglichkeit finden und ich werde keine weiteren Feindseligkeiten zwischen den beiden auslösen.

„Okay", sage ich und spreche mir selbst Mut zu. „Okay." Ich hebe den Kopf, um Whitts Blick so direkt, wie ich kann, zu begegnen, und lege all meine Dankbarkeit in meine Stimme. „Ich entschuldige mich für … für all die Schwierigkeiten, die ich euch bereitet habe. Danke für das hier. Und danke Sylas und August auch von mir, wenn sie bemerken … Sag ihnen, dass ich weiß, dass sie versucht haben, sich mir gegenüber anständig zu verhalten, und dass ich einen Teil meiner Zeit hier wirklich glücklich war."

Whitt starrt mich einen Moment lang an. Ist sein Gesicht erbleicht? Vielleicht denkt er an den Augenblick, in dem die anderen mein Verschwinden entdecken, und wie sie reagieren werden. Ich kann mir nicht vorstellen, dass sie begeistert sein werden, auch wenn es zum Besten ist.

„Ja", erwidert er. Das Wort klingt angespannt. Er räuspert sich und fährt fort: „Ja, das werde ich tun. Geh jetzt. Wenn wir Glück haben, bemerken sie erst am Morgen, dass du fort bist, wenn du längst weit weg von hier bist."

Ich nicke. Er betritt den Gang vor mir, überprüft, ob die Luft rein ist, und winkt mich heraus.

„Es ist zum Besten", brummt er so leise, dass ich mir nicht sicher bin, ob er mit mir oder mit sich spricht. „Es ist alles zum Besten."

Und deswegen muss ich das hier tun. Ich eile durch den Gang, wobei ich den Fuß in seiner Stütze so leicht aufsetze, wie ich kann, ohne zu viel Geschwindigkeit einzubüßen. Whitt schlendert zu seinem Zimmer davon.

Ich laufe die Treppe hinab und durchquere die Küche, wobei mein Herz schneller schlägt. Ich rechne noch immer halb damit, dass das hier nur ein riesengroßer, aufwendiger Scherz ist.

Das ist es nicht. Der Griff der Hintertür dreht sich geschmeidig in meiner Hand. Ich stoße die Tür auf.

Ein leichter Wind kitzelt über mich. Das weite Feld liegt vor mir und der Wald steht mit seinen dichten Schatten dahinter. Meine Beine erstarren vorübergehend. Dann zwinge ich mich, weiterzulaufen, und mein Herz setzt einen längeren Schlag aus.

Zum ersten Mal seit über neun Jahren betrete ich die

Außenwelt. Die Gerüche von Heu und Wildblumen, die die warme Abendluft durchziehen, sind mir von der Brise vertraut, die durch mein Zimmerfenster hereinwehte. Hier draußen füllt sie meine Lunge schneller, wickelt sich um mich und kitzelt durch meine Kleider und Haare.

Es ist so überwältigend, dass mir beinahe schwindlig wird, doch ich kann mir nicht erlauben, länger hier zu verharren. Solange ich in Sichtweite des Bergfrieds und der Häuser des Rudels bin, könnte mich jemand entdecken und Alarm schlagen. Den Blick auf den dunklen Streifen des Waldes gerichtet, eile ich so schnell, wie es meine Glieder erlauben, vorwärts. Auf dem weichen Gras, das den Großteil der Geräusche der Orthese dämpft, mache ich mir weniger Sorgen darüber, leise zu sein.

Ich gehe nach Hause. Ich gehe wirklich nach *Hause*. Wie auch immer das nach all diesen Jahren aussieht. Ein freudiges Beben durchzuckt mich. Ich kann nicht sagen, ob ich aufgeregt bin oder schreckliche Angst habe.

Nachdem ich zwischen die Bäume geschlüpft bin, lockert sich die Anspannung in meiner Brust leicht. Die Luft leckt kühler über meine Haut, bleibt jedoch so warm, dass ich die kurzen Ärmel meines T-Shirts nicht bereue. Ich suche mir jetzt vorsichtiger einen Weg über das unebene Terrain und blinzle im Halbdunkel, während ich nach Steinen und hervorragenden Wurzeln auf dem Waldboden Ausschau halte.

Wie weit ist es, bis ich die äußersten Ränder der Nebelwelt erreiche? Werde ich sie im Wald finden oder irgendwo auf der anderen Seite?

Ich hätte Whitt mehr Fragen stellen sollen. Doch er hat mich so dringlich weggeschickt … Er muss sich Sorgen gemacht haben, dass ich keine andere Gelegenheit erhalten würde – oder dass eine weitere Nacht mit mir Sylas und

August zu einem Kampf treiben würde, von dem sie sich nicht mehr erholen würden.

Ich werde nicht darüber nachdenken, wie enttäuscht oder besorgt oder – seien wir mal realistisch – *wütend* Sylas sein wird, wenn er mein leeres Zimmer bemerkt. Ich werde nicht an all die Ungewissheiten denken, die mich in der Welt erwarten, aus der ich entführt wurde. Es ist besser, überhaupt nicht darüber nachzudenken.

Ich muss einfach weiterlaufen. Einfach weiterlaufen und irgendwie wird sich dieses wahnsinnige Szenario klären. Das muss es.

Ein Schmerz beginnt, trotz der Orthese durch meinen krummen Fuß zu kriechen. Sie ist nicht dazu gedacht, mich auf einer Wanderung durch die Wildnis zu stützen. Allerdings kann ich durch das Zwielicht sehen, dass die Bäume vor mir weniger werden. Nebelschleier wabern um sie herum und leuchten im Mondlicht.

Meine Laune hebt sich. Ich bin fast dort.

Ich mache mehrere hastige Schritte und stoße mir den Zeh an einem herabgefallenen Ast an. Als ich mich an einem Baumstamm abfange und vor Schmerz zische, erklingt irgendwo rechts von mir ein raschelndes Geräusch, bei dem ich erstarre. Ich bleibe vollkommen reglos stehen, lausche und strenge mich an, durch die dichter werdende Dunkelheit zu spähen.

Nichts in meinem Sichtfeld bewegt sich. Es muss ein Reh oder ein Eichhörnchen oder irgendein Fae-Äquivalent gewesen sein.

Ich mache Anstalten, weiterzulaufen, woraufhin wenige Meter entfernt eine Gestalt aus den Schatten tritt.

Ein langer Mantel mit Kapuze verhüllt sie von Kopf bis Knie, aber ich kann gerade so viel von ihrem Gesicht erkennen, um zu wissen, dass sie eine Fremde ist. Augen mit schweren Lidern schweifen über mich, während ein belustigtes Lächeln ihre vollen Lippen nach oben biegt.

„Sieh an, sieh an", sagt sie und schlagartig realisiere ich, dass sie keine *völlig* Fremde ist. Es ist die Frau, deren Stimme ich vor zwei Nächten aus dem Esszimmer hörte – die Frau aus Tristans Kader.

Sie kommt mit raubtierhafter Anmut einige Schritte näher und ihre Lippen ziehen sich zurück, um ihre glänzenden Zähne zu offenbaren. „Wohin denkst du, dass du so weit weg von deinem Meister gehst, kleiner menschlicher Ausreißer?"

*Sylas*

Die Tinktur, die ich auf die Wurzel von Talias Haar tropfe, zeigt keinerlei Reaktion – kein Zischen oder Leuchten oder auch nur ein Zittern. Ich lehne mich mit einem frustrierten Knurren auf meinem Stuhl zurück.

Irgendwo in ihr ist Magie – da muss Magie sein. Also warum entzieht sich deren Quelle und Eigenschaft jedem Versuch, den ich unternehme, um sie zu verstehen?

Menschen sollten eigentlich überhaupt keine Magie besitzen und, abgesehen von der Wirkung ihres Blutes bei Vollmond, habe ich keinerlei Anzeichen dafür gesehen, dass sie etwas anderes als ein Mensch ist. Was auch immer diese Wirkung verursacht, muss die ganze Zeit in ihr sein. Wenn Aerik einen Zauber entdeckt hätte, der diese Macht auf Befehl im Blut jedes Menschen erzeugen würde, hätte er diesen speziellen Menschen nicht so dringend gebraucht.

Ich kann den zunehmenden Mond hinter dem Bergfried

spüren, was schwer auf mir lastet. Es sind jetzt nur noch wenige Tage, bis der Vollmond erneut über uns scheint. Ich werde womöglich noch andere Taktiken finden, die ich ausprobieren kann, aber diese werden ein allerletzter Versuch sein und nichts, von dem ich glaube, dass es aller Wahrscheinlichkeit nach helfen wird, dieses Rätsel zu lösen.

An irgendeinem Punkt, eher früher als später, werde ich akzeptieren müssen, dass ich dieses Rätsel *nicht* lösen werde, bevor uns die Wildheit erneut überkommt. Ich habe mir erlaubt, jegliche größeren Entscheidungen aufzuschieben, weil ich hoffte, dass meine Tests Antworten enthüllen würden, die mich anleiten können. Das scheint jetzt allerdings nicht mehr wahrscheinlich zu sein.

Jede meiner möglichen Entscheidungen wird mein Gewissen belasten. Wenn ich Talia den Erzlords als Lösung für unseren Fluch anbiete, verrate ich die Frau, die mir mittlerweile wichtiger ist, als ich vor meinem Kader freiwillig zugeben würde – eine Frau, die sich diese Zuneigung mit der Kraft und Großzügigkeit verdient hat, die sie auf Schritt und Tritt zeigt. Mit ihrer Auslieferung würde ich womöglich meinen Kader zerstören, denn ich weiß, wie August für sie empfindet.

Sie zu zwingen, ihr Blut mir und meinem Rudel zu spenden, würde das Vertrauen verraten, das sie in mich gesetzt hat. Und ich bezweifle, dass Aerik nicht davon hören würde, wenn nur mein Rudel der Wildheit beim ersten Vollmond widerstehen konnte, seitdem sein Schatz gestohlen wurde. Sobald er weiß, dass wir sie befreit haben, ist eine Schlacht unumgänglich, eine, die diejenigen vernichten könnte, die treu zu mir halten und sich stets auf mich verlassen.

Und wenn ich gar nichts von Talia verlange, verrate ich all diese Leute – ich lasse das Rudel im Stich, obwohl ich geschworen habe, ihm zu dienen und es auf jede mir mögliche Weise zu beschützen. Sie verdienen meine Loyalität vor allen anderen.

Werde ich noch mehr Tests durchführen und wochenlang nach Strohhalmen greifen, bis uns irgendein Fehler verrät und wir, anstatt gefeiert zu werden, beschimpft werden, weil wir das ‚Heilmittel' dem Rest unserer Seelie-Brüder vorenthalten haben?

Nein, es gibt keine guten Antworten. Und ich habe die Konsequenzen gesehen, die entstehen können, wenn ich es versäume, eine unangenehme Situation direkt anzugehen. Mein Rudel hat für meine Zurückhaltung schon einmal in höchstem Maße bezahlt.

Diese Erkenntnis provoziert eine Entschlossenheit, die mich so brutal wie ein stumpfer Dolch durchbohrt, aber ich kann diese Einsicht nicht ignorieren, auch wenn es mich schmerzt. Ich muss Talia zu den Erzlords bringen. Für mein Rudel, für mein Volk. Ich darf meinen egoistischen Sehnsüchten nicht erlauben, meine Verantwortung denjenigen gegenüber zu untergraben, über die ich herrsche.

Es ist keine Zeit mehr für Trödelei. Wenn ich die richtigen Vorkehrungen treffen möchte, um sicherzustellen, dass der Übergang so sicher wie möglich vonstattengeht und ich meine Versprechen an sie so gut wie möglich halte, muss ich jetzt anfangen. Ich kann mich ihr gegenüber immer noch *etwas* anständig verhalten, wenn auch nicht so sehr, wie ich es gerne tun würde.

Schweren Herzens stehe ich auf und betrete den Flur.

Sie verdient es, von meiner Entscheidung zu erfahren. Sie verdient es, angehört zu werden und eine Chance zu erhalten, zu Wort zu kommen, selbst wenn ich mir nicht vorstellen kann, dass sie etwas sagen könnte, was die Waage zu ihren Gunsten neigt. Sie hat mich immerhin schon mehr als einmal überrascht. Ich werde ihr sagen, dass sie einige Tage hat, um sich auf ihre Abreise vorzubereiten, und dass ich dafür sorgen werde, dass sie sich in den Händen des Erzlords befindet, der den Menschen am wohlwollendsten gesinnt ist. Mit der Kraft und Zähheit, die sie gezeigt hat, wer kann da sagen, dass sie sich dort nicht eine *bessere* Position erarbeiten wird?

Und ich werde jegliche Versuche aufgeben, sie für mich zu beanspruchen. Wenn sie und August einander in ihren letzten Tagen im Bergfried aufsuchen möchten, können sie ohne Furcht vor Vergeltung fortfahren.

Beim Herzen, lass das genug sein.

Als ich zu Talias Zimmer laufe, lässt die brennende Empfindung in meiner Brust nicht nach. Sogar mein letzter Wohltätigkeitsakt bohrt sich wie eine Wunde in mich. Letzte Nacht wollte ich sie eigentlich so lange für mich beanspruchen, wie ich sie an meiner Seite haben kann. Doch sie weigerte sich, überhaupt beansprucht zu werden – von mir oder von August.

Ich will sie. Sie wollte mich. Ich bin es nicht gewohnt, mich mit der Möglichkeit auseinanderzusetzen, dass eine potenzielle Liebhaberin womöglich auch einen anderen Mann will, geschweige denn eines meiner Kadermitglieder. Allerdings bezweifle ich, dass sie nach unserem Gespräch heute Abend viel Zuneigung für mich übrighaben wird. Sie wird in der Zeit, die ihr noch bleibt, besser mit ihm dran sein, wenn sie es möchte. Obwohl der Gedanke eine so heftige Ablehnung in mir erzeugt, dass sie durch meine Rippen hindurch brennt.

Wie lächerlich ist es, sich Sorgen darüber zu machen, wenn ich sie in wenigen Tagen beinahe buchstäblich den Wölfen zum Fraß vorwerfen werde?

Ich wappne mich und klopfe an ihre Tür.

Es kommt keine Antwort, nicht einmal Bewegungsgeräusche sind auf der anderen Seite zu hören. Ich klopfe noch mal und lausche angestrengt. Selbst wenn sie so tief schläft, dass sie von dem Klopfen an der Tür nicht geweckt wird, sollte mein scharfes Gehör ihre Atemgeräusche wahrnehmen.

Das tun sie nicht. Es gibt keinen Hinweis, dass sich in dem Zimmer ein Lebewesen aufhält.

Stirnrunzelnd drücke ich die Tür auf. Das Zimmer ist so leer, wie es klang. Das einzige Zeichen für Talias Anwesenheit ist das Buch, das einsam auf dem Sessel neben dem Fenster liegt.

In dem Moment, in dem mein Blick darauf fällt, schwebt ein Nachbild durch das Sichtfeld meines toten Auges: Talia setzt sich abrupt auf, ihr Mund spannt sich an, ihre Augen wirken erschrocken und … traurig? Das Buch fällt aus ihrer Hand auf das Kissen – und dann sehe ich nur noch den Sessel vor mir. Das Bruchstück dessen, was vermutlich die jüngste Vergangenheit zeigte, verschwindet.

Meine Hand spannt sich am Türrahmen an. Warum sah sie vor kurzem so aufgebracht aus? Was hat sie von ihrem Buch weg und aus ihrem Zimmer geholt?

Es könnte eine vollkommen einfache Erklärung geben. Es könnte so harmlos sein, dass sie das Buch an irgendein unangenehmes Ereignis in ihrem Leben erinnerte, und sie eine andere Aktivität suchte, um sich abzulenken. Doch als ich durch den Gang marschiere, windet sich ein Faden des Unbehagens in meinem Magen.

Sowohl der Waschraum als auch die Toilette, die wir uns teilen, sind leer. Talia ist nicht in der Küche, im Esszimmer oder dem Eingangsraum. Sie waren zu dieser Nachtzeit ohnehin keine sehr wahrscheinlichen Möglichkeiten.

Ich renne die Treppe hinab in den Keller und schaue im Unterhaltungsraum sowie in der Sauna nach, ehe ich zum Fitnessstudio gehe. Vielleicht ist sie zu August gegangen, bevor ich ihr meinen Segen gegeben habe …

Nein. August taucht auf, bevor ich das Zimmer erreicht

habe, und reibt sich mit einem Handtuch über seine feuchten Haare. Sein Gesicht ist von der Anstrengung gerötet, die er seinem Körper angetan hat. Der misstrauische Blick, mit dem er mich bedenkt, geht mir auf die Nerven, allerdings bin ich genauso wütend auf ihn wie auf mich. Er ist mein Bruder väterlicherseits, mein Kadermitglied – es ist nicht richtig, dass er mir misstraut.

Doch das ist eine Hürde, die wir an einem anderen Tag überwinden müssen.

„War Talia hier unten?", frage ich.

Sein Misstrauen verschwindet hinter einem Anflug von Sorge. „Ich habe sie nicht gesehen, seit sie mit dir hochgegangen ist."

Bei allem, was Staub ist, das ist nicht die Antwort, die ich hören wollte. „Sie ist auf ihr Zimmer gegangen, jetzt ist sie nicht mehr dort. Genauso wenig wie an allen anderen Orten, an denen ich sie erwartet hätte. Ich habe allerdings noch nicht in *jedem* Zimmer im Gebäude nachgeschaut."

Vielleicht ist sie zu einer unserer Bettkammern gegangen. Ich habe die unteren zwei Stockwerke bereits gründlich durchsucht.

Wir rennen gemeinsam ins Erdgeschoss hinauf und, ohne dass wir uns absprechen müssen, wenden wir uns in unterschiedliche Richtungen, als sich der Gang teilt. Alle Bettkammern abgesehen von Whitts sind leer. Als ich mich seiner Tür nähere, dringt seine Stimme in einem dumpfen Murmeln nach draußen. „… das Beste."

Spricht er mit Talia? Die Vorstellung, dass sie bei ihm in seiner Kammer ist – zu welchem Zweck? – löst gegensätzliche Empfindungen von Erleichterung und Besitzgier in mir aus. Ich stoße die Tür auf.

Sie ist allerdings nicht bei ihm. Whitt sitzt allein und zusammengesackt am Fußteil seines Bettes. Sein Kopf ist nach hinten geneigt, während er die letzten Tropfen aus einem Kelch trinkt. Eine große Flasche Absinth steht neben ihm und es ist nur noch ein dünner Ring am Boden übrig. Der berauschende, saure Duft des Getränks füllt den Raum.

Hat er heute Nacht das ganze Ding ausgetrunken? Es sieht meinem älteren Halbbruder nicht ähnlich, sich zu betrinken, bis er sturzbesoffen ist, vor allem nicht allein.

Als er zu mir aufsieht, stimmt mich das Schwanken seines Oberkörpers nicht gerade zuversichtlich, dass er uns eine Hilfe sein wird. Doch ich zügle meine Verärgerung. Er konnte nicht wissen, dass wir ihn brauchen würden.

„Du siehst schrecklich ernst aus, kleiner Bruder", lallt er. „Trink was von dem hier, um deine Laune zu heben." Er schwenkt die Flasche in meine Richtung und fokussiert sie anschließend mit trüben Augen. Ihm entgleiten die Gesichtszüge, als er realisiert, dass nichts mehr zum Teilen übrig ist.

Bei den Himmeln, ich kann mich nicht an das letzte Mal erinnern, als ich ihn so betrunken sah, dass er nicht einmal deutlich sprechen konnte. Seit ich Hearthshire übernahm, war er nicht mehr so neben der Spur, dass er mich ‚kleiner Bruder' anstatt ‚mein Lord' oder wenigstens ‚Sylas' genannt hat. Was ist nur in ihn gefahren?

Ich habe keine Zeit, um zu versuchen, es ihm aus der Nase zu ziehen. „Hast du Talia gesehen?", frage ich.

Da schärft sich sein Blick und der Schleier hebt sich kurz. Sein Mund verzieht sich und er stellt die Flasche mit einem dumpfen Knall ab. „Warum hätte ich sie sehen sollen?"

August tritt neben mich. Seine ungewöhnlich grimmige Miene verrät die schlechte Nachricht, bevor er spricht. „Sie ist nirgends aufzufinden."

Ich atme langsam aus und zwinge den Aufruhr in mir, sich zu legen. Sie hätte den Bergfried nicht verlassen können. Ich verzauberte die Türen selbst, bevor ich mit ihr nach oben ging. Ich dachte nicht einmal, dass ich die Zauber *brauchen* würde, nachdem sie beschlossen hatte, zu bleiben, anstatt ihren ersten Fluchtversuch durchzuziehen.

„Vielleicht haben wir sie einfach übersehen", sage ich. „Lass uns den Bergfried gemeinsam von oben bis unten durchkämmen. Wir rufen ihren Namen und schauen in jedes Zimmer. Sie wird hier irgendwo sein. Du nimmst die Zimmer auf der linken Seite und ich werde die rechte übernehmen."

August nickt, ohne zu zögern. Die Spannungen, die zwischen uns entstanden sind, sind jetzt hinfällig, da wir einer gemeinsamen Sorge gegenüberstehen. Ich darf nicht vergessen, dass er sich die Stelle eines vertrauenswürdigen Mitglieds meines Kaders verdient hat.

Als ich mich von der Tür abwende, springt Whitt auf die Füße. Von der Tür seines Zimmers sieht er uns dabei zu, wie wir mit unserer Suche beginnen. Die Röte der Trunkenheit färbt noch sein Gesicht und Hals und sein Blick schwenkt in eigenartigen Momenten ab, doch er hält sich recht zuverlässig aufrecht.

*Er* wäre kein vertrauenswürdiges Mitglied meines Kaders, wenn ich nicht wüsste, dass er selten so betrunken ist, wie er sich den Anschein gibt.

„Ihr habt den Krümel verloren?", fragt er und gluckst heiser. „Ein winziges Menschenmädchen führt zwei große böse Fae an der Nase herum."

Ich brauche seine bissigen Bemerkungen nicht. „Hilf uns suchen oder halt den Mund", blaffe ich ihn an.

Wir gehen nach unten und er schlurft hinter uns her, scheinbar mehr aus Neugier als in der Absicht, uns zu helfen.

„Hast du in der Vorratskammer nachgeschaut?", will August wissen. Als ich den Kopf schüttle, erhellt Hoffnung sein Gesicht. Ich gehe hinter ihm in die Küche, lasse den Blick von den Arbeitsplatten zu den Kücheninseln schweifen, zu den Sesseln in der Stube …

Mein totes Auge kribbelt. Eine geisterhafte Figur schwimmt in mein Sichtfeld. Der Geist von Talia packt die Hintertür. Ihre Miene wirkt so erbärmlich, dass sich mir die Kehle zuschnürt. Sie zieht und die Tür öffnet sich.

Ich bleibe wie angewurzelt stehen und starre, doch das Bild ist verschwunden. Es kann nicht von ihrem ersten Fluchtversuch sein – damals war sie an der Eingangstür. Und wie kann ich mir vorstellen, dass es aus der Zukunft ist, wenn sie jetzt vermisst wird?

Meine Stimme erklingt rau. „Sie ist nicht in der Vorratskammer, oder?"

August taucht auf. Die Hoffnung, die in ihm entfacht wurde, ist verblasst, aber nicht verschwunden. „Nein. Es gibt noch viel mehr …"

Ich falle ihm ins Wort. „Sie ist gegangen. Durch diese Tür." Ich marschiere zu ihr und kann spüren, dass die Magie im Schloss zerstreut wurde, noch bevor ich sie erreiche.

Nichts bewegt sich auf dem sternenbeleuchteten Feld hinter den Fenstern. Wie lange ist es her, seit sie geflohen ist?

August atmet erschrocken ein. „Wie? Ich schwöre, dieses Mal hatte sie kein Salz."

„Ich weiß." Er gab mir sein Wort, als ich ihm wegen dieses Fehltritts eine Standpauke hielt, und ich habe so viel Vertrauen in ihn, dass ich nicht gefragt hätte. „Sie muss einen anderen Trick entdeckt haben. Vielleicht hat ihr Blut ihr die Fähigkeit verliehen, den Zauber zu brechen." Wer kann das schon sagen, wenn ich nicht das Geringste darüber herausfinden kann, wie ihre Macht funktioniert?

„Aber … *warum*?"

Die gleiche Frage geht mir durch den Kopf. Der Eindruck von zuvor ist zwar fort, doch die Erinnerung an das trübe Bild von ihr, von dem Elend auf ihrem Gesicht, hat sich mir ins Gedächtnis gebrannt.

Sie sah nicht einmal aus, als wollte sie gehen. Warum

jetzt? Sie konnte nicht wissen, was ich ihr heute Nacht sagen wollte. Was hat sich verändert, seit sie mir sagte, dass sie sich an meiner Seite am sichersten fühlt?

*Diese* Frage ist mir kaum in den Sinn gekommen, bevor mir die offensichtliche Antwort einfällt. Im Verlauf des vergangenen Tages spürte ich ihren Blick jedes Mal auf mir, wenn August und ich miteinander interagierten. Ich weiß, dass sie die Spannungen zwischen uns wahrgenommen hat. Und sie hat ziemlich deutlich gemacht, was sie von jeglichen Feindseligkeiten hielt, mit denen wir einen Anspruch auf sie geltend machen wollten.

„Vielleicht fühlte sie sich nicht mehr sicher, weil es wegen ihrer Zuneigung Spannungen zwischen uns gab", sage ich. „Sie hat das bemerkt, auch wenn wir uns zurückgehalten haben. Sie ist sensibel."

August erbleicht. „Das würde ihr ähnlichsehen, oder? Zu gehen, weil sie *uns* keine Probleme machen will?"

Meine Hände ballen sich an den Seiten. Ich widerstehe dem Drang, eine von ihnen gegen die verflixte Tür zu donnern, die Talia gehen ließ. „Ich hätte das, was sie letzte Nacht gesagt hat, besser befolgen sollen. Sie hätte nicht deutlicher machen können, dass ihr jegliche Aggressionen, bei denen es um ihre Gunst ging, Unbehagen bereiten."

Whitt, der an einer der Kücheninseln lehnt, hustet. Ich hatte fast vergessen, dass er hinter uns hereingekommen ist. Seine Stirn hat sich in Falten gelegt. „Sie hat euch gesagt, dass ihr *nicht* um sie kämpfen sollt?"

August lacht kurz und humorlos. „Sie hat uns in unsere Schranken gewiesen. Allerdings hätte ich nicht gedacht ... Wir haben den Frieden gewahrt, aber wir können unsere Gefühle nicht vollkommen kontrollieren. Was hätte sie so schnell an diesen Punkt bringen können?"

Whitt blickt zwischen uns hin und her und sieht plötzlich ziemlich grün aus. Ich will ihm gerade eine Schüssel in die Hand drücken für den Fall, dass er gleich all den Absinth erbrechen wird, als er die Übelkeit abzuschütteln scheint. „Es ist für sie auf lange Sicht besser, wenn sie uns los ist, oder nicht? Das bringt uns zwar in eine Zwickmühle, aber wir sind in der Vergangenheit auch gut zurechtgekommen. Sie wollte nach Hause gehen.“

Mein Blick wandert zurück zum Fenster. Eine andere Erinnerung fällt mir ein – eine Beobachtung, die mich damals beunruhigte und mir jetzt einen großen Schrecken einjagt.

„*Falls* sie es schafft, die Nebelwelt zu verlassen. Falls sie nicht von Leuten erwischt wird, die schlimmer sind als wir. Ich sah während meines Abendlaufs Hinweise auf Eindringlinge im Wald. Jemand lungert in unserem Revier herum.“ Ich marschiere nach vorne und rucke mit der Hand, damit mir mein Kader folgt. „Wir müssen ihr nachgehen und hoffen, dass wir sie vor unseren Feinden finden.“

Ich weiß nicht, ob Whitt in seinem aktuellen Zustand mitkommen wird, doch er eilt mit August nach draußen. Seine Augen klären sich und ein Funkeln tritt in sie, das beinahe verzweifelt wirkt. „Sie würden es nicht wagen … jemanden in unserem Revier anzugreifen, der einer unserer Bediensteten sein könnte …“

„Bist du dir dessen so sicher, dass du darauf setzen würdest? Wir sind in das *Zuhause* eines anderen Lords eingebrochen, um sie zu stehlen, oder nicht?“

Er spricht nicht mehr – und dann kann es keiner von uns, weil wir unsere Wölfe freigelassen haben. Wir wissen alle, dass wir in Wolfgestalt viel schneller Boden gutmachen können.

Wir rennen in der höchsten Geschwindigkeit, zu der wir auf allen vieren in der Lage sind, zum Wald, denn wir wissen, dass wir langsamer machen müssen, sobald wir die Bäume erreichen. Ich ziehe die abkühlende Sommerluft in meine

Lunge, suche in jedem Atemzug nach einer Spur ihres Geruchs und spitze die Ohren, damit ich jeden Laut wahrnehme, den sie über das Trommeln unserer Pfoten hinweg hören können. Als wir zwischen den Bäumen hindurchlaufen, verlangsamen wir unsere Schritte zu einem Trab, bei dem wir nicht mit dem Kopf voran gegen einen Baumstumpf oder Felsen rennen werden. Doch ich bewege mich trotzdem so schnell, wie möglich.

Da – eine aufgewühlte Stelle in der Erde mit ihrem Geruch und der Abdruck der Unterseite ihrer Orthese. Sie hat es ungehindert so weit geschafft. Ich renne weiter.

Ich könnte sie verlieren – ich könnte alle Hoffnungen, die ich für mein Rudel hegte, verlieren. Wenn das hier schiefgeht, werde ich alle im Stich gelassen haben, und ich werde keinem anderen als mir die Schuld dafür geben können. Ich habe das Ganze aus egoistischen Gründen zu lange hinausgezogen, obwohl ich hätte aktiv werden sollen.

Wenn wir sie finden, darf ich nicht zulassen, dass dieser Vorfall eine weitere Ausrede wird. Ich muss tun, was richtig ist, so schwer das auch sein mag. Ich muss der Lord sein, dem mein Rudel das Vertrauen geschenkt hat.

Ich treibe mich dazu an, noch schneller zu sprinten. Das Unterholz kratzt über meine Schultern und Hüften. Und dann dringt ein Laut an meine Ohren, bei dem mir das Blut in den Adern gefriert: ein Angstschrei, der aufgrund der Entfernung so schwach ist, dass ich weiß, dass wir dessen Quelle unmöglich rechtzeitig erreichen können.

29

*Talia*

Die Frau aus Tristans Kader zieht einen Dolch aus einer Scheide an ihrer Hüfte. Sie bleibt, wo sie ist, bereit zum Sprung, die dunklen Augen auf mich gerichtet. „Ich habe dich gefragt, wohin du unterwegs bist?"

Mein ganzer Körper ist erstarrt, einschließlich meiner Stimmbänder. Ich bin nicht einmal annähernd auf einen Kampf vorbereitet. Ich habe keine Waffen und keinen Ort, an dem ich Schutz suchen kann. Es ist keine Spur von diesen dichteren Stellen zu sehen, die Whitt erwähnte und die mich in die Menschenwelt bringen sollen – und selbst wenn ich eine finden würde, wäre ich nicht überrascht, wenn mir diese Fae-Frau hindurch folgen würde, um ihre Befragung fortzusetzen.

Mein Blick heftet sich auf das Mondlicht, das von ihrem Dolch reflektiert. Bronze. Eines meiner letzten Gespräche mit August kommt mir in den Sinn – wahre Namen und die Magie, die mit ihnen einhergeht.

Ich weiß nicht, ob irgendeine Hoffnung besteht, dass ich Magie wirken kann, doch es ist womöglich schon einmal geschehen, und ich habe nichts Besseres. *Fee-doom-ace-own*, wiederhole ich in meinem Kopf. *Fee-doom-ace-own.* Wie ein Mantra, wie ein Schild.

„Ich mache einen Spaziergang", sage ich laut. Ausnahmsweise kommt meine Stimme trotz meiner Angst deutlich heraus – keinesfalls dröhnend, aber lauter als ein Flüstern. Mein Herz hämmert wie wild und Panik windet sich durch meine Adern hindurch. Diese neue Emotion, die ich entdeckt habe, sorgt jedoch dafür, dass ich unter der Furcht nicht einknicke. Ich habe Angst, bin allerdings auch *wütend*.

Jeder Fae in diesem Land scheint zu denken, dass er das Recht hat, Dinge von mir zu verlangen und mich herumzukommandieren oder sogar zu foltern, selbst diese Frau, der ich noch nie von Angesicht zu Angesicht begegnet bin. Wenn ich nicht zu Sylas gehöre, gehöre ich auf keinen Fall zu ihr.

„Ein Spaziergang so weit weg von zu Hause?", sagt die Frau und dreht den Dolch zwischen ihren Fingern. „Weiß dein Meister, dass du so weit gelaufen bist?"

„Natürlich weiß er das. Er hat mir gesagt, dass ich hierhergehen soll." Es gibt andere Geschichten, die ich mir ausdenken könnte, Lügen, die ich erzählen könnte, doch ich höre damit auf. Ich weiß nicht, mit welcher Magie *sie* mich belegen könnte und welche Geheimnisse sie mir womöglich abringen würde, ich vermute jedoch, dass es besser ist, weniger zu sagen. Was ich ihr erzählt habe, könnte sogar als wahr durchgehen, wenn ich Whitt als einen meiner ‚Meister' sehe.

„Irgendwie bezweifle ich das, nachdem ich dich eine

Weile beobachtet habe." Ihre Augen werden schmal. „Und was haben sie mit deinen Haaren gemacht? Das kann nicht deine echte Haarfarbe sein."

„Sie fanden, dass ich so hübscher aussehe."

„Und obwohl es ihnen so wichtig ist, dich aufzuhübschen, haben sie dir nicht erlaubt, während des jüngsten Besuchs auf eurem Bergfried in Erscheinung zu treten." Sie legt den Kopf schief und ihr Griff um den Dolch spannt sich an. „Ich denke, es steckt mehr dahinter, als du sagst, aber das lässt sich leicht herausfinden. Ich denke, du wirst bald feststellen, dass ich dir die Antwort ziemlich schnell herausschneiden kann, wenn du mir die Wahrheit nicht freiwillig anbietest."

Ein tieferer Schauder durchläuft mich. Panik gewinnt gegenüber dem soliden Fundament meiner Wut an Boden. Es ist ein Kampf, meinen nächsten Satz herauszubringen. „Ich glaube nicht, dass Sylas das zu schätzen wüsste."

„Oh, er wird es verstehen müssen, wenn ich ihm erkläre, wie unkooperativ du warst."

Ohne eine weitere Vorwarnung stürzt sie sich auf mich, packt mein Handgelenk und reißt mich zu sich und ihrer Klinge. Der schmerzhafte Ruck, der durch meinen Arm geht, entlockt meiner Kehle einen Schrei.

Ich trete instinktiv aus und die Fußstütze verschafft mir einen kleinen Vorteil. Die Holzbrettchen krachen härter gegen ihr Schienbein, als es mein Fuß allein gekonnt hätte, und bringen sie aus dem Gleichgewicht. Als ich versuche, mich von ihr loszureißen, stolpere ich und wir fallen beide vornüber.

Die Fae-Frau wirft sich eine Sekunde später auf mich, fixiert meine Arme und ihr Messer blitzt auf dem Weg zu meinem Hals auf. Ein Knurren vibriert in ihrer Brust. Im gleichen Moment kommen die Silben mit einem abgehackten Keuchen über meine Lippen. „*Fee-doom-ace-own.*"

Der Dolch kracht auf mich herab und erschlafft, als würde er schmelzen. Als er meine Schulter trifft – sie hat doch nicht versucht, mich zu töten, nur mich zu verwunden, sodass ich mich ergebe – hat sich die scharfe Spitze zu einem dumpfen Ende gefaltet, das mich so hart trifft, dass es einen Bluterguss hinterlassen wird, doch es schneidet nicht in mein Fleisch.

Die Fae-Frau flucht und reißt ihren Dolch zurück, um die zusammengefaltete Klinge anzustarren. Ich starre sie ebenfalls an, mein Puls hämmert wie wild und ich kann kaum begreifen, dass *ich* das getan habe.

Ich glaube, nicht einmal meine Angreiferin realisiert das. Wieso sollte sie überhaupt auf den Gedanken kommen, dass ich es getan habe, wenn es für einen Menschen angeblich unmöglich ist, Fae-Magie zu wirken? Ich sprach den wahren Namen so stotternd, dass sie mich über ihr Knurren vielleicht nicht gehört hat.

Sie lässt einige Flüche vom Stapel, die speziell auf Sylas gemünzt sind, und wirft die nun nutzlose Waffe fort, bevor sie mich finster ansieht. „Mit welchen Schutzzaubern hat er dich belegt? Warum macht er sich solche Sorgen um ein schwaches Menschenmädchen?"

„Ich … ich weiß es nicht", stammle ich. Da ich unter ihr erdrückt werde, kann ich die Panik nicht mehr abwehren. Sie flutet meinen Verstand und versteift meinen Körper. Wenn ich den kaputten Dolch bloß selbst erreichen könnte – oder einen Stock – irgendetwas … Doch ich kann kaum atmen, denn meine Lunge zieht sich zu.

„Noch eine Antwort, die ich selbst herausfinden muss", giftet sie und schüttelt ihre Wolfkrallen aus ihren Fingerspitzen.

Die Angst, die mich sofort packt, sendet einen so

scharfen Adrenalinschub durch mich hindurch, dass ich aus dem Schraubstock der Panik gerissen werde. Ich schlage mit einem weiteren Schrei so plötzlich und wild um mich, dass ich sie überrasche. Mein Knie rammt sich in ihren Magen. Sie zuckt zurück und ich schiebe mich unter ihr weg. Wo ist der Dolch? Ich habe nichts, nichts als ein Wort, das null gegen ihre Krallen oder Fangzähne ausrichten kann oder ihre Magie, wenn sie sich stattdessen diese zunutze macht …

Die Fae-Frau erholt sich sofort und stürzt sich erneut auf mich – und eine gigantische, haarige Gestalt springt mit einem Brüllen aus den Schatten.

Der Wolf rammt meine Angreiferin, sodass sie über den Waldboden rollt. Sie verwandelt sich im Drehen und springt in ihrer Wolfgestalt auf die Füße. Mein Retter stürzt sich bereits auf sie, die Fangzähne gebleckt, die Augen vor Zorn funkelnd – eines dunkel, eines vernarbt und geisterhaft weiß.

Mein Puls setzt aus. Ich bin dankbar für Sylas' Ankunft, habe aber auch schreckliche Angst davor, wie er reagieren wird, wenn er seine Aufmerksamkeit auf mich richtet. Ich bin geflohen; ich habe ihn und sein Rudel im Stich gelassen. Womöglich ist er ebenfalls wütend auf mich.

Zu beobachten, wie die riesigen Biester miteinander ringen und in der Dunkelheit knurren, versetzt mich in die Nacht zurück, in der mich Aerik und sein Kader fanden – das Schlitzen von Krallen und das Spritzen von Blut …

Noch eine wölfische Gestalt bricht aus den Tiefen des Waldes hervor, um sich dem Kampf anzuschließen. Der helle Wolf der Fae-Frau dreht sich im Kreis, wodurch sie gefährlich nahe an die Stelle herankommt, an der ich ausgestreckt liege.

Ein Laut wie ein Jammern dringt aus meiner zugeschnürten Kehle. Ich versuche, rückwärts zu krabbeln, meine Finger tasten über die trockene Erde und starke Arme packen mich von hinten.

Ich habe so viel Luft verloren, dass das, was eigentlich ein Schrei gewesen wäre, nur als Quieken herauskommt. Doch dann ziehen mich die Hände, die mich gepackt haben, teilweise herum und ich erhasche einen Blick auf Whitts Gesicht, dessen ozeanblaue Augen auf den Kampf hinter mir gerichtet sind.

Er zieht mich einige Schritte mit sich durch die Bäume und bringt den breiten Stamm einer Eiche zwischen uns und die Kämpfenden. Dann drückt er mich eng an seine Brust. Ich ringe nach Luft und fühle mich wie ein Fisch, der an einem Strand der Luft ausgesetzt ist.

Es sollte alles gut werden. Sylas hätte diese Frau womöglich allein überwältigen können, und jetzt sind es zwei gegen einen. Doch ich kann nur noch Jamies Körper sehen. Die Bilder fluten meinen Verstand und ertränken mich in Entsetzen. Ich sehe, wie er zerfetzt auf dem Gras lag, als ich ihn zuletzt unter Bäumen wie diesen sah, die bösartige Tatze, die seinen Schädel spaltete, die Zähne, die scharlachrot gesprenkelt waren …

Meine Schuld. Und Mom und Dad und … Sie kamen mir hinterher. Es war alles meine Schuld.

Whitts Stimme durchdringt den eisigen Nebel in meinem Kopf und sein Atem weht über meine Stirn. „Ich hab dich. Sylas und August können es mit ihr aufnehmen. Du bist jetzt in Sicherheit."

Meine Wange ist an seine Schulter gepresst. Sein Duft schwappt über mich hinweg, wärmer, als ich es erwartet hätte, wie heißer Sand, der vom Sommerwind aufgewirbelt wird. Deswegen und aufgrund seiner melodischen Stimme beginnt die erstickende Empfindung, nachzulassen.

Es gelingt mir, Luft zu holen, wobei ich einen kräftigen Alkoholgeruch einatme. Entweder hat er sehr viel getrunken, bevor er hier aufgetaucht ist, oder er hat eine beachtliche Portion auf seinem Shirt verschüttet.

Als sich das Durcheinander in meinem Kopf klärt, setzt die Verwirrung ein. Das hier ergibt keinerlei Sinn. Ich dachte, er wollte, dass ich gehe. Er könnte mich jetzt zu einer dieser Passagen in die Menschenwelt schleppen, während Sylas abgelenkt ist.

Stattdessen drückt er mich so fest an sich, dass man meinen könnte, er hätte Angst, mich loszulassen.

„So", sagt er. „Das ist besser."

Ist es das? Ich drehe den Kopf, um so viel von seinem Gesicht zu betrachten, wie ich kann. „Warum beschützt du mich?", frage ich mit zittriger Stimme. „Solltest du mir nicht sagen, dass ich gehen soll?"

Er blickt auf mich herab, als bräuchte er einen Augenblick, um sich daran zu erinnern, wer ich bin. Dann gibt er einen Laut von sich, der etwas zwischen einem Lachen und einem Schnauben ist. „Es ist deutlich geworden, dass ich meinen Brüdern etwas Besseres schuldig bin."

Er passt ihretwegen auf mich auf? Das macht noch weniger Sinn. „Du hast gesagt, sie wären besser dran, wenn ich gehe."

Sein Kopf neigt sich zur Seite. Er ist definitiv nicht nüchtern. „Sie haben sich geweigert, das zu akzeptieren. Und vielleicht bin ich zu neuen Schlüssen gekommen jetzt, da ich deine Abwesenheit erlebt habe."

„Ich wünschte irgendwie, dir wäre das klar geworden, bevor ich beinahe zerfleischt wurde", kann ich mir nicht verkneifen.

Whitt schnaubt. „Ich entschuldige mich", sagt er in einem Tonfall, der alles andere als entschuldigend klingt. Er hält inne und seine Arme verlagern sich um mich herum, wodurch seine Nase meinen Scheitel streift. Als er erneut spricht, ist seine Stimme weicher geworden. „Es *tut* mir leid, wie ich mit dir gesprochen habe. Und nicht nur wegen des Kummers, den das diesen beiden bereitet hat. Ich habe …

ich habe mich geirrt. Wir gewinnen alle etwas von deiner Anwesenheit. Bitte bleibe bei uns."

Als könnte ich jetzt irgendwo hingehen, während ich in seine Umarmung gehüllt bin. In seinen letzten Worten liegt allerdings tatsächlich eine flehende Note, als meine er sie wirklich ernst, für sich und seine Brüder. Ich weiß nicht, was ich davon halten soll, und bevor ich es mir überlegen muss, richtet er sich auf und hilft mir beim Aufstehen.

Sylas und August trampeln herbei, um sich zu uns zu gesellen. Sie haben wieder ihre menschenähnliche Gestalt angenommen. Blut sickert aus einer dünnen Kratzspur entlang von Sylas' Kiefer und Zahnabdrücke zeichnen sich deutlich auf Augusts Unterarm ab, aber das sind anscheinend ihre schlimmsten Verletzungen.

„Geht es dir gut?", erkundigt sich Sylas in dem Moment, in dem sich unsere Blicke begegnen.

„Nur erschüttert", antworte ich. „Sie hat es noch nicht geschafft, mich tatsächlich zu verletzen. Sie hat mir nur Angst gemacht."

Er blick über meinen Kopf hinweg zu Whitt, als bräuchte er eine zweite Bestätigung, und seine Schultern entspannen sich zunehmend. „Das ist eine Erleichterung. Sie darf nicht wissen, was du bist … welche Kräfte du hast … wenn sie keine Gelegenheit hatte, dein Blut zu riechen oder zu schmecken."

„Willst du damit sagen, dass ihr sie *entkommen* lassen habt?", fragt Whitt so ungläubig, dass es genauso sehr ein Kompliment für die Fähigkeiten der Wölfin wie eine Beschwerde ist.

August schneidet eine Grimasse. „Sie war schnell, das muss ich ihr lassen. Tristan hätte keine Schwächlinge für seinen Kader ausgesucht, oder?"

„Wir mussten uns zügeln, damit wir *sie* nicht mehr beschädigten, als man bei dem Versuch, eine Kapitulation zu erzwingen, für berechtigt halten würde", fügt Sylas hinzu. „Sie konnte offensichtlich erkennen, dass die Chancen nicht gut für sie standen. Bei der ersten Gelegenheit, die sich ihr bot, schoss sie wie der Blitz davon."

„Spielt es eine Rolle, dass sie nicht kapituliert hat, solange sie nun fort ist?", frage ich.

Sylas reibt mit einer Hand über seinen Kiefer und mustert den Blutstreifen auf seiner Handfläche, als wäre das nicht besorgniserregender als ein Farbspritzer. „Hätte sie kapituliert, hätte ich von ihr verlangen können, dass sie nicht von dir oder dem, was hier passiert ist, spricht. Ich hätte sie formell von unseren Ländereien verbannen können. So wie die Dinge jetzt stehen, hat ihr Angriff keine Konsequenzen für sie und sie kann ihrem Lord erzählen, was sie will." Seine Augen richten sich wieder auf mich. „Hat sie irgendetwas zu dir gesagt, bevor sie dich angegriffen hat?"

Ich strenge mich an, mich an das zu erinnern, was passierte, bevor das echte Chaos ausbrach. „Sie wollte wissen, wohin ich unterwegs war – ob du mich hierhergeschickt hattest." Meine Muskeln spannen sich erneut an bei dem Gedanken daran, wie sehr ich *gegen* das verstoßen habe, was Sylas gewollt hätte. Daher beeile ich mich, weiterzusprechen. „Und sie fand es merkwürdig, dass meine Haare gefärbt waren und dass sie mich nicht gesehen hatte, als sie zu Besuch waren. Ich sagte nicht viel zu ihr. Ich glaube nicht, dass ich irgendetwas erwähnt habe, was die Wahrheit verraten würde. Deswegen hat sie mich angegriffen – weil ich nicht so kooperiert habe, wie sie das wollte."

„Dann ist sie nur mit den Vermutungen gegangen, die sie und Tristan bereits gehabt haben. Ansonsten hätte er ihr nicht aufgetragen, durch unser Revier zu patrouillieren." Sylas macht ein finsteres Gesicht. „Es gefällt mir trotzdem nicht, dass sie hier war und dass sie dir begegnet ist." Er späht auf mich herab und sein Blick ist plötzlich doppelt so aufmerksam. „Warum *bist* du hier draußen? Wie bist du überhaupt aus dem Bergfried rausgekommen?"

Hinter mir versteift sich Whitt, dessen Hand noch immer an meinem Rücken ruht. Ich zögere. Ich könnte erzählen, dass er mir gesagt hat, dass ich gehen soll, und dass er mir den Weg bereitet hat. Das würde allerdings nur noch mehr Konflikte zwischen Sylas und seinem Kader hervorrufen, oder? Whitt hat mich nicht zum Gehen gezwungen. Ich habe die Entscheidung allein getroffen und kann die Verantwortung dafür übernehmen.

„Ich … ich habe mir Sorgen darüber gemacht, wie wütend ihr zwei wegen mir aufeinander wart", antworte ich und lege die Arme wie eine Umarmung um meine Brust. „Es machte den Anschein, als würde ich eure Lage verschlechtern, nicht verbessern. Ich fand die Tür unverschlossen vor … ich realisierte, dass ich einfach gehen könnte … es schien zu diesem Zeitpunkt das Richtige zu sein."

Ich kann Whitts Reaktion auf meine Halblüge nicht sehen, doch Sylas' sorgt dafür, dass mein Herz wehtut. Er senkt den Blick und sein Mund verzieht sich. „Ich gehe davon aus, dass mein Kader und ich aus härterem Holz geschnitzt sind, das nicht so leicht gebrochen werden kann", sagt er. „Und es beschämt mich, dass es auf dich anders gewirkt hat. Egal, welche Spannungen zwischen uns entstehen, der Umgang damit ist unsere Pflicht, nicht deine."

„Okay." Die Brise leckt über meine Schulter. Da die Nacht immer weiter voranschreitet, ist sie kühler. „Es tut mir leid. Ich hätte zuerst mit dir sprechen sollen. Ich wusste nicht, dass diese Frau hier draußen sein würde."

„Ich kann es dir nicht vorwerfen, dass du die Gelegenheit ergriffen hast, die sich dir präsentiert hat." Sylas strafft die Schultern. „Bist du bereit, zum Bergfried zurückzukehren?"

Kein ‚Willst du' oder ‚Bist du gewillt, zu'? Es ist

selbstverständlich, dass ich zurückgehen werde. Denn bei ihrer Rettung ging es nie nur darum, mich als Person zu verteidigen, sondern auch die Macht, die in meinem Blut liegt.

August gibt einen leisen Laut der Empörung von sich, aber der Gedanke, dass er um meinetwillen einen Streit vom Zaun bricht, löst eine andere Art von Schmerz in mir aus. Selbst wenn ich mir sicher wäre, dass ich in der Menschenwelt besser dran wäre, was ich mir nicht bin, ich kann mich nicht mit Sylas anlegen oder ihm davonlaufen. Wenn ich gegangen bin, damit sich nicht ein noch größerer Konflikt zwischen ihnen entwickelt, kann ich auch aus dem gleichen Grund zurückkehren.

„Ja", antworte ich und hebe den Kopf, als wäre es ganz allein meine Entscheidung. „Gehen wir."

30

*August*

Als Talia zur üblichen Frühstück-Zubereitungszeit nicht zu mir in die Küche kommt, mache ich einen Umweg nach oben, um mich vor ihre Tür zu stellen. Ich klopfe nicht an, weil ich sie nicht aufwecken will. Das Flüstern ihres Atems beruhigt mich allerdings, denn es bedeutet, dass sie noch hier *ist*.

Doch ist sie wirklich, wo sie sein sollte?

Normalerweise versinke ich so in den Essensvorbereitungen, dass ich so gut wie alles andere vergesse. Heute nagt ständig diese Frage an mir. Ich schlage ein Ei zu hart auf und muss Stücke türkiser Schale aus der Schüssel fischen. Ich falte den Teig so energisch, dass er in meinen Händen steif wird und ich von vorne anfangen muss. Bevor ich noch etwas ruinieren kann, mache ich mich auf die Suche nach Sylas.

Wir werden alle ein etwas späteres Frühstück überleben.

Ich möchte mich vergewissern, dass Talia die nächste Woche überleben wird, und zwar in einem Zustand, der mein Gewissen nicht belastet.

Ein kurzer Spaziergang und das Aufspüren seines Geruchs führen mich zum Obstgarten. Die Sommerhitze erstreckt sich bereits über den Feldern und die kräftigen Strahlen der aufgehenden Sonne verbrennen die Blätter an den Obstbäumen. Als ich zwischen sie laufe, füllt ihr trockener, grüner Duft meine Nase.

Sylas steht unter einem Dämmerapfelbaum, die Hand auf den Baumstamm gelegt, den Blick auf die Äste gerichtet. Dieser und ein paar seiner Nachbarn haben im Lauf der letzten Monate Stellen entwickelt, die kränklich wirken. Mit ihren Früchten zu backen, ist mein Fachgebiet, die Magie aller möglichen Pflanzenarten liegt jedoch unserem Lord im Blut. Mit seiner Hilfe haben sie wieder zu gedeihen begonnen.

Beim Klang meiner Schritte dreht er sich um und betrachtet mich mit seiner typischen Gefasstheit. Für ihn ist es einfach, mich dafür zu kritisieren, wenn mein Temperament mit mir durchgeht. Ihm scheint es leicht zu fallen, seine wilderen Emotionen zu zügeln. Verrät ihm sein bleiches Auge, worüber ich mit ihm sprechen möchte, bevor ich den Mund geöffnet habe?

Oder vielleicht kennt er mich gut genug, dass er kein Bewusstsein braucht, das den Nebeln entsprungen ist, um dahinterzukommen. Mein Halbbruder war seit meiner Geburt eine konstante Präsenz in meinem Leben. Er erinnert sich an mehr von meinem Leben als *ich*.

„Bist du gekommen, um Früchte zu ernten?", fragt er in einem Tonfall, der andeutet, dass er die Antwort bereits kennt.

Ich kann genauso gut gleich auf den Punkt kommen. Ich schnuppere in der Luft, um mich zu vergewissern, dass niemand in der Nähe ist. Anschließend blicke ich ihm in die Augen, obwohl der respektvolle Teil von mir den Kopf in Anerkennung seiner Autorität neigen will. Ich senke die Stimme. „Ich möchte über Talia sprechen."

Sylas' Kiefer spannt sich an. Er tritt von dem Baum weg und lässt die Hand an seine Seite fallen. Mit einem Wort gerät die Brise um uns herum in Aufruhr und ich weiß, dass er die Luft dazu überredet hat, unser Gespräch als zusätzliche Sicherheitsmaßnahme zu dämpfen.

Er richtet seine Aufmerksamkeit wieder auf mich. „Was gibt es da zu bereden?"

Er denkt, er kann das Problem noch immer umgehen, oder? Ein frustriertes Kribbeln stellt meinen Respekt auf die Probe. Diese Art des Ausweichens sieht weder dem Bruder ähnlich, der mich in meiner Kindheit so häufig angeleitet hat, noch dem Lord, dem zu dienen ich geschworen habe – zumindest will ich nicht glauben, dass es ihm ähnlichsieht. Der Verlust unserer ehemaligen Ländereien und die Zerschlagung seiner Gefährtenbindung sowie seines Rudels haben ihm einiges abverlangt, möglicherweise mehr, als ich mitbekommen habe.

Ich bleibe entschlossen stehen. „Wir haben sie gestern Nacht zurückgebracht. Du hast ihr nicht einmal die Wahl gelassen, zu ihrem Zuhause zurückzugehen. Es ist beinahe Vollmond. Was werden wir mit ihr tun?"

Sylas seufzt. Mein Herz beginnt, zu sinken, und bereitet sich darauf vor, dass er dem Thema noch eindeutiger ausweichen wird, doch stattdessen sagt er: „Was denkst du, August? Es gibt eigentlich keine Wahl, nicht einmal für uns, vor allem jetzt, da Tristans Kader hier mehr herumschnüffelt, als er sollte. Wir müssen sie den Erzlords übergeben."

Ich wollte eine ehrliche Antwort, doch jetzt da ich sie habe, sträubt sich alles in mir. „Das können wir *nicht* tun. Sie werfen sie vielleicht in einen Käfig, der nicht besser ist als der, in den Aerik sie gesperrt hat. Sie wird nichts anderes interessieren, als sie so weit am Leben zu halten, dass sie ihr Blut ernten können."

„Bei den Himmeln, rede niemals in der Gesellschaft anderer so respektlos über sie." Sylas macht ein böses Gesicht. Er ist nicht glücklich über die Entscheidung, das ändert jedoch nichts an der Tatsache, dass er sie getroffen hat. „Du denkst zu schlecht von unseren Herrschern. Celia ist nicht für unnötige Gewalt bekannt und Donovan benimmt sich Menschen gegenüber relativ freundlich – seine Bediensteten wurden immer gut behandelt, wenn ich seine Ländereien besucht habe. Ich beabsichtige, ihn anzusprechen, um dafür zu sorgen, dass sie seiner Obhut übergeben wird."

„Allerdings wird keiner von ihnen der Meinung sein, dass sie ein richtiges *Leben* verdient, nicht wenn sie die Antwort auf dieses unlösbare Problem ist, das unsere gesamte Art betrifft. Und wenn sie Ambrose die Führung überlassen, wird …"

Tristans Cousin zweiten Grades hat keinen Hehl aus seiner Abscheu vor allem Sterblichen gemacht. Ihm mangelt es zwar an Kellans konzentrierter Feindseligkeit, aber ich sah genügend beiläufige Grausamkeiten, als wir noch so hohes Ansehen besaßen, dass wir den Erzhöfen Besuche abstatten durften.

Er wird wahrscheinlich darauf *bestehen*, dass er die Führung übernimmt, wenn er erfährt, dass wir dieses Geschenk anbieten. Er war derjenige, der sich am energischsten gegen Sylas aussprach, als das Urteil gefällt wurde. *Keine Überraschung*, sagte Whitt damals. *Diejenigen, die sich einen Thron unrechtmäßig aneignen, sind immer am beleidigtsten, wenn irgendein anderer Zeichen von Verrat zeigt.*

„Denkst du, ich würde sie nicht in ihre eigene Welt schicken, damit sie dort friedlich leben kann, wenn ich könnte?", will Sylas wissen. „Sie verlor diese Chance in dem Moment, in dem Aerik ihr Blut kostete. Selbst wenn wir sie zurückbringen und aufgeben, was sie uns zu bieten hat, wie lange würde es wohl dauern, bis er sie wieder aufgespürt hat und sie schlimmer dran ist als zuvor? Er hat sie einmal gefunden, ohne dass er es beabsichtigte. Du weißt, dass er nie aufgeben wird."

Das weiß ich und dieses Wissen macht mich wütender als die Ankündigung, die Sylas gemacht hat. Sylas ist jedoch derjenige vor mir – Sylas ist der Einzige, mit dem ich streiten kann.

„Dann behalten wir sie hier, wo sie beschützt wird, und den Rest überlegen wir uns."

„Ich sehe keine Möglichkeit, wie wir unser *Rudel* beschützen und dafür sorgen können, dass die Erzlords nichts davon erfahren – und sie wird so viel schlimmer behandelt werden, wenn sie unter Zwang geholt wird."

„Dann nutzen wir sie einfach gar nicht. Was auch immer den Fluch verursacht hat, es liegt an uns, ihn zu ertragen, nicht an ihr. Sie verdient etwas Bessere."

„Wir können ihr nichts Besseres *bieten*." Sylas bedeutet mir, zurück zum Bergfried zu gehen. „Es reicht, August. Du hast deine Meinung geäußert. Ich habe meine Entscheidung getroffen und glaub mir, es war keine übereilte."

Ich sollte mich zurückhalten. Die Instinkte, die in Jahrzehnten des Dienstes verfeinert wurden, zerren an mir. Doch dieses eine Mal hält mich etwas Stärkeres fest: Die Erinnerung an Talias Mund auf meinem, ihr Geschmack auf meinen Lippen, ihr Körper, der sich so zart und unfassbar stark an meinen presste.

Ich schwor mir, dass ich sie nicht im Stich lassen würde.

Als ich nicht zurückweiche, macht Sylas Anstalten, an mir vorbeizulaufen. Ich trete in seinen Weg und halte ihn auf. „Ich bin noch nicht fertig."

Ein leichtes Knurren kriecht in Sylas' Stimme. „*Wir* sind fertig, denn ich habe gesagt, dass wir es sind. Tritt beiseite, Sohn-meines-Vaters."

Sein Tonfall weckt noch eine Erinnerung – an seinen Gesichtsausdruck, als er in die Tür des Unterhaltungsraumes trat und mich mit Talia fand. Er war sich so sicher, er hätte ein Recht, sie für sich zu beanspruchen. Die besitzergreifende Hitze, die mich durchströmte, als ich ihn auf ihrer Haut roch, steigt erneut in mir auf.

Ich mahle mit dem Kiefer, denn meine Fangzähne brennen darauf, hervorzubrechen. „Was für ein Mann bist du, dass du sie in dein Bett holst und dann so herzlos wegwirfst? Ich hätte nie gedacht, dass du jemals nach unserem Vater schlagen würdest."

Sylas kann nicht ganz verbergen, dass er zusammenzuckt. Er zeigt seine Zähne. „Wenn du den Unterschied nicht sehen kannst …"

Ich spreche weiter, bevor er fortfahren kann. Dieser brodelnde Zorn treibt mich an. Er kennt mich zwar besser als jeder andere, aber ich kenne ihn ebenfalls ziemlich gut. Ich weiß genau, wie ich ihn am besten verwunden kann. „Du hast bei *Isleen* mehr Nachsicht walten lassen, nach allem, was sie …"

„Zieh sie *nicht* in diese Sache." Sylas macht einen Schritt auf mich zu und richtet sich noch gerader auf, um die wenigen Zentimeter zu betonen, um die er mich überragt. Sein unversehrtes Auge sprüht Funken. „Das hier ist nicht damit zu vergleichen."

„Nein, das ist es nicht. Denn Talia hat überhaupt nichts getan, was diesen Ausgang rechtfertigen würde, und du bestrafst sie trotzdem."

Sylas kommt noch näher und ist mir jetzt fast so nahe, dass er mich schubsen könnte. „Ich sage es noch einmal,

August. Wir haben genug darüber geredet. Jetzt geh mir aus dem Weg.“

Er beginnt, mich mit der Schulter wegzuschieben, und der Zorn, der in mir angeschwollen ist, kocht über. Adrenalin und das Entsetzen darüber, dass ich ihm trotze, treffen mich zur gleichen Zeit, als ich ihn nach hinten stoße.

Sylas knurrt und versucht, mir auf den Kopf zu schlagen. Ich weiche dem Hieb aus und verpasse ihm einen Kinnhaken. Daraufhin stürzt er sich auf mich, wobei er genauso schockiert wie erzürnt aussieht. Ich lasse meinen Wolf frei, ohne den Gedanken bewusst zu fassen, und all meine Sinne schlüpfen in den Kampfmodus.

Als ich auf allen vieren herumwirbele und sich meine Krallen in die fruchtbare Erde des Obstgartens graben, verwandelt sich Sylas mitten im Sprung. In Wolfgestalt ist er größer als ich genauso wie in seiner Menschengestalt. Ich schaffe es, mich unter ihm wegzurollen, ziehe meine Krallen über sein Vorderbein und wirble wieder zu ihm herum.

Er gibt mir keine Gelegenheit, in die Offensive zu gehen. Ich habe kaum meinen Stand gefunden, als er gegen mich kracht und mich auf die Seite wirft. Ich schlage mit allen vier Beinen um mich, fletsche die Zähne und achte auf eine Gelegenheit, zu beißen, zu reißen, irgendetwas, um die Oberhand zu gewinnen.

In dem Moment, in dem ich den Kampf begann, wurde es zu einer Frage dessen, wer den anderen überwältigen kann und wer der Schnellste ist. Ich habe vermutlich keine große Chance, aber ich kann mich nicht unterwerfen.

Sylas beißt nach meinem Hals, doch ich werfe meinen Körper in der letzten Sekunde auf die Seite. Mit all meiner Kraft stemme ich ihn von mir und springe ihn an. Er schlägt mir so hart auf die Schnauze, dass sich mir der Kopf dreht.

Ich stürze zur Seite, stoße mich von einem Baumstamm ab und segle auf meinen Lord zu. Er wirbelt herum, entkommt knapp meinen scharfen Krallen und schließt seinen Kiefer um mein Bein.

Ein harter Ruck schleudert mich auf den Boden. Seine Tatze presst sich auf meine Kehle und seine Krallen bohren sich gerade so weit hinein, dass sie in meine Haut stechen. Seine Hinterbeine stehen auf dem verletzlichsten Teil meines Bauchs.

Obwohl ich weiß, dass es sinnlos ist, wehre ich mich und zwinge ihn, seine Krallen warnend noch tiefer zu graben. Er drückt mich in die Erde, bis ich zu würgen beginne. Dann zieht er seine Tatze über die Unterseite meines Kinns, womit er vier brennende Schlitze durch mein Fell hindurch öffnet. Im Anschluss stößt er sich von mir ab. Er macht sich nicht einmal die Mühe, eine vollständige Kapitulation zu verlangen. Er setzt nur seine Macht durch und tadelt mich mit einer oberflächlichen Wunde wie Eltern, die einen Welpen rügen.

Scham durchfährt mich und brennt schärfer als seine Kratzer. Er verwandelt sich in seine übliche Gestalt zurück und steht über mir. Auf seinem vernarbten, braunen Gesicht zeichnet sich eine intensive Emotion ab, die ich nicht deuten kann.

Ich zügle meinen Wolf und setze mich während der Verwandlung auf. Ohne Sylas in die Augen zu schauen, lehne ich mich nach hinten an den Baumstamm und ringe mit meinen eigenen verqueren Emotionen. Die Luft ist so warm, dass ich das Blut, das über meinen Hals rinnt, nur schwach spüre.

„Sie bedeutet dir so viel?", fragt Sylas. Seinen Tonfall kann ich ebenfalls nicht deuten.

„Ich habe dir bei so vielen Dingen vertraut, doch in dieser Sache irrst du dich", erwidere ich. „Ich werde erneut für sie kämpfen, wenn ich muss."

„Dazu sollte es nicht kommen. Es hätte nicht zu *dem hier*

kommen sollen." Sylas gibt einen rauen, wortlosen Laut von sich und senkt sich mir gegenüber auf den Boden.

Wir sitzen mehrere Minuten lang schweigend da. Als ich es wage, ihn anzuschauen, starrt er in die Ferne, seine Miene hat nachdenkliche Züge angenommen.

„Ich werde nicht wie unser Vater herrschen", sagt er schließlich. „Ich traf diese Entscheidung vor so langer Zeit, dass ich mich vielleicht nicht mehr gut genug daran erinnerte. Das ist keine Art, ein Lord zu sein. Man sollte nicht an der Spitze bleiben, indem man alle, die weniger mächtig sind als man selbst, tyrannisiert. Ich beabsichtige, jedem bisschen Loyalität würdig zu sein, das du mir erwiesen hast. Deswegen ist das Rudel bei uns geblieben, alle, denen es möglich war – weil sie wussten, ich würde meine Überzeugungen *nicht* kompromittieren und mich auf niedere Methoden herabsetzen, um weiterzukommen."

Ich weiß nicht so recht, worauf er damit hinauswill. „Das hast du nie getan", äußere ich vorsichtig.

Sein Blick richtet sich erneut auf mich. „Aber ich habe es beinahe getan. Diese Überzeugungen sollten genauso sehr für dieses Mädchen gelten wie für jedes andere Wesen. In dem Moment, in dem wir sie fanden und sahen, was Aerik ihr angetan hatte, nahmen wir sie in unsere Obhut. Es sollte unter meiner Würde sein, ihr den Rücken zuzukehren oder die Augen davor zu verschließen, wie andere sie womöglich behandeln werden."

Hoffnung erwacht flatternd zwischen meinen Rippen. Das – das ist der Grund, aus dem ich mein Leben für diesen Mann geben würde. Deshalb ist es mir nie in den Sinn gekommen, einen anderen Lord zu suchen. „Was wirst du dann tun?"

Die Muskeln in seinem Kiefer zucken. „Wir haben den Fluch so lange überlebt. Wir werden ihn weiterhin überleben, bis wir eine Methode finden, ihn dauerhaft zu überwinden. Was für Fae wären wir, wenn wir von einem einzigen Menschenmädchen abhängig sind, das die gesamte Seelie-Rasse retten soll?" Er betrachtet mich „Würdest du auch darum kämpfen, damit sie in ihre eigene Welt zurückgebracht wird?"

Ich zögere, weil ich nicht weiß, wie stark meine Antwort sein Urteil beeinflussen wird, egal, wie sie ausfällt. Ich will mir meiner Antwort sicher sein für den Fall, dass er sie berücksichtigt. Manche der Impulse, die mich bei dieser Frage durchzucken, sind egoistisch, aber ich denke, ich komme zum gleichen Ergebnis, wenn ich sie rausfiltere.

„Du hattest vorhin recht, als du sagtest, dass Aerik sie weiterhin jagen wird. Sie ist bei uns am sichersten, solange niemand sonst die Macht ihres Blutes entdeckt."

„Ich bin froh, zu hören, dass ich diesbezüglich nicht mit dir kämpfen muss." Sylas' Stimme ist so trocken, dass sie als Geste der Vergebung zählen kann. „Es wird … kompliziert werden. Das ist es allerdings oft, wenn man das tut, was richtig ist. Ich bin mir sicher, wir können uns eine Strategie überlegen, die mögliche Gefahren minimieren kann."

„Wirst du mit ihr reden?", frage ich. „Es hat sie belastet – die Ungewissheit. Ich merke das. Sie sollte es wissen, sobald …"

„Ich werde noch heute Morgen mit ihr sprechen", entgegnet Sylas barsch, auch wenn er belustigt wirkt. „Gib mir vorher ein oder zwei Augenblicke, um meine Gedanken zu sortieren, Welpe."

Der wölfische Teil von mir will sich mit dem Bauch nach oben in den Dreck legen, um ihm mitzuteilen, dass ich seine Autorität anerkenne und es mir leidtut, dass ich sie angefochten habe. Die Male auf meinem Kinn sind allerdings Tadel genug – und hätte ich nicht gekämpft, hätte er seinen Irrtum womöglich nicht rechtzeitig bemerkt. Ich werde es nicht bereuen.

Ich werde vielleicht bereuen, was ich als Nächstes sagen werde, doch die Worte purzeln trotzdem heraus. Sie gehen mir seit dem Abend neulich zu hartnäckig durch den Kopf.

„Viele andere Kader haben sich Liebhaber geteilt. Der Lord war daran im Allgemeinen zwar nicht beteiligt … aber es scheint nicht unmöglich zu sein."

Sylas' Mundwinkel zuckt nach oben. „Dessen bin ich mir bewusst. Aber vielleicht solltest du deinen ersten Sieg genießen, bevor du den nächsten in Angriff nimmst."

Er klopft seine Hose mit den Händen ab und steht auf. Als er zum Bergfried stolziert, komme ich nicht umhin, zu bemerken, dass es zwar kein *Ja* war, allerdings definitiv auch kein *Nein*.

31

*Talia*

Das nächste Mal, als ich in meinem Zimmer im Bergfried aufwache, fühlt es sich beinahe wie am ersten Morgen an. Ich erinnere mich nicht daran, das Gebäude erreicht zu haben oder ins Bett geschlüpft zu sein. Dass ich mich hier unerwartet wiederfinde, geht dieses Mal allerdings nicht mit annähernd so vielen Ängsten einher.

Irgendwo auf dem Rückweg holten mich die Erschöpfung sowie der Schmerz in meinem Fuß ein und Sylas hob mich in seine Arme. In diesen muss ich eingeschlafen sein. Er trug mich den Rest des Weges und brachte mich danach ins Bett. Eine zärtliche Wärme breitet sich bei diesem Gedanken in meiner Brust aus.

Als ich die Bettdecke wegstrample, pocht mein Fuß noch immer dumpf von all dem Laufen. Ich massiere ihn, wobei ich auf die verformte Knochenerhebung aufpasse, wo die gebrochenen Stücke falsch zusammengewachsen sind. Dabei beginnen weitere Erinnerungen des vergangenen Abends, an die Oberfläche zu steigen. Die Spannungen zwischen Sylas und August. Whitts Beharren, dass ich gehe. Die Frau aus Tristans Kader, die mir gegenüber so misstrauisch und entschlossen war, Antworten zu erhalten.

Ich erschaudere. Sind wir jetzt alle in noch größerer Gefahr? Diese Welt macht mir Angst, doch zur gleichen Zeit hasse ich es, dass so viel passiert, bei dem ich keine Rolle spielen kann. Ich bin jetzt hier. Ich wünschte, ich hätte mehr Mitspracherechte, wenn es um meine Zukunft geht. Ich wünschte, ich könnte ein Teilnehmer bei den Konflikten um mich herum sein, anstatt nur ein Objekt, um das gekämpft wird.

Ich wünschte, mein Leben im Reich der Fae könnte so einfach sein, wie mich an Sylas' Brust gekuschelt auszuruhen. Diese Aussicht ist jedoch herzlich klein. Selbst mit ihm zu kuscheln, scheint nicht so einfach zu sein, wenn ich daran denke, wie sich August gefühlt haben muss, als er uns beobachtete.

Die Sonne scheint hell hinter meinem Fenster. Nach der langen Nacht habe ich verschlafen. Aufgrund der Gerüche, die unter meiner Tür hereinwehen, glaube ich allerdings nicht, dass ich das Frühstück komplett verpasst habe. In dieser Mischung liegt definitiv der Duft von Speck. Wenn ich mir den Magen mit Köstlichkeiten fülle, wird es einfacher sein, mir keine Sorgen über all die Dinge zu machen, die ich nicht kontrollieren kann.

Ich habe meine Klamotten angezogen und befestige gerade die Stütze um meinen Knöchel, als es an der Tür klopft. Sylas' Stimme dringt hindurch. „Talia?"

„Komm rein." Ich ziehe den letzten Riemen fest und richte mich auf dem Sessel auf, in dem ich sitze.

Als der Fae-Lord das Zimmer betritt, setzt mein Puls aus. Er hat gestern Nacht nicht mit mir geschimpft, weil ich weggerannt bin. Vielleicht wollte er mir nicht die Leviten lesen, während ich erschöpft war und erst vor kurzem angegriffen wurde. Die gesamte Strafpredigt kommt womöglich jetzt.

Sylas sieht allerdings nicht wütend aus. In seinem unversehrten Auge strahlt eine Energie, die ich noch nicht an ihm gesehen habe. Sein Gesicht ist entschlossen und, das würde ich gerne denken, ein wenig hoffnungsvoll. Er hält den Kopf hoch und seine große Gestalt ist so beeindruckend wie eh und je, doch an der Art und Weise, wie er auf halbem Weg zwischen der Tür und dem Sessel stehen bleibt, ist etwas eigenartig Zögerliches.

Ich weiß nicht, was ich davon halten soll. Ein erwartungsvolles Beben kitzelt über meine Haut.

„Ich habe eine Entscheidung bezüglich deines Lebens hier getroffen", verkündet er und mein Herz bleibt stehen.

Ich krümme die Finger um die Kante des Sitzpolsters, um mich zu beruhigen. „Okay."

Sein Mundwinkel biegt sich zum Schatten eines bittersüßen Lächelns nach oben. „Schau nicht so, Kleines. Es sind keine schlechten Nachrichten – zumindest möchte ich gerne glauben, dass es keine sind. Wir werden dich nicht den Erzlords übergeben oder jemand anderem."

Der Schock darüber, dass sie mich verschonen, trifft mich so hart, dass es eine Sekunde dauert, bis ich wieder atmen kann. „Was?"

Er wartet nicht darauf, dass ich mehr als dieses einzelne erschrockene Wort äußere. „Du kannst hier bei uns bleiben. Und ich werde auch kein Blut von dir verlangen. Wir *glauben*, dass du am sichersten bist, wenn du in unserem Revier bleibst, anstatt in deine Welt zurückzukehren, während Aerik noch nach dir sucht."

Ich ringe um Worte und bin immer noch verblüfft.

„Werdet ihr keine Schwierigkeiten kriegen, weil ihr mich hier versteckt?"

„Ich plane nicht, jemanden herausfinden zu lassen, was wir verstecken. Während du bei uns bist, können wir dich vor jedem abschirmen, der eventuell vorbeikommt. Und wenn sie trotzdem eins und eins zusammenzählen, können wir dich auf Arten beschützen, wie es in der Menschenwelt niemand tun kann."

„Aber … ihr wollt nicht einmal ein Heilmittel für euer Rudel …?"

Sein Lächeln wird breiter und spannt sich zugleich an. „Das will ich, jedoch nicht so. Egal, was uns die vergangenen Jahrzehnte geplagt hat, du bist keine richtige Lösung, sondern milderst lediglich die Symptome, was uns womöglich in falscher Sicherheit wiegt, während wir eigentlich nach einem richtigen Heilmittel suchen sollten. Wir haben die Wildheit bereits viele Male überstanden und können das erneut tun."

Ich darf hierbleiben und ich werde nicht bluten müssen, um mir diese Freundlichkeit zu verdienen. Ein Lächeln breitet sich so plötzlich auf meinem Gesicht aus, dass meine Wangen wehtun.

„Wir können dich nicht für alle Ewigkeit im Bergfried einsperren", fährt Sylas fort. „Und jetzt weiß mindestens ein Fae außerhalb dieser Mauern, dass es in unserer Mitte einen pinkhaarigen Menschen gibt. Augusts Leichtfertigkeit wirkt sich womöglich zu unseren Gunsten aus, da Aerik nicht nach einem Mädchen mit so bunten Haaren sucht. Dein Gesicht und deine Figur sind ebenfalls voller geworden, seit du angefangen hast, regelmäßig Mahlzeiten zu dir zu nehmen. Wir können dich mit etwas Glamour belegen, damit anderen dein Humpeln nicht auffällt. Dann wird es nichts mehr geben, womit man dich als gestohlene Gefangene identifizieren könnte. Du könntest mit uns hinaus auf die

Felder um den Bergfried herum gehen und sogar den Rest des Rudels kennenlernen.“

Der Gedanke jagt ein Zittern durch meine Nerven hindurch. Seit ich ein Kind war, habe ich niemanden auf eine normaler Art und Weise kennengelernt. Was wird ein gewöhnlicher Fae von mir halten? „Werden sie sich nicht fragen, warum ich hier bin?“, frage ich. „Ihr habt keine anderen menschlichen Bediensteten.“

Er mustert mich und kann meine Furcht vermutlich an meiner Haltung ablesen. „Wir müssen diesen Teil nicht überstürzen. Du bist vielleicht am besten damit beraten, bis nach dem Vollmond zu warten, denn in den Tagen davor sind alle angespannter. Doch danach … ich dachte, wir würden ihnen einfach erzählen, dass ein Menschenmädchen Augusts Interesse so sehr weckte, dass er darauf bestand, sie mit nach Hause zu nehmen.“

Als wäre ich ein Kätzchen, das der Fae-Mann im Schaufenster einer Zoohandlung entdeckt hat. Das Bild, das sich in meinem Kopf formt, bringt mein Lächeln zurück, es ist jedoch etwas schüchterner als zuvor. „Nur *Augusts* Interesse?“

Diese Worte reichen, um das Begehren in Sylas’ Augen zu entfachen. Es brennt so heiß, dass es meine Haut sogar aus einigen Schritten Entfernung wärmt. Seine Stimme senkt sich. „Ich schätze, was in dieser Geschichte als Nächstes geschieht, hängt davon ab, wem *du* dein Interesse schenkst, wenn überhaupt jemandem.“

Die Hitze kribbelt mit einem begeisterten Flattern in meine Brust, das nur von einer Frage gedämpft wird. „Mich hier zu haben … wird keine Probleme zwischen euch auslösen, oder?“

„Ich denke, das haben wir geklärt“, erwidert er und hält inne. „Kader genießen regelmäßig die Zuneigungen der gleichen Frau – oder gegebenenfalls eines Mannes. Da ihrem

Lord ihre oberste Loyalität gilt, können sie sich niemandem so vollständig verschreiben, wie es ein regulärer Gefährte tun würde. Sich eine Geliebte zu teilen, kann eine Methode sein … mögliche Defizite in ihrer Aufmerksamkeit auszugleichen. Wenn das so sein kann, spricht nichts dagegen, dass ein Lord und sein Kader die gleiche Vereinbarung treffen können, selbst wenn das normalerweise nicht getan wird."

„Also keine Kämpfe mehr?"

Das Begehren in seinem unversehrten Auge vertieft sich und die Erinnerung an seine Berührung neulich morgens kitzelt über meine Haut. „Du hast Qualitäten gezeigt, die ich bei Fae und Menschen gleichermaßen selten finde, Talia. Deshalb ist es vielleicht keine Überraschung, dass du so eine große Wirkung auf August und mich hast. Ich werde nicht so tun, als wäre es leicht für mich, dich zu teilen. Jeder Instinkt in mir will dich für mich allein beanspruchen. Aber du gehörst *keinem* von uns und wenn du uns beide willst … Ich bin gewillt, diese Instinkte zu unterdrücken und zu schauen, was wir daraus machen können."

Die Begeisterung breitet sich in meinem gesamten Körper aus. „Okay. Das ist fair."

Sylas tritt näher, wobei sein Blick unablässig auf meinem Gesicht liegt. „Kannst du das Leben akzeptieren, das ich dir anbiete? Ich bitte dich nur um Ehrlichkeit. Wenn du dich noch immer eingesperrt fühlst und wieder versuchst, wegzulaufen …"

Ich schüttle vehement den Kopf und zwinge die Erleichterung, die mich durchflutet hat, meine Stimme zu färben. „Das werde ich nicht tun. Das gestern tut mir leid … Ich … ich wollte eigentlich nicht gehen, so verrückt sich das auch anhört. Ich habe in meiner Welt *nichts*. Sie fühlt sich zu diesem Zeitpunkt nicht mehr real an. Meine Familie ist tot. Meine Freunde werden ihr Leben weitergelebt haben. Und ständig in Angst zu leben, dass Aerik oder irgendein anderer Fae über mich stolpern und realisieren könnte, was mein Blut bewirken kann … Ich denke, ich kann hier glücklich sein. Zumindest fürs Erste."

Vielleicht möchte ich in Zukunft, wenn die Fae ein anderes Heilmittel finden und ich keine Ware mehr bin, schauen, was für ein Leben ich mir in der Menschenwelt erarbeiten könnte. Der Bergfried fühlt sich allerdings schon mehr wie ein Zuhause an als das Haus, das zu Erinnerungsbruchstücken verblasst ist. Und jenes Haus wird ohnehin nicht mehr meines sein.

Sylas' Stimme sinkt noch weiter und schwappt wie eine Liebkosung über mich. „Es freut mich, das zu hören." Er berührt mein Gesicht mit einer echten Liebkosung, wobei seine Finger über meine Haare und Wange streicheln. Daraufhin scheint sich all die Hitze in mir tief in meinem Bauch zu sammeln.

Ich will ihn – ich will so viel mehr mit ihm, als wir bereits getan haben, mehr als ich mit Worten ausdrücken kann. Doch ich stelle fest, dass es etwas gibt, was ich wissen muss, bevor ich mich mit diesem Verlangen komplett abfinden kann.

„Du hattest eine Gefährtin", sage ich. „Zuvor. Kellans Halbschwester?"

Sylas neigt den Kopf und sein Lächeln verschwindet. „Das stimmt. Sie starb, bevor wir hierherkamen."

Ich befeuchte meine Lippen und formuliere die nächste Frage vorsichtig. „Wirst du mir erzählen, was mit ihr passiert ist?"

Mit einem langsamen Ausatmen sinkt er gegenüber des Sessels auf die Bettkante. Seine Augen richten sich in die Ferne auf etwas hinter dem Fenster. „Sie war immer sehr … ehrgeizig. Und nicht immer auf Arten, mit denen ich einverstanden war. Manche Aspekte ihres Temperaments lagen in ihrer Familie. Du wirst sie an Kellan gesehen haben – Sturheit und eine gewisse Rücksichtslosigkeit." Er lacht rau. „Sie versuchte etwas unglaublich Riskantes, womit sie den Zorn der Erzlords auf sich zog. In der darauffolgenden Schlacht wurde sie getötet. Genauso wie Kellan kämpfte sie, bis ihr Tod unvermeidbar war."

Der Zorn der Erzlords. Ein Kloß steigt in meiner Kehle auf. „Habt ihr deswegen eure ursprünglichen Ländereien verloren? Musstet ihr deswegen in die Randgebiete der Nebelwelt reisen? Haben sie dich auch bestraft?"

„Genau. Und deswegen ist der zweite Cousin des Erzlords beim kleinsten Anschein von Unzufriedenheit auch so besorgt, dass er hier nach dem Rechten sieht und Wachen zurücklässt."

„Aber ... ihr seid seit *Jahrzehnten* hier, oder? Und wenn es allein ihre Schuld war ..."

Sylas macht eine abweisende Geste und richtet den Blick wieder auf mich. „Ihre Fehler waren meine. Seelenverbundene Gefährten werden im Grunde genommen als ein Wesen betrachtet, was auch vernünftig ist. Du wirst einfach mit etwas geboren, was mit der Essenz einer anderen Person harmonisiert. Und wenn man die Bindung vollendet hat, *sind* die Seelen buchstäblich miteinander verbunden. Man ist sich der Gedanken und Emotionen des anderen bewusst ... Ich wusste, was sie vorhatte. Ich versuchte, sie davon abzubringen, doch es gelang mir nicht, sie aufzuhalten. In dieser Hinsicht trage ich ebenfalls die Verantwortung für ihre Taten."

Das kommt mir trotzdem nicht fair vor, aber die Fae haben offensichtlich andere Vorstellungen von Gerechtigkeit. Und diese ganze ‚Seelenverbundenheit' klingt ziemlich intensiv. Vielleicht verstehe ich es einfach nicht gut genug.

Ich schaue auf seine Hand, die neben seinem Schenkel auf dem Bett liegt – ich will danach greifen, weiß jedoch nicht, ob die Geste willkommen wäre, während wir dieses Thema besprechen. „Es muss schwer gewesen sein, sie zu verlieren."

„Das war es. Doch das war vor langer Zeit. Und in mancherlei Hinsicht war es auch schwer, sie zu *haben*. Es gibt einen Grund dafür, dass nur reinblütige Fae eine Seelenverbindung eingehen können, und das nur einmal im Leben. Selbst die Mächtigsten von uns können nicht immer einen Weg zu einem glücklichen Gleichgewicht finden."

Reinblütig – ich habe diesen Begriff schon einmal aus Augusts Mund gehört. Fae, die kein großes Menschenerbe in sich tragen, die Einzigen, die als ‚rein‘ genug betrachtet werden, um als Lords zu herrschen. Ich schaue in Sylas' Gesicht. „Dann werden August und Whitt … sie werden nie so eine Gefährtin haben?"

Sylas schüttelt den Kopf. „Sie könnten eine Gefährtenbindung eingehen, wenn sie und ein Partner sich dazu entschließen, aber es wäre freiwillig und nicht so allesverzehrend. Whitt zieht es im Allgemeinen jedoch vor, sich in keinem Gebiet seines Lebens zu binden abgesehen von seiner Rolle im Kader. Und August hatte nicht viele Gelegenheiten … Keiner von uns wird in unserer aktuellen Situation für einen idealen Kandidaten gehalten."

Sein Tonfall ist sarkastisch geworden. Ich habe nicht den Eindruck, dass ihn die fehlende weibliche Gesellschaft stört. Und ich kann nicht behaupten, dass ich *traurig* darüber bin, zu hören, dass keine Fae-Frauen vor der Tür des Bergfrieds Schlange stehen, um sich als Gefährtinnen anzubieten. Vielleicht betrauert August jedoch diese verlorene Gelegenheit.

Als ich Sylas' Gesicht betrachte, hallt ein Ansturm von Emotionen durch mich, der viel mehr als reines Verlangen ist. Er hat mir so viel Freiheit geschenkt, wie er mir seiner Meinung nach gewähren kann, ohne zu riskieren, dass sie mir jemand raubt. Er hat mir mehr Geduld und Leidenschaft entgegengebracht, als ich jemals hätte hoffen können, und er hat das alles getan, während er mehr Verantwortung und Reue mit sich herumschleppt, als ich mir ausmalen kann. Verantwortung und Reue, die er ohne eine Beschwerde schultert, und ohne sich die Laune davon trüben zu lassen.

Wenn all diese Fae-Frauen *Aerik* für einen besseren ‚Kandidaten‘ halten, sollten sie sich mal den Kopf untersuchen lassen.

Als ich schweige, stemmt er sich vom Bett und macht Anstalten, zu gehen. Sein Auftreten ist jetzt geschäftsmäßig. „Nun, dann ist für den Moment alles geklärt. Ich werde mir die beste Möglichkeit überlegen, das Glamour um deinen Fuß und deine Schritte zu legen. Außerdem werden wir Vorkehrungen treffen, um deine Sicherheit während des Vollmonds zu gewährleisten. Dafür haben wir allerdings noch ein paar Tage Zeit.“ Er schnuppert in der Luft und schenkt mir noch ein Lächeln. „Es besteht kein Grund zur Eile, da August vom Kochen … abgehalten wurde, aber ich vermute, dass du in einer halben Stunde beim Frühstück willkommen bist.“

„Okay. Und … warte.“

Angetrieben von diesem Ansturm an Emotionen beeile ich mich, ihm zu folgen. Als ich seine Seite erreiche, stelle ich jedoch fest, dass ich nicht weiß, was ich sagen soll. Die einzige Möglichkeit, die mir einfällt, um alles auszudrücken, was ich ihm mitteilen will, besteht darin, sein Hemd zu packen, auf die Zehenspitzen zu gehen und seine Lippen zu suchen.

Zum Glück erkennt Sylas, was ich versuche, denn allein könnte ich seinen Mund niemals erreichen. Er beugt sich nach unten, um meinem Kuss mit einem leidenschaftlichen Rumpeln entgegenzukommen, das von seiner Brust in meine übergeht.

Einige Sekunden lang verschmelzen unsere Münder miteinander und seine Arme schlingen sich um mich. Ich kann an nichts anderes denken als die heiße, berauschende Erregung, die damit einhergeht, in seiner Umarmung gefangen zu sein. Sein erdiger, rauchiger und wilder Geruch überwältigt all meine Sinne. Ich küsse ihn inbrünstiger und habe das Gefühl, dass keinem von uns etwas geschehen kann, solange wir so miteinander verschmolzen sind.

Leider können wir uns nicht für immer küssen. Sylas hebt den Kopf und ich senke mich widerwillig auf die Füße, umklammere allerdings nach wie vor sein Hemd.

„Dankeschön", sage ich.

Er beugt sich erneut nach vorne, gerade so lange, dass seine Stirn meine streift. „Und ich habe das Gefühl, als sollte ich mich bei dir bedanken. Hätte ich nicht andere Angelegenheiten, um die ich mich kümmern muss ..." Er knurrt frustriert. „Nun, es liegt noch genügend Zeit vor uns."

Ich warte eine Minute, um zu Atem zu kommen, nachdem er das Zimmer verlassen hat, und lasse die Röte auf meinen Wangen verblassen. Dann humple ich durch den Flur zum Waschraum, um mich schnell zu waschen und die verdrehten Stellen meiner Haare zu befeuchten, auf denen ich geschlafen habe. Ein stärkerer Essensgeruch weht die Treppe herauf. Mit knurrendem Magen trete ich aus dem Bad, nur um Whitt im Gang davor stehen zu sehen.

Er steht dort nicht nur, er wartet auf mich. Als ich an der Tür vorbeigehe, verändert sich seine Haltung von zielloser Lässigkeit zu schärferer Aufmerksamkeit. Ein Funkeln tanzt in seinen blauen Augen über unergründlichen Tiefen, die mit dem Ozean konkurrieren könnten, von dem sie ihre Farbe gestohlen haben.

Ich bleibe unsicher dort stehen, wo ich bin. Gestern wechselte er in der Spanne weniger Stunden von kalt anschuldigend zu beschützend und reumütig. Wie viel von jedem dieser Zustände kann dem Wein und den berauschenden Sirups und dem, was er sonst noch zu sich genommen hat, zugeschrieben werden?

Welche Seite von ihm bekomme ich heute?

Sein Blick ist jedoch klar und seine Haltung ruhig, als er den Kopf zu mir neigt. Mir kommt die Vermutung, dass er *mich* genauso abschätzt, wie ich es bei ihm tue.

„Du hast unserem glorreichen Anführer nicht von meiner Rolle bei den Eskapaden der letzten Nacht erzählt", sagt er, wobei seine trockene melodische Stimme ruhiger als üblich ist. Vermutlich, weil er nicht will, dass Sylas etwas hört.

Ich kann nicht sagen, ob dies eine Aussage der Dankbarkeit oder der Anschuldigung ist. Denkt er, ich hätte es sagen sollen?

Ich zwinge mich, so gerade wie er dazustehen. Ich habe es so satt, Angst zu haben. Und nachdem wie mich Whitt letzte Nacht in den Armen hielt … Ich glaube nicht, dass ich Angst haben muss. „Du hast gesagt, dass es ein Fehler war. Außer du hast diesbezüglich deine Meinung geändert?"

„Überhaupt nicht. Mögest du ein geehrter Gast bleiben." Das Funkeln in seinen Augen ist jetzt mehr ein Glitzern. „Ich hätte trotzdem nicht erwartet, dass du die ganze Schuld auf dich lädst."

Ich zucke mit den Achseln. „Ich habe die Entscheidung getroffen. Und ich kann nicht sehen, dass irgendetwas Gutes dabei herausgekommen wäre, wenn ich den Rest erwähnt hätte."

Whitts Lippen biegen sich zu einem schiefen Grinsen nach oben. „Wie wahr, wie wahr." Er fährt mit einer Hand seinen breiten Kiefer entlang. „Es wäre eine schreckliche Schande gewesen, wenn mein wunderschönes Fae-Gesicht am Ende Schläge kassiert hätte."

Erneut kriecht Röte in mein Gesicht. Er zieht mich mit

den Bemerkungen auf, die ich machte, nachdem ich seinen Fae-Sirup getrunken und beinahe den Verstand verloren hatte. Der Witz passt mir allerdings nicht so recht. „Hätte dich Sylas wirklich angegriffen?"

Whitt zuckt so absichtlich lässig mit den Achseln, dass ich ihm seine Gleichgültigkeit nicht abkaufe. „Vermutlich nicht. Mein Lord-Bruder war schon immer großzügiger, als ich es verdiene."

Etwas zu viel Wahrheit schimmert in seinem Ton und dem kurzen Abwenden seines Blicks. Hat er mich nicht aufgesucht, weil er sich vergewissern wollte, dass ich nicht vorhabe, ihn später zu verpetzen, sondern weil er sich deswegen … schuldig fühlt? Oder mehr als das?

Ohne nachzudenken, trete ich zu ihm, angetrieben von dem Drang, diesem Hauch von Verletzlichkeit mit etwas von der Zärtlichkeit zu begegnen, die er mir letzte Nacht entgegenbrachte, als er mich aus dem Gerangel zog. Doch in dem Moment, in dem ich mich bewege, verschließt sich etwas im Gesicht des Fae-Mannes. Er macht eine kleine, spöttische Verbeugung und deutet mit dem Arm zur Treppe. „Ich glaube, unser Frühstück erwartet uns. Ladys first?"

Mir fällt nicht ein, was es bringen würde, ihn weiter zu bedrängen. Ich drehe mich zur Treppe und hole tief Luft. Ich bin bereit, meinen ersten Tag hier als echter Gast anstatt als Gefangene zu beginnen.

32

*Talia*

Sylas testet den obersten Riegel an der Tür zum gefühlt hundertsten Mal und zerrt mit der ganzen Kraft seiner massiven Schultern daran. Der Riegel gibt nicht nach, dennoch sieht Sylas nicht ganz zufrieden aus, obwohl nun drei dieser Riegel bereit sind, meine Zimmertür von innen zu verschließen. August beobachtet den Fae-Lord, runzelt die Stirn und sieht selbst ungewöhnlich ernst aus.

Ich trete von einem Fuß auf den anderen, als könnte ich mich meiner Furcht entwinden. „Ist das notwendig? Ihr würdet nicht wirklich ...“ Ich kann mich nicht dazu überwinden, diese Frage zu beenden.

Sylas blickt von mir zum geöffneten Fenster. Licht scheint hindurch, doch es hat schon eine orange-goldene Färbung angenommen, da die Sonne im Westen untergeht. Bald wird der Tag in den Abend übergehen. Und dann wird der Großteil des Lichts, das auf den Bergfried fällt, das des Vollmonds sein.

„Ich wünschte, ich könnte nein sagen", erwidert er ernst. „Aber wenn die Wildheit von uns Besitz ergreift, umwölkt sie unseren Verstand vollkommen. Wir werden uns am Morgen an nichts mehr erinnern. Wir werden keine Ahnung haben, wohin sie uns gebracht hat, abgesehen von dem, was wir uns anhand der Spuren um uns herum und an uns selbst zusammenreimen können. Oft ist da Blut. Wir haben hier eine so gute Strategie, dass bisher niemand schwerwiegend verletzt wurde, du bist allerdings ein neuer Faktor."

Ein verletzlicher menschlicher Faktor. Ich unterdrücke ein Schaudern. „Wenn ihr mein Blut schmeckt, sollte euch das doch aus der Wildheit reißen."

„Jeder von uns könnte schrecklich viel Schaden anrichten, bevor wir es schmecken." Sylas' Blick landet auf meiner Schulter. Die gezackten Enden der Narben lugen unter den kurzen Ärmeln meines Shirts hervor, wo mich Aerik oder eines seiner Kadermitglieder zerfleischt hat.

„Aber wenn ihr es vor dem Vollmond nehmt …"

Er unterbricht mich mit einem scharfen Kopfschütteln. „Das werde ich nicht von dir verlangen", sagt er energisch. „Dieses Leiden ist unsere Verantwortung, nicht deine. Du hast bereits viel mehr für meine Seelie-Brüder aufgegeben, als du jemals hättest tun sollen."

Ich merke, dass es keinen Sinn macht, mit ihm darüber zu diskutieren. Seit dem Morgen neulich, als er mich darüber informierte, dass er nicht von mir verlangen würde, mein Blut dem Rudel anzubieten, hat er das Thema meines Heilmittels und, was es für ihn bedeuten könnte, stur gemieden. Er tut so, als würde mir eine viel schlimmere Verletzung zugefügt werden als ein paar Tropfen, die aus meinem Finger gepresst werden.

Dennoch kann ich es nicht ganz sein lassen. „Werdet *ihr* klarkommen?“

„Wie ich bereits sagte, haben wir eine erprobte Strategie. Das Gute an der Wildheit ist, dass wir keine Magie wirken oder nützliche Dinge wie Türgriffe bedienen können, während wir in dieser Gestalt sind. Wir schließen uns in getrennten Bereichen des Bergfrieds ein, damit keine Chance besteht, dass wir jemanden verletzen. Die Rudelmitglieder, die am verletzlichsten sind, schließen sich in ihren Häusern ein, während die anderen weit weg gehen, bevor der Mond ganz aufgegangen ist, damit die Wahrscheinlichkeit geringer ist, dass sie aufeinandertreffen und einander zerfleischen.“

„Wir mussten am Morgen danach ab und zu Wunden flicken“, berichtet August. „Bisher war es jedoch nichts Ernstes. Die Möbelstücke und kleineren Tiere im Wald sind in viel größerer Gefahr als einer von uns.“

Sylas klopft meine Tür grimmig, jedoch scheinbar zufrieden ab. „Das sollte halten. Dir wird nichts passieren, solange du in diesem Zimmer bleibst und die Riegel vorschiebst. Also tu das.“ Er schaut mich finster an, als könnte er mich mit einem Blick dazu zwingen, seinem Befehl Folge zu leisten.

Ich habe es nicht eilig, die Gesellschaft der Fae in mörderischer Wolfgestalt aufzusuchen. Allein der Gedanke weckt zu viele Erinnerungen, die mir Gänsehaut über die Haut jagen. Als ich Sylas und die anderen Wölfe zuvor gesehen habe, hatten sie immer die Kontrolle, auch wenn sie miteinander kämpften. In den Fängen des unkontrollierbaren Zorns, den der Vollmond in ihnen hervorbringt, könnten sie genauso bösartig wie Aerik und sein Kader vor all diesen Jahren sein.

Whitts Stimme dringt vom Flur herein. „Lasst uns hoffen, dass all die Rudel, die in den vergangenen Jahren den

Vorteil von Aeriks Elixier genossen haben, sich wenigstens halb so gut vorbereiten wie wir, nachdem sie sich all diese Zeit auf ihren Lorbeeren ausgeruht haben." Er erscheint im Türrahmen und zieht die Augenbrauen hoch. „Andererseits, vielleicht sollten wir nicht darauf hoffen."

„Wir sollten niemandem die Wildheit wünschen", schimpft Sylas, es ist aber nur ein milder Tadel.

August deutet auf den Teller, den er mitgebracht hat und der jetzt auf meinem Nachttisch steht, verdeckt mit einem Silberdeckel, damit das Essen warm bleibt. „Iss dein Abendessen, wann immer du willst. Hast du dir ein neues Buch geholt, damit dir nicht langweilig wird?"

Ich deute zum Sessel. „Ich habe ein paar ausgesucht." Allerdings vermute ich, dass ich mich auf keines von ihnen werde konzentrieren können.

Sylas kommt zu mir und drückt sachte meinen Arm. „Wir sollten nach dem Rudel sehen und uns dann selbst einschließen. Sobald wir dieses Zimmer verlassen haben, schiebst du die Riegel vor und öffnest sie nicht, bis die Sonne aufgegangen ist, ganz gleich, was du vom Bergfried oder von draußen hörst. Selbst wenn sich einer von uns gegen die Tür wirft, solltest du hier drin sicher sein." Er hat auch die Angeln überprüft.

Ich straffe die Schultern und versuche, viel ruhiger zu klingen, als ich mich fühle. „Ich verstehe. Ich werde zurechtkommen. Ihr … passt einfach so gut, ihr könnt, auf euch auf."

August schenkt mir ein sanftes Lächeln, Whitt ein dünneres und dann marschieren die drei nach draußen und Sylas schließt die Tür hinter ihnen. Seine Schritte halten im Gang inne, da er auf das Geräusch der Riegel wartet. Ich eile zur Tür und schiebe die Riegel vor.

Während sich das Leuchten draußen von Gold zu

Bernstein verdunkelt und dann zu einem bloßen Schleier verblasst, wird meine Nachtwache eine Zeit lang von nichts gestört. Ich verbringe ungefähr eine Stunde mit dem Versuch, eines der Bücher zu lesen, und stelle fest, dass ich die Seite anschaue und nicht weiß, was ich gerade gelesen habe. Ich muss häufig zurückblättern und die Worte noch einmal lesen. Dann bringe ich das Abendessen zum Sessel und esse, indem ich den Teller auf meinem Schoß balanciere, während ich aus dem Fenster auf den dunkler werdenden Himmel spähe.

Von hier kann ich den Mond nicht sehen, aber ich kann ihn in dem bangen Kribbeln spüren, das durch meinen Körper kriecht.

Das natürliche Licht schwindet komplett und meine kugelähnliche Lampe leuchtet neben dem Sessel. Das letzte Blau am Himmel verschwindet in einer Schwärze, die mit Sternen gesprenkelt ist. Eine warme Brise weht wildblumensüß durch das Fenster herein, trägt jedoch ein fernes Knurren mit sich. Die Härchen an meinen Armen richten sich auf.

Als hätte dieser Laut eine Kettenreaktion ausgelöst, erklingt plötzlich irgendwo unter mir ein Poltern. Ein Scheppern, als würden die Fenster in einem der unteren Zimmer erzittern. Ein Heulen schallt durch die Nacht, gefolgt von dem Kratzen von Klauen und dem Knirschen von Zähnen aus der Richtung des Rudeldorfes. Dann erreicht ein hölzernes Knarzen meine Ohren – eine Tür, die unter dem Gewicht eines schweren Wolfkörpers ächzt, der versucht, sie aufzustoßen?

Ich rolle mich auf meinem Sessel zusammen und mein Herz pocht wie wild. Weitere Hämmer- und Kratzlaute dringen durch den Boden. Ich weiß nicht genau, wo sich Sylas und die anderen eingeschlossen haben. Ich weiß nur, dass Sylas beabsichtigte, sie alle von diesem Bereich des

Ganges fernzuhalten. Dass er die Riegel trotz dieser Vorsichtsmaßnahmen an meiner Tür angebracht hat, zeigt, dass er sich vor ihrem eignen Gewaltpotenzial fürchtet. Haben sie die Barrieren, die sie errichtet haben, zuvor schon mal durchbrochen?

Wie kann er sich so sicher sein, dass *meine* Tür standhalten wird?

Das ächzende Stöhnen beginnt draußen erneut – oder vielleicht ist es eine andere Bestie in einem anderen Gebäude, die ebenfalls einen Fluchtversuch unternimmt. Etwas kracht durch das Unterholz in der Nähe des Waldrandes. Ein zornerfülltes Brüllen durchbricht die Nacht an einem fernen Ort, gefolgt von einem bösartigen Knurren und ich vermute, dass es zwei der Rudelmitglieder nicht geschafft haben, einander vollkommen aus dem Weg zu gehen.

Bei dem Gedanken, dass sie aufeinander losgehen, zucke ich zusammen. Ich stehe auf und knalle das Fenster zu, um den Großteil der Geräuschkulisse auszusperren.

Jedenfalls die Laute von *draußen*. Ohne diese Ablenkung geraten die Geräusche innerhalb des Bergfrieds schärfer in den Fokus. Das Klatschen eines Körpers, der eine hölzerne Oberfläche rammt, hallt durch die Wände. Krallen kratzen über Bretter. Ein ersticktes Knurren erreicht meine Ohren, wütend, aber auch … gequält.

Ich weiß, wie sehr es Sylas und sein Kader hassen, in diesen Zustand zu verfallen, und es klingt nicht so, als würden die Wölfe, zu denen sie geworden sind, die Wildheit genießen.

Ich stehe auf. Eine verdrehte Empfindung in meinem Magen treibt mich dazu an, humpelnd über den Boden zu tigern und meine Lippe zwischen die Zähne zu ziehen.

Wie kann ich hier sitzen, während die Männer, die mich beschützt, umsorgt und für mich bis zum Tod gekämpft haben, in den Fängen dieses Fluchs gefangen sind? Ich weiß nicht, was ihn verursacht hat oder wer dafür verantwortlich ist, aber sie verdienen das nicht. Niemand verdient es, gezwungen zu werden, zu der Sache zu werden, die er am meisten hasst.

*Rumms. Rumms.* Einer von ihnen wirft sich immer wieder gegen eine Tür oder vielleicht eine Wand. Oh, Gott. Wie viele Blutergüsse werden auf seinem Körper sein, wenn er wieder zu sich kommt? Werden sie über sich selbst herfallen, wenn sie keinen anderen finden können, an dem sie ihre Wut auslassen können?

So weit darf ich es nicht kommen lassen. Ich wollte mehr Mitspracherechte bei den Dingen, die um mich herum passieren. Ich wollte eine Teilnehmerin anstatt ein Objekt sein. Nun, das ist das eine Mal, dass ich mich definitiv auf eine Weise einmischen kann, die einen echten Unterschied machen wird, oder?

In dem Moment, in dem mir dieser Gedanke durch den Kopf geht, erfüllt eine eigenartige Ruhe meine Brust. Ich bleibe an der Tür stehen und die Spannung in meinem Magen lockert sich. Mein Herz schlägt schneller, allerdings nicht aus Angst – oder zumindest nicht nur aus Angst. Entschlossenheit ist auch ein Grund dafür. Entschlossenheit und Hoffnung und ein Machtgefühl wie in dem Moment, als ich mir zum ersten Mal erlaubte, wütend zu werden. Doch diese ruhige Gewissheit ist mächtiger als der chaotische Wutausbruch.

Sylas hat sich nicht erlaubt, mich zu fragen. Er nahm mein Blut nicht, selbst als ich es anbot. Er glaubte mir wahrscheinlich nicht, dass ich es freiwillig tat und nicht, weil ich das Gefühl hatte, ich würde es ihm schulden.

Der Wolf, zu dem er geworden ist, wird mich jedoch nicht abweisen. Wenn ich ihn und August und Whitt aus diesem wilden Zustand holen kann, wird das niemand herausfinden. Es wird keinem von uns schaden und es wird sie von diesem Schrecken befreien.

Ich kann ihnen diese kleine Hilfe anbieten nach allem, was sie für mich getan haben. Ich bin die *Einzige*, die ihnen durch diese Sache helfen kann.

Die Entschlossenheit breitet sich in meinen Gliedern aus und stärkt meinen Mut. Es ist keine Frage, ob ich es tun werde. Es ist nur eine Frage des Wie.

Wenn ich nicht aufpasse und am Ende noch verletzt werde, werden sie diesen wilden Zustand abschütteln, nur um von Schuldgefühlen geplagt zu werden. Es muss eine Möglichkeit geben, ihre Kiefer zu meiden. Sie brauchen lediglich ein winziges bisschen Blut. Aerik entnahm mir stets nur so viel, dass ich lediglich ein leichtes Schwindelgefühl verspürte, und das reichte, um Elixiere für Dutzende, womöglich sogar hunderte Fae herzustellen.

Ich lehne mich dicht an die Tür. Ein wildes Bellen erreicht meine Ohren, dann ein Laut wie Glas, das zerbricht, doch es ist definitiv nicht in der *Nähe*. Es befindet sich noch mindestens eine Tür zwischen meinem Zimmer und dem, in dem sich die Fae-Männer eingeschlossen haben.

Ich muss rausgehen und schauen, womit ich es zu tun habe, bevor ich mir einen Plan überlegen kann.

Mit zugeschnürter Kehle schiebe ich die Riegel beiseite und drücke die Zimmertür auf. Ich lasse die Hand auf dem Griff liegen, als ich nach draußen spähe. Der Flur liegt jedoch verlassen da, wie ich es erwartet habe. Nichts außer dem schwachen Leuchten der einzelnen Laternenkugel in der Gangmitte ist zu sehen.

Als ich nach draußen schleiche, kann ich die brutalen Geräusche deutlicher hören. Soweit ich das erkennen kann, kommen sie alle von unten – ich glaube nicht, dass einer meiner Beschützer auf diesem Stockwerk ist. Sie wollten wahrscheinlich so viel Abstand zwischen sich und mich bringen wie möglich.

Sylas wird wütend sein, dass ich mich in Gefahr gebracht habe, obwohl ich dabei *nicht* verletzt wurde. Oh Pech. Ich recke das Kinn und humple vorwärts. Ich gehöre mir und das hier ist mein Leben, das ich aufs Spiel setzen kann oder nicht. Er wird einfach darüber hinwegkommen müssen.

Ich habe die oberste Treppenstufe erreicht, als ein Brüllen durch den Bergfried hallt, das so laut ist, dass der Boden erzittert. Meine Beine erstarren und mein Puls macht einen Satz.

Eine eisige Woge der Panik durchfährt mich. Die Bilder ziehen an meinem inneren Auge vorbei: Blut und Gras und zwielichtige Schatten, Schreie und Knurren, Schmerz, der meine Schulter durchzieht …

Ich schließe die Augen und knirsche mit den Zähnen. Meine Hände ballen sich so fest zu Fäusten, dass sich meine Fingernägel in die Handballen bohren. Jene Nacht war schrecklich und brutal und vielleicht werde ich die Zerstörung, die ich verursacht habe, nie wiedergutmachen, aber es ist mittlerweile fast zehn Jahre her. Ich werde es definitiv nie wiedergutmachen, wenn ich mich jedes Mal von dem Schrecken überwältigen lasse, sobald ich mich einer lebhaften Erinnerung gegenüber finde.

Wenn mich dieser Moment daran hindert, zu tun, was ich für richtig halte und ich tun *will*, dann gehöre ich mir doch nicht. Ich lasse mich von der Furcht und den bösartigen Fae, die sie ausgelöst haben, besitzen.

Die Fae in diesem Bergfried sind nicht bösartig, nicht so wie Aerik und seine Männer. Sie sind momentan in ihrer Wildheit verloren, ich weiß allerdings, dass sie anders sind. Ich weiß, dass sie, selbst wenn sie mich verletzen, es wiedergutmachen werden.

Die Furcht verschwindet nicht. Sie bleibt um meine

Rippen und meinen Magen gewunden. Doch mit einigen tiefen Atemzügen gelingt es mir, sie so weit zu beherrschen, dass ich meine Füße in Bewegung setzen kann. Das leise Tapsen meiner nackten Sohle und das Klopfen der Orthese formen einen unregelmäßigen Rhythmus. Einen Schritt nach dem anderen schleiche ich die Treppe langsam, aber sicher hinab.

33

*Talia*

Das erste Stück des Flurs im Erdgeschoss sieht so normal wie der Gang oben aus, doch als ich den Fuß der Treppe erreiche, schlagen mir noch furchterregendere Laute entgegen. Ein Rumsen hallt vom Keller zusammen mit harschem Grunzen und einem unmenschlichen Stöhnen herauf. Mindestens einer der Fae-Männer hat sich dort unten eingeschlossen.

Die deutlichsten Geräusche kommen jedoch vor mir aus dem Gang. Ich gehe weiter zu der Stelle, wo er sich teilt.

Eine massive Holzbarriere befindet sich zu meiner Rechten am Ende des Durchgangs, von wo man in die Eingangshalle gelangt. Jetzt weiß ich genau, wo einer dieser verrückten Wölfe ist. Als ich mich der Barriere nähere, trommeln schnelle Tierschritte über den Boden auf der anderen Seite. Mit einem härteren *Rumms* erbebt die hölzerne Oberfläche. Die Bestie auf der anderen Seite muss sich dagegen geworfen haben.

Sie hält – ich kann jedoch nichts für den Mann tun, den sie zurückhält, während sie an Ort und Stelle ist. Der Atem entweicht mir zittrig und ich laufe durch den Flur, bis ich nur noch wenige Schritte von der Barriere entfernt bin. Als ich das Knurren und Schnappen von Zähnen auf der anderen Seite höre, erschaudert mein gesamter Körper unter dem Drang, so schnell wie möglich zu fliehen. Ich spanne meine Muskeln an und zwinge mich, stillzustehen, damit ich die neue Tür untersuchen kann.

Sie füllt die gesamte Breite und Höhe des Ganges, die beträchtlich sind. Soweit ich das erkennen kann, ist sie so konstruiert, dass sie hinter einem Paneel in der Wand hervorgleitet. Daher habe ich sie wahrscheinlich zuvor nicht bemerkt. Die dicken Bronzeangeln erzittern kaum, als sich der Körper in dem Zimmer dahinter erneut gegen die Barriere rammt. Die Panikschlösser der fünf Türriegel bilden entlang des anderen Endes eine Linie und sichern sie.

Hat ihn einer der anderen von hier aus eingeschlossen? Oder vielleicht ist es sicherer, Schlösser auf beiden Seiten der Tür zu haben für den Fall, dass sich derjenige, der dahinter gefangen ist, in seiner Wildheit verletzt und sich am nächsten Morgen nicht befreien kann. Wie auch immer, ich kann zu ihm gelangen. Die Frage ist, wie ich das tun kann, ohne dass ich dabei halb zerfleischt werde.

Während ich dastehe, meinen Mut sammle und mir Möglichkeiten überlege, ziehen die wilden Geräusche aus der Eingangshalle weiter weg. Einiges Rummsen, Rasseln und Kratzen deuten darauf hin, dass die Bestie jetzt mit der Eingangstür kämpft. Dann höre ich das Geräusch von reißendem Stoff und ein wildes Knurren.

Stoff – vielleicht könnte ich damit arbeiten. Ich eile zurück durch die Gänge zur Küche und reiße die Schubladen auf, bis ich die Lumpen finde, die August benutzt, um die Arbeitsflächen abzuwischen. Während ich einen an meine Handfläche presse, lasse ich den Blick über die glänzenden Metallgriffe der Messer in dem Messerblock schweifen. Als ich das kleinste herausziehe, wird mein Mund trocken.

Es ist keine große Sache. Ich muss nur einen kleinen Schnitt machen, etwas Blut auf das Tuch tropfen und sicherstellen, dass der Wolf es in den Mund kriegt. Aerik hat mich viele Male aufgeschnitten. Ich sollte in der Lage sein, damit zurechtzukommen, wenn ich selbst die Klinge halte.

Nachdem ich mich auf meinen üblichen Hocker gesetzt habe, lehne ich mich an die Kücheninsel hinter mir und hebe die Klinge an meinen Daumen. Meine Hände zittern. Das Messer gleitet durch das Fleisch, als bestünde ich aus Butter. Es schneidet tiefer, als ich es wollte, und Schmerz schießt durch die Gelenke zu meinem Handgelenk.

Ich stoße einen zischenden Laut aus und presse das Tuch auf die Wunde. Ein blutroter Fleck erblüht schneller auf dem cremefarbenen Stoff, als ich darauf vorbereitet war. Während ich ihn anstarre, wird mir schwindlig. Ich schließe die Augen, übe Druck auf meinen Daumen aus und atme langsam sowie beruhigend ein. Dabei stelle ich mir funkelnde Teiche und ruhige Wälder vor.

Ich kann allerdings nicht in den friedlichen Bildern verharren, die ich in meinem Kopf heraufbeschworen habe. Nicht, wenn ich diese Aufgabe erledigen will.

Der Schmerz lässt nach, verschwindet jedoch nicht. Als ich nach einem weiteren Tuch wühle, das ich wie einen Verband um meinen Daumen binden kann, schießen fortwährend stechende Schmerzen durch meine Hand hindurch. Das Tuch, das ich benutzen werde, um dem Wolf sein Heilmittel anzubieten, ist jetzt mit genügend Blut getränkt, weshalb ich wenigstens diesen Teil des Plans gründlich erledigt habe. Ich kann mir nicht vorstellen, dass es nicht reichen wird.

Ich muss das Tuch nur in den Mund des Wesens kriegen. Eines tobenden, unbändigen Wesens, das sich anhört, als wäre es bereit, die Wände abzuschlachten, wenn es das könnte. Keine große Sache.

Ein leicht hysterisches Lachen perlt über meine Lippen. Entweder tue ich das oder ich gebe dem Drang nach, zu schluchzen.

Mein Puls schlägt mit jedem Schritt schneller, den ich zum Eingang mache. Auf halbem Weg dorthin muss ich stehen bleiben, Luft holen und die Furcht niederringen, die meine Lunge zuschnürt.

Ich kann das tun. Wenn das Biest auf der anderen Seite der Tür nur etwas von dem Blut auf diesem Lumpen in den Mund bekommt, ist es wieder es selbst.

Ich bleibe an der Schiebebarriere stehen und lausche. Ein leises Knurren hallt durch den Raum dahinter. Das grelle Geräusch von Krallen, die über Holz klackern, zeichnet ein Bild von einem gigantischen Wolf, der frustriert hin und her tigert.

Wenn ich das Tuch einfach dort reinwerfe, wird er es sich überhaupt anschauen? Ein winziger Stofffetzen wird ihn vermutlich nicht interessieren oder erzürnen. In diesem wilden Zustand ist er auf der Suche nach einem richtigen Kampf.

Verstehen dämmert mir. Ich muss sichergehen, dass er mich sieht. Dass er mit so viel Aggression in diese Richtung kommt, dass er nach dem Tuch schnappt, wenn ich es werfe. Wenn es erst einmal in seinem Mund ist, bin ich wieder sicher. Es besteht kein Grund, aus dem diese Taktik nicht funktionieren sollte.

Es besteht allerdings auch kein Grund, davon

auszugehen, dass ich es genauso durchziehen werde, wie ich es mir vorstelle.

Bei dem Gedanken, dass mich das wilde Monster im Gang angreift, kracht eine weitere Woge der Panik gegen mich und mir wird schwindlig. Meine Finger krümmen sich um den blutigen Lumpen. Ich stemme mich gegen die Tür, ringe um Atem und zwinge die Bilder zurück, die meinen Verstand fluten, während meine Glieder von Beben durchgeschüttelt werden.

Es wäre so einfach, zurück zu meinem Zimmer zu eilen, die Riegel vorzuschieben und mich bis zum Morgen auf dem Bett einzukringeln. Niemand erwartet mehr von mir. Niemand würde es mir zum Vorwurf machen.

Nein, das stimmt nicht. *Ich* erwarte mehr. Ich würde es mir vorwerfen.

Ich bin hier. Ich habe alles getan, was ich tun muss, außer mich dem Biest zu stellen. Wie viele Schlachten haben diese Männer bereits für mich gekämpft?

Wenn sie mich beschützen, ernähren und sich für mich einsetzen werden, muss ich eine Möglichkeit finden, *mit* ihnen zusammenzuarbeiten.

Während die Sekunden verrinnen, ziehe ich einen Atemzug nach dem anderen in meine Lunge. Als die Bilder von meinem Angriff durch meine Gedanken blitzen, richte ich mein gesamtes Bewusstsein nicht auf Landschaften, die ich außerhalb meiner Vorstellungskraft nie besucht habe, sondern auf die sehr realen Zeiten, in denen mich die Männer beschützt haben, denen ich helfen möchte. August bot mir den Beutel Salz an. Sylas drückte mich an seine Brust. Whitt umarmte mich und murmelte tröstende Worte, um das Knurren eines Kampfes zu übertönen.

Allmählich lockert sich die Anspannung in meiner Brust. Jeder Atemzug durchströmt mich tiefer als der vorhergehende. Die gewaltsamen Bilder der Vergangenheit verringern sich und dann bin nur noch ich im Gang, eine Hand flach an die Holzbarriere gelegt und die andere einen blutigen Lumpen umklammernd.

Trotz allem, was mir meine ersten Entführer antaten, wurde ich nicht gebrochen. Ich bin noch lebendig. Ich lebe noch. Nichts, was sie taten, kann mich jetzt aufhalten.

Mein Herz hämmert weiterhin gegen meine Rippen, doch ich konzentriere mich auf die Bewegung meiner freien Hand: Ich hebe sie, um das höchste Schloss zu drehen, lasse sie zum nächsten fallen und zum nächsten und zum nächsten. Als ich das letzte Schloss am Boden erreiche, zittert mein Arm. Ich atme noch einmal lange und gleichmäßig ein, ehe ich den Griff umdrehe.

Auf der anderen Seite der Barriere ist kein Laut zu hören. Hat der Wolf das Klicken der Schlösser gehört? Was macht er jetzt?

Es gibt nur einen Weg, das herauszufinden.

Bevor mich meine Angst wieder lähmen kann, reiße ich kräftig an der Schiebetür. Sie ist so schwer, dass selbst diese Anstrengung nur eine Lücke von wenigen Zentimetern öffnet. Doch Zentimeter reichen.

Kugeln glühen bernsteinfarben im Gang auf der anderen Seite – abgesehen von einer, die zerbrochen auf den Dielenbrettern liegt. Dielenbretter, die mit Furchen von brutalen Krallen gesprenkelt sind. Und die Quelle dieser Krallen, der riesige Wolf, dessen dunkles Fell im trüben Licht glänzt, wirbelt beim Schaben der Tür zu mir herum.

Dieser Moment reicht, um zu erkennen, dass es Sylas ist – das vernarbte weiße Auge enthüllt ihn sofort. Ein Augenblick ist alles, was ich habe, denn in der nächsten Sekunde rennt der Wolf wie ein rasender LKW auf mich zu und durch den Raum, wobei sich ein Knurren aus seiner Kehle löst.

Mein Rückgrat versteift sich und Panik fegt jeden

Gedanken aus meinem Kopf. Meine Hand tastet hastig nach dem Griff, um die Tür wieder zu schließen, doch ich habe mich so gut auf diese Tat vorbereitet, dass sich der Rest von mir automatisch bewegt. Ich widerstehe dem Angstimpuls und spanne meine andere Hand an. Sylas' Wolf rast auf mich zu, wird mit jedem Schritt schneller, sein Maul klafft offen – und ich peitsche meinen Arm nach vorne.

Der blutige Lumpen fliegt durch die Luft. Der Wolf stürzt sich darauf. Er ist mir so nah, dass der Schwung seines Angriffs durch die Luft und über meine Haut bebt. Seine Fangzähne schnappen im Flug nach dem Tuch und die blutigen Falten fallen in sein geöffnetes Maul.

Mit schlitternden Krallen kommt er zum Stehen. Er ist mir so nah, dass ich sein dichtes Fell von meinem Standort aus berühren könnte, wenn ich mich strecken würde. Das tue ich nicht, denn ich keuche und zittere. Neue Beben zucken durch meine Glieder, nur weil ich der bestienhaften Gestalt so nahe bin.

Der Wolf schüttelt seinen riesigen Kopf. Er spuckt das Tuch aus und schaut mich an. Und diese Augen …

Diese Augen sind in jeder Hinsicht Sylas, nicht nur in Bezug auf die Farbe und Narbe. Zum ersten Mal bin ich so nahe, um *ihn* in dem Wolf zu sehen. Um zu realisieren, dass es bei den anderen Malen, als ich in Panik geriet, bei den anderen Kämpfen, immer meine Männer waren, die für mich kämpften. Keine Monster, nicht einmal richtige Tiere. Abgesehen von dieser Nacht unter dem Einfluss des Vollmondfluchs, waren sie immer sie selbst, nur in einer anderen Haut.

Sylas geht in die Hocke und dann verwandelt er sich komplett in den Mann, an den ich gewöhnt bin, und kniet auf dem Boden. Er trägt ein schlichtes kurzärmeliges T-Shirt und eine lockere Hose für heute Nacht. Er ist barfuß und die

Wogen seiner Haare fallen wirr um sein Gesicht. Dennoch sieht er mit jeder Faser seines Körpers wie ein Lord aus.

„Talia", sagt er. Seine Stimme ist so heiser, dass ich vermute, dass es ihn einige Mühe kostet, nur meinen Namen zu sagen. „Du … was *machst* du hier? Ich habe dir gesagt …"

Ich packe die Seite der Schiebetür und starre ihn an. Trotz flammt in mir auf und durchschneidet meine schwindende Angst. „Du hast mir gesagt, dass ich auf meinem Zimmer bleiben soll. Ich weiß. Aber *ich* habe beschlossen, dass es mir wichtiger ist, euch aus dem Fluch zu reißen." Meine Kehle schnürt sich erneut zu, dieses Mal allerdings nicht vor Angst. „Ihr habt mich aus einem Gefängnis befreit, in dem ich nie hätte sein sollen. Warum darf ich nicht das Gleiche für euch tun?"

Diese Wildheit hat ihn gründlicher in seinem wölfischen Körper und der brutalen Wut eingesperrt, als mich die Stäbe meines Käfigs festgehalten haben.

Sein Mund verzieht sich, als wollte er protestieren und könnte sich nicht ganz dazu überwinden. „Wir haben darüber gesprochen."

„Wir haben darüber gesprochen, warum es nicht sicher für mich wäre, wenn ich dem ganzen Rudel helfe, und warum du mich nicht bitten willst, nur euch zu helfen. Du hast mich nicht darum gebeten. Das hier war meine Entscheidung, die frei getroffen wurde. Und niemand wird wissen, dass du die Wildheit früher beendet hast, oder? Im Moment ist jeder andere Fae in diesem Reich verrückt."

Er blickt auf den Lumpen mit dem blutroten Fleck neben seinem Knie und dann zu dem Tuch, das um meinen Daumen gewickelt ist. „Ich hätte dich verletzen können."

„Aber das hast du nicht. Also gibt es nichts, worüber du dich beschweren kannst."

Seine Lippen zucken. Ich glaube, dieses Mal hat er sich ein Lächeln verkniffen. „Ich schätze, das habe ich davon, dass ich eine winzige Frau gestohlen habe, die mehr Mut besitzt, als ihr irgendjemand zutrauen würde.“

Meine Mundwinkel biegen sich nach oben und die letzten Reste der Panik verfliegen. Ich stemme die Hände in die Hüften. „Ja, das hast du. Jetzt komm mit. Du kannst mir helfen, sicherzustellen, dass ich mich um August und Whitt kümmere, ohne in Stücke gerissen zu werden.“

„Ich nehme Befehle von einem Menschen entgegen“, brummt Sylas vor sich hin, steht jedoch auf und greift dabei nach dem Lumpen. Er mustert den feuchten Stoff. „Ich denke, das hier sollte den Zweck erfüllen. Du musst kein Blut mehr spenden. Ich bezweifle, dass du halb so viel gebraucht hättest.“

„Nun, ich wollte kein Risiko eingehen. Und das Messer ist mir abgerutscht.“ Als sich sein Auge verdunkelt, wedle ich seine bevorstehenden Einwände weg. „Mir geht es *prima*. Aber August und Whitt nicht. Sind sie beide im Keller?“

„Ja.“ Trotz meines Beharrens, dass es mir gut geht, legt er seine Hand um mein Handgelenk und murmelt ein magisch geladenes Wort. Meine Haut kribbelt unter meinem improvisierten Verband und der Schmerz in meinem Daumen verblasst, als seine Macht die Wunde versiegelt. Dann läuft er mir voraus und marschiert zur Kellertreppe, als könnte einer der anderen Wölfe in dieser Minute nach oben stürmen, um mich anzugreifen. Wenn er über die Situation glücklicher ist, weil er die Führung übernimmt, darf er das gerne tun.

Der Gang im Keller wurde an beiden Enden mit Schiebebarrieren wie der oben verbarrikadiert. Die erste befindet sich beim Fitnessstudio und die zweite hinter dem Unterhaltungsraum. Nachdem ich die zersplitterte Kugellaterne im Eingangsbereich gesehen habe, vermute ich, dass der Fernseher und die Spielkonsole eine Vollmondnacht nicht überleben würden, sollte eine der Bestien sie erreichen.

Der Wolf hinter der Barriere an diesem Ende kratzt daran und stößt ein scharfes Jaulen aus, als ich innehalte.

„Das ist Whitt“, erklärt Sylas. „So sehr er das in diesem Zustand eben ist.“

Ich drehe mich zum anderen Ende. „Lass uns mit August beginnen.“ Ich möchte mir die bissigen Bemerkungen, die Whitt von sich geben wird, lieber für den Zeitpunkt aufheben, an dem ich mit dieser Tortur fertig bin.

Mit dem Fae-Lord an meiner Seite ist es jedoch weniger eine Tortur. Ich bestehe darauf, neben der Tür zu stehen, doch er entriegelt sie und schiebt sie zur Seite. Er baut sich vor mir auf, um mich abzuschirmen, sollte dieser Schachzug nicht funktionieren. Augusts rothaariger Wolf wirbelt dort, wo er gerade mit dem hohen und schmalen Holzfensterrahmen gekämpft hat, herum und springt auf uns zu. Mein Magen hat kaum Zeit, einen Salto zu schlagen, bevor Sylas den Lumpen wirft und mein Blut die Zunge des Wolfs berührt.

Als sich August in seine übliche Gestalt zurückverwandelt, rappelt er sich sofort auf und blinzelt uns an. „Was … ich dachte …“

„Genauso wie ich“, sagt Sylas, in dessen Bariton eine leichte Belustigung mitschwingt. „Unsere Dame hatte andere Vorstellungen.“ Er streichelt mit der Hand über meinen Kopf und zerzaust mir die Haare.

*Unsere Lady.* Kein ‚das Mädchen‘ oder sogar ‚unser Gast‘. Als wäre ich jetzt tatsächlich ein Teil dieses Haushalts. Ich strahle August an, überschwänglich vor Freude über diese Worte und darüber, ihn befreit zu sehen. Er grinst mich an. „Du bist ein Wunder“, verkündet er.

„Ich bin noch nicht fertig. Holen wir Whitt.“

Flankiert von zwei riesigen Fae-Kriegern gibt es noch weniger, um das ich mir Sorgen machen muss, doch der Anblick von Whitts wölfischer Gestalt sendet dennoch einen

Anflug von Panik durch mich hindurch. Mit gelbbraunem Fell und so muskulös wie seine Halbbrüder rast er mit glänzenden Fangzähnen auf uns zu. Sein Blut verdunkelt eine Seite seiner Schnauze, wo er sich das Fleisch bei seinen Befreiungsversuchen aufgeschürft haben muss.

Als er den geworfenen Lumpen aus der Luft fängt und ins Straucheln gerät, wirken die ozeanblauen Augen, die in seinem wölfischen Gesicht funkeln, benommen. Er scheint sich als Wolf zu sammeln, neigt den Kopf und reibt seine verwundete Schnauze an seinem Vorderbein, bevor er sich mit einem hundeähnlichen Schütteln verwandelt.

Er zieht eine Augenbraue hoch, als er sich nach oben stemmt, und ignoriert die Schürfwunde, aus der noch immer Blut über seinen Kiefer tropft. „Planänderung?" Sein Blick verharrt auf mir.

Ich lächle ihn leicht nervös an. „Wir stecken alle gemeinsam in dieser Sache."

August tritt zu ihm und nach einem halbherzigen Protest erlaubt ihm Whitt, ein paar Worte zu sprechen, die die oberflächliche Wunde in einen Fleck glatter, wenn auch rosa Haut verwandeln. Danach blickt der jüngere Mann in die Richtung der Häuser vor dem Bergfried und die Muskeln in seinen Armen spielen vor ruheloser Energie. „Was ist mit dem Rest des Rudels? Sie werden mittlerweile so weit verstreut sein … und es würde immer noch alle möglichen Fragen aufwerfen, wenn wir sie aus der Wildheit holen."

„Wir müssen sie den Mond aussitzen lassen", sagt Sylas und berührt erneut meinen Kopf. „Aber denk nicht, dass du ihnen nicht ebenfalls ein Geschenk gemacht hast. Jetzt, da wir bei Sinnen sind, können wir rausgehen und eine Art Ordnung zwischen ihnen aufrechthalten. Dann gibt es am Morgen weniger Verletzungen zu behandeln."

Whitt lässt seine Schultern kreisen. „Gut. Ich könnte

einen Lauf gebrauchen, nachdem ich hier unten eingesperrt war.“

Sylas dreht mich, sodass ich dem Fae-Lord vollständig zugewandt bin. „*Du* wirst hinter verschlossenen Türen im Gebäude bleiben – und dieses Mal *bleibst* du auch tatsächlich hier. Wir werden dich dort draußen nicht beschützen können, während so viele Fae durch den Wald streifen. Verstanden?“

Ich nicke energisch. Ich habe keinen Todeswunsch. „Ich werde drinnen bleiben. Ich schwöre es.“

„Und ich akzeptiere deinen Schwur.“ Seine Finger streicheln meinen Arm hinab und wieder hinauf und ein Kribbeln zieht bei seiner Berührung über meine Haut. „Ich kann mir nur vorstellen, wie schwierig es für dich gewesen sein muss, zu uns zu kommen, während wir in diesem Zustand waren, Talia. Du wirst es uns nie schuldig sein, das zu tun. Und ich werde nicht vergessen, wie mutig du für uns warst.“

„Es war das Mindeste, was ich tun konnte nach allem, was ihr mir gegeben habt.“ Ich blicke zu den anderen zwei Männern, die um mich herum stehen. „Ihr alle.“

Sylas summt leise in seiner Kehle. Als ich mich wieder zu ihm umdrehe, gleitet seine Hand zu meinem Kiefer hinauf. Er neigt meinen Kopf nach hinten und erobert meinen Mund mit dem heißen Druck seiner Lippen. Das Kribbeln von vorher lodert unter einem Ansturm von Hitze auf.

Ein rauer Laut, der wie ein ersticktes Knurren klingt, dringt aus Augusts Brust. Als Sylas mich freigibt, erlaube ich mir nicht, zu zögern. Ich greife nach dem anderen Mann, der mein Herz und meinen Körper zum Singen gebracht hat, und gehe auf die Zehenspitzen, um ihn ebenfalls zu küssen. Dabei ignoriere ich das äußerst eindeutige Knurren, das Sylas entwischt, bevor er es sich verkneift.

August begegnet meinem Kuss zärtlich, jedoch

entschlossen, und entfesselt mit dem Druck seines Mundes eine Lawine der Leidenschaft. Ich könnte mich damit betrinken. Ich *fühle* mich ein wenig betrunken, als ich nach unten sinke. Das muss der Grund dafür sein, dass ich, als mein Blick Whitt erreicht, ohne nachzudenken, nach oben schnelle und ihn auf die Wange küsse.

Es ist nur ein kurzes Küsschen, ich erreiche seine Wange kaum und mein Mund streift die unverletzte Seite seines Kiefers nur, doch Whitt versteift sich. Ich drehe mich mit gerötetem Gesicht zu Sylas um. Ich will die Zurückweisung des anderen Mannes auf diese kleine Geste der Zuneigung nicht sehen.

Der Blick des Fae-Lords verbrennt mich, doch er zügelt jegliche besitzergreifenden Emotionen, mit denen er ringt. „Wir werden wahrscheinlich bis zur Morgendämmerung unterwegs sein. Warte nicht auf uns."

Trotz Whitts Reaktion hat mich das Gefühl, Teil dieses Haushalts zu sein, nicht verlassen. Ich schrecke vor dem Gedanken zurück, dass ich das verlieren könnte, wenn auch nur für einen Augenblick. „Was, wenn ich es tun möchte?"

Sylas gluckst leise. „Dann schätze ich, liegt das an dir, wie du bereits bewiesen hast." Er nickt den anderen zu. „Wir gehen besser."

34

*Talia*

Ich halte mein Wort und verlasse den Bergfried nicht. Stattdessen mache ich es mir auf einem der Sessel in der Stube gemütlich und beobachte durch die Fenster, wie Sylas und sein Kader ihr Rudel hüten.

Sie haben sich dazu wieder in ihre Wolfgestalt verwandelt, was Sinn ergibt, da sie es mit Bestien zu tun haben, die sich in den Fängen der Vollmond-Wildheit befinden. Sylas, das gewaltigste Wesen von allen, springt über das Feld, strahlt brutale Kraft aus und trennt zwei Wölfe mit den Schultern, die begonnen haben, nach einander zu schnappen. August schließt seinen Kiefer gerade so fest um den Hals des einen, dass er ihn festhalten kann, aber nicht verwundet, und zerrt ihn in eine Richtung, während Whitt den zweiten Wolf in die andere schubst.

Ich habe so viele Male gehört, dass sie von dem Rudel gesprochen haben, doch bis jetzt habe ich nie ganz verstanden, was das bedeutet. Jetzt, da ich sehe, wie sie gemeinsam als Anführer ihres Volkes zusammenarbeiten, und wie die wölfischen Fae sogar in ihrem wilden Zustand darauf reagieren, begreife ich es. Nach dieser Erkenntnis erzeugt das Aufblitzen von Fangzähnen und Krallen nicht mehr dieselbe Angst wie früher.

Das sind nicht die Merkmale von Monstern. Sie sind Werkzeuge, die von ihren Besitzern nach Gutdünken eingesetzt werden. Sylas und sein Kader nutzen sie achtsam und überzeugt.

Als die ersten Sonnenstrahlen über den Horizont gleiten, ist mein Kopf benommen. Meine Augen sind noch geöffnet, beginnen jedoch zu brennen. Die drei Wölfe des Bergfrieds trotten wie ein Wesen um die Seite des Gebäudes. Ich stemme mich aus meinem Sessel und laufe zum Eingangsbereich, um ihnen entgegenzukommen.

Die Furchen von Sylas' scharfen Krallen zieren noch immer die Dielenbretter. Ich vermute, er nutzt seine Magie, um sie zu reparieren, wenn er sich von den Schrecken der Nacht erholt hat. Jetzt nickt mir der Fae-Lord zu und streckt sich mit einem wölfischen Gähnen auf dem Boden aus, als wäre er zu müde, um noch weiter zu gehen oder sich in seinen typischen Körper zu verwandeln.

Ich zögere und laufe dann zu ihm, wobei mein Herz nur etwas schneller als üblich schlägt. Als ich neben ihm auf den Teppich sinke, streichle ich zaghaft mit der Hand über sein Fell.

Es fühlt sich wie eine Mischung aus Draht und Seide an und ist so dicht, dass ich meine Finger darin vergraben könnte, und anschließend meine Knöchel kaum noch sehen würde. Der Wolf brummt zufrieden und schiebt mich näher an seine Seite. Als ich meinen Kopf auf seinen Körper lege, während sich seine Brust unter mir mit langsamen

Atemzügen hebt und senkt, gesellen sich August und Whitt zu uns.

Die anderen zwei Wölfe legen sich auf den Boden und bilden einen Kreis um mich herum. Ich strecke meinen Arm aus, um die Stelle zwischen Augusts Ohren zu kraulen, und er hechelt begeistert, wobei seine Zunge kurz aufblitzt, bevor er seine Schnauze auf mein Knie legt und die Augen schließt.

Meine Augenlider schließen sich ebenfalls. Es war eine lange Nacht und der Rhythmus von Sylas' Atemzügen innerhalb dieses Rings aus Wärme schläfert mich ein.

Ich wache so spät auf, dass die Sonne bereits hell durch die Oberlichter fällt, und finde kein Fell unter meinem Kopf vor, sondern den Stoff von Sylas' T-Shirt. Irgendwann im Schlaf haben sich der Fae-Lord und sein Kader wieder in Männer verwandelt.

Sylas' Arm ruht schützend an meinem Rücken. Finger streicheln über meinen Knöchel. Als ich nach unten blicke, bin ich überrascht, festzustellen, dass sie Whitt gehören. Sein Kopf ruht auf seinem Arm nur Zentimeter von meiner Ferse entfernt. Seine andere Hand bewegt sich träge, während sie an meiner Wade liegt. Vielleicht ist er in einem Traum gefangen. Nach ihren entspannten Mienen und der Schlaffheit ihrer Körper zu urteilen, scheinen alle drei noch zu schlafen.

Ich schätze, sie haben sich gestern Nacht viel mehr verausgabt als ich. Mein Teil der Arbeit war ziemlich schnell vorbei. Und vielleicht sind sie mehr als ich daran gewöhnt, auf dem Boden zu schlafen. Als ich mich in eine sitzende Position bringe, protestiert mein Rücken und Schmerzen durchfahren mich von meinem Schulterblatt bis zu meiner Hüfte.

Ein Gähnen dehnt meinen Kiefer, aber meine Blase ziept zur gleichen Zeit und verlangt, entleert zu werden, bevor ich versuche, noch etwas Erholung zu kriegen. August regt sich, wacht allerdings nicht auf, als ich vorsichtig über seine Beine trete. Ich schleiche durch den Gang, wobei ich meine Orthese so leise aufsetze, wie ich es angesichts meiner steifen Glieder tun kann. Nachdem ich die Treppe erreicht habe, erlaube ich mir, mich etwas schneller zu bewegen.

Als ich aus der Toilette im ersten Stock trete, fällt mir das helle Sonnenlicht ins Auge. Ich schlendere zu dem großen Fenster, durch das ich vor Wochen zusah, wie Whitt eine Feier gab, und realisierte, dass mehr an ihm war als bissige Bemerkungen und kunstvolle Lässigkeit.

Einige der Rudelmitglieder sind auf dem Feld eingeschlafen und haben nach dieser langen, schrecklichen Nacht endlich Frieden gefunden. Niemand bewegt sich zwischen den Häusern, die ich sehen kann. Meine Augen wandern an ihnen vorbei über die offenen Flächen zum fernen Wald und über die sanften Hügel an der südöstlichen Grenze von Sylas' Ländereien.

Mein Blick bleibt an einer wölfischen Gestalt hängen, die auf der Spitze eines dieser Hügel sitzt. Ein Fae, der noch an seinem Wolf festhält.

Daran ist nichts Merkwürdiges. Es könnte sein, dass eines der Rudelmitglieder früh aufgewacht und laufen gegangen ist, um das Unbehagen der letzten Nacht abzuschütteln. Was mich an Ort und Stelle erstarren lässt, ist nicht die Tatsache, dass dort ein Wolf ist, sondern die Farbe seines Fells, welches das Sonnenlicht auffängt.

Es ist ein bläuliches Weiß wie eine dicke Eisschicht auf einem offenen Gewässer. Wie Eiszapfen, die vor einem klaren Winterhimmel funkeln.

Wie die Haare des scharfkantigen Mannes aus Aeriks Kader.

Der Wolf beobachtet den Bergfried genauso, wie ich den Wolf beobachte. Er neigt den Kopf in einem verschlagenen Winkel, der meinem bösartigsten Entführer so sehr ähnelt, dass mir der Magen in die Kniekehlen fällt und jeden Zweifel, den ich noch hegte, mit sich nimmt.

Dann wirbelt das Wesen herum und verschwindet hinter dem Hügel. Ich bleibe stehen, klammere mich an den Fensterrahmen und frage mich, wie viel Zeit mir noch bleibt, bis mir das Zuhause entrissen wird, das ich gerade erst gewonnen habe.

Eva Chase ist eine Amazon Top 100-Bestsellerautorin für Urban Fantasy und paranormale Liebesromane. Sie ist mit Magie, Chaos und Herzschmerz aufgewachsen und bringt alle drei Elemente in ihre Geschichten ein. Aber keine Angst vor dem gefürchteten Liebesdreieck - Evas Heldinnen müssen sich nie entscheiden. Online findet man sie unter www.evachase.com.

www.ingramcontent.com/pod-product-compliance
Lightning Source LLC
Chambersburg PA
CBHW030735310726
48969CB00005B/1222